满江红

张晓帆◎著

中国文史出版社

图书在版编目（CIP）数据

满江红 / 张晓帆著. -- 北京：中国文史出版社，2022.9

（"锐势力"中国当代作家小说集）

ISBN 978-7-5205-3799-5

Ⅰ．①满… Ⅱ．①张… Ⅲ．①中篇小说－小说集－中国－现代 Ⅳ．①I247.5

中国版本图书馆 CIP 数据核字（2022）第 181936 号

赣州市客家摇篮·文艺精品创作扶持项目

责任编辑：全秋生

出版发行：中国文史出版社
地　　址：北京市海淀区西八里庄路 69 号　　　邮编：100142
电　　话：010－81136602　81136603　81136606（发行部）
传　　真：010－81136655
印　　装：北京温林源印刷有限公司
经　　销：全国新华书店
开　　本：787 毫米×1092 毫米　　　1/16
印　　张：16
字　　数：252 千字
版　　次：2023 年 3 月北京第 1 版
印　　次：2023 年 3 月第 1 次印刷
定　　价：58.00 元

目 录
CONTENTS

渔 家 傲

一

花溪是大江中游的一个小渔村，属三合镇地界。村子后面是连绵的青山，一条小溪从山上发源蜿蜒穿过村子汇入江中。因山上一年四季花木繁盛，落花随风飘入溪水中，一路流下来，非常美丽，因此得名花溪。这个村子也就顺理成章叫作花溪村。

乌烟筒是渔夫李超羿的外号。李超羿一家世代居住在花溪。一院灰蓬蓬青砖黛瓦的屋子：四间正房、六间东西厢房，一间算不上高大的门楼，在花溪渔民当中，也算是翘楚了。

李超羿这个名字对一个渔夫来说过于文雅了点。究其来历，据说生他那年大旱，整整三个月滴雨未落，禾苗都枯死了，水田旱得裂了一条条缝，江里水位下降得厉害，鱼虾几乎都绝迹了。太阳每天都如大火球一样毒辣。村里人大多到外面逃荒去了，他母亲怀着他走不了，祖父李贵腿脚又不好，一家人只能留在家里挨。好在，当时家境还殷实，有些存粮，一家人就那样每天省吃俭用靠吃老底儿度命。他祖父曾读过几年私塾，知道羿射九日的故事。那天下午祖父和村里一样腿脚不灵便的老塾师周昶安先生聊天，对着天上的日头破口大骂道："这狗日的，跟火球一样，天这么旱，偏它又这么毒辣，要是我有后羿那本事就好了，一箭把狗日的射下来。"正在骂着的时候，有人跑来报信说他儿媳妇生了一个男娃子。李贵这才想起儿媳似乎从昨晚起就捂着肚子在灶下烧火，今早日头刚一竿子高时亲家母就提着一个沉甸甸的大篮子急匆匆赶来了。亲家母与他一向交恶，礼节性地问候了一句就互不理睬了。

李贵高兴得两眼放光。老塾师就说："罢了，说不定你孙子有后羿那本事呢，没准还能超过后羿呢，依我看啊，你孙子就叫超羿吧，日头一准就怕了他，不敢出来了，说不定老天就下雨了。"说罢哈哈大笑起来。李贵笑着连说："成，成，就叫超羿，李超羿。"

说来也怪，当天晚上，三更时分，突然雷声大作，约莫四更时，天就开始下雨。这场雨不大不小，丝丝入地，直下了两天两夜，旱情彻底缓解了。外出逃荒的村人纷纷赶回来，想办法弄了些种子，补种玉米和育晚稻的秧苗。江里的水也大了，上游下来不少大鱼，渔民们的生活又有了着落。

李超羿自小就顽皮经摔打，没病没痛的，一天到晚都在江里泡着，一个猛子能扎出好远，还能玩各种花样，有时一个猛子扎下去，半天没了动静，人们以为溺水了，慌得赶紧营救，正着急地在水中探摸，他却在远处露出头来朝大家做鬼脸。为此没少挨父亲的揍。老塾师说他活脱脱像《水浒传》里那个"浪里白条"张顺。小时候伙伴们就都叫他浪里白条。可长大后他的外号却改叫乌烟筒了。这也是有来历的。

李超羿家的一院房子是他祖父李贵年轻时建的，虽然在花溪拿得出手，可他家的渔船着实不怎么样，也是打他祖父李贵手里传下来的。样式古老不说，还很狭小，用的年头多了，船体十分破旧，根本无法胜任远距离或者大风浪作业。李超羿父亲一直修修补补凑合着用。李超羿长大后，体力壮，水性好，他父亲就和他祖父商量着要借些钱做一条大渔船，以便父子俩齐心协力在江上讨生活。可祖父总是说不急，不急，旧船先凑合着用，还说让李超羿去马老万家做船工，先练好在水上讨生活的本事来，说他已经打听好了，马老万家那艘跑汉口大码头的大货船正缺人。于是，李超羿十五岁时就给大财主马老万家做起了船工。

马老万是方圆几十里有名的大财主，在三合镇和县上都有大宅子。开着油坊、染坊、纸坊和绸缎庄，还贩卖当地产的云雾茶和云南运过来的普洱茶。家里有几艘货船，其中一艘每月都往汉口大码头发货。据知道底细的人说，马老万家的财发得不清白，以前公开倒腾大烟土，后来国民政府干涉，就在货物里暗藏。贩卖烟土那可是暴利。可人家财大气粗，关系网比渔网还密实，没人惹得起。

货船上大掌舵的外号叫"乌铁佬"。这个老船工当时才三十多岁，也是从十五岁就开始在船上讨生活。本来皮肤就黑，长年在船上，上面日头晒，下面江水镜面反射，晒得浑身乌油油的，人又强壮得跟铁疙瘩一样，所以人送外号乌铁佬。水上行船的功夫炉火纯青。他性情豪爽，喜欢打抱不平，又很关照年轻的船工。李超羿拜他为师，跟他学行船技术。乌铁佬喜欢抽水烟、斗牌，还喜欢哼几句京戏。他最喜欢哼的就是《打渔杀家》。"儿啊，不必悲泪！今日天气炎热，将船湾在柳荫之下，凉爽凉爽。"到沿途码头驳船住宿时，他一定要先对着船工们吟诵《打渔杀家》里这句韵白，引得众船员一阵笑骂，说占他们便宜。

　　船上的生活单调枯燥，全靠抽水烟和斗牌来打发，这也是全体船工的共同爱好。李超羿不参与斗牌，因为要赌钱的，他小，工钱少，没余钱，再说祖父和父亲管得也严，决不允许他沾赌，师傅乌铁佬也不准他参赌。

　　乌铁佬不但行船是高手，赌钱更是高手，十赌九赢。去时一上路他就让船员们先亮出自己带的银钱，每人分出一半来开赌。另一半他收集起来锁在箱子里，让一个老船工专门看管。每个人带了多少银钱，拿出多少银钱，这些都要做详细记录。快到目的地时，他就把其他船员的钱赢得差不多了。到了汉口码头卸了货后，照例还有两天时间才配货返程。按常理，这些人都要去汉正街等处逛逛给自家人或者为亲朋好友采买一点便宜货和稀罕物。那些船员就苦着脸向他借钱，他让签字画押后才把钱借给他们。回程时用钱箱里留的那一半继续赌，往返谁输多输少，也都有详细记录。到了离三合镇最近的独桥镇最后一次驳船住宿，他照例请大家吃一顿好的，听一场戏。第二天一大早，天一亮，起锚后，他就把各人输给他的钱和从他手里借的钱一一算好，按数发还给他们，把借条一撕，往江里一丢，借条如江鸥般纷纷飘落，一个漩涡就不见踪影了，众船员一阵大笑，每趟都是如此。李超羿很不理解，既然赢了还要还回去，还不如当时不收呢，又要做记录，借借还还的，多麻烦。乌铁佬用手指头弹了一下李超羿的脑壳说："你个细后生崽晓甚？不这样，他们哪能拿得到钱？我们干这行的天天水上漂，风里来浪里去的，脑袋别在裤腰带上，不就为了几个钱吗？这钱要用来娶媳妇和养家糊口的，我难道任他们胡花了不管吗？"李超羿恍然大悟，愈发崇拜师傅。乌铁佬见他闲得太无聊，总是杵在船头对着江水发呆，就把自己的水烟筒扔过去说："抽一筒，莫跟木桩一样杵在那儿。"他就学着抽了一筒，刚开始觉得又苦又辣，很不习惯，一来二去的，就抽上瘾了。乌铁佬干脆就寻人给他做了一柄竹烟筒，又拿了一包烟丝给他。"广东南雄府的黄烟丝，最够味，人家送我的，分你一包，你小子有口福。"乌铁佬说。

李超羿从此一发而不可收，别人斗牌的时候他就坐在旁边咕噜咕噜抽水烟，烟瘾就越来越大了，一杆竹烟筒熏得乌黑。渐渐地大家就给他起了个"乌烟筒"的绰号，以至他的大名李超羿倒少有人叫了。

二

"克勤于邦，克俭于家"。这是乌烟筒家堂屋里挂的一副字。是他祖父李贵请周昶安先生写的。

乌烟筒的祖父李贵，那可是三合镇方圆几十里有名的悭吝鬼，人送外号"皮鬼"，皮在当地话里就是"吝啬"的意思。皮鬼李贵嘴里天天叨念着幼时在私塾学的《朱子家训》里那句：一粥一饭，当思来之不易；半丝半缕，恒念物力维艰。从不浪费一粒米，半缕丝。这也没错，渔民家庭勤俭也是治家之本。可他节俭得过度了。对家人的吃穿用度克扣得厉害。而且他始终觉得男娃子才是家里的根，血脉的延续。女娃子早晚是人家的人，把一个女娃养大得耗费多少银钱粮谷啊。所以除三个男娃外，他老婆前面生的三个女娃子一落地，他就赶紧打听有没有想抱童养媳的人家。问到了，过了三朝就赶紧送走，连衣服包被都别想从他家带走一片。送走三个女娃后，他老婆三十五岁时最后生的一胎又是女娃，老婆百般哀求他留下这个妹仔，身边有个女娃，更贴心，长大也能分担点家务，可他死活不肯，照样送走。他老婆气得大病了一场。原本生了七八个孩子，气血大亏，这个皮鬼又不给她好好补养，坐月子期间还要做家务，这一病就更伤元气，皮鬼也不给好好请医问药，只弄点验方草药给她喝，熬了半年，就撒手西去了。送走的四个女娃，有两个也因为先天不足，又没有母乳吃，夭折了。养在身边的三个男娃，也是管得极严，吃最差的伙食，穿破烂的衣服，做最重的活。

乌烟筒的爹李水根是老大，他性情敦厚，对父亲言听计从；老二水生在十四岁时得了一场大病，皮鬼也舍不得抓药，也是让他吃土方子，最后不治身亡；三儿子李水长当时十二岁，脾气倔强，有股叛逆精神，见二哥小小年纪就病死了，又恨父亲又心疼二哥，跟父亲大吵大闹，被李贵打了一顿后，离家出走，从此生死不明。只有乌烟筒父亲一个人苦熬着长大。二十一岁上，皮鬼父亲就给他娶了媳妇。那媳妇是邻村姑娘，家境殷实。因为小时候生天花，落了一脸麻子。就是因为这，她父母亲早就对外放话谁娶他家女儿，他们将陪嫁一笔高于彩礼钱的丰厚嫁妆。皮鬼李贵听说后就动了心，几次三番托人去说媒。皮鬼名声在外，那女子嫁到皮鬼家做儿媳妇也是出于无奈。娘家人都知道皮鬼的吝啬。娘家妈怕女儿吃亏，大大陪送一笔嫁妆，想在气势上压倒皮鬼。没想到却把个皮鬼李贵乐得合不拢嘴，觉得捡了大便宜。

乌烟筒父亲李水根心里很是不满意这桩亲事，没奈何，谁让自己父亲图人家要的彩礼少，陪送的嫁妆又多呢。就那样委屈地娶了进来。好在媳妇勤快，性格也绵软，又很快就生下了乌烟筒这个男娃。乌烟筒父亲也就认命了。丑妻近地家中宝嘛。媳妇坐月子乌烟筒外婆全程在这里伺候，从自家带鸡和鸡蛋等营养品给女儿吃。看着儿媳每天大鱼大肉地吃着，乌烟筒祖父气得直跺脚，却没奈何。乌烟筒外婆也是十里八村不好惹的泼辣婆娘，更何况这些东西都是人家娘家带来的呢。出了月子后，乌烟筒外婆也是隔三岔五就来，带些营养品给女儿和外孙吃，所以乌烟筒长得壮壮实实的，天天泡在水里也不生病。后来他母亲连生了三个女娃，乌烟筒祖父又想重复做自己老婆生女娃那样的事儿，想把女娃全部揽给别人家当童养媳。外公、外婆和舅舅们极力反对，乌烟筒父亲也反对。祖父只好作罢。但也都早早就把三个孙女嫁出去了，每个都索要了不菲的彩礼。那时乌烟筒外婆年龄大了，舅舅们也都各自成家，也不太管他家的事了。反正几个外孙女也顺利长大了，迟早都是嫁，摊上那样的祖父，在家也过得不开心。

光阴荏苒，乌烟筒在马老万家做船工已经八年。经历了无数惊涛骇浪。他已经长成一个二十三岁的大后生了，也历练成了一个出色的水手，在江上讨生活游刃有余。

祖父李贵越来越衰老，总想亲眼看着孙子成家立业，于是就召回了乌烟筒。在一个漆黑的晚上，祖父用被单挡住了他屋子的窗户，只点一盏豆大的油灯，叫了乌烟筒父子俩过来，指挥乌烟筒父子把床移开，又把床下摆着的旧鞋等破东烂西拿开，露出青砖铺的地面。他让乌烟筒父亲按他说的数地面的青砖：向左数第几块，向前边数第几块的撬开砖头，里面露出一个嵌在一堆沙子中的中等大小的青色大肚坛子，用一块木炭封着口。坛子很重，乌烟筒父亲费了好大力才把坛子从沙中拔出来，安放到旁边的桌子上。吃惊加劳累，他父亲已是满头大汗。祖父喊乌烟筒端起灯，让儿子用杀猪刀剜出那块木炭。乌烟筒和他的父亲都惊呆了：里面竟然是白花花的一坛光洋。祖父让乌烟筒亲手点点，足足有三百六十块。乌烟筒愈发吃惊，按他那时的工钱，这钱自己要做很多年才能做到。

"拿去造一条好船吧，让羿牯自己到江里讨生活，总比给别人当船工好。我不中用了，年轻时苦熬苦干地拼着命攒下些银子，到民国袁大总统当政的时候托朋友在一家可靠的银楼兑换成了现大洋，羿牯十岁的时候，我就用这坛子封起来埋在床下了。大家伙都说我吝啬，管我叫皮鬼，我也知道不好听，可咱们小门小户人家，没有根基，不靠勤俭持家怎么能行？要是天上能掉银圆，我也不受这个罪啊，你当谁愿意吗？"祖父苦着脸说。

"我也是人，也知道骨肉亲情，四个妹仔抱给人家死了两个，活着的两个也跟我不来往，那是恨我啊。我连自己老婆都搭上了，儿子也跑了一个不知死活，还搭上了我自己的一条腿，我这腿也是有病不舍得花钱抓药才坏的。我难道不知道肉比菜叶子好吃吗？要是成天大吃大喝，能攒下这份家业吗？我这院房子在花溪也是数得上的。我苦熬一辈子就剩这点家底儿了，如今都交给你们了，过好过歹就靠你们自己了。"祖父流着泪一脸颓然地说。

乌烟筒父亲赶紧拉着儿子跪下来，脸上热泪横流。乌烟筒看着祖父破旧的衣衫和床上单薄的烂被褥，哭着一连磕了几个响头。

乌烟筒父亲用祖父留下的钱请人造了一条结实的大渔船，还买了几张新渔网。父子俩风里来浪里去的，打了两年鱼，省吃俭用攒下一笔银钱，给乌烟筒娶了一房媳妇。不久后，祖父就病逝了。

乌烟筒媳妇朱三妹是个贤淑又漂亮的女人。把家里打理得井井有条，对待公婆也非常孝顺。一家人克勤克俭，和和美美。日子好了，乌烟筒抽起水烟来也感觉越来越有滋味。他最喜欢抽的就是师傅乌铁佬当年送他的那种南雄府的黄烟丝。经常让跑南雄府的船老板帮他捎带。每次买回来都要给乌铁佬送一份。乌铁佬家在离花溪十几里水路的五溪村，他四十多岁了，依然在马老万家船上做大掌舵，师徒俩非常投缘。师傅每次回来都要和他聚一聚，喝上一顿酒，天南地北地聊上一通，再美美地吸足水烟，直到半夜才散。

乌烟筒和一帮子年龄段不同的船老大组成了一支捕鱼队，有时也帮人运货，互相照应，长年在江里讨生活。收入稳定。还先后生了一儿两女三个孩子，一家人很是和美。

三

李俊是乌烟筒的第一个崽娃。儿子的名字是师傅乌铁佬给起的。用的是梁山一百单八将中第二十六位好汉混江龙李俊的名字。这也跟他喜欢哼京戏《打渔杀家》有关。李俊也是《打渔杀家》里的人物。乌烟筒不识字，只听师傅说俊是俊俏、英俊的俊，又是好汉的名字，他便认可了。跟他小时候一样，李俊身体也极健康，除帮母亲做必要的家务和农活外，也是整天泡在江里，活脱脱浪里白条第二。

邻村三溪办了一所新式学堂。校长就是给乌烟筒起名字的老塾师周昶安的二儿子周溢文。他从省城的师范学校毕业后，自愿回到家乡来办学堂和教书。周校长曾几次来乌烟筒家劝导让孩子们读书，但都赶上乌烟筒不在家。他媳妇三妹说她做不了主。村里普通渔民家娃子没几个去读书的。三妹也没当回事儿，她觉得，她们渔家的孩子，长大肯定是要在江里在船上讨生活的，这似乎是他们的宿命。读书有什么用处？鱼不会因为谁会读书而主动进网，也不会因为谁识字而江上的风浪就自动退却。男孩子嘛，从小就要经得起风浪，练好水性，练就打鱼的本领才是真的，何况，读书是要交学费的，那就像把白花花的光洋往江里扔一样，因此乌烟筒回来她压根就没对他提起这事儿。

李俊虽然水性好身体壮，可并不是四肢发达头脑简单的孩子。相反，这孩子脑子极好使，学什么都很快。八岁时，他突然对读书产生了浓厚的兴趣。他觉得男孩子连自己的名字都不会写，那是一件丢人的事情。

邻村的学堂就在江边，离花溪三四里路。他经常去那里偷听。去的时候走陆路，一般是下午的时候去。上午要做很多家务和农活：父亲打回来的鱼要分类，该收拾的收拾，该腌制的腌制，该晾晒的晾晒；还要去看水田里水情和去菜土里浇菜、摘菜。小妹妹青兰还小，大妹妹青玉和母亲学织补渔网。

中午吃罢饭后，他就假借去江里游泳为名，急匆匆地赶到邻村，那时学生们都回去吃午饭了，老师们在午睡，他赶紧在低年级教室的后窗户外偷看黑板上的字。并照着笔画用树枝在泥地上划拉出来。他已经找准了规律：下午上课时老师往往还会带着学生读一遍黑板上的字，那时他就藏在后窗户下面跟着默读，当然也有令他失望的时候。一来二去的，他也认识了不少字，还会做一些简单的算术题。回来的时候，他就一头扎进江里，逆水扎几个猛子游回家。虽然他很想跟别的孩子一样坐在教室里读书，可他不敢跟父母提这个要求。在那里读书的，几乎都是有钱人家的孩子，他一个渔夫的儿子怎么敢有这个想法呢？回到家里，一有闲，他就用树枝在地上画那些字，他怕忘了。遗憾的是，他的名字"李俊"二字，他还只会写那个李字，俊字他一直没机会学。

一天下午，学生们还没回校，他正躲在学堂的后房檐下聚精会神地画黑板上的字，校长周溢文在朋友家吃饭回来看到了。他惊愕地发现，这竟然是村里乌烟筒的儿子，去他家劝学时见过他。这个孩子在地上画的字真的很漂亮，而且专注得连他站在身后都没发现。那天，李俊画的正是自己的名字中那个"俊"字，当然他那时还不知道读音。周校长也不知道他叫李俊。周校长很感动，他怕吓到孩子，轻轻咳嗽了一声，但还是把李俊吓了一跳。他抬起头惊愕地看着校长，满面羞惭。

"写得不错嘛，孩子。"周校长说。

"不好。"李俊低着头说。

"你知道这是什么字吗？"周校长问道。

"不知道，但是我会写了。"

"哦，不会读先会写？"李俊点点头。

"先生们下午上课一般都会再读一遍的，那时我就会读了。"

"那要不读呢？"

"也有不读的时候，那我就先写会了，有机会再问别人，我爸他们那些打鱼的人里有几个也识些字。"周校长的眼睛睁得很大，他被这个孩子的求学精神感动了。

"你想来读书吗？"

"想，但是，我家肯定不让我读，要出学费的，我娘说以后在江里打鱼也用不上。"李俊声音低低地说。

"读书是有用的，现在是中华民国了，不读书以后会跟不上时代的。"

"嗯。"

"我先教你读这个字吧，这个字念俊，俊俏，英俊的俊字。"李俊惊讶得睁圆了眼睛。"我的名字就叫李俊。我爸说就是英俊的俊，不过他也不会写。现在我会写自己名字了。"说完，他就在地上用树枝整齐地画了"李俊"两个字。

"写得真好啊，李俊。"

"我会写名字了，我会写名字了！"李俊禁不住雀跃起来，脸上露出了孩童的天真。周校长也笑了。他摸了摸李俊的头说："孩子，你来读书吧。"

"我家不会同意的。"

"放心，我有办法的。你先跟我到办公室来一下。"周校长把他领进了自己的办公室。他拿出几个本子和两支铅笔说，"这个给你，你先好好练你会写的字。我这两天就去你家，你一定能来读书的，你先回去吧。"李俊高兴得都忘记了向校长道谢，抱着手里的本子和笔急忙转身向门外走去。

"等一下。"周校长喊道。李俊一惊，站在门口，转过身满腹狐疑地看着校长，他很害怕周校长又改变主意。周校长拉开抽屉，伸手在里面抓了一下。

"这个给你。"他几步走到李俊身边。竟然是奶糖。李俊的眼睛放出了光。奶糖他见过，在城里的商店。他深深给校长鞠了一个躬。

几天以后，李俊就坐在了学堂里。他非常珍惜这个来之不易的读书机会。他之所以能来读书是因为周校长给他减免了一半的学费，还费了很多口舌才说服乌烟筒夫妻两个。

李俊果然是块读书的好料子。他的成绩一直名列前茅，高小毕业后又考上了县城的中学，后来又考上了省城的大学。乌烟筒夫妻俩也想通了：自己讨生活这么辛苦，下一代不能再这样了。他们下决心要把儿子的书供出来。

四

离花溪三十多里的地方有一段江面叫牛角口，是一个峡谷地带，那里两岸都是悬崖峭壁，江面狭窄，水底多暗礁，非常危险。最大的一块礁石露出江面叫牛背石。那礁石神似一头巨大的水牛露出脊背在江里畅游，牛头这边朝着花溪方向，牛尾方向朝着下游独桥镇方向。在那段航道行船必须小心翼翼，随时有触礁的危险。老辈子船工们仿照瞿塘峡的《滟滪歌》编了《牛背歌》：

牛背大如马，牛角不可下。

牛背大如象，牛角不可上。

牛背大如牛，牛角不可留。

牛背大如幞，牛角不可触。

牛背大如鳖，牛角行舟绝。

牛背大如龟，牛角不可窥。

乌烟筒在马老万家货船上跟师傅跑船时，每到这个地方都全神贯注地看着师傅乌铁佬掌舵小心翼翼地避开暗礁通过此地。渐渐地就看出了门道，掌握了方法。为了让他积累经验，乌铁佬干脆就让乌烟筒掌舵，自己在旁边指挥着他。再后来，乌烟筒自己就能独立掌舵过这段航道了，乌铁佬就坐在他旁边吸水烟，但眼睛却鹰隼般盯着乌烟筒。

"这个牛背石真是神奇啊，真像一头大水牛在江里游泳，只可惜没头。"乌烟筒对师傅说。

"谁说没头啊，水牛是在撅着屁股扎猛子呢，说不定还有两只牛角和四条牛腿呢，只不过都藏在水底了。"乌铁佬说。

"说得跟真事儿一样，难不成你下去探摸过？"众船员戏谑道。

"我倒是真想下去探探，我还想骑到水牛背上当牧童唱歌呢。"乌铁佬的话引来一阵哄堂大笑。

"你们看那个崖壁上垂下来那么多藤萝，我呀真想下去折一段藤萝把水牛拴上拉家里去耕田呢，这不喂草不喂料的多划算。"

"牛，真牛。"大家笑得愈发开心了。

李俊读大学走了后，乌烟筒愈加勤快了。他总是想着怎样能多赚些钱供儿子读书。于是便在打鱼的间隙给人家送货。他觉得自己吃点苦不要紧，不能委屈了儿子。

那年秋汛时节，连日大雨，江水暴涨。乌烟筒他们那帮子渔夫都没有出船打鱼。一天中午，马老万派人找到了他，说想雇他第二天跑一趟生意，送一批货到离花溪一百里开外的独桥镇。开出的运费数目非常可观。乌烟筒想到暴涨的江水，迟疑了一下，但一想到那笔可观的运费，又舍不得推脱。他觉得自己的驾船技术已经炉火纯青。为这笔可观的运费，就不顾同行劝阻欲揽下那活计。他跟马老万派来的人说容他考虑一下再回话。

师傅乌铁佬刚好因病在家歇息，乌烟筒本想去和他商量一下的，又怕师傅直接阻拦自己，想想还是没去。下午，他驾船去牛角口附近观察水位情况。那时，雨已经停了，他发现江水虽然很大，但是牛背石还没到如鳖如幞那种程度。远远望去，牛背石露出的部分就像家里老婆三妹和女儿青玉精心喂养的那头黑猪。他觉得以自己的驾船技术，完全能顺利通过。有恃无恐，于是便回话揽下了生意。

第二天一早去装货时，马老万的管家对乌烟筒说这批货是从云南运过来的上好的普洱茶，独桥镇马老爷朋友的店里急需。因为买方催得急，自家的几艘货船去汉口运货还没回来才雇船的。乌烟筒曾经在马老万家的船上干了八年，驾船技术好，勤恳踏实可靠，深得马老万的信任，因此才来找他。老东家雇船，运费又很可观，乌烟筒更觉义不容辞。

那批货物的包装打得很严密。装好货物下水后，乌烟筒感觉水位似乎比前一天上涨了些，一定是上游又在下雨，江水才又上涨，他想。他也顾不得这些了，开弓没有回头箭啊。

　　船很快到了牛角口附近。乌烟筒惊呆了：远远望去，牛背石处一片茫茫江水，牛背石好像不见了，仔细看了一会他才发现浑浊的江水中，牛背石只露出铜盆大的一块，如老鳖随着江浪若隐若现。乌烟筒不觉暗暗叫苦。"牛背大如鳖，牛角行舟绝。"他在心里默念着这句。怎么办，打道回府吗？一定被人耻笑，说不定还得赔偿人家的误时费呢，只能前行了。乌烟筒咬咬嘴唇，眼睛似鹰隼一般盯着牛背石，掌握好方向，向前驶去。因为这里是峡谷地带，两面全是悬崖峭壁，下行时，就是无风无浪的日子，水流到这里也会突然变得湍急。那天，与其说是划船，不如说是漂荡。茫茫江水中，船已经完全不受控制，在浪头的推送下箭一般直接往前冲，尽管乌烟筒努力地掌着舵，船还是瞬间就偏离了航道，就像被什么东西吸引着一样，嗖地一下就冲到牛背石那里。乌烟筒暗叫一声"不好"！抱着船桨跳进江里。船直接撞到牛背石上，船头撞得粉碎，一个江浪灌进来，船翻了。乌烟筒在江里沉浮着，瞬间被激流冲出好远，灌了几口江水。他的头脑还是清醒的，赶紧憋足了气自救。他的头被礁石撞破了，血流了一脸。他几次被江浪推到牛背石上又被弹回来。他发现，牛背石隐藏在水底那部分远远比露出的部分大。如是几次，他甚至触到了隐藏在水里的牛头，这牛头甚至还真的像师傅说的那样有两只牛角。他触摸到了牛角。这牛头的确是低垂到江里的，想必是天气最干旱的时候也没露出过，他从没听人说起过。一个浪头从后面涌过来，他把握住时机，双手攀住那块他认为是牛角的突出在水里的石头，一个鱼跃龙门的动作，翻身上了牛背石。牛头的方向是逆水向，浪头一个接一个打过来，他快窒息了。只好慢慢调转身体，坐在那块露出的如鳖大小的牛背上。如果是风平浪静的日子。他这样倒骑着水牛，多像是一个闲适的牧童啊，说不定还拿一支短笛吹几曲乡村小调呢。可现在却是生死关头。他确信他是唯一一个骑到过牛背石上的人。是的，正常时候行船到这里，都是最有经验的老船工掌舵，全神贯注地小心翼翼地渡过。直到过了几十米后才长出一口气。有谁会冒险去仔细观察牛背石呢？更别说跳到江里去触摸了。后来，乌烟筒脱险后对同行们讲起这段经历，讲起牛背石的牛头和牛角，除师傅乌铁佬外，别人根本不相信，认为他是九死一生脱险后故意吹牛。

　　牛背石因为长期泡在江水里，上面长满了青苔，滑溜溜的，再加上江浪又急，根本无法容身。乌烟筒几次都差点栽下去。这样不行，必须尽快离开这里。

他心里暗想。他向前面望去，他的船已经变成了烂木板早就不见踪影了，货物也早就没了踪影。他也来不及心疼，事已至此，活命要紧。水流太急了，直接往前游肯定支持不了多久，必须尽快上岸。可这里两面峭壁，怎么上？他突然想起那年师傅说的用藤萝拴石牛的笑话，抬头看看峭壁上，果真有很多条藤萝垂到江面上。对，就攀上藤萝，爬到峭壁上，再想办法。他仔细观察了一下，发现右侧峭壁上离他最近的地方垂着一条巨大的藤萝，就靠那条藤萝了，生死由命了。他瞅准时机，借着江浪的推送一个猛子扎过去，使出浑身的力气往上一蹿，伸手抓住了藤萝……

当他下半身用藤条绑着几片芭蕉叶，一步一个血印地走到离牛角口最近的五溪村他师傅乌铁佬家时，乌铁佬一家正在灯下吃晚饭。看到他，老船工惊得一下子把饭碗倒扣在桌子上。那一刻的乌烟筒活脱脱一副被打入十八层地狱受了各种酷刑再从地狱里逃出来的小鬼模样：满脸是风干了的血痂，两个肩膀处的皮肤被太阳炙烤得脱了皮，身上和双腿布满大大小小的伤口，脚板已经完全磨烂了……

"乌烟筒，你，你……"

"师傅，我……"乌烟筒蠕动喉结带着哭音艰难地挤出这三个字，一头栽倒在师傅家堂屋的地上。

"喂，乌烟筒！快救人，快。"乌铁佬赶忙蹲下身抱住乌烟筒，对他的妻儿大喊道。一家人七手八脚把乌烟筒抬到堂屋的长凳上，老船工一边掐乌烟筒的人中，一边指挥他的儿子掐他的手指尖和脚趾尖。又对着他的妻子大吼道："站着发什么愣？多点几盏油灯，太暗了看不清他的伤处。再去煮一碗红糖姜汤！"师娘又点了两盏灯端过来。乌铁佬父子几人舞弄了好一阵儿，乌烟筒才醒过来。

"师傅，我……呜呜呜。"乌烟筒大哭起来，声音嘶哑而凄厉，就如同丢失了狼崽的母狼那样绝望。乌铁佬的儿媳打来了一盆温水，乌铁佬让她先出去，他自己把乌烟筒身上那些芭蕉叶解下来，用旧毛巾蘸着温水，轻轻地给他擦拭着脸上和身上的血污。他发现，乌烟筒身上布满了伤痕，连命根处都受了伤，可见他经历了怎样的磨难。一连换了好几盆水才擦干净。他又给乌烟筒的双肩抹上自制的烫伤膏，伤口处涂上乌贼骨粉止血。末了，又给他穿上几件自己的旧衣服。刚好，姜汤也熬好晾得差不多了。乌铁佬用肩膀靠着他，他老婆一勺一勺给他喂下去。乌烟筒慢慢缓过来了。又过了一刻钟，乌铁佬才让老婆给他盛了一大碗番薯丝小鱼干稀饭。乌烟筒一连吃了两碗，才彻底缓过来。看着自己穿着师傅的衣服，想起自己刚到师傅家时的惨相，他不好意思地苦笑了一下说："妈的，江水会脱人的衣服。"他给师傅详细讲了他的遭遇后，老船工听得眼睛都直了。

"什么，这么大的水，你独闯牛角口去送货？这马老万安的什么心？送的什么货？送到哪里？"师傅连连追问。

"一批云南来的普洱茶，包装很严密，送到独桥镇。"乌烟筒说。

"啊？普洱茶？送到独桥镇？这批货不干净。肯定夹带有大烟土。一批普洱茶他至于这么急吗？独桥镇不是什么好地方，我的结拜兄弟来顺客栈的吴掌柜跟我说过，那里有一些人跟山匪有勾搭，专门勾结不法商人贩卖大烟土，说马老万就专门给他们提供烟土。货没了，马老万能善罢甘休吗？"师傅忧心忡忡地说。乌烟筒捂着脸痛哭起来。

"莫哭，哭也没用，先抽一筒吧，事已至此，先不去想了。"乌铁佬递过水烟筒说，自己用另外的一把水烟筒点了一锅烟。他们俩咕噜咕噜地抽着水烟，谁也没再作声。但他们的心里都如牛角口的水流一样，翻腾着惊涛骇浪。乌烟筒不但自己的船毁了，还得赔偿货主的损失，万一马老万让乌烟筒赔偿大烟土的钱，那可不是一般的数目，不是一个普通渔民所承担得起的。

"莫煎熬，只要人没事就好，留得青山在不怕没柴烧，总有办法的。"师娘在旁边安慰乌烟筒说。

"要想把赔偿金降到最低，得想法子把马老万先制住，不能让他讹上。晚点我去找那帮子打鱼、运货的兄弟们，大家一起想想法子，能凑多少凑多少。"乌铁佬说。

"难为师傅了，大家都不富裕啊。"

"唉，能凑多少凑多少吧。"

半个月后，事情解决了。马老万还算仁义，说看在乌烟筒曾在他家做了八年船工的分上，就只让他赔偿了普洱茶的货款。那也是一笔不菲的数目。乌烟筒拿出全部的积蓄，又借了一笔钱，加上渔夫兄弟们和师傅找那些船工们凑的钱，勉强凑够了。他不知道，马老万之所以让步是因为师傅乌铁佬第二晚去找了学堂的周溢文校长，把一切都跟他说了。周校长说他有办法。

一个下午，周溢文只身一人去三合镇拜访马老万。他假装关心马老万，对他损失货物一事表示慰问，而后又故意和他聊当下时局。说最近总有不法商人在货物里夹带烟土，县里正在大力打击这一块呢，说着还拿出一份盖着县政府大印的关于严厉惩罚夹带和走私烟土的文件，假装关心地给马老万看。马老万皱了一下眉头，马上又赔笑道："乡里乡亲的，你知道我可是做正儿八经生意的，祸国殃民和违法乱纪的事儿咱坚决不干。"周校长忙说道："那是，那是，谁不知道您的名声啊。"说完就告辞了。

周溢文一出门就听到了马老万客厅里打碎瓷器的声音。周溢文的哥哥也就是老塾师的大儿子是县国民政府的秘书。周溢文知道马老万的普洱茶里有猫腻，暗藏烟土，所以才先发制人。这样马老万不敢承认他的货物里藏有烟土。他是哑巴吃黄连，有苦说不出。

事情过去了一个月，乌烟筒的伤好了，渐渐恢复了体力。没有了渔船他只好在江里浅水处拉网捕点鱼，或者打打短工，家庭生活陷入困境。

正如渔夫们暗地里说的那样：乌烟筒家的天塌了。三妹和青玉整天愁眉不展以泪洗面，就连十岁的小女儿青兰也跟着整天愁眉苦脸。这样下去不行啊，没钱大儿子李俊很快就会失学，一家人的生计也会成问题。他又去找师傅乌铁佬商量。乌铁佬说靠打短工确实是不行的，一定得想法子造一条船。乌烟筒说他想把自己的一院房子卖了，先造一条渔船。

"那你们一家住哪里？"

"先在江边盖两间茅草屋，等赚了钱，再做一院房子，没船不能打鱼，我儿子李俊的书就读不成啊。"师傅咕噜咕噜地抽着水烟，没作声，等于默许了，他也没办法啊。

祖父留下来的那一院房子乌烟筒是一百个舍不得啊，可现如今是山穷水尽，只能忍痛割爱。邻居家这几年做生意赚了不少钱，一直想扩大宅院，很中意乌烟筒家的那院地方。曾经开玩笑说过要买过来。乌烟筒狠狠心把房子卖给了他家。做了一条像样的大渔船，又还清了那些外债。搬家那天，他跑到祖父和父母的坟上长跪不起，磕破了额头。他发誓，一定要再做起一院像样的房子。

在师傅和那些渔民兄弟的帮助下，乌烟筒一家在江边搭起了两间茅草屋。用卖房子钱造的这条渔船，乌烟筒看得比命都重要，十分珍爱。每次打鱼回来都把船里里外外擦拭干净。闲下来的时候他总是自责，自己是个不肖子孙啊，不但没光宗耀祖，祖产还在他的手里败得精光。"我一定要挣回来。"每次想到这里，他都把牙齿咬得咯咯直响，在心里暗暗地发誓。他几乎每天都漂荡在江面上，晒得像一块黑铁疙瘩，当然收入也颇丰，几个月光景就攒了一小笔钱。

"乌烟筒好样的,照这样下去,你很快就会咸鱼翻身的。只是你得悠着点,别熬坏了身体。"当他给师傅乌铁佬送江里打的稀罕鱼时,老船工告诫他说。

"不会的,师傅,我今年刚四十五,正是壮年,又天天吃各种鱼,骨头硬着呢,有的是力气。等攒够了钱,造了屋,我再好好享受几天。到时请师傅和众兄弟们好好喝上几天,不醉不休。我倒是担心师傅你,六十来岁了,还漂荡在江上,你倒是应该悠着点了。"

"我不怕,在江上风里浪里漂荡这么多年,一把老骨头早就练成金刚不坏之体了。庙里的菩萨塑金身,我呀塑的是铁身。"说完两个人都哈哈大笑起来。

五

家是最小国,国是最大家。无论是政府要员还是江上渔者,一个国家的兴衰,一个民族的命运都会影响到这个国度里的每一个人。就像一位当代作家说的那样:时代的一粒沙,落到普通人身上就是一座大山。一九三八年,广州和武汉先后沦陷后,日本鬼子在南方越来越猖狂。一九四三年,日本鬼子占领了三合镇。他们在花溪村对岸修建了两个炮楼,还有一个巨大的军火库。一到晚上炮楼上的探照灯就四处晃动。他们不准渔民到那一段江里打鱼。除插着膏药旗的马老万家货船可以自由行驶外,其他的货船一律不准靠近那里。有几个胆大的渔民趁着天快亮时偷偷下江打鱼,被鬼子发现,一发炮弹把渔船炸得粉碎,渔民们全部丧生水底。渔民们再也不敢下江打鱼了,只能在江边的浅水处和花溪里下小网捉点小鱼。很快,这些地方的鱼就都被打完了,渔民的生活陷入困境,乌烟筒咸鱼翻身的计划也随之泡汤了。妻子三妹和两个女儿又都整天愁眉不展,只有乌烟筒每天对着妻儿强颜欢笑。

那天中午,乌烟筒右手提着一个破鱼篓,左手提着一张小网赤脚从外面走进竹篱笆围着的院子。青玉正跟妈妈朱三妹坐在树荫里补渔网。见爹爹用一只手提着破鱼篓回来就知道又没什么收获。她担心家里的生计,禁不住落下泪来。

"儿啊,不必悲泪!今日天气炎热,将船湾在柳荫之下,凉爽凉爽!"乌烟筒一边念着京戏里的韵白一边向眼里含着泪珠的大女儿青玉做着鬼脸。见三妹和青玉都没作声,乌烟筒把胳膊肘一转,鱼篓底儿朝上,半篓小鱼扑地倒在地上,有的一动不动,有的还跳跃着。那些鱼拇指大小的麦穗儿居多,夹杂着几条一扎来长的鲫鱼。

15

"乌烟筒，你喂鸭子吗？鸭子都不想吃了。"三妹没好气地说。

乌烟筒没有作声，默默地走到矮屋里，须臾，又走出来，手里提着熏得乌黑的烟筒，用脚把一张矮凳子钩过来，坐在檐下晒着的那张满是补疤的旧渔网旁边，咕噜咕噜开始吸水烟。吸了几口后，他抬起头，目光呆滞地看了看老婆和女儿，又茫然地望着远处白茫茫的江水，一股无名之火呼地一下从心底腾起。

"妈的，这些婊子崽，把好好的花溪弄成什么样子了？婊子崽，老子哪一朝一定灭了你们狗日的。"他破口大骂了几句。而后又狠狠地吸了几口烟，啪的一声扔掉烟筒，抱起破渔网就往外走。

"哎，去哪？你个乌烟筒。"

"你莫管，我去牛角口附近撒几网打些大鱼来，再这样下去，真会喝西北风了。"

"啊？莫去，快归！"三妹着急地大喊道。

"归，归，归，你个臭婆娘，归来等饿死吗？我们还可以吃点小鱼汤凑合活着，俊牯子在省城到哪里去捉小鱼？管不了那么多了，我先去撒几网来再说。"说着就大跨步往外走。

朱三妹扔下手里的活计，快速跑过去，死死拉住男人手里的渔网不放，带着哭音说："这当下你耍蛮不得啊，你出了事，让我们娘几个怎么活啊？"说完放声大哭起来。青玉也跟着母亲一起大哭起来。边哭边说："爸，你莫去。"小女儿青兰本来正在屋里睡觉，被吵醒了，走出来，看见母亲和姐姐都在大哭，知道家里肯定发生了什么不好的事，非常害怕，也跟着哭起来。

"狗日的，真的不让人活了。"乌烟筒狠狠地甩了一下手，旧渔网落在地上，三妹冷不防也跌坐在地上。乌烟筒牵着青兰坐到檐下，一改刚才的凶相，柔声哄着她。

青玉看看日头不早了，赶忙放下手里的渔网，去茅草搭成的厨房下点火做饭。点着火，加了几块劈柴，往锅里舀了两瓢水，然后走向地上的那一小堆鱼。鱼都已经停止了呼吸，只有几只虾米还顽强地在地上挣扎着。她蹲下来，把那几条一扎左右长的鲫鱼挑出来，用尖头竹签子挑开鱼肚子，挤出内脏，用水冲一下，把檐下一个瓦罐拖出来，从里面扒出几条同样大小的鱼，把它们扎在窗下吊着的竹子晒鱼竿上。那是她爸昨天捞的。回头又把刚才收拾的那几条鲫鱼埋在盐巴里。这些稍微大一点的鲫鱼他们不舍得吃，晒干了拿到离江远一点的集市上，可以换几个小钱儿。青玉又倒回去把地上那堆小鱼捡到一个瓦盆里。

16

收拾出来掺些番薯丝或者糙米可以煮粥吃。她蹲在地上把那些小鱼的内脏一条条清理好。实在太小的，就拣出来放在地上，家里还有两只母鸭，留着喂给它们吃。青兰见姐姐收拾鱼，跑过来蹲在旁边默默地帮忙。她发现，那几只小虾还活着，还在地上垂死挣扎。

"姐姐，虾还会动呢，它们渴了。"她说。青玉看了一眼地上的虾，恻隐之心大动。她把它们捉到用来喂猪的石头槽里，添了一瓢水进去。那些小虾立刻就欢蹦乱跳地畅游起来。

"活了，姐姐，它们还能游泳呢！"青兰高兴得直拍手。青玉的脸上也露出了笑容。那个石槽空在那里好久了，现在家里糊口都成问题，哪还养得起猪啊。

此后的几天，乌烟筒也开始长吁短叹，愁眉不展。每天只能捉到这点小鱼，确实就像朱三妹说的那样，喂鸭子鸭子都嫌弃啊。家里的那点钱，他夫妻俩和两个女儿的生活还能维持一段时间，可儿子李俊在省城读书要钱吃饭啊。想起儿子李俊，他的眼里不自觉地就有了一些光彩。儿子是他的希望，也是这个家的希望啊。

那天，乌烟筒抽了一通水烟，发了一会儿愣后，觉得还是得找师傅乌铁佬商量商量。他知道乌铁佬出了一趟船刚回来，还能在家里待几天。于是，吃罢青玉做的加了小麦穗鱼的玉米糊糊后就起身去了十五里开外的五溪村找他。

乌铁佬先把水烟筒递给他，自己也点了一筒，两人咕噜咕噜抽了一通后。乌烟筒才说了他现在的困境。

"不让下江打鱼，吃什么嘛！李俊在省城也要钱吃饭啊。"乌烟筒大声说。乌铁佬又点上一筒水烟，边抽边思谋。思谋了一阵儿后，眼睛一亮，抬头说道："过几天我去给马老万到汉口大码头送货，到时背着他，顺便把你的渔船拖上，出了牛角口到独桥镇地界去打鱼，那里暂时还没有鬼子兵，我的结拜兄弟吴掌柜会关照你的，应该没问题的，先赚点钱糊上口再说。"

再说说这个大财主马老万。他一直就不是一个安生的生意人。日本人没来以前先是明目张胆地倒卖大烟土，国民政府明令禁止贩卖大烟土后，他又开始暗地里勾结一些不法商贩在货物里夹带烟土牟取暴利。日本人来了以后，他马上又奴颜婢膝，做了日本鬼子的孝子贤孙，提供食品和各种生活用品向他们进贡。日本宪兵队长说他的良心大大地好，给他几面膏药旗，让他挂在他家货船的桅杆上。日本鬼子见了膏药旗就不会为难他们的。因此他家的货船可以在江上自由往来。乌铁佬就是利用这个条件把乌烟筒的船拖在马老万家的大船后面，出了牛角口，到下游独桥镇讨生活。

独桥镇距花溪大约一百二十里，依山傍水，是大江沿岸一个有名的大镇。一条秀水河把镇子分为东西两部分，镇里的居民习惯上驾船往来，河上只有一座无法考证年代的老石拱桥，镇子因此而得名。秀水河两岸遍布临水的旅馆、客栈，风月场所也很多，往来商船都喜欢在这里停靠。来顺客栈的吴掌柜是乌铁佬的结拜兄弟。此人在独桥镇很有威望，又豪爽仗义。乌铁佬把徒弟乌烟筒托付给了他，乌烟筒才得以在独桥镇地盘上撒网打鱼、运货。

一晃两个月过去了，乌烟筒在吴掌柜的帮助下，靠水吃水，很快赚了一笔钱，托从汉口回程的乌铁佬带给老婆三妹一部分，又寄给儿子李俊一部分。一家人的生计问题算是暂时解决了。

每一趟出船时，无论往返，乌铁佬都照例到他结拜兄弟吴掌柜的来顺客栈停靠过夜。那天他从三合镇往汉口去，又停靠在独桥镇。晚饭时，他喊了乌烟筒过来吃酒。乌铁佬义愤填膺地说："马老万这个孬种给日本人做孙子也就算了，如今还帮着日本鬼子祸害起中国人来了。你还不知道吧，他告密说学堂周溢文校长是安插在三合镇的共产党，专门宣传抗日主张，组织附近村民组成武工队武装抗日，还指认三溪几个跟他有过节的乡亲是抗日游击队和武工队的成员。日本鬼子前几天把他们抓去杀了头。可惜了周校长这个读书人啊，他不否认自己的共产党身份也不怕死，临刑前还大喊'中国共产党万岁'，说只要万众一心，迟早会把日本鬼子赶出中国的。鬼子把他的头砍下来了，挂在树上示众，我恨死狗日的马老万了，迟早整治他。"乌烟筒听了也是义愤填膺。他说李俊能读书也是亏了周校长帮忙，又是到家劝说又是给减免学费的，没料到好人却落得这个结局，真是可惜，马老万太不是东西，迟早遭报应。那晚，老船工又把那年乌烟筒沉船时周溢文先发制人，亲自去马老万家送禁烟文件的事说给了乌烟筒。乌烟筒愈发崇敬和感激周校长，同时也觉得周溢文的死和自己有关，他是为了帮自己和马老万结了仇，才落得如此下场的。他一杯接一杯地喝酒，在心里埋下了一颗仇恨的种子。那夜，吴掌柜请他们听京戏《打渔杀家》。乌烟筒这才知道《打渔杀家》讲的是梁山好汉阮小七不愿做官，与众兄弟分手后，易名萧恩，与女儿桂英打鱼为生。偶然获得一颗宝珠——庆顶珠，顶在头上入水，可以避水开路。后来成为桂英与花荣之子花逢春的订亲信物。那日遇故人李俊携友倪荣来访，同饮舟中。因天旱水浅，打不上鱼，欠下了乡宦丁士燮的渔税，丁自燮遭丁郎催讨渔税，李、倪斥之，得罪了丁府。丁府派教师爷率家丁锁拿萧恩，萧恩忍无可忍，将众人打得落花流水。而后萧恩想先发制人，到县衙门状告渔霸丁士燮，孰料丁府与官衙勾结。县官吕子秋反将萧恩杖责四十，还逼其过江至丁府赔礼。萧恩愤恨之下大发英雄神威，带着女儿黑夜过江，以献宝珠为名，夜入丁府，杀了渔霸全家。乌烟筒听后拍案叫绝，连说："痛快！痛快！换了我也一定会那么做的。"这时他才知道，乌铁佬常念叨的那句韵白："儿啊，不必悲泪！今日天气炎热，将船湾在柳荫之下，凉爽凉爽！"原来竟是戏中萧恩对女儿桂英说的话。

一个月后，师傅回程，又在独桥镇驳船。他送了乌烟筒很多东西，又跟他说了半宿话，还叫来酒菜，一起痛饮，两个人都喝得酩酊大醉。第二天起锚时，乌烟筒前去送他，乌铁佬把他拉到一边，低声嘱咐说无论如何也不能给日本鬼子当走狗，咱们是中国人。乌烟筒很奇怪说话粗声大气的师傅今天怎么跟自己说起悄悄话了？直到船舱里闪出一个人来不耐烦地催乌铁佬开船时，他才发现，原来马老万的大儿子也在船上，马家大少爷一直在汉口打理生意。

"你们这次拉的什么货？要少东家亲自押运？"乌烟筒问道。师傅没回答，只是又压低了声音说上次从汉口回来，他把家眷都搬到他老婆娘家那边讨生活去了，让乌烟筒有时间过去看看。乌烟筒十分诧异，师娘的娘家在很远的大山里，交通甚为不便，师傅为什么要把家搬到那里呢？没待他问清楚，乌铁佬就起锚了，乌烟筒忙拿出钱来让师傅给老婆三妹捎去，乌铁佬拒绝了，说这次时间紧，没法去送，等下趟来。临走时乌铁佬还把自己的烟筒塞给了他。乌烟筒更加诧异。别的不说，这柄竹烟筒是乌铁佬的心爱之物，几乎一刻不离身的，他的烟瘾也很大，怎么就送给自己了呢？

傍晚时分，乌烟筒正在船头烧饭，师傅的结拜兄弟吴掌柜慌慌张张地跑来哭着说："老兄弟啊，大事不好了，我老哥乌铁佬在牛角口撞牛背石沉船了，一船货物都沉入了江底。"

"那我师傅乌铁佬呢？他怎么样？"乌烟筒急切地问道。

"死了。他们几个船工都死了。"吴掌柜流着泪说。

"你道他们这趟从汉口拉的是啥？是马老万给日本鬼子运的枪支和炮弹，用来打咱们中国人的。我老哥逆水过了牛角口没多远，就马上调转船头，挂上满帆，发狠向牛背石撞过去，听说马老万派去押运货物的大儿子先被他们扔进江里溺了，他们几个船工是商量好了要这么做的。我老哥英雄着呢，跟《打渔杀家》里的萧恩一个样。"吴老板大哭起来。

乌烟筒愣愣地站在船头，脸上的肌肉扭曲着，把牙齿咬得咯咯直响，却没有流一滴眼泪。半晌才恶狠狠挤出一句话："马老万，你个婊子崽，还有那些狗日的日本鬼子，我不会饶过你们的！我李超羿生来就是与日头做对的，迟早有一天把你们全都灭了，狗日的！唉噫——说什么去与不去，我恨不得肋生双翅，越过江去，我就杀……（旦）杀什么？越过江去，杀了贼的全家，方消我心头之恨哪。"乌烟筒说着说着突然就高声唱起《打渔杀家》的戏来。一个人又扮老生萧恩又扮小旦萧桂英。他的脑海中过电影一样播放着少年时师傅乌铁佬在货船上对他的关照；沉船后乌铁佬对他的救助……他怒目圆睁，一遍又一遍地唱着，直到声嘶力竭。

六

　　独桥镇的对面是流花镇，两个镇子隔江相望。流花镇是一个著名的古镇，那里民风古朴，盛产油纸伞和绸伞。与背靠群山面临江水的独桥镇不同，流花镇临江，不仅水陆交通便利，陆路交通也非常发达。近到省城、远到周边各省陆路通道都从流花镇经过。自古就是战略要地。开战以来，国军就派重兵严防死守。日军占领上游的三合镇后，曾几次派重兵围攻，都没成功。

　　一个月后，国民革命军与鬼子在流花镇激战。一开始，国军占了上风。乌烟筒经常帮他们运送物资。一日，他遇见一位长官，不知怎么感觉非常面善，甚至感到有些亲切。的确，那位长官从来不摆架子仗势欺人。用老百姓的船运送物资，每次都会付钱。打了几次交道后，越发觉得亲切。他发现，那位长官每次用他的船，总是把他上上下下仔细打量一番。那次，等他搬完了物资，长官拿出两块银圆给他，乌烟筒坚决不收。说自己愿意为打鬼子出一份力。那个长官突然问道："老乡，你是哪里人？你知道三合镇的花溪村吗？"

　　"知道啊，我就是花溪人啊，长官。"

　　"什么，你是花溪人？"那位长官突然间全身颤抖，语无伦次起来，他从烟盒里抽出一支烟来放到口里，可是一连几次都擦不着火柴。乌烟筒帮他点着了烟。他抽了几口才缓过神来，又问道："那你知道花溪村有个叫李贵的老人吗？外号叫皮鬼的。"

　　"啊？你说的是我祖父，李贵是我祖父啊。"

　　"什么？皮鬼，不，李贵是你祖父？"长官颤抖得连烟都拿不住了，烟掉在了地上。

"是啊。"

"那，你父亲叫李水根？是吗？"

"是的，长官。你怎么知道我祖父和我父亲的名字？"乌烟筒惊愕地问道。

"我，我叫李水长，李贵是我父亲，你父亲跟你说过他曾经有个叫李水长的小弟吗？"长官急切地问道。"说过的，说过的，他经常叨念，说我老叔叫李水长，十二岁上离家出走了，说我还有个二叔叫李水生，后来病死了。"乌烟筒说。

"那就对了，你，你父亲是我大哥啊，难怪我一见到你就觉得面熟、亲切，你长得太像我大哥了。"长官哽咽着说，他浑身筛糠般颤抖着。乌烟筒瞬间石化。他的确从小就知道二叔病死和老叔出走的事，也知道老叔的名字，祖父和父亲直到去世还念叨着老叔的名字，他们都是带着遗憾走的。

"你祖父和父亲都还好吗？"长官摇了摇乌烟筒的肩膀。

"他们，他们都不在人世了。祖父去世有二十多年了，我父亲也去世几年了。"乌烟筒哭着说。

"啊？都，都不在了？爸，大哥。"长官哭喊着双膝跪地，泪如雨下。

李水长的确是乌烟筒的亲叔叔。十二岁那年，因为二哥生病父亲不舍得钱请医生，只用土验方，二哥最终不治。又想到母亲辛劳半生，也是在父亲的苛刻下那么年轻就离世了。他对这个家失望至极，一气之下就扒上一艘货船来到汉口。在船上差点饿死，也差点被船工当成小偷扔进江里。幸好他说出哥哥师傅乌铁佬的名字，那艘船上掌舵的人和乌铁佬是朋友，才饶了他，给了他一碗饭吃，到了汉口大码头又扔给他几个铜板让他走了。李水长讨过饭，当过码头装卸工，甚至还真的干过小偷小摸的勾当。后来一位好心的木匠见他可怜，就收留他做学徒。他勤恳卖力，三年就学会了一手精湛的木匠活。木匠师傅见他可靠，在他三十岁时把自己的小女儿嫁给了他。一家人在街上开着一个木匠铺，过得很幸福。前几年，他本打算攒点钱带着老婆孩子回花溪看看父亲和哥哥的。没想到日本鬼子占领了武汉三镇，无恶不作。他们把铺子搬到镇上。那天，他和妻子带着三个儿子去乡下老家走亲戚，回来时发现镇子已被鬼子的飞机炸成废墟，岳父岳母和妻弟都被炸死了，他带着妻子和三个儿子逃到乡下，安顿好妻儿后就参加了国民革命军抗战了。如今出来六年了，熬成了连长。每个季度攒点军饷就让人捎回去给他们母子过日子，孩子们都长大了，家里捎信说老大快讨亲了，可惜战事紧他回不去。他说他五十多岁了，说话就快到花甲之年了，只希望早点把鬼子赶出中国去，他好早点带着老婆孩子落叶归根。

"哪儿也不如自己的家乡好啊，老叔那时是年龄小不懂事儿啊。现在我知错了，我怎么着也得到你爷爷坟上磕头向他赎罪啊。他克扣我们，他自己也没享受过啊，也是跟我们一块儿吃糠咽菜的，谁不知道肉比菜叶子好吃啊，是吃不起啊。"李水长号啕大哭起来。

"长官，别哭。他们会原谅你的。"乌烟筒安慰道。

"混蛋，叫老叔。"李水长咆哮道。

"老叔。"乌烟筒哽咽起来。他自己也不知道为何，一声老叔叫出来，他立刻就控制不住自己的感情了，也许这就是骨肉亲情血浓于水吧。他的腿一软，直接跪在老叔脚下，叔侄两个抱头痛哭。

乌烟筒的叔叔留守独桥镇，为镇守流花镇的士兵们提供物资保障。自从与乌烟筒相认以来，叔叔士气大增，他说保卫好这两个镇子就是保卫家乡，这两个镇子守住了，三合镇迟早破防，家乡就光复了。乌烟筒经常为叔叔的部队运送物资，他和叔叔一有时间就聚在一起，乌烟筒给他讲这些年家里及家乡花溪的变迁，叔叔给他讲他一家人的事，他们都得到了亲情的抚慰。叔叔说等战事稍微缓解就先回花溪一趟，去祭拜父兄和看看家人。

一个月后，抗战形势急转直下。部队武器弹药严重不足，给养也供不上，战斗力大大减弱。留守在独桥镇的叔叔也被调往流花镇增援。

那个黄昏，血色的残阳挂在江对面的笔架山顶，落日余晖里，江水半江瑟瑟半江血红，总让人有一种凄楚悲壮的感觉。笔架山是流花镇西面的一座山峰，就在江边，因形似笔架而得名。乌烟筒送货回来，正在吴掌柜处喝茶，忽然叔叔的一个兵跑来说他们在江对岸的流花镇被鬼子打散了，连长他们就在流花镇不远处的笔架山江边，鬼子大部队就要来了。乌烟筒二话不说，驾起小船就往江对面驶去。

刚靠近镇子乌烟筒就发现，流花镇这个著名的古镇几乎被炸成了废墟。那是怎样的一个场面啊：镇子里火光冲天，硝烟弥漫。哭声夹杂着凄厉的喊叫声，此起彼伏。这个安乐祥和的古镇成了人间地狱。渡口边，逃难的百姓拖儿带女。还有大批满身血污、缺胳膊少腿的伤兵。他看见一些渔民正在自发地用船往独桥镇营救他们，就没有停留，直接往笔架山驶去。

那里的情形也好不到哪里去。刚进行过一场鏖战，也是尸横遍野，硝烟弥漫。他大声呼喊着："老叔，李水长！老叔。"他的老叔头上缠着绷带一瘸一拐

22

地走过来。满脸血污，疲惫不堪，看上去非常憔悴、虚弱。

"老叔，快，上船，我送你回独桥镇。"

"不，让我的士兵们先走。你的船最多每次能摆渡多少人？"老叔问道。"包括我在内，最多每次能装十六人。"

"那好，快，来十五个重伤员，快，上船。把武器留下，尤其是手榴弹。"重伤员们互相搀扶着上了船。坐满后，乌烟筒急速朝独桥镇驶去。如此往返了五次后，乌烟筒体力严重透支。第六次到笔架山时，他汗流浃背，气喘吁吁。每一趟他都能听到枪声从远处传来，一趟比一趟更近更密集，更清晰。再不转移，老叔就可能走不了了。

"老叔，快上船，上船。"乌烟筒急切地说。"羿牸子，这趟回去你不要再来了，你已经救了很多人了，我们不会忘记你的。我有一笔钱存在吴掌柜那里，你取出来，拿去建一栋房子吧，算我离家这么多年对家里最后做一点贡献吧，这是你老婶的地址，有机会去找找他们。告诉你老婶和三个弟弟们你老叔不是孬种！你回去替我在你爷爷和你爸爸坟上磕几个头吧，就说你老叔知道错了，你老叔对不起他们。也要告诉他们，你老叔不是孬种，没有辱没咱们老李家的门庭。你千万别再过来了！"老叔把一张纸塞进他的手里，哽咽着说。

那些士兵们也都哭着说："老乡，你别过来了，危险，大不了我们跟鬼子同归于尽！狗日的小日本，总有一天会滚出中国的。谢谢你了，兄弟，明年今天记得给弟兄们烧周年纸！"

乌烟筒跪下求他老叔上船，士兵们也跪下一片求长官上船。李水长大吼着说："都起来，我是连长，我当与你们共存亡。你们快走，能走几个走几个。"乌烟筒没有听叔叔的话，他又往返了两次，又接了三十个士兵过去。枪声越来越近，近得都能听到鬼子叽里呱啦的东洋话。叔叔那里还有不到三十人，乌烟筒想着快速划回去再转回来接。可是体力跟不上了，他快累瘫了。当他把第八批士兵放到岸上，掉头想往回划时，突然听到一声震天动地的爆炸声。接着就看到对岸火光冲天。"李长官，弟兄们。"被乌烟筒救回独桥镇的士兵们放声大哭起来。

"老叔。"乌烟筒大吼一声昏厥过去。

几天以后，国民革命军在独桥镇重新整队，人数已经减半，奉命撤退转移了。

乌烟筒曾经去笔架山下寻找过叔叔。哪怕是能寻到遗体也好啊。可是原来老叔他们所在的地方除了满目疮痍的炮弹痕迹和明显的过火痕迹外什么都没有。他又往前走了一段，靠近江边的位置，赫然出现一个大坑，看样子好像是爆炸遗留的，坑里面也是焦黑的过火痕迹。他突然想起他运送最后一批士兵到达对岸时听到的那声惊天动地的爆炸声。老叔他们一定是集中拉响了手榴弹与鬼子同归于尽了。

"老叔，老叔。"他撕心裂肺地大喊几声，顷刻之间感觉自己苍老了很多。他跪下来，对着大坑磕了三个响头。捧起一抔泥土放进衣袋里。嘴里喃喃说："老叔，侄儿带你回花溪，带你回家。"他站起来，又对着大坑恭恭敬敬三鞠躬高声喊道："弟兄们，一路走好！你们都是好样的，我李超羿誓杀东洋矮鬼，一定为你们报仇。"

乌烟筒把那抔泥土用一个精致的盒子装了，埋在祖父和父亲身边。他哽咽着边焚纸钱边说："爷爷，爸，我老叔李水长来陪你们了，他是顶天立地的大英雄，咱们家的子孙光宗耀祖了。"

七

李俊大学没毕业就退学了。他曾经托人给家里带来一封信，乌烟筒请村里读过书的人给念的。儿子说：国难当头，象牙塔已不再是净土。天下兴亡，匹夫有责，好男儿当慷慨赴国难，不孝儿已投笔从戎，就此拜别父亲，待到光复中华之日，儿再回乡孝敬双亲。乌烟筒知道他的儿子是好样的，肯定是去干正事了。他感觉如今这世道，正事儿就是打日本鬼子。尽管此后儿子一直没有音讯，但他确信儿子一定是去打日本鬼子了，他的种儿他知道。所以，尽管三妹每天哭天抹泪的，乌烟筒也不会悲戚。国难当头，年轻人不去打鬼子就不是干正事儿。

国民革命军撤退没多久，鬼子就占领了独桥镇。乌烟筒没再回去，他留在了花溪。他没有动用叔叔的钱做房子。他说日后太平了，他要去找婶子和弟弟们，把这些钱带给他们。

鬼子们为了长期占领沿江这几个镇子，对渔民的政策放宽些了。渔民们可以去江里打鱼了。但是不能靠近他们的据点和火药库。而且他们经常故意找碴骚扰江上的渔船。渔民们每天提心吊胆地生活着，脑袋就别在裤腰带上，不知道何时就被鬼子取了。

一晃又过了一年。这一年里，乌烟筒打听到了叔叔他们的壮烈：那个夜晚

24

他划船离开后，叔叔对着他的背影凄厉地叫了一声"羿牯"，泣不成声。枪炮声越来越近了。叔叔抹去了眼泪，喊了一声："全体集合！"二十几个人呼地从地上站起来。他嘶哑着声音说："你们怕不怕死？"

"不怕。"士兵们异口同声地说。

"好样的！我们为国尽忠的时候到了，大丈夫当慷慨赴国难，为了国家，为了我们的父母兄弟姐妹，我们死而无憾！听我指挥，把所有的手榴弹收集起来，串在一起，我们二十几个人都倒在地上假装死亡或受伤，把圈子围大一点，等他们进了圈里查看，人聚集多了就拉弦，跟狗日的同归于尽！"

"是！"他们的脸上没有任何悲戚，更没有任何畏惧，从容地把手榴弹集中起来，揣在怀里。

鬼子来了后，看见他们一地横七竖八的，都不能动弹了，有几个正捂着肚子或者抱着头痛苦地呻吟着。他们狞笑着走近前来，得意扬扬地欣赏着自己的战果。"打！"李水长突然一声令下。士兵们几乎同时拉响了各自的手榴弹。

一声巨响之后，一切归于平静了。硝烟中，二十几位勇士不见了，那群鬼子也不见了。江边一片血雨腥风，残肢断臂雨点一般洒落，分不清是哪一方人的。后面来的鬼子兵见到这情景吓呆了。打扫战场时，他们无法收敛他们自己人的尸骸，只能把那些残肢断臂统统收拾到坑里，淋上汽油，放了一把火烧成灰烬，倒入江里了。这是独桥镇几个藏在江边芦苇丛中试图用竹筏子营救李水长他们的老渔夫亲眼见到的。

不久以后，乌烟筒的大女儿青玉出嫁了。嫁的是镇里的手艺人。家里有店铺。乌烟筒感觉心里舒服点了，三妹也露出了久违的笑容。

那年八月十日中午，乌烟筒一家正在吃饭。突然来了一队鬼子兵。他们乌拉乌拉说着他听不懂的东洋话，还比比画画的。乌烟筒摸不着头脑。一个略会一点汉语的鬼子说："你的，出一趟船，去流花镇笔架山地。"一听笔架山，乌烟筒的血一下子就涌到了脸上。他怒目圆睁。心底暗暗骂道："婊子崽，矮子鬼，爷爷真想一刀劈了你们，提着你们的头到笔架山祭奠我老叔他们。"可是当看到几个鬼子用淫邪的目光在小女儿青兰身上瞟来瞟去时，乌烟筒害怕了，他怕这些吃人不吐骨头的魔鬼残害他的小女儿。赶紧赔着笑脸说："太君，是要去笔架山吗？我去送你们，这就去。"说完起身就往外走。一边还对三妹母女打着暗语让他们赶紧去大女儿家躲躲。

他的船承载量是十六个人，可是鬼子兵非要坐十六个，加上他就超载了。

可是他也没办法。只好努力掌握着平衡。远远地望见牛角口水域时，他的心忽地动了一下，一个念头在他的心中忽地一闪。可是他在船头撑船，鬼子兵在后面坐着，大白天的，他觉得他成不了事儿。所以他安全顺利地把他们送到了流花镇的笔架山下。

鬼子们在江边老叔他们遇难的那个大土坑前围坐在一起，从背包里拿出一个个写着字儿的小木牌，放到大土坑里，又拿出水果、饼干、罐头等食品摆在木牌前。乌烟筒明白了，他们是在祭奠那年被叔叔他们炸死在这里的鬼子们。可这是什么节日呢？他忽然想起前几天他们当地的七月半盂兰盆节刚过去，听说鬼子们的节日都是学中国人的，估计他们也是在过七月半盂兰盆节吧。这些忘恩负义的玩意。他心里狠狠骂道。看着密密匝匝的灵牌乌烟筒心里这个乐啊。他偷偷数了数，一共四十三个灵牌。他清楚地记得，叔叔他们的士兵不到三十个。不到三十个人炸死了他们四十三个，值了。他心里暗想。

天黑后，鬼子们又在灵牌前点起了蜡烛，还唱起了东洋歌，他们一直折腾到半夜，才从背包里拿出吃的，自己吃起来。也许是怕乌烟筒没有力气划船，他们也给他拿了一份。乌烟筒本来不想吃鬼子的东西。可是，在这里他一直想着叔叔他们的惨烈，在牛角口生出的那个念头一直在他的心里闪现着。所以他大嚼起来。"狗日的，你们不是喜欢跟死鬼在一起吗？你们不是叫鬼子吗？老子今天就让你们变鬼。"

快回程的时候，他趁鬼子们收拾东西的当儿，偷偷拿了一个橘子和一支蜡烛，假装去江边撒尿，偷偷把橘子剥开，把蜡烛点着插在橘子瓣上，放到江里。跪在江边磕了三个响头，嘴里喃喃地说："老叔，今晚我来给你放一盏灯，也给你报个信儿，侄儿很快就去找你了，侄儿就要给你和弟兄们报仇了。"临走时，鬼子兵们一个个朝着大坑里的灵牌三鞠躬，嘴里还喊着什么，他们脸上都挂着泪珠。乌烟筒明白了，他们是在喊灵牌上人的名字。乌烟筒突然就有了一种悲天悯人的情怀："唉，你们这些矮子鬼也是生不逢时啊，遇到喜欢侵占别人国家的总统（他不知道日本的最高统治者是天皇），要不你们也可以好好在你们东洋老家待着，娶妻生子，安居乐业的多好。非得被派到别的国家来杀人放火，别的国家的人能饶过你们吗？唉，谁不是爹娘养的，谁的爹娘不在盼着儿女回来？善有善报恶有恶报，不是不报时候未到，你说你们这年轻轻的就造这么多孽。如今时候到了，今天落在你们乌烟筒爷爷手里，能饶了你们吗？你们啊早死早投生吧，鬼魂就顺着江水漂到大海里去，再漂回到你们东洋老家去吧，来世做个好人，莫来别人的国家杀人放火了。"

鬼子兵们一个个上船后，月光下，乌烟筒艰难地撑着船逆水往花溪方向行驶。看着两岸那熟悉的风景和沿途的村庄，他的心里也是五味杂陈：唉，自己也是生不逢时啊，遇到这乱世，不得善终。儿子李俊一去没音讯，虽然他确信儿子不是孬种，一定是干正事打鬼子去了，可毕竟生死未卜啊。小女儿青兰还没出嫁，妻子三妹年龄大了，身体也不好，自己死了还不知道她受不受得了呢，家里一直住着茅草屋。老叔的那笔钱再穷也不能动啊，自己死了，哪天李俊回来了，就让李俊去找他老奶奶和堂叔们。还不错，老叔还有三个儿子呢，他们老李家也算人丁兴旺。他突然又想起《打渔杀家》的戏来，那萧恩离开绿林后不愿做官，只想和女儿隐居山林过平常的日子，可树欲静而风不止，姓丁的渔霸太可恶了，逼得老英雄重操旧业，杀死他们泄愤。他觉得他就是戏里满腔悲愤的萧恩，也是迫不得已。禁不住高声唱道："唉嗨——说什么去与不去，我恨不得肋生双翅，越过江去，我就杀……杀什么？越过江去，杀了贼的全家，方消我心头之恨哪。"他完全入戏，亦生亦旦，惟妙惟肖。鬼子们虽然听不懂唱词儿，却被他的优美的唱腔迷住了，嘴里说着："哟西，哟西。"还不住地鼓掌。

前面就是牛角口了，月色朦胧，那里水流湍急，船又重，又是逆水，越发艰难。月亮西斜了，清光照在江面上，两面的悬崖峭壁一片漆黑，仿佛是狰狞的怪兽张牙舞爪地向船扑来，他还是第一次在夜里行船过这个地方，因为心里有了那个念头，一切都不怕了。江风送来一阵阵凉意，鬼子们折腾了那么久，又心情悲伤，都裹紧了衣服安静地坐在船舱里打瞌睡。山顶上一只什么鸟受了惊吓，扑棱棱飞过峡谷，发出几声瘆人的鸣叫声。鬼子兵们一激灵，全都醒了，他们都不约而同抬起头，汗毛倒立。"八嘎，八嘎！什么的干活？"那个会点汉语的鬼子兵用蹩脚的中国话夹杂着日语骂道。"太君，是鸟，是鸟的干活。冇事，冇事。"牛背石就在眼前了，现在水位不高不低，正是行船运货的好季节啊。他看看天边，天将破晓，朝霞就要来了，无论人世间多么悲怆，太阳每天都会照样升起。他突然想起那年自己在牛背石处的惊险一幕，想起了师傅乌铁佬的悲壮，又想起了周溢文校长的视死如归，末了，又想起了儿子李俊信中的话：大丈夫当慷慨赴国难。他突觉士气大振，勇气倍增。他在心里说："好儿子，你老子就是慷慨赴国难的大丈夫。老子英雄儿好汉！"他突然有了想唱歌的冲动。他要用歌声为自己壮行，用歌声为自己送行。过了牛背石后约一百米左右，乌烟筒看了看船舱里的鬼子兵们，他们又开始打瞌睡，有几个睁着眼睛的也都疲惫不堪，一副很茫然的样子。他放慢了速度，缓缓调转船头而后猛划几下，抱着船桨高声唱道：好大的风，好大的水，好遭人恨的矮子鬼！乌烟筒带你们去撞神牛背，我们一道去见海龙王，海龙王说：你不配，你不配！哈哈哈，哈哈哈哈……鬼子们一激灵，全部清醒了，他们竟没有察觉乌烟筒调转了船头。也听不懂他唱的是什么，跟着乱笑起来。忽然间，那个会点蹩脚汉语的鬼子似乎觉察到了什么，可惜懂的汉语太少，不会表达。只高声叫道："八嘎，你的，良心的大大地坏了。"

"乌烟筒带你们去撞神牛背，我们一道去见海龙王，海龙王说：你不配，你不配！哈哈哈，哈哈哈哈……"乌烟筒也不理他，把船划得飞快。高歌一阵又大笑几声。砰的一声枪响了，乌烟筒感到后背一凉，胸前窜出一股血花。他晃了几下，差点栽下去，好在船桨帮他掌握了平衡。他拼尽全力又摇两桨，船箭一般冲向牛背石，说时迟那时快，砰的一声撞得粉碎，船上的鬼子还没反应过来就悉数落进江里，顷刻间就被滚滚江浪卷走。乌烟筒因为手里抱着船桨，被江浪冲到牛背石上，断桨一头可能插进了他几年前遇险时摸到的水牛角里，把他固定在了牛背石上。

朝霞出来了，映红了一江碧水，乌烟筒静静地躺在牛背石上，红色的浪花从四周拍打着牛背石，仿佛在为他唱着一首摇篮曲。

满 江 红

一

　　池彩虹的大名原定为池熠莲。那是她还在娘胎里的时候，母亲给她起的。母亲是读书人家出身，先祖是著名的易堂九子中的人物。

　　记得初中时曾学过一篇古文《大铁椎传》，就是易堂九子核心人物"三魏"之一魏禧的作品，我至今还倒背如流，而且开篇"大铁椎者，不知何许人"，经常被我们引用来戏谑同学的开头："某某某者，不知何许人也……"池彩虹的外祖父魏廷瀚老先生字颖逸，是易堂九子三魏的宗亲，亦是饱学之士，光绪年间受朋友之邀迁来本县坐馆。

　　池彩虹的父亲池铭轩是地地道道的本地人，性情敦厚，他也读了几年私塾，略通文墨，家境殷实，在县城开着一爿卖文房四宝的店铺——四宝斋。父母亲婚后一连生了六个男孩，四个存活，两个夭折，盼女儿盼得望眼欲穿。这一胎从怀胎开始就天天祈祷要生个女娃。三个月时母亲就为腹内的胎儿起好了名字——池熠莲。因为她的母亲极喜莲花，希望自己的女儿成为一朵出淤泥而不染熠熠生辉的莲花。

　　莲叶初生的时候母亲的肚子已经显怀，从那时起每天去城外的莲塘就成了她的必修课。她眼巴巴地看着塘里那些初生的莲芽，从小荷才露尖尖角到莲叶何田田再到映日荷花别样红。因为出身于书香之家的缘故，母亲也是个知性女子。每天她都边在莲塘畔散步边为腹内的胎儿小声朗诵周敦颐的《爱莲说》，这是在她很小时父亲魏老先生就教她背熟了的。她的母亲早逝，只留下她一个孩

29

子。魏老先生酷爱读书，对儿女情长很是淡泊，也就没有续弦。他极其崇拜濂溪先生周敦颐。年岁大了不再坐馆，罗田岩那里的濂溪书院，是魏老先生每年盛夏必去闭关读书的地方。父亲和丈夫见她这样醉心，着实捏了一把汗，怕再生儿子让她失望。

十月怀胎一朝分娩。莲花盛开的六月，母亲终于有了分娩的迹象。与生其他孩子不同，这次阵痛发动了两天，孩子就是不落地。母亲在这个孩子之上已经生过六胎，况且年龄也并不大。经产妇按说应该很顺利生产的，可不知为何就是滞产。接生婆急得在产房里焚香祷告的。偏偏天公又不作美，连日大雨，雨一直下了两天一夜，母亲的阵痛也持续了两天一夜，可就是生不下。接生婆束手无策了。

雨越下越大，大到了要成灾的地步。接生婆说："再这样下去，别说孩子，连大人都难保了，听说城里的医院来了能开刀的男医生，听说还有牛角样的能吸小孩头脑的器物，快点送医院吧。"父亲非常焦虑、恐慌。

哗哗的雨声中，母亲的阵痛越来越强烈，喊叫声越来越凄厉。父亲愁肠百结，准备冒雨去医院。母亲却不同意，说她不开刀，去医院那么多人围着看她生娃，还有男医生呢，太丢人，她以后没法做人。

正午时，天突然亮了起来，雨也渐渐小了。又过了一个时辰，天渐渐转晴，可能上游也下了很大的雨，而且还没停，混浊的江水从上游咆哮着翻滚而下，浊浪滔天，大有要吞噬岸边一切的势头。而城里却突然出了太阳，一道彩虹从对岸罗田岩那边升起，五彩斑斓。满城人翘首仰望。

"吉兆，吉兆啊，出了彩虹就不怕了。"在客厅里急得团团转的外祖父魏老先生激动地说道。

母亲的阵痛更强烈了，喊叫声声声摧心肝。随着几声歇斯底里地大叫，一声响亮的婴啼声从房里骤然传出。"生了！"父亲和外祖父精神一振。片刻的安静后，接生婆举着两只血手满头大汗地从屋里跑出来报喜。"生了，是个女娃。母女平安！"父亲高兴得不知如何是好。外祖父松了一口气，看着天际的彩虹带着微笑欣慰地说："就把娃子大名叫作池彩虹吧。"

彩虹在当地土语称为"杠"，说是日头吸水的意思。外祖父登上阁楼，手搭凉棚，望着远处翻滚而来的滔滔浊浪，喃喃地说："水小了些，这下好了，不会有大的灾害了，亏得出了彩虹。看来这女娃将来非等闲之辈啊。"

"爸，他娘早就起好了大名的，叫池熠莲。"池铭轩说道。"我知道，那有啥，听我的，大名就叫池彩虹，小名叫莲儿。"父亲只好默认了。

九岁以前，池彩虹这个大名其实只存在于外祖父和父母亲心中。从记事开始，人们就叫她莲儿。哥哥们高兴时叫她莲儿、熠莲，生气时才叫她的大名池彩虹。尤其最小的四哥，一下大雨就喊她："快点啊，眼瞅着就要发洪水了，池彩虹，你快变成杠去河里吸水哟。"她就很生气，为什么外公给她起这样一个名字呢？真是烦死人了，叫池熠莲多好，莲花多漂亮啊，出淤泥而不染，濯清涟而不妖，中通外直，不蔓不枝，香远益清，亭亭净植，可远观而不可亵玩焉。她也和母亲一样喜欢莲花，喜欢《爱莲说》。早就在外公的指导下，倒背如流了。她觉得池熠莲才是漂亮女孩的名字。直到外公给她讲了名字的由来，她才释然。原来她在一出生时就拯救了这一方百姓。她觉得，自己肩上真是责任重大啊。从此，便不再为名字而抱屈了。但是人们还是叫她莲儿或者熠莲。

九岁时，已是一九二五年。那时，私塾渐渐淡出历史舞台，各县都办起了新式学校，小学、中学都有。父母亲和外公商量要把她送到城里的新式学校去读书。至此，池彩虹才正式当作大名见了天日，以至于多年以后无上光荣地彪炳史册。

二

母亲如愿生了她这个女儿后就没再开怀生养了，所以她就是家里的细妹子，又是唯一的女儿，就成了掌上明珠，含在嘴里怕化了。哥哥们凡事都让她三分，由是，她就有些特宠而骄，可却又骄而不娇。她只是喜欢在气势上占上风，在做事方面一点也不服输，在吃东西方面很谦让哥哥们，大有孔融让梨之风范。外公曾欣慰地说："兄友弟恭，家道兴旺之日不远矣。"在未进学校之前，外公就已经教她认了上千字，还教她背诵了《三字经》《百家姓》《弟子规》《千字文》《幼学琼林》《笠翁对韵》等国学经典。她的记忆力奇好，全部都能倒背如流。外公很是欣喜。但她的性格却生性泼辣、桀骜不驯，你让她往东，她偏要先到西边看看。又天性好动，没有一点女孩子的文静矜持。

也许是如愿以偿生了女儿母亲开心，月子里吃得好，奶肥，后面又没再生孩子，一心一意地哺育着她，莲儿吃奶吃到整三岁。她身体特别好，身材高挑结实，一双大脚板走路虎虎生风。外公总是说："你这风风火火的样子以后出嫁，到了婆家可怎好？家婆受得了你才怪。"

"外公，难道你要我像林黛玉那样娴静似娇花照水，行动如弱柳扶风吗？我可不想当病美人儿？难道你们喜欢一天到晚病恹恹的女娃儿？再说了，我才不嫁人呢，我自己挣饭吃。"莲儿噘着小嘴气哼哼地说。从很小开始，就听母亲和街坊妇女们经常说一句顺口溜："嫁汉、嫁汉，穿衣吃饭。"她偏不要靠汉子吃饭。

"你看看这女娃儿，不知羞，才这么点，啥话都敢说。《红楼梦》你啥时读了？读得懂吗？"

"帮你晒书时，翻了翻你说的那本庚辰版的。这是林黛玉和贾宝玉第一次见面时贾宝玉对她的印象。哼，贾宝玉竟喜欢病美人。"外公愕然。

那天，父亲把她送到学校里。她领了新书。书包是母亲用一块花洋布给他缝制的，黄底儿白花，特别漂亮。她把泛着油墨香的新书装在书包里，听着那个穿着藏蓝色长衫戴眼镜的白净面皮先生在讲台上训话。先生介绍说自己姓谢，大名谢炳昌，是这个班的班主任，教国文和美术，以后就叫他谢老师。

当天，谢老师就开始给他们上课了。其实并没讲课，是让同学们自我介绍、讲学校的规章制度、熟悉作息时间、熟悉校园、划分值日责任区等。开始同学们还很调皮，尤其是几个读过私塾的学生，不适应新式学堂的教育方式，总是把私塾里那一套搬出来，故意捣蛋。谢老师不但不生气，不惩罚他们，还耐心地一次又一次地纠正、规劝他们。使得那几个捣蛋鬼大为感动。也是啊，先前在私塾，按规矩先生该动用戒尺打他们的手掌心以示惩戒了。他们诧异于这个先生虽然手里拿着教鞭却不惩戒他们，心就有些热了。毕竟都是孩子，接受新事物快，很快就开始循规蹈矩和谢老师以及同学们打成一片了。新式学校每周三下午不上课，每周星期天休息一天。

第二天上课时，莲儿刚把国文课本拿出来，谢老师却说："我这节课不按课本上课。我先教你们认三个字，光认还不行，一定要会写，还要知道含义，现在先认第一个。"说着拿起粉笔，在黑板上画了两笔，就两笔。然后拍拍手上的粉笔灰说："这是一个很简单的字，只有两笔：一撇一捺，在座的同学们有谁认识这个字？请举手并念出来。"

"念人，人、人……"大约有十几个同学举手示意并念了出来。"很好，有这么多同学都认识。这就是'人'字。我们都是人。《说文解字》里说：'人，天地之性最贵者也。'此籀文，像臂胫之形。这个字，看似简单，可是，我们要做到懂这个字，一辈子做好这个'人'字，非常不容易。所以，我今天首先教

32

会你们认这个字，写这个字，并且一定要写好。你们还小，还不懂，其实我们一生都在书写这个字，能不能写好完全凭我们自己。我说得有点深奥，你们这会儿肯定还不完全懂，将来会懂的。现在跟我读。"

"人。"

"人、人、人……"教室里响起一片稚嫩的童声。

"现在拿出纸笔，跟我写。写这个字时一定要心平气和，不疾不徐。在座的同学可能有些人已经在私塾发蒙了，私塾先生给你举行过开笔礼。我今天在这所新式学校里让大家首先写这个人字，也是给你们举行开笔礼，不是我封建，不接受新思想。而是我认为新式学校不是打破一切传统。开笔礼书写'人'字，是一个非常好的传统。我们还是要传承下去。"

"人之初，性本善；三才者，天地人。"池彩虹下意识地自语着。这些都是她外公教的。她外公一个老塾师不知道给多少人行过开笔礼。谢老师在教室里穿梭着，他给每一个人的纸上都庄重地写了一个"人"字。然后又手把手教每个人写出来。

大家都写完后，谢老师又在黑板上写了"中国"两个字。又如教读、写"人"字那样，反复教他们读、写，直到大家都会为止。他把三个字串起来说："中国人，我们都是中国人，我们要热爱自己的国家，天下兴亡，匹夫有责。"莲儿听得入了迷，她觉得这个谢先生，不，应该叫谢老师，真的是与众不同，到底哪里不同，一时她还说不清。

立秋已经过去一个月了，时令已是白露，但地处亚热带的赣南依旧很热。就像俗语说的那样："立秋不立秋，还有一个月的好热头。"秋老虎嘛，气温还是很高的。谢老师的额头冒出细密的汗珠，藏蓝色长衫的后背也被汗水浸湿了一大片。

几十年后，池彩虹仍清晰记得当年的场景。用现在的话说那是她的开学第一课。这个开学第一课深深地刻印在了她的脑海里，直到近一个世纪后依然记忆犹新。也许是讨了这别开生面的开学第一课的彩头，使她最终成了一个大写的中国人。

经过一周的学习，学生们都觉得很开心，新式学校就是好，他们懂得了很多新的知识，知道外面还有一个大世界，还知道了中国有九百六十万平方公里的国土面积，有四万万同胞，还知道了中国的版图神似一只雄鸡。

周一那天，他们在谢老师的带领下正在早读课文。门口来了一个留木梳背头、穿短褂子、打着赤脚、裤子吊在小腿处的半大小子，身高明显比他们高出一截。在门口探头探脑往里面看。谢老师赶忙走出去，问道："你找谁？"

"我找谢炳昌老师。"

"我就是。你是来报到的插班生吗？叫什么名字？"

"嗯，是的，我叫周水妹子（赣南地方风俗，男孩子用女孩名字，好养活），啊不，我叫周……友，友莲。"大家哄堂大笑。谢老师也忍不住笑了一下。"哦，你就是周友莲啊，前几天葛校长说过，有一个年龄比较大的学生叫周友莲，这几天会来报到，就是你了，欢迎你。"谢老师把他引到教室最后一排的空位旁，周友莲拘束地坐下去。谢老师转过身对同学们说："这是我们班的周友莲同学，年龄比你们大几岁，大家鼓掌欢迎。"同学们都回头边看着他边鼓掌。

"你没带书包和笔、本吗？"

"没有。"他小声说。

"书我可以马上发给你，学校里还有，书包和笔本要自备的。"

"哦，我不知道。我也没钱买。"

"哦，先上课，下课再说，你先听课，暂时就不用写字了。"谢老师说。

"老师，我带有多余的笔和本，可以送给他用。"池彩虹举手说道。

"是吗？那太好了，周友莲，你要感谢这位池彩虹同学。"然后，又转过身对大家说，"池彩虹同学这种助人为乐的精神值得表扬。"

"谢谢你。"周友莲对她说。

"不用谢。"池彩虹边说边回过头看他，正与周友莲目光碰在一起。这是他们的初见。很多年后，已经被称作池老的池彩虹依然清晰地记得。坐在她旁边的谢耀晖却嗤之以鼻，阴阳怪气地说："这算屎，池彩虹家是开店卖文房四宝的，有大把的纸笔，拿一点给别人用没什么了不起的，有什么谢。"同学们都吃吃地笑起来。

"那你家是开寿衣店的，七月半每个同学家里都要烧火纸，以后是不是你家全包了？反正你家有的是这东西，就不谢了。"池彩虹大声说道。大家笑得更加起劲了。连谢老师也偷偷捂嘴笑了起来。心想，池彩虹这女孩子真的不一般，胆子大，脑子转得快，是个可造之才。此时，他怎么知道，若干年后正是她千方百计查到了自己牺牲的地点和时间，为自己正了名，还关照自己妻儿的生活，而自己的孙子也成了她七个养子之一。"大家安静，安静，现在开始上课了。"

班里一共二十七名学生。晚年的时候，已成为池老的池彩虹经常半躺在小

34

院里那棵茂盛的广玉兰树下，回忆着这些同学们。一个一个鲜活的面容在她眼前浮现着，依旧神采奕奕，青春飞扬。那时候，她经常连叹几口气，为自己的命运和同学们的命运。是啊，生在那样的时代，剥夺了他们太多的幸福，甚至剥夺了很多人从青春到耄耋的权利，使他们鲜活的年轻生命在炮火硝烟中戛然而止，一缕忠魂化为浩然正气长存于世。他们注定流芳千古，时光终究给了他们一个公正的裁决。

三

外公又要去罗田岩读书了。莲儿几天前就开始给他准备行囊。从去年开始，莲儿就学会了为外公准备这一切。她十岁，在县立小学已经读满一年，开学就升二年级了。虽是父母亲及外公的掌上明珠，可她不但不娇气，甚至比别人家女孩更加泼辣能干。她一双大脚片子整天东奔西跑，一会儿到菜土里去除草、施肥、摘菜，一会儿又跟着哥哥们到山上去砍柴。一到山上她就跑得不见踪影，去装山泉水、摘藤果，甚至去溪里捉鳖、抓石蛙。哥哥们拿她没办法。塾师出身的外公也屡屡摇头，好在写作业是她最认真的时候。用外公的话说，写作业时是这个长着猴屁股的女娃难得安静的一刻。

性格大大咧咧有点男孩化的莲儿却很爱美，喜欢照镜子。她经常偷偷地打开母亲的梳妆匣，母亲叫镜匣，对着镜子用里面简单的化妆品涂抹自己的脸，一照就是半天。哥哥们戏谑道："原来你也会打扮自己啊，这时候我才想起你是女娃，我还以为镜子里照出的影儿是猪八戒呢。"

一领竹席、一床夹被、几套换洗衣服、一把雨伞、数卷书本、文房四宝，米、油、盐、茶和干辣椒，就是外公的全部行囊。以前都是母亲张罗父亲打包，莲儿在旁边打下手，这次完全是莲儿张罗的。

这个县位于赣西南，贡水中游。西汉高祖六年（前二〇一年）置县，是赣南最早建的三个县之一，素有"六县之母""三省往来之冲、东南之一要区"之称，古称雩阳，因北有雩山而得名，曾为赣南的政治、经济、文化、交通中心和军事要地。

魏老先生要去的罗田岩在贡江南岸。贡江发源于石城横江镇，江面宽阔，水流湍急，流经此地时称为于都河。罗田岩离县城看似不远，但因为隔着宽阔的江面，还要爬山，去那里就需费一番周折。确切地说外公去罗田岩，是要去那里的濂溪书院，当然也会去罗田岩寺礼佛，那里的住持是他的至交。

罗田岩的书院和寺庙虽简陋，却是外公和许多读书人心中的圣地。每年夏天，打好行囊后，都是父亲带着大哥和二哥送外公去。要先从县城东门渡口坐船到罗田岩脚下的渡口，再挑着行李从崎岖的山路走到书院。挑行李的任务自然就交给了他们父子三人。听父亲说，每次去罗田岩，外公都如第一次去那样，难以抑制激动之情，一路上，或触景生情吟诗作对，或朗诵前人留下的诗句，并乐此不疲，用现在的话说也是初心不改。

送到后，按惯例，父亲他们吃过一餐午饭就原路返回。幸而不远，一天内往返时间很从容。今年，莲儿非要跟去不可。父母亲百般阻挠无果。外祖父捋着颌下的短须说："就让她去吧，那里是圣地，又不是什么禁地。虽说濂溪先生是程朱理学的鼻祖，规矩甚多，现在时代不同了，女子去未尝不可。古代还有花木兰代父从军、祝英台女扮男装去杭州万松书院求学呢。"说罢哈哈大笑起来。

"难道我也要女扮男装吗？这倒稀奇，我还真想女扮男装试试呢。"莲儿说。外公和父母亲都忍俊不禁。

"别闹了，明天你换件干净衣服就行。"母亲说。

那一夜，莲儿兴奋得睡不着，几次一骨碌爬起来去看天色。好不容易熬到鸡啼，可天还是没亮。她怕睡过了头，索性就起来去洗漱了。她偷偷把母亲的镜匣抱到堂屋，点了蜡烛，对着镜子涂抹起脸来。刚涂了胭脂，她突然想起了昨天外公说的花木兰、祝英台女扮男装的故事，一念忽起。她立刻跑进厨房，舀水把脸上的胭脂洗掉，蹑手蹑脚走到阁楼上，从晒衣杆上取下一套衣服，悄悄地抱回自己房间里。

天亮了，母亲起来点火做了早餐，家里人声鼎沸起来。八口之家，除了她还有七口人，四个半大小子，着实热闹。又过了一刻，母亲叫她吃早饭。母亲边拍门边叨咕："还闹着要去罗田岩呢，连床都起不来，路上还不得让人背着走啊？趁早死了这条心，别去了吧。"莲儿偷偷笑了几声，嘭地一甩门，跳到堂屋的餐桌旁，大声喊道："我来也！"把母亲吓了一跳。除母亲外，家里人都已经坐到桌前吃起了肉丸米粉。母亲怕他们走远路会饥饿，还买了油糕，煮了十多个茶叶蛋。大家抬头看着她，都惊呆了：眼前站着一个头戴草帽、身穿粗布短裤褂、脚穿草鞋的半大小子，只是这小子单薄了点，还细皮嫩肉的。大哥一口汤差点喷出来。

"你搞啥子名堂，这身打扮？越发没有家教了，谁家女孩像你这样？"

"咋个啦，穿套四哥的衣服就不行了？外公说了，古有花木兰女扮男装代父从军、祝英台女扮男装去杭州万松书院求学，我扮一下男装就不行了？"

"你这哪像求学的学生，整个一个野小子。"二哥也附和大哥说道。三哥笑得说不了话，四哥嘟囔着说："快把我的衣服脱下来，等会儿我去打猪草要穿的，你穿上男不男女不女的，不嫌丢人啊。"外公和父亲笑得直摇头。

"不嘛，我就要女扮男装一回。"

"莲儿，妹仔穿成这样，人家笑话哩，快脱了，赶紧吃饭，要去就穿整齐了跟着去，不能弄成这样。"母亲说。

"不，古代花木兰、祝英台都可以女扮男装，我就不信轮到我这儿就不行了，都啥年代了，我不吃饭了。"

"好了，你愿意扮男妆就扮吧，快吃饭，要赶早，要穿就穿上你四哥的学生装吧，配套戴上他有帽檐的帽子，遮住你的女装学生头，不是更像男生吗？"外公说。

四哥虽然比莲儿年长三岁，但个子并不比莲儿高多少，身材也比其他三个哥哥单薄。他和莲儿在同一所学校读书，四哥开学读五年级。他们的学生装夏服是黑裤子，浅蓝色中式短袖。莲儿穿上四哥这套学生装，配上他的黑色布鞋和白色袜子。又把学生头短发拢到脑后，用几个发卡固定好，再戴上长帽檐的学生帽，活脱脱一个英俊小男生。外公和父母亲禁不住啧啧称赞起来，哥哥们也都看呆了。

码头有很多渡船在等客。他们有五个人，就雇了一艘稍微大点的渡船。正是伏天，那天的太阳特别炽热，兼以河水的镜面反射，愈发变本加厉，烤得人皮肤生痛。他们一家人上船坐好后，船夫就开始摇桨了。莲儿很新奇，坐在那里东张西望的。大哥很为她担心，怕她不老实掉进水里，总是用眼神警告她老实点。她发现，这艘船有两个船夫在摇桨。船头一个，船尾一个。船头的是一个中年男人，船尾是一个戴着草帽的半大小子，身体很壮实，穿着短衣短裤，身上露出的肌肤被太阳晒得黝黑。

船到江心，因为是逆水，徐徐江风吹来，好不舒爽惬意。突然间，那个半大小子的草帽被风吹翻了，吊在颈脖子上。"幸好有帽带，要不准被风吹飞了落到水里。"莲儿暗暗替他庆幸。仔细一看，她马上惊呼一声："啊？周……"那人竟是同学周友莲。那人诧异地向她投来一瞥。莲儿赶紧用手掩住了嘴巴。她突然想起了自己女扮男装的样子。

"一惊一乍的干嘛，坐好。"大哥呵斥了她一句。她吐吐舌头，低下头去，但是还在用自己的帽檐做掩护偷窥那人。周友莲根本没有认出穿一身男装的莲儿来。他家在离县城五六里远的乡下，也不认识莲儿的家人。他一个半大小子，怎么做起了摆渡的营生？难道开学不读书了吗？莲儿心中暗想。这时，父亲与船头的艄公搭起话来。听内容，他们认识。艄公说他的搭档也就是他老婆病了很多天了，逆水上行时一个人不行，这不，就让他侄子顶替老婆来帮忙。这孩子虽然才十三岁，但能吃苦，有心计，摇桨很在行，他爸病了一年多了，为了生计他假期到处揽工。莲儿这才弄明白原委。她心里真是佩服他，马上又同情起他来。他家本来就穷，连学费都拖着交不起，听说他能来读书是小学校长葛仰濂答应减免一半学费。他爸一病，他会不会再也不能读书了？她不免又担心起来。她很想跟他搭话，可想到自己这身女扮男装的样子就做罢，她怕他当笑话讲给同学们听。她不时地偷窥周友莲。友莲专心致志地摇着桨，根本不往她这里看。他的身上热汗横流，褂子都濡湿了。莲儿的心里一阵难过。她把手伸进挎包，那挎包是四哥的书包。摸着包在油纸里的两个茶叶蛋，那是临行前母亲塞给她路上吃的。她摸出来，看看身旁的家人，又放回去了。

很快，他们就到了对岸的渡口。那里竖着一排木制缆桩。船头的艄公用铁钩钩住缆桩，他先跳下去系好缆绳。船稳稳地停下来。周友莲拿起一块木板把它搭在船舷和江岸的青石板上。

"水妹子，帮池老板搬一下东西。"艄公吩咐道。周友莲答应了一声，就去搬行李。父亲扶着外公慢慢地走下船，莲儿故意磨蹭到最后。

在周友莲转身想回船上的时候，莲儿迅速地从挎包里掏出那个油纸包，一把塞到他的手里，没等他反应过来，就快步跑开了，差点撞倒外公。

"你风风火火成什么样子？"父亲嗔怪地说。莲儿也不回答，径直跑到前面一个茅草搭的凉亭里，回头望着刚才坐的船。见周友莲还呆立在岸边，愣愣地望着手里那个油纸包。莲儿朝他做了一个鬼脸，禁不住吃吃地笑了起来。

从渡口到罗田岩还有几里山路。外公拄着拐杖慢慢走着，父亲跟在身边时不时搀扶一下。大哥、二哥挑着行李，莲儿只是提着一个小包袱，背着自己的包上蹿下跳，一点也不觉得累。山岩空灵，山间松风阵阵，溪水淙淙，似入仙境。霎时间，只觉得胸中清净，如涤如洗，令人超凡脱俗。越往山深处走林木越茂盛，景色十分怡人，几个人的兴致都很高。

莲儿早就到溪水里洗了几次脸了。又到了一处水潭边，水潭平如镜面，映出她乔装的脸，清秀而又生动。一群鸟呼啦啦从树林里飞出来，发出欢快的啁啾声。"山光悦鸟性，潭影空人心。"莲儿随口吟出这句。"好娃子，孺子可教也。"外公高兴地说道。

　　大约十点钟的时候，他们终于到了罗田岩。哥哥们近几年每年都和父亲一起来接送外公，对这里很熟悉了，所以也没什么可激动的。他们是从寺庙那一侧上山的，父亲说那里路平缓些，外公更容易上。莲儿第一次来，显得无比兴奋。仰头望去，但见岩崖苍劲，古木参天，有一种险峻、婉约、空灵的旷世之美。几株巨大的香樟树掩着山门，古刹依岩而建，以岩为顶。香客不太多，但是香火却很旺盛，整座寺院香烟缭绕，犹如仙境一般。莲儿刚想进入寺中，外公却招呼她说："不急，不急，等会儿我再带你过来进香，咱们先去书院吧，先拜濂溪先生，你不是喜欢他的《爱莲说》吗？"

　　"就是啊，我喜欢《爱莲说》也喜欢莲花，叫熠莲多好，可你们非要把我的大名改为池彩虹。"莲儿噘着嘴说。

　　"又来了，小名叫莲儿也是一样的，不是天天都在叫着吗？"父亲说。莲儿也不答话，快走几步抢到他们前面上了土坡。几间黑瓦白墙的房子映入眼帘。中间的门楣上挂着一块"濂溪书院"的匾。

　　"啊？濂溪书院原来就是这么几间矮屋子啊？我还以为是一座大楼，至少有城门楼那么高呢。"莲儿大声说道。

　　"这女娃，说的是什么话，你忘记了我教你的《陋室铭》吗？'山不在高，有仙则名。水不在深，有龙则灵。斯是陋室，惟吾德馨。'这里是濂溪先生讲学的地方。濂溪先生是旷世大儒、理学宗师，永远为后世读书人所敬仰。他的《爱莲说》流芳千古。"外公说着就站定，不顾疲劳，用双手前前后后拍打着自己的衣服。父亲赶忙走上前去，从行囊里抽出一条毛巾为他拂尘。外公把长衫扣子扣好，下摆整理好，把拐杖递给大哥，把老花镜扶正，又用手指捋了捋花白的头发和颌下的短须，这才拉过莲儿说："走，我们去拜濂溪先生。"莲儿跟着外公走进书院。

　　进门一张八仙桌，上面挂着一张画像，峨冠博带，面容和蔼中带着威严。这就是濂溪先生的画像。外公站在画像前，毕恭毕敬地鞠了三个躬。莲儿也跟着鞠了三个躬。外公缓缓地退出来。父亲带着两个哥哥也进去鞠了躬。待他们都出来后，外公指着门前一株参天古柏说道："这是先生亲手所栽。原本有四棵，如今仅存这一棵了，近千年了，依然枝繁叶茂。前人栽树，后人乘凉啊。先生的学说享誉四海，福泽万世。"莲儿抬头望着这笔直的古柏，觉得真是神奇，一棵大树，竟然有上千年的历史了，还是那么著名的人物栽的，这地方真是不同寻常。

"娃子，你过去抱抱这棵古柏，沾一沾先生的灵气吧。"外公说道。莲儿走过去，张开双臂合抱住树干。树干太粗了，她只抱住一部分，一阵微风吹来，树叶和旁边的几丛竹子沙沙作响。风拂过她的额头，十分地舒爽惬意，她下意识地把头紧紧依偎在树干上，闭上眼睛。突然觉得一种异样的感觉从头顶直到脚底心，醍醐灌顶般，让她的心豁然开朗。与此同时，一股莲花的清香突然间扑进鼻孔，她仰头深吸一口气，那清香直沁心脾。

"这里一定有莲池。"她暗想。她仿佛听到了先生那发自千年前的咏叹："噫！菊之爱，陶后鲜有闻。莲之爱，同予者何人？牡丹之爱，宜乎众矣！"她的心灵得到了涤荡。她怎么也没有想到，再次拥抱这古柏，已经是将近一个世纪后，那时的古柏已经完全枯死，她也已一百零四岁高龄。她是来追寻她的莲留下的痕迹，他是她心中那朵永不凋谢的莲花。他曾经在她之后拥抱过这株古柏。

那时，作为一名老战士、红军烈士的家属，她的事迹已被媒体报道出去，百岁高龄的她成了全国瞩目的精神道德楷模，被尊称为池老，备受崇敬。

县里的几位主要领导陪着中央领导一起见证了莲儿这个跨世纪的拥抱。大家都热泪盈眶。"相传周敦颐在罗田岩手植柏树四株，近千年的风霜雨雪、人世沧桑，至今仅存的一株，虽高耸入云，却已经枯死了，成了历史的见证。"县文化馆的工作人员现场为他们解说着。一位演艺家还现场演唱了那首著名的红歌——《红军哥哥你慢些走》。她们用藤椅抬着她到山脚下莲池时，她禁不住用苍老沙哑的声音朗诵起《爱莲说》："予独爱莲之出淤泥而不染，濯清涟而不妖，中通外直，不蔓不枝，香远益清，亭亭净植，可远观而不可亵玩焉……"领导们也跟着一起朗诵。那个演艺家又禁不住为她唱了一首时下流行的带着禅意的歌曲《有荷在心》。她觉得那首歌也很不错，空灵而有禅意，是啊，她一百零四岁了，不日就要到天国与她的莲相会了。这也是题外话。

拥抱完古柏后，莲儿又仔细观察了一下书院这边的地貌。巍峨苍劲的巨崖就在头顶，需仰视才见，她心中暗暗称奇。突然间她发现书院后面岩体上刻着很多字，把那些摩崖石刻上她所能认得出来的字，一句一句读出来，虽不理解其义，也不懂得这些石刻的艺术价值，却也心潮起伏。

"爸，我们还是先把行李送到禅房里去吧。"莲儿父亲说。

"好，这就去。我还要去拜见住持大师呢。"这时她才知道，年长的读书人都是借住在寺里的禅房，吃饭也是在寺里吃斋饭。年轻的读书人，都是在书院旁边搭的简易房子。

住持大师也是满腹经纶，跟外公是多年的至交。他们到方丈室拜见了大师后，大师亲自带他们来到事先收拾好的一间禅房。父亲把粮米和油盐拿出来，交给旁边的一位僧人。又拿出一封银圆双手捧着，毕恭毕敬地递给住持大师说："一点香火钱，不成敬意。"大师慌忙站起来，双手合十说道："阿弥陀佛，又得池先生布施。"外公又拿出一包茶叶说道，"托人捎来的老朽家乡的小布岩茶，是今年的明前茶，请大师品尝。"大师又寒暄了几句就告辞了，说让外公稍事休息，斋饭还要一些时候才好。大师前脚刚走，莲儿就按捺不住飞身出去。

"去哪？这里是佛门净土，你不要太放肆。"父亲高声喊道。"我知道。"

"等一等。还是我带你去吧，这寺庙很有渊源的，我给你讲一讲，等我吃完这盏茶来。"

"爸，您刚到，也累了，随她去吧。"

"我歇息了一会儿，又吃了茶，缓解了不少。别的不说，出米岩一定要带她去看看。"

"出米岩？岩石能出米？哈哈，好神奇啊。"莲儿嬉笑着说。

一进寺门，一股凉风便徐徐而来，还隐约听到头顶上有水声，走近前去，莲儿觉得有几滴水珠落在自己的手臂上。她抬头看看头顶，但见一股细细的泉水自崖巅沿石隙顺流而下，飞沫溅珠，凌空飘洒，最后跌落在崖底一个小水潭里，水潭清澈见底。"这是飞泉，长年不断的。"

"哦，好神奇啊。"外公又领他们来到三宝殿，指着头顶一处崖壁说道："你看那里，凌空岩壁上有一个小洞，看见了没有？你觉得像什么器具？"莲儿顺着外公手指的方向仰头望去，可不是嘛，真的有个小洞，像什么呢？她睁大眼睛仔细观望着，思谋了好久才恍然大悟般一拍大腿喊道："像一个漏斗，倒着挂的。"

"对了，这就是出米岩。"

"咱这有句俗话'和尚心大出碜糠'，来历就在这里。说起来还有一段传说呢。相传在县城东门外的贡江河里，有那么一块横露出水面的门槛石，因而每年汛期都有很多粮船在此处触礁翻船，每次那粮船一翻，鸡公山的鸡群便从河里运谷上山啄壳做米，然后运到'米岩'专供僧侣香客们食用，不多不少刚刚好够吃。谁知寺内有个贪心和尚不守佛门清规戒律，经常偷偷下山买酒喝，一时酒瘾发作，又没有钱，就起了贪心，便趁着无人时把那岩洞凿大，好让它多出些米以换酒喝，谁知天不遂人愿，那被他凿大的岩洞流了三天三夜的谷糠，就再也不出任何东西了。人啊，到什么时候都不能有贪念。"莲儿听得入了迷，不住地点头。

吃过斋饭，父亲服侍外公到床上睡下后，又带着莲儿和哥哥们去周围转了一圈，就准备下山了。父亲说："这次我们从书院这里下山，就是路有些陡，山下还有一个很大的莲池呢。"

"我就说嘛，肯定有莲池的，我在抱柏树时就闻到了莲花的香味，快走，下去看看。"莲儿兴奋起来。她又开始抢道儿，硬挤到哥哥们前面。"小心点，这还有爱莲说石刻呢，还有……"父亲说。莲儿什么也顾不得了，径直急匆匆就往山下的莲池奔去。远远地，她已经看到了那池香远益清、亭亭净植的莲花了。

刚下到半山腰，迎面走来了几个人。一个穿长衫的走在前面正回头对后面的人说着什么，后面几个人都穿着西式衬衫，戴着眼镜。她惊呆了，那个穿长衫的竟是自己的老师谢炳昌。狭窄的山路上对面相逢四目相对，谢老师却没有认出她来。"老师好。"还是莲儿先开了口。谢老师惊讶地看着他（她），一时想不起他（她）是谁。"我是池彩虹啊。"

"池彩虹，你怎么也在这里？咦，你怎么一身男学生打扮？"莲儿这才想起自己是女扮男装，瞬间羞红了脸。

"我是和家里人一起送外公来这里读书的，我……"父亲赶忙走前几步说："谢老师好，您也来游罗田岩吗？这丫头，爱闹。"

"哦，您好，池老板。我是陪几位朋友一起来的。"幸好谢老师没有再追问。说着，后面那几位也探出头来点头向莲儿父亲致意。谢老师侧过身子，对莲儿说道："这几位都是我的同学。"莲儿也给他们鞠了躬。

十几年后，莲儿才知道，那几位先生都是在北京、广州、南昌等地读书接受了新思想的本县人，正是他们把革命的火种带到了县里。几十年后，在英烈谱里她又看到了他们的名字，使她无比欣慰又无比遗憾。欣慰的是她曾经与这样彪炳史册的英雄人物有过一面之缘；遗憾的是，他们都牺牲了，她为他们感到惋惜。还有，由于自己当年的年幼无知，与他们只是擦肩而过，连一句话也没说，甚至都没有好好看一眼他们。

"哪怕是认真看一眼，哪怕是说上一句话也好啊。"晚年的池老，经常喃喃地重复这句话。

在莲池边纵情朗诵了一遍《爱莲说》后，莲儿就跟着父亲下山到渡口乘船回县城。在渡口边的亭子里候船时，她一直看着江里的过往船只，她在找周友莲叔叔的船。她偷偷在寺里的供桌上拿了几块饼，想塞给他，如上午塞鸡蛋那样。遗憾的是，她下午却没有见到他的船。

四

用物华天宝、人杰地灵来评价这个县，实至名归。这里有理学圣地如罗田岩之旧痕斑斑，需岩之古僻宕宕，大川名山如贡江之源远流长，雩山之崔嵬霄汉，还有闻名遐迩的雩阳十景锦上添花。

悠久的历史，自然会孕育出无数仁人志士，滋生出各种动人的故事。青史留名的杰出人物文有袁庆祥、郭瑞之、易学实、李涞；武有谭全播等等。皆如群星般璀璨。这样也就留下数不清的文化遗产。这一方水土的人们热爱自己的家乡，以生在此地为荣，热衷于为家乡著书立传。在宋朝时便开始记载史志，至清末，已编纂了十四次县志。据有关旧志史书记载，自唐、宋至清朝，全县出过进士四十人，举人一百二十多人，各种贡生二百九十多人。清朝时期，县里有名的书院有五座：龙溪书院、思皇书院、龙门书院、濂溪书院和雩阳书院。以研习儒家经籍为主，很多著名学者在书院讲学。

濂溪书院原为濂溪祠，是为纪念宋理学家周敦颐曾到此讲学而建。据史料记载，宋嘉祐八年（一〇六三年）正月初七，时任虔州通判的周敦颐曾邀同僚余杭钱建侯、于都知县浙江四明人士沈希颜和于都处士王鸿同游罗田岩，并题《游罗田岩》七绝一首：闻有山岩即去寻，亦跻云外入松阴。虽然未是洞中境，且异人间名利心。此后不久，沈希颜将这首诗亲笔书写，雇请工匠刻在罗田岩的石壁上，成为罗田岩摩崖石刻之始。数百年间，文人雅士来此游览，步韵唱和者众多，影响深远。同年五月，周敦颐有感而发，写下了脍炙人口、流传千古的《爱莲说》。沈希颜接到《爱莲说》，捧读再三，爱不释手。他被周敦颐那凝练的笔墨，以及描写菊、牡丹、莲三种花卉不同品格表现自己洁身自好的君子之风深深折服。便亲笔书写、全文刻碑，立在罗田岩的善山之上，并有附记如后：舂陵周惇实撰，四明沈希颜书，太原王抟篆额，嘉祐八年五月十五日，江东钱拓上石。兹后以碑刻拓本传播出去，流传于世。明崇祯十六年（一六四三年），改建濂溪书院，本县名人何廷仁、黄宏纲及吉水状元罗洪先先后在此讲学。尔后，经邑人贤达捐献，田租达四百余石，屡经修葺，增设栋宇，制立条规，就读者多至四十人，住书院读书者每人每月助米三斗。到了近代，来这里的主要是附近一些名人雅士，他们每年夏天来读书、雅聚，互相切磋学问，还带有避暑的性质。

外公在罗田岩住了五十天。立秋后，农历七月十六那天，莲儿与父亲和大哥、二哥一起去接他。他们依然是天亮就启程。所不同的是这次莲儿没有女扮男装，而是一身女孩打扮。

天不亮她就洗了脸，换了衣裳，又偷偷抱来母亲的镜匣，涂涂抹抹好一阵。她把自己齐耳的学生短发左右两侧各别了一枚精致的发卡，穿上母亲新给她做的天蓝色短袖衫，黑色的洋布百褶裙，脚上是一双带袢的浅口黑灯芯绒布鞋，白色袜子。书包还是原来那个，已经洗得干干净净。她周身清清爽爽，散发着十岁小女孩那种清新活泼的气息。

早餐又是煮鸡蛋、炸油糕配肉丸汤粉。母亲照例给他们每人带了两个煮鸡蛋留着路上充饥。这次莲儿偷偷带了三个，还偷偷包了几块炸油糕。

渡口边父亲很快就雇了一艘船。上船时她才发现，摇船的是一对中年夫妻，船也很新，显然不是周友莲叔叔的船。莲儿失望极了，一路上都低垂着头坐在船舱里默不作声。哥哥和父亲都很惊讶。她时不时摸着书包里的鸡蛋和油糕，这是只有她一个人才知道的秘密，可是今天恐怕没有机会付诸实现了。失落的感觉愈加强烈起来。她时不时抬头望着从对面驶来的下行船只，她还抱有幻想，也许能看到周友莲呢。可是下行船太快了，根本看不清人就一闪而过了。也许他在渡口呢，说不定能见到他呢。可是，令她失望的是，到了渡口，虽然有两艘船在那里，可仔细一看还是没有周友莲那艘船。从渡口到罗田岩一路，她都是默默地走着，很少说话。父亲和哥哥更加摸不着头脑，以为她身体有什么不适呢。在罗田岩寺里吃斋饭时。她偷偷把那几块油糕吃了，她怕油渍弄脏了她的书包。可那三个煮鸡蛋她依旧舍不得吃，还偷偷地从供桌上拿了两包带包装的云片糕一起包到油纸包里。她还抱有最后一丝幻想，说不定回程时能遇到周友莲呢，他收到这些，一定会很开心的。

也许是精诚所至，在渡口她真的见到了周友莲。莲儿不知道，这正应验了近代学者提出的吸引力定律，也叫吸引力法则。核心是：当思想集中在某一领域的时候，跟这领域相关的人、事、物就会被它吸引而来。

周友莲还是上次见面那样的短打扮。他汗流浃背，皮肤愈加黝黑了。看见莲儿他有些不好意思,莲儿猜测是因为他的打扮和身份。他肯定不想以一个船夫的身份这样衣衫不整、热汗横流地出现在女同学面前。十三岁的少年有一颗敏感的心,知道害羞了。可是渡口除一个茅草凉亭和一家茶棚外,没有其他建筑物,真是无处躲藏啊。他只好硬着头皮走上前来,刚要开口说话。莲儿却先开口了:"嗨,周友莲,你也在这里啊。"

"是,我是帮我叔叔摇船。"

"那我们可以租你叔叔的船回县城。"

"不行啊,我们的船已经被谢老师和他的朋友们预订了,他们钱都预付了,很快就要过来乘船了。一个多月前,他就来过罗田岩,租的也是我们的船。"

"哦,这样啊。你去过罗田岩吗?那里濂溪书院前面有一棵古柏,很粗,张开双臂都合抱不住,我外公说抱一下会沾到濂溪先生的灵气的,你也去抱抱呗。快开学了啊,你的东西都准备好了吗?"莲儿兴奋地说,她的脸红扑扑的。

"我,我,我可能不去读书了。"友莲嗫嚅着。

"什么?不去读书了!谢老师知道吗?"

"我还没告诉他呢。我父亲的老病又犯了,我家还有两个弟弟和两个妹妹,我妈一个妇道人家,做不了很多事,我是老大,要帮忙的。"

"哦。可是不读书太可惜了。难道你愿意以后就在家耕田吗?"

"我还可以摇船。"正说着,父亲雇好了船,招呼她上船。周友莲看到莲儿的父亲猛地一愣,似乎想起了什么,可是又不敢确定,就愣在那里直勾勾地看着他们。

"这是我同学周友莲,帮着叔叔来摇船的。"父亲点点头,周友莲叫了一声:"阿叔好!"莲儿父亲看着晒得黝黑、热汗横流的友莲,脸上现出赞许和同情的神态。

"我记起来了,我们来罗田岩时雇的就是你叔叔的船,你叔叔叫周昌富是吧,我认识他,那次就是你和他一起摇船,记得他说过你婶子病了,你帮着摇船,还夸你能吃苦有心劲呢,不错,真是个好孩子。"

"那次您是坐我们的船。家里困难,我是老大,应该的。"友莲说。

"好孩子,以后定有出息。"莲儿父亲又竖起大拇指赞叹道,"我们走吧,船等着呢。"父亲对莲儿说。转身的刹那,莲儿飞快地从书包里拿出那个油纸包塞到周友莲手里。他一愣,看着远去的莲儿和她父亲,又看着他们一家几口的背影,他恍然大悟。一个多月前,那个塞给他两个鸡蛋的半大小子就是女扮男装的池彩虹，一股暖流瞬间涌上他的心头。看着手里的东西，他感慨万千。瞬间他又觉得万分惆怅起来。"我要读书，我一定要去读书。"他低声吼喊了两句。

转眼就开学了，还好，周友莲如期来报到了，使得莲儿悬着的一颗心终于放下了。周友莲在学校里愈发出众起来。他身体蹿高了一大截，是整个学校里最高的学生。一个夏天在河里摇船受太阳的炙烤，使得他的皮肤黑得发亮。课间操时站在前排，真的是鹤立鸡群。他依旧穿着破衣烂衫，脚上穿着草鞋，连把伞也没有，一到下雨天就头戴斗笠，身披蓑衣，装束奇怪得让同学们在背后指指点点。莲儿从来没有讥笑过他。她知道他的难处，他能来读书已经算是万幸了，这是他们两个人之间的秘密，从没有对人说过。

转眼开学三周了，莲儿又学习了很多新的知识。谢老师变得深沉忧郁了。他常常在上课时慷慨激昂，讲完课后又背着手低垂着头踱着步子，若有所思，神情很是凝重。有时他会突然对他们说，我真希望你们快点长大啊，去报效国家，扭转乾坤，救民于水火。可惜那时莲儿还听不太懂。

很快就到了八月十五中秋节。从十四中午开始，学校放假一天半。那天轮到莲儿做值日，要打扫干净教室和外面值日责任区才能回去。一个值日组有四个学生，各负其责，莲儿的任务是打扫他们班教室外面那一段廊檐。她在扫地时突然看见周友莲提着一个土布袋子在不远处靠着一根柱子站着，时不时探头探脑地往她这里看，莲儿十分诧异。她磨磨蹭蹭地打扫着，不时抬头向那根廊柱处偷看。她发现周友莲不见了。

莲儿是最后一个离开学校的。走到大门外街角一棵大榕树下时，周友莲飞快地从榕树后面跑出来。"池彩虹，我等你好久了，过节了，我娘让我把这些板栗送给你，她说谢谢你送鸡蛋给我，那鸡蛋我一个也没舍得吃，带回家里给父亲吃了，家里粮食不够吃，不敢养鸡。云片糕也分给弟弟妹妹们吃了。"友莲气喘吁吁地说。"这怎么好，板栗你们煮着吃了吧，就那几个鸡蛋，谢什么谢。那次在渡口见到你，你说你读不成书了，咋又？"

"我家没钱，交不起学费，葛校长给我减免了一半学费，另外一半是谢老师给我垫的。哦，对了，池彩虹，我去了罗田岩，拜了濂溪先生还抱了那棵古柏，山脚下还有一个很大的莲池呢，里面开满了莲花，很美。"友莲兴冲冲地说。

"你还挺听话的，抱了古柏，肯定灵气大长。那个，你还是把板栗拿回去吧，你家粮食不够吃，可以煮了充饥。"莲儿说。

"不，不，送给你吃，我走了。"友莲说完就跑开了。

"记得明天把布口袋还给我。"他边跑边喊。

莲儿费了好大的劲才把那半袋板栗提到父亲的店里。家还隔着两条街，她实在提不动了。

"五色艳称江令梦，一枝春暖管城花。"每次走到父亲的四宝斋门口，莲儿都情不自禁地在心里默读门楣上的这副楹联。虽然到现在还不完全理解其中的意味，但觉得读着很舒服。

她正默读着，却惊讶地看到，父亲搬出立在墙角的板子，要关店门。"中午就关板了？"

"关板了，家里来客人了。"

"莲儿，你过来，这是你表舅，以前来过家里的，这几年在外面读书，黄埔军校毕业的，了不得啊，在外面谋事，刚回来没两天，准备回家乡来做大事，是咱们县的青年才俊啊。快，叫表舅。"这时莲儿才发现，父亲身后站着一个手提皮箱、身材挺拔的青年。"

"表舅好！"莲儿鞠了一个躬。那个青年微笑着点点头。"去，你去陈记卤味店买一只荷叶鸡来，中午我和你外公还有表舅好好喝两盅。"父亲拿出几张票子递给她。莲儿接了，一溜烟跑了。

虽然几年不见，对这个表舅莲儿是有印象的，他是母亲舅舅的儿子，家在乡下，以前在县城中学读书时经常来她家里。

一边走，莲儿一边思索：这两年外公和父母经常在她跟前提起这个表舅，说他是整个家族的骄傲，很了不起，今天见了，确实气度不凡。听母亲说他在外面的部队上做管军需的官儿，说油水很大，亲戚们都说用不了几年，他家就会大发的，到时亲戚们都是大树底下好乘凉，怎么就回来了？谢老师说我们县在赣南的县级城市还算大，人口算多，但外面还有一个大世界，按说这里相比外面还是弹丸之地啊？谢老师还说让他们要放眼天下，好男儿志在四方，说天下兴亡，匹夫有责，要为民请命，慷慨赴国难。还给他们讲了班超投笔从戎、祖逖闻鸡起舞、文天祥抗元被囚慷慨就义……讲得他自己泪流满面。莲儿又想起那日在罗田岩下山时和谢老师的相遇。他觉得谢老师跟学校里别的老师不同，具体不同在哪里，一时又说不清。

莲儿提着用油纸包裹着的荷叶鸡回到家里，外公正与表舅喝着茶，聊得热火朝天。"莲儿，快过来，这是你表舅！"

"我知道，在四宝斋爸爸给我介绍了。"

"你表舅可不是一般人，是黄埔四期毕业生。十七岁就考到了江西省立甲种工业学校，想工业救国，看到军阀混战，列强欺辱，就毅然投笔从戎，他就是当代的班超，你要好好向他学习，去，把你三哥、四哥叫来，好好听听表舅的教诲。"外公说。

"老大池昌旭、老二池泽渊到南昌和赣州去求学了，放假才回来，我经常拿你当楷模教育他们。"

"姑父，人各有志，我也普通，乱世出英雄，如今有很多青年才俊以民族大业为己任。我在南昌认识的方志敏就是其中之一。黄埔军校政治部主任周恩来先生，还有恽代英、萧楚女先生，都是胸怀天下的人。还有和我一起考到工业学校的丘先生、在小学任教的谢炳昌都是不同寻常的人物，我只是其中一个平凡的人，他们以后肯定会彪炳史册的。"

"谢炳昌？是小学的那个谢老师吗？他是我们班主任。"莲儿兴奋地接茬道。

"是吗？他是你的老师？"表舅两眼几乎发出光来。表舅走后，莲儿一直在回味着他的话。

这个表舅从小就异于常人。她早就听外公和母亲说过。他原名李伯雄，乳名南牯子。五岁就在外公坐馆的私塾读书，外公亲自教授他。他天赋异禀，四书五经倒背如流，还经常有许多独到的见解。后来又在昌村中学就读，十七岁考到了省立甲等工业学校。"李英"这个名字是他自己在读小学时改的。他从小就同情穷苦人，说等他长大了一定要当个大英雄，让这个世界没有欺凌，没有贫困。"这孩子是个好孩子啊，有志向，善良而富有同情心。李英这个名字是改对了，他确实是英才。他为什么不在外面当官，还要回来呢？他是个聪明人，自有他的思想，他应该不会错的。"外公说。莲儿从此对这个表舅刮目相看了。

表舅家在乡下有宽宅大院，有良田沃土，严父已逝，慈母尚在。家里雇着两个长工，三五个短工。两位兄长在城里经商，一年下来收入颇丰，可以说是丰衣足食。可他却在县城租了一间简陋的房子，挂上了国民党办事处的牌子。有很多朋友、同学等年轻人出入他那里，有一部分人行动很是诡秘，夜半三更时造访。他们吃着粗茶淡饭，却整日神采奕奕。那时的县里，已经结束了北洋政府的统治，由国民政府正式接管。表舅的公开身份是国民党党员。莲儿有时和三哥、四哥去那里玩。她发现，表舅卧室里的蚊帐后面和床上草席下面各藏着几本书。她偷偷翻了翻，是《新青年》和《共产党宣言》。她只听外公和父亲说过表舅是国民党党员，那共产党又是什么党呢？十一岁的她不能理解。她怎么也想不到，她后来竟用一生的时间在书写这三个字。她不知道，彼时表舅已是这个县最早的三名共产党员之一。她更不知道的是，那次送外公时在罗田岩遇到的谢老师一行人中，有两三名是共产党员，而谢老师正是他们发展考察的对象。他们去罗田岩表面是游玩，实则是以此为掩护到那里议事的。

<h1 style="text-align:center">五</h1>

周友莲父亲周昌发的痨病越来越重了。才三十六岁的壮年男人已经干枯得只剩下一层皮。他天天捂着胸口咳嗽，很多时候都会咳出血痰。年轻时他为了多挣钱养家，在打石场拼命打石头挣钱。三十三岁那年因为咳嗽不止，间或咳血，在县里的大医院照了 X 光片，医生说是纤维空洞型肺结核，说因为长期劳累加营养不良造成的，还说因为长期打石头吸入大量粉尘，还患有尘肺，两种肺病合在一起，人就被折磨成这样了。医生嘱咐说必须要保障充足的营养，要静养，心情也要好。可是他那样的家庭连只鸡都养不起，又能补什么营养呢？最多吃一点友莲和弟弟水根捉的泥鳅、黄鳝、石蛙等野味。可家里油又稀缺，抓到野味也没有油来做。友莲读书非常艰难，几次欲辍学，幸亏谢老师苦口婆心相劝加上相帮，才坚持到现在。

立秋过后，他父亲的病越来越重。咯血量和次数越来越多，生命垂危。友莲急得饭都吃不下。家里的两亩水田为了给父亲治病早已经抵押给别人了，米缸里粮米越来越少，租来的两亩水田里，即将收割的晚稻除了交租也剩不了多少。两个弟弟和两个妹妹都瘦得皮包骨。

那日，父亲把他叫到床前，交代他道："水妹子，我时日不多了，以后这个家就全靠你了，你一定要替我把弟弟、妹妹养大，要走正道，你的书怕是读不成了，眼下有谢先生相帮，你还在读着，能读多久就读多久吧，多读点书有好处的。谢先生的恩德我是报不了了，你要记得，现在报不了，咱们以后报，滴水之恩，当涌泉相报。你虽然长得高大，毕竟才十四岁，还是个孩子啊，我心疼你，你养不活这些弟弟妹妹，我跟你妈、你叔商量了，把最小的弟弟冬娃子过继给兴国一家姓周的做儿子，那家没养到男娃，听说条件不错，有二十几亩田，有几头牛，还开着油坊，冬娃子也吃不了太多苦。"

"爸，不要，我就是拼上这条命也要把弟弟妹妹们养大。"

"不行的，你养不活这么多个。你别打岔，听我说完。大妹妹月儿大了，多少能帮你一把，小妹妹兰儿太小，什么也帮不上，村里的邹发姑帮忙在她娘家邹村给找了一户人家做童养媳，说是那家男孩子十二岁了，虽说有点跛脚，家境却很殷实。她婆婆是专门做媒的，嘴会说，年年都能做成很多对儿，挣的钱够一家子一年吃喝；公公会麻衣术，看相、算命、打卦样样来得，人称邹半仙，挣的钱盖了一座阔气的楼房还年年都能置几亩水田，家里还雇着有长工呢，兰儿过去了，也吃不了亏。兰儿还不满七岁，没营养，长得又那么瘦弱，到了别人家里，起码能吃饱饭。"父亲用低沉的声音说，每说几句，就要停下来缓一阵儿，用力喘几口气。

"爸，不要，我们虽然生活苦一点，可到底是一家人在一起，有我吃的就有弟弟妹妹们吃的，送到别人家，我怕是他们都活不成了。你看村里和十里八村的童养媳，有好下场的没有几个，多少女娃都在挨打受骂的虐待下死了，连口棺材也没有，一张破席子就胡乱埋在乱葬岗了，娘家也不敢吭声，好人家谁会把孩子往火坑里推啊。再说三姑六婆的话信得吗？那个邹发姑不是个好东西，你不是不知道，坑了十里八村很多女孩子了，爸。"友莲凄楚地喊道。

"就这么定了，冬娃子养父母家给了钱，我已经把抵押给别人的两亩水田赎回来了；兰儿婆家的聘礼除了给我买一口棺材和发丧的费用，所剩无几，先还了谢先生给你垫的学费吧，他一个教书先生也不宽裕。你婶子答应把他家的小牛牯子给我们养，这样以后家里就有耕田的牛了。水妹子，这个家就靠你了。"父亲凄楚地说。眼泪从他深陷的眼窝里流出来。

几天以后，小弟弟冬娃子的养父母来接人。小弟弟才三岁多，根本不知道发生了什么事。那家的养母很富态，穿着一身花洋布旗袍，腕上戴着金镯子，伸手想抱冬娃子，冬娃子怯怯地看了她一眼，跑开了。她就有些不悦，说道："这孩子真是没见过世面，我穿得这么齐整来抱他，他还不肯。"

"他胆小，认生。"母亲说。母亲抱起冬娃子把他送到养母面前，养母伸出手，看了一眼孩子身上满是补丁且已经洗得看不出颜色的烂褂子，皱了皱眉头，勉强接过来抱了一下，就放下了。然后使劲拂自己的衣服。冬娃子趁机跑了，藏在母亲的身后。

养母拿出一个包袱说："这里有一套新衣服，从内到外的，你去给他洗个澡，换上吧，穿你家这样的衣服，等下带出去我怎么见人？不知道的还以为我们是从哪儿捡来的野孩子呢。"友莲的脸憋得通红，全身的血液都涌到了脸上，他走过来，抱起冬娃子就向门口走去。

50

"水妹子，你……"爸爸喘着气，用微弱的略带哭腔的声音叫住他。他叹了口气，把弟弟交给母亲，眼里蓄满了泪水。友莲和母亲给冬娃子洗了个澡，换上了新衣服，重新把他抱到屋里。看着虽瘦削却长相俊美的冬娃子，那对男女微微露出一点笑容。"那，我们可就走了。"那个男人抱起冬娃子对友莲父亲说道。父亲满脸泪痕大口地喘息着，脸憋得紫胀，一句话也说不出来。友莲咬着嘴唇不让自己哭出声来，大弟弟水根去捉泥鳅了，大妹妹月儿扑上来要夺回冬娃子，被友莲拉住了。小妹妹兰儿也大声哭喊着冬娃子不要走。母亲脸色惨白，已经哭不出来了。那对男女扫了他们一眼，快步走出屋门。

　　半个月后，兰儿也被婆家"娶"走了。幼小的兰儿临走时吓得连哭都不敢大声哭出来。只是怯怯地看着来接她的公婆。父亲躺在床上已呈半昏迷状态，母亲坐在墙角也像痴傻了一般，没有一点表情。友莲把三颗洋糖和一朵红绒花塞到兰儿衣袋里。洋糖是池彩虹偷偷给他的，红绒花是他做值日时在教室捡的，还没来得及还给池彩虹。

　　可怜的小妹妹脸色煞白，身体不住地颤抖着，直到出门也没有哭出来一声。友莲带着大妹妹月儿和大弟弟水根追到门口，小妹妹还是没有哭出声，伏在公公的肩上求救似的向他们伸出一只手，眼睛睁得大大的，直愣愣地看着他们。那绝望的目光锥痛了友莲的心，他一阵眩晕。他感觉自己的心破了一个洞。

　　三天后，父亲就殁了。父亲的死是一个必然，也算是一种解脱。友莲并没有过分悲伤。母亲自冬娃子和兰儿被接走后就神情恍惚。月儿和大弟水根哭得很响亮。友莲只是低声啜泣着，他得料理父亲的后事。母亲这个样子，家里的事儿得他顶起来了。叔叔婶婶是第二天才来的，他们刚好去外地送货了。寿衣和棺材是先前就订好了的，家里也没有能力为他大操办。亲属们都知道他家的境况，也没人笑话。乡邻们也都古道热肠，你一盆米、他一碗油、一篮青菜地送过来。在叔叔婶婶的主持下，还算圆满地把父亲的后事办了。出殡那天，谢老师来了，他恭恭敬敬地在友莲父亲灵前鞠了三个躬，拿出几块钱来说是他的一点心意。友莲再三推辞，见谢老师都有些生气了，他只好收下。谢老师拍拍他的肩膀长叹了一口气说："你是个好孩子，节哀吧，办完了事要去读书呢。"又安慰了一阵他的母亲，还到他叔叔婶婶那里说了一会儿话，喝了两杯清茶后说还要上课，就回去了。

　　重新回到学校的友莲越发沉默了。上课时几乎一言不发。莲儿总想回过头去看看他，又怕被同学们笑话。灵机一动，想出了一个办法，她从书包里拿出一面小镜子，用书做掩护，把镜子斜放着，刚好能照到坐在另一行最后一个座位的友莲。莲儿因为个子高只比他靠前两排。从镜中她看到友莲的眉头拧成了一个疙瘩，注意力似乎也没在讲课的老师身上。他一定是在为他家的生计担忧，为弟弟妹妹的命运担心。唉，可怜的人。莲儿轻轻叹了一口气，满心同情。

放学回家的路上，友莲经常到渡口边停留一刻，望着远去的滔滔江水出神。河面上来来往往的船儿在夕阳下或匆匆远去，或靠岸停泊。在诗人眼中，这是一幅绝美的画面，可是，他只感到凄怆，小弟弟小妹妹都是从这里上船被带走的，一晃快一年了。

那日放学后，友莲光着膀子正在院子里劈柴，忽见家里开寿衣店的同学谢耀晖在院外探头探脑地朝里面看。这个同学祖上几代都开寿衣店，卖寿衣香烛纸马等丧葬用品，家境殷实，一副公子哥派头，很喜欢恶作剧，没少捉弄贫寒的友莲。友莲抬头瞥了他一眼，没有吭声，依旧低头劈他的柴，可心里却犯起了嘀咕，这小子一向看不起穷家薄业的自己，今天怎么到这里来了？该不是来耍什么花招，搞什么恶作剧吧。友莲突然想起这小子的外公家在邹村，听说是一个开染坊的富户。是了，就在兰儿婆家那个村。兰儿婆家听说跟他外公家还是本家呢。想起了小妹妹兰儿，友莲的心不由得一缩。兰儿到婆家快一年了，一点消息也没有，母亲碰见做媒的邹发姑，问过几次，她总是说好着呢，说她回娘家时碰见过，穿着一身新衫裤，人长胖了也长高了，"啧啧，人家吃的是啥。"邹发姑说。

"她会不会哭闹想家？"母亲噙着眼泪问道。

"嗨，小孩子哪里吃穿好就喜欢哪里，天天跟村里的富家女们一起玩，早就把你们忘了。"邹发姑撇着嘴说。

"忘了就忘了吧，她有吃有喝就好，不哭不闹就好，这样好，婆婆就不会打她了。"母亲喃喃地说，她流了一脸的泪水。友莲听了母亲的叙说也是心如刀绞，可他对邹发姑的话半信半疑。

"周友莲，你过来一下，我有话跟你说。"墙外的谢耀晖终于沉不住气，向他招手道。友莲的心狂跳起来，莫不是兰儿？他扔下斧子跑过去。

"过来，你过来。"谢耀晖招手压低了声音说。友莲觉得很奇怪，平常那么霸道的人今天怎么吞吞吐吐的？回头看了看，原来是他的母亲闻声出来站在屋门口。友莲会意，赶忙快步跑了出去。边跑边回头对母亲说："我跟同学出去说个事儿，一会儿就回来。"

他们来到院外，又往前走了几步，友莲回头看看，确定母亲没有跟过来，才开口问谢耀晖："你来找我有什么事？快说。"

　　"你妹妹兰儿快死了，掉进熬猪潲水的大锅里，浑身的皮都烫得脱掉了，我妈去我外婆家时看到了，说看着就像剥了皮的狗一样，好凄惨，好几天了，如今只剩一口气了，也没人带她去医。"友莲目瞪口呆，头"嗡"地一下，如炸雷般。他双手紧握着拳头，牙齿咬得咯咯直响。"你骗人，媒婆邹发姑说了，家婆对她很好，有吃有喝的整天穿着新衣服跟那些富家孩子们玩。"

　　"嘿嘿，做梦呢你们，那家婆婆那是出了名的恶婆娘，在你妹妹之前已经折磨死两三个童养媳了，你不信我也没法，我走了，家里还等着我吃饭呢，荷叶鸡。"说完一溜烟跑了。友莲呆立了一刻，转身却见母亲正呆呆地站在自己身后，脸色跟白纸一样。

　　"妈……"他凄楚地唤了一声。母亲的身体晃了两晃，一头栽倒下去……

　　友莲和叔叔、婶婶赶到邹村时正碰见一个衣衫褴褛的老人背着粪箕从村里走出来。粪箕上面盖着几张芭蕉叶，蕉叶下面隐约露出一截破草席，一群绿头苍蝇嘤嘤嗡嗡地围着粪箕转，蕉叶上都落满了。一大群半大孩子不远不近地跟着老头。老头手里拿着一瓶酒，正一口一口地仰头往嘴里灌着。友莲的心不知道怎么就突然揪紧了。他双拳紧握，浑身战栗，大汗淋漓。"怎么了，水妹子？"婶子摇了他一下。

　　"呶……"他用一只手无力地指了指那个怪老头。

　　"是个穷老头。"叔叔说。

　　"他的粪箕……"友莲带着哭音说道。那老头也注意到了他们，冲他们做了一个奇怪的鬼脸，又仰头灌了一口酒。"老叔，你背着粪箕这是去哪？"叔叔问道。老头瞪着血红的醉眼说："埋死佬，埋死佬。"

　　"怎么个埋法？"

　　"邹半仙家的童养媳烫死了，给了些钱还有一瓶酒，我去乱葬岗挖个坑随便一埋呗。"

　　"啊？"友莲大叫一声冲上前去，一把夺下老头的粪箕，掀开芭蕉叶，他看到了令他终生难忘的悲惨一幕：一个浑身没了皮、体表溃烂得流脓淌水的小女孩张着嘴巴，睁着眼睛蜷缩在一截草席里，身上一件衣服都没穿。

　　"兰儿！啊……"友莲狼嚎一般惨叫一声晕倒在地上……

　　傍晚时，叔叔婶婶扶着浑身颤抖、目光呆滞的友莲回到了家。叔叔把十块钱放在桌子上，一句话也说不出来。婶子满眼泪水。母亲呆坐在桌前如木雕一般。

"他们太不是人了，七岁的小孩，营养不良，长得那么瘦小，他们就让她去煮猪潲水，她怕熬糊了，蹬着木凳用大锅铲搅动，木凳翻了，兰儿一下子就跌到锅里，浑身都被烫伤，他们也不给治疗，就用冷水冲，一身的皮都脱了，化脓溃烂，可怜的孩子，死了连件衣服都没穿，连口棺材都没有，眼睛都没闭上。我们去理论，说了半天，人家反倒说我们的不是，说发育这么不良的孩子还让她破费那么多彩礼，什么也不会做，就知道吃，这又烫死了，白吃他家一年的饭，是她自己嘴馋，偷了鸡蛋放到潲水锅里煮，去捞的时候掉进锅里去了，这下好了，血本无归。友莲他叔发了很大的脾气，找来媒婆邹发姑说要找她拼命，在媒婆的劝说下，那家才勉强给兰儿穿了几件衣服，买了一口薄皮棺材，草草埋了。钱只肯给十块。"婶子叙述着事情经过。

母亲麻木了，连一滴眼泪也流不出来，只呆呆地望着屋子的一个角落，那里放着一双兰儿的小鞋。友莲突然跳起来，抓起桌子上的钱就跑。"干什么，水妹子？"叔叔大喊道。"我去买一把刀，杀了那狼心狗肺的两公婆，为兰儿报仇。"友莲大吼道。

母亲这才噌地站起来，抱住他，浑身哆嗦着，放声哭了出来。"水妹子，咱穷家薄业的，再经不起事儿了，你这样去拼了命，这个家还指望谁？"叔叔、婶婶也过来拉住了他的衣襟。

"老天爷，难道就没个说理的地方吗？难道兰儿就白死了？"友莲咆哮着。

"善有善报，恶有恶报，不是不报，时候未到，君子报仇，十年不晚，水妹子，你安静点。"叔叔劝慰道。友莲一屁股坐到地上，痛哭起来，手里的钱撒在地上。

谢老师和李英是第三天下午来到友莲家的。他们抬来一袋米、几斤盐巴和几斤黄豆。谢老师把一摞钱放在他家的桌子上说："友莲，你三天没去读书，我是从学生和村民口里知道你们家的事儿的，现在这时局，也没地方去说理，但是，我相信用不了多久，就会云开日出的，兰儿不会就这样含恨而去的，我们一定有给她报仇的机会，千千万万个兰儿还生活在水深火热之中，我们一定要拯救他们，相信吧，一定有那一天的。这位是李英，我的中学同学，他知道你们家的困难后，就发动各种社会关系，筹了一点款子，米是我和他的一点心意，你们先应应急。只要大家都团结起来，肯定有翻身那一天的。友莲同学，你明天就去读书吧，落下的课，我想办法给你补上，我们还有事，先走了，记住，以后你家有什么事不要自己扛着，要言语一声。"

友莲一直把谢老师他们送到村口的大榕树下。

这是一株古榕，据村里老人说已有一百多年历史了。说是一棵，是因为母树只有一棵。但子根盘根错节，枝干相交，看上去就像一片树林。谢老师看着这棵古榕，无限感慨地对友莲说："榕树不择土壤，落地生根，生命力顽强，坚忍不拔，不畏严寒酷暑，庇荫众生，你看这些子根同源共生，一脉相连，就和我们千千万万劳苦大众一样，如果我们众志成城、合力奋斗，共图大业，一定会成功的，这就是凝聚力的作用。榕树精神是值得我们学习的。"友莲点点头，似懂非懂。他觉得谢老师的话是对的。

李英走过来，拍拍他的肩膀说："友莲，谢老师说的话，你一定牢记在心。我这有一本书，你拿去好好读一下，记住，不能跟任何人说，要偷偷地在没人的时候读，还要妥善保存起来，不能公开。"说着把一本薄薄的小册子塞在他的怀里。友莲看清楚了，封面上写着"共产党宣言"几个大字。

看着谢老师和李英的背影，友莲的眼睛又湿润了，他发现，谢老师的那件长衫已经很旧很旧了，后背都洗得发白了。

回到家里，友莲扎进里屋，闩了门，一口气读完了这本书。他的心豁然开朗起来。原本他的头脑如放久了的鸡蛋一样，一片混沌。看了这本书后，他觉得仿佛盘古用斧劈开了他脑中的这片混沌，使阳清为天，阴浊为地。而在此之前，十四岁的他也像盘古那样沉睡了。而今，他彻底清醒了。他觉得，那个游荡在欧洲的共产主义幽灵已经漂洋过海，跨越万里关山，钻到他的脑海里了，正在像榕树的子根一样在他的头脑中牢牢扎下根。他也第一次弄清了自己的身份——无产者。

"无产者在这个革命中失去的只是锁链，他们获得的将是整个世界。全世界无产者，联合起来。"他望着有些阴郁的天空，心里默念着《共产党宣言》里的几句话，他的心无比明朗起来。一颗革命的种子悄悄种在了他的心里。到了一定的时间就会生根发芽，茁壮成长。

六

十一岁的莲儿喜欢上了古典诗词，这并不令人感到意外，毕竟外公是老学究嘛，有着遗传基因。外公选择性教她的那些诗词，她早就都背得滚瓜烂熟了，她觉得不过瘾，就到外公的书柜里翻腾。

"你这女娃，揩（挑）鸡问鸭的毛病又犯了不是？别乱翻，等我给你精选一些来。"

"千万别让我背'江南可采莲，莲叶何田田'那样的了。那些都是哄小毛孩子的玩意，我都多大了，背出来让人笑话。"

"好好好，我的莲儿长大了，得学一些大人的了。"

"就是嘛。"莲儿边和外公对话边翻腾。

"《花间集》，这个书名看来不错，我就背《花间集》了。"她翻出一册线装本的书说。

"这不适合你这年龄。《花间集》是五代后蜀人赵崇祚编选的一部词集。集中收录晚唐至五代十八位词人的作品，共五百首，分十卷。女人素以花自比，写女人之媚的词集故称'花间'。《花间集》得名于集中作品内容多写上层贵妇美人日常生活和装饰容貌，这些词作都是文人为贵族们歌台舞榭享乐生活的需要而写的。绮筵公子、绣幌佳人眉目传情，当筵唱歌，辞藻极尽软媚香艳之能事，不适合你这年龄的小孩读。"外公苦口婆心地劝道。

"哈呀，外公，你说了这么一大堆，都把我说糊涂了，倒弄得我更想读了，书就是给人读的嘛，还有适不适合？我记得你跟那些来我们家的朋友说过《金瓶梅》曾经是禁书，这是《花间集》，又不是禁书。你说《花间集》是描写贵妇生活的，贵妇是女人，我也是女孩，女孩看写同性别人的那些诗词，不是正好吗？就它了，我拿走了哈。"

"拿回来，别弄坏了，这是宋刻本中的善本，现在很少见了。"外公在身后喊着，莲儿早就一溜烟跑没影了。

那天中午，莲儿从学校回来，刚到家门口，母亲就拦住她，塞给她一卷钱说："你去陈记卤味店买一只荷叶鸡，老舅婆来了。"

"哪个老舅婆？"

"就是李英表舅的妈妈。"莲儿接了钱，把书包往母亲怀里一塞，飞快地跑出去了。一刻钟后，她手里提着两个油纸包从陈记卤味店里走出来。大包里是荷叶鸡，小包里是她用自己的零花钱买的卤鹅掌，老板还额外送了两只鹅翅，她家是陈记的老熟客了。刚走到街角处学校墙外的大榕树下，忽然看见周友连止坐在树下看书，手里拿着一个番薯在啃着。地上的荷叶上还放着两个小的番薯。

"嗨，周友莲，你怎么在这儿？中午不回去吃饭吗？这么用功？"友莲吓了一跳，抬头见是池彩虹，脸唰地一下就红了。

"我家远，中午就带了吃的来，不回去了，我前几天没来上学，落下一些课，刚好趁中午补一下。"

"你就吃这？够吃吗？不吃一点带咸味的东西会烧心的哟。"

"够了，够了，我吃惯了，不会烧心。"友莲说。

"这个给你吃。"莲儿把那包卤鹅掌和鹅翅递给他。

"不，不，我不要，你快回去吃饭吧。"

"推三阻四的干嘛，一点不像男子汉。"莲儿生气地把那包卤味丢到他面前，快步走开了。

"池彩虹，你……"友莲大声喊着。

走到转角处，莲儿停下来，迟疑片刻，又打开包荷叶鸡的油纸包，撕下一只鸡腿，飞快地跑回去。她看见周友莲左腋下夹着书，右手拿着一只鹅翅，正边走边啃着，左手里还提着那个小油纸包。

"你去哪？"莲儿问道。

"我想把这些给我娘和弟弟、妹妹送回去。"

"你自己为什么不吃？是给你吃的。"

"这不是在吃吗？"

"你就吃一只鹅翅啊。"

"够了，我尝尝就可以了。"

"这个给你！"她把油汪汪的鸡腿往他手里一塞，转身就跑。

"哎，池彩虹，快回来。"友莲在她背后大喊着。莲儿头也不回地跑远了。看着莲儿的背影，周友莲一时间百感交集。一股异样的暖流倏地从心底涌出，瞬间传遍周身。他很想朝莲儿奔跑的方向喊点什么，却欲说还休。举着手里的东西，他抬头望了望天空，正午的太阳热情似火，用万丈光芒把热量输注到他的体内，他的心热流涌动，身体仿佛有了无穷的力量，来应对这个世界的一切。

一进家门，莲儿就听到了哭声，确切地说是哭诉的声音。她先到厨房把油纸包交给母亲。走进堂屋门，她看到白发苍苍的老舅婆正一把鼻涕一把泪地向她的外公哭诉着。

"他同学读书出来在衙门里做事，拿着很高的薪水，回家来置房置地的，他倒好，辞了军队里的好差事，拿家里的钱到处跑，还天天说疯话，说什么人人平等，土地均分。又说家里雇长工、短工属于阶级压迫；把田土租出去，收租属于剥削；还要我把家里房子分几间给长工们，把土地也分几亩给他们，说这样还能减轻一点我们的罪孽，说要不然我们迟早会倒霉的。他大哥让他跟着一起去做生意，他却劝他拿出钱来分给伙计们，还说用不了多久，我们家的田地和他哥哥的店铺都得充公重新分配。你说这不是疯了吗？读书读书，读疯癫了。还让他两个嫂子见我不用怕，不用天天毕恭毕敬伺候我，说是对长辈只要适度尊敬就可以，不用过分尊重，说人人平等，男女平等，每个人都享有什么权利，还鼓动他哥哥送她嫂子去读书，这是怎么了？姐夫你说说，他俩嫂子都是拖儿带女的人了。他还说井冈山那里住着一个叫毛泽东的人，领导农民革命军，那是人民的队伍，说那个人说了'枪杆子里面出政权'，还天天大声嚷嚷着两句话：'军叫工农革命，旗号镰刀斧头'，说这也是那个人写的话，还说他们正在办农会，这可是杀头灭九族的大罪啊，姐夫啊，这可咋办啊？你可不能不管啊。"老舅婆泣不成声。莲儿觉得老舅婆口头复述表舅的话，跟谢老师说过的话有些相同。

"我已经让老三去叫南牯子了，我会跟他讲的。不过他舅婆，现在世事不同了，南牯子在外面读了那么多年书，连黄埔军校都读过，见过大世面了，不是寻常人。井冈山那里的事儿我也听人说过，听说那支队伍是为民做主的，年轻人闹世事可能也有他们的道理，南牯子是个优秀的后生，他不会疯癫的，他做事肯定有他的道理。你先甭急，等他来了，我跟他谈谈天，了解一下。"

莲儿站在堂屋门口愣愣地听着这些话，还有些听不懂。她记起李英表舅从广东回来时，外公和父亲特别高兴，也让她去买了荷叶鸡。时隔不久怎么就变成了他母亲口中的疯子了？这些话有次在上课时谢老师也讲过的，就是在周友莲妹妹被虐待死的时候。他说："一定要从根源上消灭剥削和压迫，改变这个人吃人的社会。"记得周友莲当时握着双拳，牙齿咬得咯咯直响。谢老师总不疯吧。正在思量着，母亲从厨房探出头来招手叫她过去一下。她赶忙跑过去。"这是怎么回事？这只鸡怎么一条腿？"母亲指着案板上的荷叶鸡问道。

"我，我嘴馋吃了一条。"她结结巴巴地说。

"不可能，让你买了这么多次，你从来也没偷吃过，何况现在家里还来了客人呢，再说前几天刚买了吃过的，你说实话，怎么回事？"

"我，我撕了一条腿送给我们班的周友莲了，他，他家穷，没饭吃。"

"我说怎么可能会是你偷吃的呢？就你心肠好，救急救不了穷，有时候……"正说着，父亲和表舅进来了。母亲赶忙去招呼。

"表姐，给我舀点水洗洗手。"表舅说。母亲忙招呼他过厨房来洗。

"哎呀，有荷叶鸡，又打牙祭了。"表舅高兴地说。父亲也跟进来了。"咦，这鸡怎么一条腿？"父亲惊诧地问道。"问你的宝贝女儿啊，就她心肠好，送给他同学一条鸡腿，叫什么周友莲的。"母亲揶揄道。

"就是周屋那个死了父亲的周水妹子是吧？"父亲说。"是的。现在她妹妹也死了，给人家当童养媳，被虐死了。"莲儿回答。"啊？怎么这样惨？"父亲惊讶地说。

"前几天我和谢炳昌还去周屋看他们了，确实可怜，父亲死了，弟弟过继给别人家当儿子，妹妹当童养媳，不到一年就被折磨死了。姐姐，姐夫，你们说这个社会再不改变还行吗？我没有错，这个社会一定要彻底改变，让穷人当家做主，消灭阶级，消灭剥削压迫，人人平等，农会就是为劳苦大众说话的地方。"母亲一头雾水，看了看父亲。父亲叹了口气说："走吧，我们先去堂屋喝茶。"

一进堂屋，老舅婆就激动得站起来，浑身乱颤，指着表舅李英的鼻子哭骂道："你这衰仔啊，你这是要把家都败光啊，人家都置房子置地，你却让我卖房子卖地，不是卖，是让我白分给长工和佃农一些。他姑父，你说他，他……"老舅婆又一鼻子哭开了。

"妈，我现在不跟你争，我姑父是明白人，现在的社会形势，革命是大势所趋，未来的社会一定是耕者有其田、消灭阶级剥削和压迫、人人平等的大同社会。苏联的十月革命已经胜利了，建立了社会主义政权。共产国际已经准备派人来指导中国革命了。毛泽东领导的工农革命军已经在井冈山建立了根据地；赣东北那里，我的朋友方志敏同志雄才大略，也是一个手提灯盏的引路人，我跟他在南昌会晤多次，受益匪浅。"

"你，你这衰仔啊，你这是要我们倾家荡产，要革了我们一家老小的命啊。"老舅婆气得几乎要晕厥。母亲见局面弄成这样，不知道该说什么，赶紧端上饭菜来打圆场。"吃饭，舅婆。"母亲说。表舅李英看了看桌上的荷叶鸡、酿豆腐、肉丸汤还有砂锅肉皮、麻圆等丰盛菜肴，咽了下口水说道："好丰盛啊，可惜没有口福，我还有重要的事情，我得先走了。"

"你这衰仔啊，一点规矩没有，吃饭了，你又去哪？我还在这呢。"老舅婆带着哭音骂道。

"妈，我的事你就甭管了，看着吧，过不了几天，县里就有惊天动地的大动静，用不了多久，咱们这就要改天换日了，到时你就知道我们的力量有多大了，识时务者为俊杰，奉劝你和哥哥们，趁早把房产、店铺和土地多分一些给下面的人，到时也能多免一些罪责。"

"疯了，这衰仔彻底疯了。姐夫，我们可怎么办啊？"

表舅转身就大跨步走出门，差点绊倒站在门口的莲儿。他趔趄一下，扶住门框，回身拍拍莲儿的肩膀，就头也不回地走了。莲儿愣了一会儿，突然大跨步走到餐桌前，撕下荷叶鸡仅剩的那条鸡腿，又抓了两个麻圆，在众人惊愕的目光中飞快地跑了出去。

"你干嘛，莲儿，铭轩，你瞧瞧，这丫头也疯了。"母亲喊道。

莲儿在街角处追到表舅，她举着流着油的鸡腿气喘吁吁地说："表舅，给你吃。"表舅看了她一眼，摸摸她的头说："莲儿长大了，咱们在这里坐会儿，一起吃吧。"说着就坐在那棵榕树下。

莲儿也坐下来。她把鸡腿举到表舅嘴边，表舅咬了一口说："真香啊，你也吃。"莲儿又把一个捏扁了的麻圆递给表舅。她撕了一小块鸡腿肉塞进嘴里。

"到底是女孩子，这么斯文，谢炳昌是你们老师？"

"是的，有一次，他在班里也说过一些和你说的意思差不多的话，就是周友莲妹妹被婆家虐待死的时候。"

"我说的话你能听得懂吗？"

"听不太懂，但是我知道，你们说的都是好话，你们是为了天下劳苦大众谋福利的，这是谢老师说过的，你也说了，你们都是好人，帮助周友莲家，送钱送粮的。"莲儿激动地说。

"这样就是好人了？你还小，还不懂，不过慢慢会懂的。对了，你同学周友莲那里有一本书叫《共产党宣言》，是我给他的，你找他借来看看，这本书会让你豁然开朗的。今天我走得急，没来得及带，一直想给你一本的。不过，你要偷偷地看，不能让别人看到。"表舅说。

"《共产党宣言》我在你住处的蚊帐后面见过，很薄的一本。我先找周友莲借着看，你以后要给我一本，表舅，哪有自己外甥女不给倒先给别人的道理？"莲儿娇嗔道。

"一定，一定给。"表舅笑着说。

"表舅，这些你吃吧，我回去吃，我下午还要上课呢。"莲儿把鸡腿和另一个麻圆一起塞到表舅手里说。

"好吧，好好读书，听谢老师的话。"莲儿一溜烟跑了。李英站在榕树下，看着她的背影，心潮澎湃。他觉得，自己的心血没有白费，他看到了希望。

七

一九二八年农历正月二十九过后，农人们就开始翻田育秧，学生们也快开学了，娃们读新式学堂，穿着和用品都与过去不同了，友莲父亲的四宝斋除经营笔墨纸砚外，还兼做些学生装制服、新式书包等生意，有时还兼做为富家子弟订购自行车等买卖。

自从那年去罗田岩雇友莲叔叔周昌富的渡船后，莲儿父亲就经常雇用他的船拉货物，原本就相熟，又知道了女儿和他侄子周友莲是同班同学，而友莲家道又是那么艰难，叔叔也承担了一部分责任，由此，经常给他介绍一些生意。

他们渐渐成了好朋友。

农历二月初八那天，莲儿父亲又搭周昌富的船到赣州，这次除进一批学生装外，还订购了两辆自行车，一辆男式的一辆女式的，是为本城一位大户人家的儿女订购的。这次下赣州，他是搭昌富的顺风船，他的船去赣州给人送货。二人一路相谈甚欢。莲儿父亲是个忠厚的商人，每次都不会亏待别人。尽管昌富说了搭他送货的顺风船不收费，可他每次都请他们夫妻吃饭或者买些熟肉食送给他们，这次也不例外。一到建春门码头，卸了货后，他就拉昌富两口子到城门附近的巷子里去吃饭。两口子再三推辞不过，只好去了。他们到一家馆子里点了几个地方特色菜：小炒鱼、三杯鸡、荷包胙、啤酒鸭等。几杯酒下肚，昌富的话开始多了起来。

"池老板，如今这世道，虽说国民政府了，可是你看看，农民过的都是啥日子。就说我哥家吧，我哥累死了，俩年龄更小的孩子一个当童养媳被虐待死了，一个给人家当儿子也不知道过得怎么样，真是家破人亡。我侄子友莲是个好孩子，顶了三分之二的家。我无能啊，有条渡船，到处渡人送货的，看着挺忙碌，其实挣不了几个钱，苛捐杂税太多了，我自己也四个娃子，连书都没让读啊。友莲的书也是强挺着读，多亏了葛仰濂校长和谢炳昌先生。葛仰濂先生去我们村里做客时，看到水妹子让富裕人家读小学的孩子教他识字，以给人家砍柴、挑水为条件。葛校长大为感动，就说让他去他们小学就读，减免他一半

61

学费，可我哥家连饭都吃不上，还是读不起，葛校长就自掏腰包交了另外一半学费。水妹子的学名周友莲就是葛校长给起的。要说这谢先生也是好人，也经常帮助水妹子。我总觉得他和你的外表弟李英还有县城的丘先生、桥头的钟先生和朱先生都是不寻常的人，他们经常聚在一起商量事儿，时常雇我的船，他们说的话我有点听不懂，但是听着有点像替穷人说话的。我在船头撑船，他们在船舱里说的话，我也听了几句，好像是什么共产党支部，什么武装夺权。我真替他们担心，要是被官家知道了怕是不饶啊。你是他表姐夫，你敲打敲打他。李少爷真是好人，每次雇船都多给我钱。你说我也纳闷，他放着好好的富家少爷不当，放着外面很有油水的官不做，回来干什么？我去帮他搬东西，看过他租住在县城的屋子，那是他一个少爷住的地方吗？是人家废弃的老屋，阴暗潮湿，厨房就几根劈柴和一点米，几把青菜，有一次我看见他煮了一大锅清汤寡水的青菜米粥，他这么清苦是图啥子？那些在他房间里谈话的人原本都是要趁热吃粥的，见我来了，都纷纷拿起书本躲藏起来，把书都塞进了衣服里。唉，他们怕我一个船夫干什么？我是担心他们。"昌富一脸着急的样子说。

"唉，不管他了，也管不了，他母亲我的舅婆找了我几次，我也劝不了，他母亲对他哭都没用。人各有志，兴许他做的也是大事呢。"铭轩说道。

"池老板，前天他又雇了我的船，拉了一些包装奇怪的东西说要转运到里仁去，有的用印花被单包着，有的用线毯包着，有长有短，我摸了摸，有点像那些东西。"说着做了一个砍和刺的动作。

"你是说是大刀和梭镖？"莲儿父亲压低了声音问道。"是哩。"昌富边低声回答边左顾右盼看了一下四周。"他们有三个人，还嘀嘀咕咕地说，这次的行动成功了肯定反响巨大。我怕他们是要出大事啊。"

吃完饭后，池铭轩把剩下的肉菜让店老板打包了，说是让昌富带回去给孩子们吃，天气不热，坏不了。还从店里另外买了四个荷包胙，说是两个给昌富另两个让他带给友莲家。说那一家子太清苦了，孩子们正在长身体呢。

池铭轩跟昌富分手时约好了，两天后也就是初十上午到建春门码头来装货。

昌富离开后，铭轩陷入沉思之中。天阴沉沉的，他的心也阴郁下来。他一边沿着城墙散步一边想着昌富的话还有李英经常说的那些话以及舅婆的话。看来这个表小舅子真不是个等闲之辈，他可能真的在闹世事。这个世道太黑暗，闹一闹也好。他愤愤地想。可是毕竟是民和官府斗，怕是会吃亏。可是一个人心野了，有了某些想法，谁又能阻挡得住呢？

池铭轩的担心并不是多余的。异常情况很快就表现出来了。初十上午，他办好了货物，雇人送到建春门码头，周昌富的船迟迟没来，这在以前是很少见的事情。他发现，建春门码头下行靠岸的船只很少。等了近一个时辰，昌富的船才到。他下船后一路小跑到他这里，一把拉住他的衣襟惊慌失措地说："反了，造反了，池老板，里仁那里几千民众昨天造反了，叫什么暴动。听说里仁大财东陈礼洪、刘伯纯都被杀了，财产被没收，所有田契、债约都被一把火焚烧了。听说官府出动全部兵马去镇压，怕是也得死不少人啊。"

"那我表弟李英怎么样？"

"不知道啊，没消息，听说就是我前几天跟你说的那几个人串联鼓动农民造反的。听说你表小舅子还是其中一个头头呢，他们是共产党，到处发动农民武装暴动。我昨天遇到了你岳父，他还到县城你表小舅子居住的地方去寻他来着，嗐，哪还寻得到啊，一个人没有，官兵早就去寻了，把那间老屋砸得稀巴烂，听说翻出了一堆小册子，叫什么《共产党宣言》。"昌富惶恐地说。池铭轩的心怦怦跳着。他不知道舅婆家会不会受冲击。还不知道风烛残年的舅婆现在会被吓成什么样了呢。

这就是后来载入史册的于都共产党支部领导下的一九二八年二月二十九日（农历二月初九）晚爆发的里仁农民武装大暴动。昌富说得没错，那次他帮李英运的包装奇特的货正是大刀、梭镖等武器。

他们更不知道的是：李英是于都历史上早期共产党员之一。一九二八年二月二十九日那晚，里仁两千多农民参加武装暴动。紧接着罗坳、步前、柑子下、桥头等地农民相继举行大暴动。三天后又去攻打于都县城，可惜，由于武器装备落后，组织性纪律性差，以失败告终。

正如莲儿父亲所担心的那样，乡下舅婆家很快就被城里的警备队打砸抢。李英的两个哥哥以及莲儿父亲和外祖父费了很大的精力、财力才摆平这件事。家里的田产卖了大半，哥哥的商铺也损失巨大。家里房屋被烧毁了好几间。这个大户人家从此元气大伤，舅婆一病不起，不久就去世了。临终也没能见到小儿子一面。她是嘴里呼唤着小儿子的乳名咽下最后一口气的。

因城里不太平，池铭轩就搬到店里过夜。一个雨夜，铭轩正闭着眼睛躺在四宝斋的床上辗转反侧，自从舅婆家出事后，表弟不知去向，舅婆又去世，家业凋零，他就落下了失眠的毛病。突然靠床的窗户上响起敲打声，像用手指在弹窗棂。他吃了一惊，赶忙坐起来，声音一下子又没有了。他摸了摸棕床垫下的一把长柄匕首。当当当，声音又响起来。"谁？"

"是我，南牯子，姐夫，你快把门打开。"铭轩跳下床打开了门，一个黑影迅速闪进来，带进一股湿冷的气息。

"南牯子，你是从哪里摸回来的？看看你这一身水。你还敢回来，你不知道城里在张榜通缉你吗？画像贴的满大街都是。"

"知道。你放心，他们蹦跶不了多久了。有没有吃的，快点给我弄口热乎的，先倒杯开水也行。"铭轩这才发现，小舅子浑身颤抖着，牙关咯咯直响。

"我先倒一杯开水给你，再去煮面条。"铭轩把一杯开水放到他面前。

"姐夫，可不能开灯啊"。

"知道。"黑暗里，池铭轩捅开了煤球炉。

一碗热汤面下肚后，李英缓了过来。

"去把衣服换了吧，我这里有干净衣服。"

"不了，姐夫，我不能久留，你给我准备点银钱，有多少拿多少，将来我们会还上的，我给你打一张欠条，不是我欠你，是我们的组织我们的党欠你。"

"屁话，写什么写。"铭轩把一包银钱递给他。

"黑天半夜的，店里就只有这些了，白天还能去凑凑。"

"不少了，姐夫，我，不，是我们党会记得你对革命做出的贡献的。"

"什么贡献不贡献的，你家被你害成了什么样子你知不知道？你妈她……"

"我知道了。"李英泪流满面地说。

"告诉你吧，姐夫，我们已经跟井冈山联系上了，毛泽东同志说得没错，枪杆子里面出政权。我相信，迟早有一天他们会打进于都城的。那些祸国殃民的人兔子尾巴长不了，你要相信我们党的实力和影响力。这次暴动我们虽然没达到预期的效果，但是，看出了农民是拥护革命的，广大革命群众的心是齐的，人心齐，泰山移，迟早有一天，我们会取得胜利的。我走了，大恩不言谢。"

"南牯子，你要去哪里？告诉我，省得家里人惦念。"铭轩拉住他的衣襟问道。

"姐夫，这个，是秘密，我暂时不能告诉你。"李英又闪身出去了。

池铭轩的心跳得更厉害了。他站在地上浑身颤抖着，就像淋了一夜冷雨的李英那样。枪杆子里面出政权，井冈山的部队会打进于都城？农民革命军又是一支什么样的军队呢？不管怎么着，有枪的都不好惹啊。吃亏的总是老实人，是平民百姓。

那个雨夜后，铭轩每天忧心忡忡，他时刻担心着表弟的安全。每次从那些贴着通缉令的画像和告示下面经过，他都心惊肉跳。一听说城里警备队抓了人他就两股战战，他怕抓到的是表弟李英，那样他就绝无活路。不知怎的，他耳畔时时响起李英那晚的话。他甚至有些期待表弟口里的井冈山农民革命军快些打进于都城。

李英的话和铭轩的期待很快就变成了现实。一九二九年三月七日凌晨，于都城内的人们还在沉睡中。突然间，北门外枪声大作，城内城外杀声震天。原来是彭德怀率领红五军一部的二百多人，一夜急行军一百四十余里，出其不意，奇袭于都城，在城内赤卫队员带领下里应外合攻入城内，迅速占领了国民党军队驻地和县政府、公安局，经过激烈战斗，全歼敌军一个营和县靖卫团、警备队共七百余人。彭德怀的"天兵"攻占了于都城的消息，像插上了翅膀，传遍于都各地。当日下午，红五军渡过于都河，转入于都南乡休整。

县里有一座葛氏宗祠，气势很雄伟，这座宅子建于清代中期，高屋、黛瓦、马头墙、窄门，很有客家风情。院内二井三厅，地面铺着大块的青砖，是当年全县葛氏的祭祖之地。

一九二九年四月，葛氏宗祠迎来了新主人。毛泽东、朱德率领红四军首次进驻县城，红四军军部就设在这里。传说中的朱毛终于与于都人民见面了。他们帮助地方党组织成立了赣南第一个县级红色政权——于都县工农兵革命委员会。同时共青团于都县执行委员会也正式成立了。从此，于都的农民革命翻开了新的篇章。

八

"荷叶初开犹半卷。荷花欲拆犹微绽。此叶此花真可羡。"外公看到莲儿时，经常吟诵这几句，脸上总是带着慈爱的笑容。

"这是谁的词？《花间集》里有吗？可能我还没看到那儿呢。"莲儿问道。

"是晏殊的，晏殊是宋代人，《花间集》是五代人编纂的，当然没有。这几句是描写初开的荷花，就如现在的你，充满勃勃生机。"外公说。

"好听，可惜你们都说我是疯丫头，没有荷花高雅好看。"

"有，有。我们莲儿比荷花还美呢。"外公说。莲儿甜甜地笑了。

"外公真好。"她偷偷地跑出去，到门口的鱼塘边去看自己在水里的倒影。果真婷婷如初开的莲花。

莲儿已扯开了身条，身高长了一大截，身体也渐渐变得圆润起来，脸上泛起了少女的特有光彩。

莲儿早就从周友莲那里借来了《共产党宣言》，她看了一遍又一遍，虽然有些内容她还不完全懂，但是她牢牢记住了其中的一段话："共产党人可以把自己的理论概括为一句话：消灭私有制……"她反复背诵着这些话，她有点理解那次老舅婆转述的表舅李英说的那些要把家里财产无偿分给没有财产的长工那些疯话了。"共产主义并不剥夺任何人占有社会产品的权力，它只剥夺利用这种占有去奴役他人劳动的权力。"莲儿又想到了这一句。她又觉得有些矛盾。辗转反侧睡不着。于是，她跳下床，点着了灯。她又拿出《共产党宣言》来看。那本薄薄的小册子正夹在那本外公宝贝得不得了的宋刻本中的善本《花间集》中。她拿这本书的最初目的就是为了读《共产党宣言》打马虎眼。不过，她也确实背了《花间集》中一些词。确实很美。他喜欢南唐二主的词。

她得出一个结论：读书不能断章取义。可到底还是很多地方弄不懂，要表舅李英讲解讲解才好，她想。可表舅已经很久都没露面了，家人都不知道他去了哪里，有机会还是跟周友莲切磋一下吧。

县里成立了儿童团，友莲和莲儿都参加了，友莲还是队长呢。友莲已经是个十六岁的后生了，虽然家里贫困，没有什么好的吃食，但他依然长得虎背熊腰，一看就知道，将来准是一员猛将。他胆大心细，又很自律，很受红军领导的重视。

莲儿的外祖父魏老先生虽然笃信程朱理学，却是个开明的老学究。他拥护红军，赞成革命。四宝斋捐了很多笔墨纸砚和糨糊给红军写标语，贴标语。他也忙碌起来，和女婿池铭轩一起天天为红军写标语，苍劲有力的楷体、浑厚的魏碑体和劲挺奔放的行书，让指战员们大为赞赏。

莲儿和友莲在课余忙得不亦乐乎：站岗放哨还帮着贴标语宣传扩红、动员同龄的学生加入儿童团。莲儿还学会了打草鞋。红军将士条件艰苦，首长说草鞋是他们重要的战略物资。当地的农民也有穿草鞋的习惯，既经济又实用，跋山涉水都方便。

友莲妈妈渐渐从丧女的痛苦中走出来了，她成了妇女工作队的一员。她现在知道只有革命才能改变她一家人的命运；只有革命才能不让其他穷苦人家的子女重蹈她家的覆辙。她天天忙着上夜校扫盲班、打草鞋、筹军粮等。友莲叔叔、婶婶利用自家渡船，随时为红军服务。他们一家都走上了革命的道路。

小学毕业后，莲儿原本要去读中学的，可是一想到那些革命工作，她就主动放弃了。

友莲完全长成大小伙子了，身体健壮得像一头牛。他去申请参加红军，很快就被批准了，哪个首长不喜欢觉悟高、有文化又身体好的战士呢。这样的人，战斗力强。集训一段时间后，就分到了连队。莲儿还是在儿童团。由于胆大心细，身材高挑、长相俊美，很快就当了小队长，成为引人注目的人物。

一有时间，友莲就来看莲儿。不知怎的，年龄大了，又参了军，大小也参加过几次战斗，友莲反而更腼腆了。一到莲儿工作的地方，还没见到她，心就开始狂跳起来，脸也火烧火燎的。见面后，连说话也磕巴起来。莲儿经常揶揄他："打仗时白狗子把你的舌头打坏了吗？连话都说不好了。"友莲嘿嘿笑两声，脸又红到了耳朵根。

十四岁的莲儿无论身形还是做事都和大人一样，她已完全成长为一个成熟的革命者了。每天她井井有条地安排着工作，干练而聪慧。友莲过来时都不敢正眼看她，经常偷偷地看她的脸。

"做甚啊，要看就大大方方看，我脸上又没长麻子，还怕你看？"莲儿气哼哼地说。友莲又羞红了脸。

"你真好看。"友莲吞吞吐吐地说。

"本来就不丑嘛，看你这费劲的样子。"莲儿说完后，就拿出自己积存的食物，把友莲的各个口袋都塞满。莲儿每挨一下他的身体，他就触电一样痉挛一下。莲儿就拧一下他的手，他就龇牙笑一下。临走时，莲儿还要塞给他一双精致的草鞋。不久以后，友莲调到中央后方保管处驻银坑竹篙寨石洞。

竹篙寨属石灰岩质石山，因石山平地而起，远看似一根挺拔耸立的竹篙而得名。竹篙寨洞口坐北朝南，洞内自然形成数个石洞，各洞相连，中间大洞最深最广，可容纳千人。竹篙寨石洞既宽大又有水，能住上一个团的兵力，红军在石洞两侧和后山腰都增设了碉堡。从此，竹篙寨石洞改为中央后方保管处，成为中央苏区的一个重要军械、战备物资的中转站，直至一九三四年战略转移。

自古道：三军未动。粮草先行，兵精粮足，战无不胜。友莲这份工作看似简单，实际非常重要。没有了后方物资的供给那部队就没有了保障。因此，他们防守任务极其艰巨。

他们还凭借很少数的兵力击退了从宁都县败退前往赣州路过此处的国民党十九路军的一个残旅先遣队，俘虏敌军二十余人，缴获枪支十多支。友莲在战斗中立了大功，受到了嘉奖，不久后就加入了中国共产党。

红军进驻于都后，进行了土地革命，实现耕者有其田。友莲家里分到了土地。友莲母亲带着弟弟妹妹辛勤耕种，收获颇丰。除交公粮外，一家人的口粮再也不缺了，不用挨饿了。农忙时节，莲儿经常去帮忙。友莲的母亲非常喜欢漂亮、善良又能干的莲儿，她也知道儿子对莲儿的感情。只是莲儿年龄小，还不适合提这件事。

一九三一年十一月，中华苏维埃共和国临时中央政府在瑞金成立。莲儿外公无比敬仰的润之先生毛泽东当选为主席。颁布了很多对农民有利的政策法规，很受百姓欢迎。中央红军在毛泽东的领导下先后粉碎了国民党军队对中央苏区的四次围剿。莲儿和友莲在严峻的革命斗争形势下都成长为优秀的革命战士。

莲儿的几位兄长都陆续离开了家乡。大哥、二哥因为早年在外求学都在省城工作。三哥在莲儿的鼓励下参加红军，在第三次反围剿的战斗中牺牲了，给了这个家庭一个沉重的打击。四哥从小喜欢厨艺，从十六岁起就到赣州一家著名的大饭店学习厨师。因为时局不稳，少有音信。

外祖父魏老先生已经八十岁了，依旧精神矍铄，他拥护红军，拥护苏区政策。说红军是仁义之师，得民心者得天下，将来必定能成就大事。遗憾的是，自里仁暴动后，莲儿表舅李英和老师谢炳昌就下落不明了。谢老师临走时对家里说是组织另有工作安排，稳定后就会通知家里，可此后竟杳如黄鹤。

友莲回县城公干时，莲儿曾几次带他到家来吃饭，说是同学。外公和父母亲都看出了他们俩之间的微妙关系，他们对这个高大英俊的后生印象很好，就等着他们各自向家里挑明，可友莲和莲儿却谁也不想捅破这层窗户纸。友莲的婶子看出端倪后，和他叔叔商量了一下，找到友莲母亲，三个人商量了一下，又征求了友莲的意见，决定由叔叔婶子上门提亲。

有道是瓜熟蒂落，水到渠成，这桩婚事出奇地顺利，莲儿一家满口应承，且没提任何条件。莲儿听到友莲婶子来提亲，生气地说："周友莲这封建头脑啥时能够进步一些啊，什么年代了，苏区政府讲的是婚姻自主，还用什么三姑六婆来提亲。"

"怎么说话呢，不是三姑六婆，是友莲叔叔婶子。"母亲生气地说。

"怎么没把七大姑八大姨都带来啊？"莲儿又说。

　　"你当打仗呢，七大姑八大姨都上阵？你不同意就算了，我直截了当给他家回个话。"外公故意激她道。

　　"外公，我没说不嫁，是不要这样嫁，告诉你们说，我们革命队伍里的人，男不用出彩礼，女不用备嫁妆，也不请客。只是，苏区政府有规定，要领结婚证。"莲儿说。

　　"好了，就依你了。"外公说。他们这就算定了亲。友莲继续防守竹篙寨，很少回来，但他们的心时刻都挂念着对方。

　　一九三四年，莲儿十八岁，友莲二十一岁了。从这年开始，苏区形势越来越紧张，国民党对中央苏区的封锁变本加厉，苏区面临着前所未有的困境。

　　魏老先生的身体越来越弱了，经常生病，他很想让莲儿和友莲完婚，可友莲他们的防守任务越来越重，加上路途遥远，很少回来。三月份，友莲回来一天就走了，都没来得及去见他的母亲和弟弟妹妹。莲儿和他商量，下次他回来不管待多久他们都要打报告结婚。

　　一个月后，友莲又回来了。这次有三天假，他们高兴极了，决定去打报告结婚。莲儿把这事跟家里说了，家里人听了都很高兴。父亲立刻就去准备，结果被莲儿劝阻了。因为友莲是红军战士，结婚必须征得首长同意。

　　友莲得到消息说，他的领导在城里一个祠堂开会。友莲和莲儿连忙赶到那里。祠堂门口有两个警卫员站岗，他们说明来意后，两个警卫员把他们放进去，让他们到上厅天井里等。祠堂上厅的门关着，左右各有两个警卫员站岗。

　　四月，入梅了，天空飘起毛毛雨，把他们的头发打得湿漉漉的，衣服也潮乎乎的。等了好一会后，友莲沉不住气了。"这会要开到什么时候啊？"友莲打问站岗的警卫员。"我也不知道，首长们在研究讨论作战部署呢。"警卫员说。

　　"你急什么，会总有开完的时候。"莲儿故意地说。

　　"我怎能不急呢？我只有三天假，后天就得回驻地。"

　　"你才二十一岁，我才十八岁，来日方长呢，就差这几天吗？"莲儿说。

　　"我急啊，我妈也急，早一天把你娶到家，我妈就早一天安心。"

　　"看你这没出息的样子，再这样我可走了，现在是苏维埃政府，婚姻自主，我不同意就结不了婚。"莲儿佯装生气，又佯装往门外走。友莲急了，冲过去想拉住她，不料天井边有很多青苔，又有屋檐的渗水，很是湿滑，他一连打了几个趔趄，为了平衡身体，友莲伸出两只手臂上下左右摆动挥舞着，像跳舞一样，跟现在的花样滑冰运动员的姿势差不多。莲儿扑哧一声乐了，两个警卫员也禁不住笑起来。这时，忽见祠堂里面走出一位年轻的首长，对左边的警卫员说了几句什么，只听警卫员回答："是"。就转身小跑着出去了。

年轻的首长看了他俩一眼，没说话，又转身进去了。一刻钟后，警卫员回来了，后面跟着三个妇女，走在前面那一位提着装着碗筷的篮子，跟在后面的两位分别提着两只冒着热气的大木桶：一个盛着青菜米粥，一个里面装着芋头。莲儿发现，后面提着芋头桶的竟是友莲的母亲，便捅了一下友莲。

友莲喊了一声："妈"。

莲儿也走前一步，喊了声："婶"。

"首长批准了吗？"友莲母亲急切地问。

"还没进去呢，首长们一直在开会。"

"哦，首长现在让我们送饭来，会应该开完了，走，跟我一道进去。"友莲母亲拉住他的衣襟说。

"妈，这是干啥？首长开会呢。"友莲挣脱母亲的手。莲儿却大声说："不是开完了吗，这都要开饭了，我看趁首长们吃饭时进去刚好，你这胆小鬼，这会儿又不着急了？婶，我跟你进去。"说着接过友莲母亲手里的木桶。友莲只好也在后面低头跟进去了。

右边那位警卫员张开嘴巴想喊住他们，左边的向他挥挥手说："让他们进去吧，别破坏人家的好事。"

祠堂的上厅内由几张老旧的方桌拼成一个长条桌。一位身材高大却很清瘦的首长坐在方桌的一端，像是主持会议的，其他人分坐两侧。见他们进来，都兴奋地喊着："哇，开饭了，开饭了。"莲儿她们先用大碗盛满了粥，端到每一位首长跟前。这时她才发现，这粥竟是青菜瘦肉粥，只是肉很少，但也隐隐散发着一丝肉香。母亲和另一位妇女以及友莲又把芋头摆放在他们面前。

"呀，是青菜瘦肉粥啊，好香啊！"首长们高兴地说。食物分发完后，莲儿看了一眼友莲。他低头站着，一言不发。莲儿狠狠瞪了他一眼。

"首长们好，我是儿童团的池彩虹，我想打报告跟中央后方保管处防守银坑竹篙寨的周友莲同志结婚。我十八岁，他二十一岁，我们是自愿结婚。"说完后，莲儿才觉得自己的脸热辣辣的，不敢抬头看周围的首长了。

全场瞬间安静下来，坐在侧面的一位首长说道："可以啊，小同志，有胆量，女中豪杰。现在苏区政府讲的就是男女平等，婚姻自主。只是，现在我们

70

这里没有结婚证，你们要到县政府去领，竹篙寨归那里管。"

"首长，周友莲同志这次只有三天假，后天就要回去，那里离县城近百里，防守任务重，很少回来，我听说红军战士结婚要领导批准，又听说首长们今天都在这里开会，所以就到这里来了……"莲儿又爆豆一样说道。

"这是迫不及待想当新娘了哟，小同志。原来你要结婚的对象是周友莲同志啊，他们团归我管，他属于我的兵，我第一个同意。那里的战士都是精挑细选的，都是好样的，你这小同志有眼光哩。池彩虹就是你啊，我听说过你，是个积极分子，先进典型呢。你外公魏老先生是个饱学之士，我认识，老先生现在可好？"一位瘦高个的首长说道。

"你们不知道，这女娃娃不简单，一出生就拯救了一方百姓呢。我听人家讲过她的故事，说她出生那天暴雨成灾，河水泛滥，就要淹到两岸人家了，可就在那时她呱呱坠地了，奇迹出现了，雨停了，天空突然出现一道彩虹，河水也渐渐消退了，外公就给她起了大名池彩虹。彩虹在这里叫作杠，有日头吸水的意思。这里人认为彩虹的头在水里，能吸水，所以河水小了，没有成灾，你们说这女娃娃是不是十分了得啊。"友莲的首长又说道。

其他首长也纷纷说："确实啊，真不简单。你们两位优秀同志结婚是好事啊，咱苏区的女娃娃在战斗中成长起来了。"大家都大笑起来。莲儿的脸更红了，低头抠着手指头。友莲的首长又说："既然大家都同意，这婚就算结成了，我们就留你俩在这里吃一顿饭，算是祝贺吧。"

友莲妈妈为难地说："首长，粥不多了，你们都不够，怎能再给他们吃呢？周友莲是我儿子，他们还是回家去吃吧。"

"这位好战士是你儿子啊，老嫂子，那就更该恭喜了。你娶了儿媳妇，成婆婆了，享福了。不过，现在可不敢虐待媳妇啊。"友莲的首长戏谑地说。

"哪能呢。我这媳妇贤惠着呢，我儿子不知是几世修来的福分才娶到她。"

"哎，话不能这么说，不是修来的，是他们在斗争中结下的革命情缘。你快给他们盛粥，你也盛一碗。要说啊，你这位老大姐有学问哩，你儿子的名字就起得很好，友莲，以出淤泥而不染、濯清涟而不妖的莲花为友，好啊。"友莲的首长又说。

友莲母亲有点听不懂。她实话实说这孩子原来叫周水妹子，算命先生说五行缺水，名字里需带个水字，而赣南习惯，叫妹子好养活。后来读书时，小学校长葛仰濂先生给改的名字，跟我说的好像就是首长说的这意思，我也听不太懂。

71

"仰莲（濂），可见这位葛校长也仰慕莲花。"

"不是莲花的莲，是濂溪书院，濂溪先生的濂。"莲儿忙更正道。

"是仰慕濂溪先生周敦颐啰，我也仰慕他，一代理学宗师，他的《爱莲说》名垂千古，我也喜欢莲花。"友莲首长又说道。

"本来，我的大名没出生时我娘就起好了的，叫池熠莲，熠熠生辉的熠，莲花的莲，后来被我外公改成池彩虹的，我小名叫莲儿。"

"池熠莲，池塘里一朵出淤泥而不染熠熠生辉的莲花，好嘛，你母亲不愧为魏老先生的后代，有学问哩。不过，池彩虹也好。"

"首长，还是先吃饭吧，粥快凉了。"那位年轻的首长说道。

"这位大嫂，你盛粥啊，我说了，一起吃顿饭。"友莲的首长说。友莲母亲只好往三个空碗里盛粥，她把友莲和莲儿的碗里盛了大半碗，自己面前的碗里只盛了一碗底儿。

"怎么盛这么少？"友莲首长说。

"没，没有了，我回家去吃。"

"把勺子递给我一下。"友莲首长说。友莲母亲只好递过勺子。首长接过来从自己碗里舀了半勺粥加到友莲母亲碗里，又把碗和勺子一起传到和他相邻坐着的首长手里，那位首长也马上接过来，也从自己碗里舀了一些加到友莲母亲的碗里。碗和勺子在各位首长手里转了一圈，又回到友莲母亲面前，碗里的粥已经满得快溢出来了。友莲母亲的眼睛湿润了。

"来，吃饭，老嫂子，我们一起祝贺这对革命伴侣百年好合，天长地久，还要早生贵子，多给我们红军生一些革命接班人。"友莲首长说。友莲和莲儿激动得热泪盈眶。

那位年轻的首长突然说道："大嫂，这顿饭是您儿子的首长请客，按纪律规定我们是不允许在这里白吃饭的，要交伙食费，近的地方要自带干粮。"

"我知道，有一首歌唱的是苏区干部好作风，自带干粮去办公。"莲儿小声哼起了歌。

"小同志，嗓音不错嘛，多唱点咱们红军的歌。"友莲的首长说道。

"这样吧，先吃饭，我让相关同志吃过饭先写一个条子，同意你们先结婚，然后再补办结婚证。"友莲首长说。

"老嫂子，你看，事情解决了，不会耽误你儿子、媳妇洞房花烛的。我们都沾了你们的喜气，安心吃饭吧。"友莲的首长又说道。

由于时间紧迫，友莲一家又在县城租屋居住，家里没有地方，就把他们的洞房临时设在莲儿家里。一对认识十年，可以算作是青梅竹马的恋人终成眷属。莲儿的外祖父和父母亲特别高兴。外祖父说自己就莲儿母亲一个孩子，莲儿母亲虽生养了五个，可是亲眼看到孙辈成婚，亲手张罗婚礼还是第一次。所以，魏老先生坚决要去请唢呐班子。

于都唢呐，那可是享誉四方的民间乐器，婚礼上能少得了吗？

于都唢呐历史悠久。据说，早在一千多年前，于都民间便"鼓手举于道路，往来人家，更阑不歇"。于都人称唢呐为"鼓手"。这种乐器以扁鼓和唢呐为主，再佐以锣、钹等打击乐伴奏，因此俗称"吹打"。民间唢呐吹手有四句顺口溜："七寸吹打拿在手，五音六律里边有。婚丧嫁娶没有我，冇声冇息蛮难过。"

"外公，现在是苏区政府，婚姻自主，讲究简办，吹打是旧式婚礼才要的，你这是老思想了。"莲儿说。

"难道苏区政府就完全打破传统，不要老习俗了吗？不行，现在我来不及找那些首长了，我亲手操办你的婚礼，没有席面，没有嫁妆、不收贺仪已经够简单了，连吹打都没有，你让我情何以堪？出了事我兜着，这几年我也品出来了，红军队伍虽然纪律严明，但却是最有人情味的，他们想百姓所想，急百姓所急，肯定不会反对的。你们天天嚷着革命，革命，难道非要革得六亲不认，推翻现在的一切吗？胡闹。"莲儿和友莲不敢再作声了。

还没等父亲按外公吩咐去请吹打班子，上午在祠堂门左边站岗的那个警卫员就急匆匆跑来了。他对莲儿一家说："首长们说了，这是革命的婚礼，一定要热闹，要有吹打，这是于都地方器乐，是很好的民间传统，要传承下去，可惜他们没时间参加婚礼，让我过来转告你们，还让我代他问候魏老先生好。"说着就转身走了。

刚走了几步又回过头来大声说："吹打班已经在路上来了，他们刚好在教红军宣传部队的战士吹唢呐和打锣，首长就让他们先到这里来助兴。"莲儿和友莲激动得一时不知道该说什么好，外公也感动得热泪盈眶。他对亲友们说："红军首长们办事真周到啊。这真是我们国家之幸，百姓之幸啊。"

下午五点多，在欢快的唢呐声中，婚礼正式开始。虽然没有席面。但是，莲儿家准备了四张桌子的茶点，上面放着红枣、花生、板栗、桂圆干、喜饼、洋糖，还有现买的炸油果，母亲还做了氽汤肉丸，每桌还有一只撕碎了的荷叶鸡。来贺喜的乡邻和战友们络绎不绝。

莲儿穿着一件大红稠衫，头上短发的两鬓处各别了一朵红绒花，那花是友莲买给她的。她脸上扑了点粉，两颊涂了胭脂，嘴唇涂了口红，落落大方中带着一点新娘的娇羞。友莲容光焕发，他穿着一套新军装，除了抑制不住的喜悦，看不出其他的表情。他总是忘情地痴痴望着莲儿出神，甚至忘记了待客。莲儿总是用眼神来暗示他不要失态。友莲的母亲高兴得热泪盈眶，她偷偷地走到背人处激动地对着苍天说："他爸，你看到没有，我们的水妹子成家了，娶了个多么好的媳妇啊，真是苍天有眼啊。"

　　婚礼没有按传统拜天地，但在外公的坚持下，依然摆了天地桌，放了斗、尺、秤、剪子、镜子、算盘等六证。外公说可惜谢先生和表舅李英闹革命去了外地，没有了音讯，还有首长们也没有时间过来，要说他们可都算大媒人呢，三媒都不在，也就不讲究这个了。堂屋贴了外公亲手写的母亲亲手剪的大红囍字，下面还点了一对红烛。外公端坐中间，莲儿父母和友莲母亲分坐在两旁。莲儿和友莲给他们三鞠躬，又互相鞠了一个躬。

　　友莲的叔婶晚上才到家，他们去瑞金给苏维埃政府运送物资。婶婶喜得也是热泪盈眶。

　　《百凤朝阳》《洞房调》《将军下马》《斑鸠调》，适合喜庆日子吹的曲子，吹打班子都吹出来了，使这个简单的婚礼也热闹非凡。外公穿着一套早就准备好了的喜庆衣服，容光焕发，忙着迎送宾客，高兴得合不拢嘴。这位满腹经纶、德高望重的老学究，终于在耄耋之年完成了他的心愿，亲自为孙辈操持了一场别开生面的婚礼。

　　这场也算轰轰烈烈、热热闹闹的婚礼在战友们闹完洞房后结束了。莲儿和友莲一点没有疲惫的感觉，他们的心激动着呢。洗漱后，他们都换了便装，莲儿坐在床沿上，床上是母亲给她准备的一床新的大红锦缎铺盖，连帐子也是红色的。洗去铅华素颜的莲儿，愈发显得光彩照人。友莲穿着部队里发的新衬衫。莲儿脉脉含情地看着他，可他眼神总躲躲闪闪地不敢看莲儿。

　　"我给你倒一杯热茶吧，折腾一天你辛苦了。"友莲说。

　　"不用。"

　　"你吃不吃花生，我来给你剥，一天你也没好好吃顿饭。"友莲又说。

　　"不要。"

　　"那……"

　　"办了婚礼，我变成了狼和母老虎吗？"莲儿噘着嘴生气地说。

"怎么了莲儿，怎么生气了？"

"问你自己啊，你怎么不敢靠近我？过来！"友莲磨蹭到床前。莲儿一把抓住他的胳膊，把他按在床沿上坐下。

"你胆子不是挺大的吗？自己送情报，突破白军封锁线都敢，怎么现在这么胆小，连看都不敢看我了？是谁急着要找首长开证明结婚的？"

"我。"友莲红着脸说。

莲儿挪了挪身子靠近他，他竟往旁边挪了挪。

"你……"莲儿一把将他搂进怀里，用嘴唇压住他的嘴唇。红色的帐子缓缓拉住了，桌子上的红烛起了烛花，火苗颤动着，老辈人说，那是喜烛在笑呢。

九

"莺盟燕约、神仙眷侣。"这是外公对莲儿和友莲喜结连理的评价。

莲儿他们虽然成婚了，可友莲一直在竹篱寨很少回来。他每个月只有三天假。每次短暂相聚分别时，莲儿总是无限深情地说："两情若是久长时，又岂在朝朝暮暮"。六月份的时候，莲儿惊喜地发现，她怀孕了。她恨不得立刻把消息告诉友莲，可是又不好意思让战友捎口信，也怕友莲分了心。七月份，友莲终于回来了。听到这个消息高兴得不知如何是好。两个家庭都沉浸在喜悦中。

在国民党的层层封锁下，物资严重匮乏。莲儿她们不分昼夜地打草鞋。过度劳累和早孕反应折磨得她吃不下饭睡不好觉，身体迅速消瘦下去。两位母亲很是心疼，想尽各种办法为她增加营养。友莲弟弟水根每天去河里捉鱼、抓黄鳝给嫂子增加营养。尽管母亲精心烹制，可莲儿闻不得腥气，一口也吃不下。

"你这又焦虑又劳累的，不吃东西怎么吃得消啊，要为肚子里的娃娃想想啊。"母亲对她说。

"现在形势这么紧张，我能不焦虑能不加班加点吗？首长说了，草鞋是重要的战略物资，我们不能让任何一个战士打赤脚上阵。你没看我们打草鞋的工作室门外都挂了一块'草鞋重地'的牌子吗？"莲儿说道。

深夜，工作结束后，莲儿头晕目眩、腰酸背痛。她强挺着走到家里，母亲帮她烧好了洗澡水，她勉强洗了个热水澡。由于腰痛和腿抽筋，她连上床都很困难。她多希望友莲能在身边给她捶捶背，安慰一下她啊，可这一切都是不现实的。友莲已经二十多天没回来了。莲儿知道形势很紧张，望着秋夜里的满天星斗，听着各种虫儿的鸣唱声，抚摸着自己的小腹，莲儿无限憧憬又无限惆怅。她既企盼着腹内的小生命快快长大，又怕友莲他们有大的军事行动，他们将面临分离。她辗转反侧好久才渐渐睡去。

外公的病又犯了。心悸、心慌，动则气喘，医生说是心血瘀阻，也就是现代医学所称的冠心病。病情越来越重，一家人忧心忡忡。他整天念叨着他要好好吃药治病，要看到他的重外孙出世。

九月下旬的一天，在去交草鞋的途中，莲儿突然间感觉天旋地转，眼前一黑就倒下去了。醒来时，已是在医院里。她的孩子流产了。她悲痛欲绝，头脑一片空白，觉得太对不起友莲了。可严酷的革命形势，让她连悲伤的时间都没有，仅仅在家休息三天，她又开始投入忘我的工作中。其间友莲一直没有回来过，她只有一个人默默承受着这份痛苦。

外公得知莲儿流产的消息后，精神一下子垮了。他不再吃药了，身体虚弱得起不了床。

几天后，友莲回来得知莲儿流产的事，十分心痛和自责。他觉得自己有很大责任，让莲儿吃了这么多苦。虽然他内心很痛苦，还是好言劝慰莲儿。他对莲儿说他们还年轻，来日方长，他们还会有孩子的。莲儿情绪稳定后，他告诉莲儿，由于第五次反围剿失败，为了保存实力，近期红军队伍可能要有大的军事行动，他们团已经接到命令，清点和打包各种物资，随时做好战略转移准备，听说瑞金中央苏维埃政府的重要文件也都开始清点打包了。大家都传言，中央红军可能近期就要进行战略转移了，不过还没有正式下文。"大家都说估计就在这几天了。"友莲看着莲儿，惆怅地说。

"那我也要跟你们转移，我去找首长。"莲儿说。

"这不是哪个首长个人能决定的，一切行动听指挥。"友莲无奈地说。

"首长有没有说你们要转移到哪里？"

"没有，这是军事秘密，不能问的。估计应该不会太远吧，首长命令我们把中央政府的全部家当都打包好，说一旦转移，由教导师负责护送搬运。师长已经接受了任务，还召开了动员会议，号召全师指战员克服困难，保卫好中华苏维埃共和国的财产，不怕流血牺牲，坚决完成任务。首长说这些文件和物资很重要，以后用得着的。"友莲说。

友莲的信息是准确的。

在严峻的形势下，中央红军不得不考虑要进行战略转移。

一九三四年八月，中央红军在瑞金九堡成立了教导师，张经武任师长。这支特殊部队的任务是负责突围转移时中央机关的保卫和重要物资的运输。

一九三四年十月九日，红军总政治部下发了《关于准备长途行军与战斗的政治指令》。对红军战略转移的武器、弹药、服装、给养、设备等物资的补充、携带问题提出了明确的要求。遵照上级命令的要求，一九三四年十月三日至十九日，中央红军出发前按规定补充了武器、弹药、粮草、衣服等物资。

十月十日，中央机关和直属部队离开瑞金到于都集结，等待战略转移。确定十月十六至二十日夜从于都东门等八个渡口渡河。

十月十五日，友莲又回来了。他们已经把所有的物资都运到了于都城里，等待战略转移。

于都城里，几天前各部队领导就开始动员群众提供渡船搭建浮桥了，大家虽然万分不舍，可是为了这支替穷人做主的队伍，为了革命大局，还是不顾自己的利益，有船的提供渡船，没船提供木板，千方百计帮助红军渡河。

一扇扇门板摘下来了，一块块床板搬过来了。莲儿的外祖父魏老先生已病入膏肓。他已无法平躺，靠在一大堆被褥上几乎不能动弹，连说话都气喘得不行。家里把他的后事都准备好了。一副华丽的柏木棺是几年前就做好了的，做工考究的寿衣也偷偷找出来放在阁楼上显眼的位置，以备不时之需。这寿衣是莲儿同学谢耀晖父亲亲手做的，他崇拜读书人。那个爱捉弄人的谢耀晖也在一年前参加了红军，他的父亲也给红军队伍捐献了很多钱物，这让莲儿非常感动，她觉得党的思想工作和宣传工作真的很到位，改变了很多人。她亲手打了一双精致的草鞋送给谢耀晖。两位老同学摒弃前嫌，相谈甚欢。

魏老先生看见家里人都忙着搬木板、卸门板、拆床板，非常奇怪，就一再追问。得知是为了红军战略转移渡河后，坚决要把自己的铺板也拆了送过去。听说板材还不够，有人把寿材板也抬过去了时，就说："铭轩，你去叫人把我的柏木棺拆了，把寿板搬过去，给红军渡河。"无论怎么都劝阻不了，铭轩只好和友莲的叔叔一起把那口精致的柏木棺拆了。

下午六点多，当友莲叔叔把最后一块柏木棺盖铺到自己的船上时，友莲的大弟弟水根气喘吁吁地跑过来，看到叔叔、姊子和嫂嫂欲言又止。姊子眼尖、心细，她看到水根的眼里有泪花在打转儿，便问道："水根，到我这里来一下，有个事儿跟你说。"待水根走到她旁边后，她又引着他走远几步，问道："你说实话，出了什么事儿？"

"嫂子的外公去世了，就在半个时辰前咽的气，可是，他的柏木棺拆了，都运过来搭浮桥了，只剩下前后两块挡板。"水根哽咽着说。

姊子一愣，随即说道："先别告诉你嫂子，让我们想想办法。"

"嗯嗯，我知道。"

姊子瞬间也满眼泪水。"魏老先生一世清白做人，恪守仁义礼智信，识大体顾大局……"她想起友莲领导的话。

队伍无声地有序地过着河，莲儿在岸边劝阻那些家属，不要大声啼哭，不要过分喧哗，劝妇女们回去编草鞋，给后面的战士备用。"多编一双是一双啊，草鞋是重要的战略物资，部队是一个整体。"

午夜时分，天竟淅淅沥沥下起了秋雨。河岸还有很多黑压压的人群，他们都在送自己的亲人。难舍那份离情啊。他们压抑着自己的情感。妇女背上的小娃娃们也似乎懂得此刻的含义，不哭不闹，睁着眼睛看着眼前这一切，仿佛要把这悲壮的一幕刻在记忆里。

友莲抽空跑过来找莲儿。"我都知道了，首长没答应你去参加战略转移，说你脑子灵活、应变能力强，留守队伍需要你这样的人才，说要保存战斗力，那你就安心留下来吧，你父母身边只剩你一个孩子了，总得有个照应啊，外公又病得这么重。你等着我，用不了多久，我们就会打回来的。"姊子在不远处看着他们俩，满脸泪痕。

一场秋雨一场寒，午夜时分的江风有些刺骨，友莲禁不住打了一个寒噤。莲儿忙脱下自己身上的蓑衣，给友莲披上。"我不用，你披着，你小产还没满月，身子骨弱，我戴着斗笠，淋不到的，你回去休息一下吧。"

"不了，一会儿该拆浮桥了。"为了防止国民党部队破坏战略转移，一切都是秘密进行的，浮桥夜里搭好，天明拆除。他们都知道，于都三十万百姓为他们共同严守着这个秘密。

凌晨四点半钟，军民开始拆浮桥。友莲叔叔把那几块柏木寿板吃力地扛到岸边，单放着。

"叔叔，你这是干啥？今晚还要用的，首长说最少还要用三天。"莲儿奇怪地问。

"不能再用了，待会儿我扛回去。"

"这怎么行？那样就影响队伍渡河了。"莲儿着急地说。"你们，还是回去看看吧，你外公他……"姊子扭头看着别处，哽咽着说不下去了。莲儿手里的

78

火把掉到地上，身子晃了几晃，友莲赶忙扶住她。

外公穿着长袍马褂寿衣躺在地上用砖搭成的狭窄的"床上"，面目慈祥而平静，他的铺板都拿去搭浮桥了。莲儿和友莲泣不成声，父亲和母亲过来劝慰。"你外公说他不用柏木棺，就用身下的这堆砖给他砌一个墓穴，说为这样的队伍捐出自己的寿材板他感到很荣幸，他心甘情愿，他说明天是黄道吉日，明天就把他入土。你外公临终前总是念叨着你们俩，说你们能加入仁义之师，也是家门的幸事。他在天之灵会保佑这支队伍保佑你们的。说得民心者得天下，这支队伍占天时、地利、人和，必胜。困难是暂时的。"父母亲和莲儿、友莲依照外公的遗嘱，用前所未有的方式安葬了外公。仅仅十几年后，外公的话就成了现实。

那天白天，莲儿一刻没停地打着草鞋。在打了三双普通草鞋后。她拿出一包黄麻，这是她让一个好姐妹从邻县捎来的。她挂好线，精心地用黄麻打着这双草鞋，每结一道线都用手抚摸很多次，反复拉拽，把每条线都拉得很均匀、细致。

黄昏时，秋风愈发紧了，气温骤降，军民又开始架浮桥。友莲气喘吁吁地跑到小学堂里。"莲儿，首长刚刚下命令，我们明天凌晨三点半渡河，我这就要走了，你要多保重。"友莲用忧伤的语调说。莲儿眼里溢满了泪水，她不敢抬头。低头打着草鞋。鞋子已经打完了一只，另外一只也只剩一点鞋跟没打好了。她的手颤巍巍地抖着。

"莲儿，你不要难过，相信我，我们很快就会回来的，到时我们好好过日子，再也不分开了，我娘和弟弟、妹妹就交给你了。"

"你放心走吧，你也要相信我，我会照顾好他们的。"莲儿哽咽着说。

"首长说大部队转移后，国民党部队肯定会卷土重来的，会更加嚣张残忍的，他说让我们这些战士的家属要转移到隐蔽偏僻地方。留守部队处境会更艰难的，你要多加小心。我今晚不能回家，爸妈那儿你替我……出发前，我会再来找你的。"友莲说。

"你一定要来啊，草鞋就要打完了。"莲儿说。友莲一步三回头地走了。

午夜时分，友莲来了。莲儿换了那身结婚时穿的新衣服，头上戴着两朵红绒花。那花是结婚时友莲给他买的。她只在那天戴了一天，一直收在盒子里。她手里提着一个包袱，里面装着那双精心编制的草鞋，隐约看见还有一个小纸包。友莲从怀里掏出一个布包打开，里面有一个长方形的扁扁的紫红色木匣一样的东西，看上去有半尺见方。

"这是一面镜子，我跟老班长学的，做了一个可以推拉的活动镜盒，可以保护镜子的，老班长找来的材料，他说是红木的，结实着呢。老班长是木匠，有绝活，我跟他学了好久，这是我亲手做的，你看，按着这刻了横纹的地方往下一拉，上面这块木片就滑下来了，镜子就露出来了，用完了再往上一推，镜子就又藏在木匣里了，下面的木匣有槽的，你没事多照照，我希望你永远有这样漂亮的容颜。但愿我回来时你还是这样漂亮。"友莲说。

接过镜匣，莲儿泪流满面。"我会等着你的，枪林弹雨的，你要小心。"莲儿说着把草鞋塞到他手里，又把那个小纸包也塞到他手里，是两个鸡蛋。多年前，就在这条河的对岸，莲儿也是这么把鸡蛋塞给他的。友莲的眼睛湿润了，他把莲儿紧紧搂在怀里。只片刻，他说："我得归队了，出发的时刻快到了。"他放开莲儿。莲儿摘下头上那两朵红绒花，塞到友莲手里，抽泣起来。

"莲儿，池彩虹同志，等着我凯旋。"友莲说着把东西放在左手里，立定站好，给莲儿敬了一个标准的军礼。

多年以后，池老还清楚地记得那个时刻。她说没有比那时的友莲更英俊更挺拔的了。他敬礼的姿势永远刻在了她的心坎上。那夜的秋风真凉啊，穿透了她的衣衫，侵蚀到了她的肌肤骨肉里，八十多年后回想起来，她依然觉得寒冷，浑身打战。

友莲转身离去的刹那，莲儿的眼泪唰地下来了。"友莲！"她凄楚地高喊了一声。友莲的后背一哆嗦，停住了脚步，他缓缓地转过身来，注视着莲儿，脸上也是溪流纵横。"莲儿，我走了。"说完，他猛地一转身，大跨步走了。

莲儿如木雕一般立在那里。婶子和叔叔过来把她搀回了小学堂。婶子给她端来一碗红糖水，还加了几片姜，她喝了后，脸色渐渐恢复了一些。"歇歇吧，你还在小月子里呢。"婶婶把一件旧衣服披在她的身上。她真的太累了，打草鞋、架浮桥、给将士们送饭、送茶水，几天没好好合眼了。她趴在课桌上睡着了。

可怜的人。她此刻一定在做梦。如果现在发生的一切都是一场梦该有多好，醒来的时候一切都好了，没有战争、没有离别。可是，现实是多么残酷啊。善良的读者们，你们一定不希望她醒来，让她睡吧，做一个美梦，享受梦中的美好。多睡一会儿就少一份醒来的惆怅与凄凉。可是，不到一个小时，她就醒了。她揉揉惺忪干涩的眼睛，摇了摇酸痛的脖子。打草鞋打得她的脖子僵硬了。"友莲！你走了吗？"她大声喊道，一下子跳了起来，那件衣服滑到地上。婶子吓了一跳，也从椅子上跳起来。

"莲儿，你醒了，才睡了不到一个时辰，友莲肯定还没走。"

"快，我们到河边去。"莲儿拿起墙上那支松明做的火把跑出去。

渡口边，依旧是黑压压的人群。为了不至于目标过分大，五六个人才举着一支小小的火把。莲儿从人群里挤到前面，看到一位胸前别着怀表的老先生，她认得那是小学校长葛仰濂先生。"几点了？葛先生？"

"凌晨两点半了。"

浮桥上，一队人马正在有序地渡河。一弯冷月悬在头顶上空，满天星斗眨着眼睛，宽阔的河面泛着清冷的光。浮桥远处，人马影影绰绰。虽然是千军万马，可是却没有大声喧哗。人们的脸上挂着泪珠，把一碗碗茶递给战士们。这一去枪林弹雨，不知何时是归期。悲凉的气氛笼罩着于都河。莲儿一直站在葛校长的身边，时不时打问时间。葛校长报三点一刻的时候，友莲他们开始渡河了。莲儿的眼睛瞪得溜圆，目不转睛地盯着这队人马。因为是辎重部队，肩挑手提或者几个人抬着大件物资，无法去接老百姓递过来的茶水，首长命令百姓们不要上前送茶水了。人们都目不转睛地目送着自己的亲人，把悲伤压在心底，把祝福挂在脸上。幽暗的月光下，先是挑着物资的军民慢慢地走过来，踏上浮桥。然后是驮着文件的马匹，由战士牵着，呈一路纵队缓缓通过。莲儿的心提到了嗓子眼上。她的眼睛被秋风吹得血红，又干又涩。凝视一会儿就泪流不止，可她不敢眨一下，生怕错过了友莲。一个高大健壮的灰色身影拉着马缓缓走过来。

"友莲！"莲儿低声呼唤着，把身子探出去。那个人也侧过身来往她这里张望。黑暗中他们看不到彼此的脸，但是我相信那两束目光一定穿透黎明前的黑暗碰撞在了一起，擦出了绚丽的火花。心有灵犀一点通，他们的心一定都在同步地怦怦跳动着。那个身影踏上浮桥，停顿了一下，最后回头望了一眼县城，望了一眼举着松明火把的莲儿，就义无反顾地踏上了征程，渐渐远去了。后面的队伍跟上来，很快就再也看不到了。这队人马抬着、扛着、挑着一千多件大小不等的担子，迈着沉重的步子踏上浮桥，缓缓地、艰难地向前行进着。渐行渐远，直到从视线里消失。

"池彩虹同学，回去吧，我看你很疲惫了。好孩子，他们一定很快就会回来的。"葛校长爱怜地说。葛校长的儿子也参加了红军，也在战略转移的队伍中。莲儿紧咬着嘴唇，身体颤抖着说不出一句话。婶子挤过来，把她扶出了人群。

81

池老在晚年跟那些来采访她的记者们说。你知道一个人的心被掏空的感觉是怎么样的吗？完全没有思维，没有知觉，甚至都不知道自己是谁了……

外公去世后，莲儿父母亲明显衰老下来。父亲的四宝斋因为屡屡捐赠革命，已经没有什么资产了。上级领导又让她父母及友莲的父母和弟弟妹妹转移，说怕白军来了受迫害。那时父母亲身边只有她一个孩子了。大哥后来留学法国，在那里娶妻生子，成了著名的科学家；二哥在南昌读书时留在大学教书，抗日战争爆发后投笔从戎，参加远征军流落在缅甸，直到二〇一二年才得以回归故里；三哥参加红军在第三次反围剿的战斗中牺牲；四哥在赣州做学徒，由于战乱，跟着师傅一家逃难，后来被师傅的弟弟、个国民党军官带到台湾，直到二十世纪九十年代初才有音讯，这也是后话。

最危险的地方就是最安全的地方，这是莲儿外公临终前对莲儿父亲说的。于是，父亲就遵照外公的遗言转移到赣州城朋友那里。为了防止被迫害，他们都改名换姓。

在朋友帮助下，父亲用手中仅剩的一点积蓄，开了一爿卖笔墨纸砚的小店维持生计。友莲母亲给一个商人家做厨娘，妹妹打下手，妹妹没有工钱，只管饭；弟弟去了木匠铺做学徒。不管怎样，两家人总算安顿下来了。莲儿执意要回来参加游击队。叔叔婶子为了防止被迫害，把几个孩子送到大山深处婶子娘家后，夫妻俩总是漂荡在水上。

归途中，为了让莲儿开心点，叔叔婶子总指着沿途的风景给她看。

时令已是小雪，亚热带的赣南正是层林尽染漫江碧透的时候，两岸风景非常美。婶子是一个细心的女人，知道她的痛苦：孩子流产了，丈夫远征了，父母及夫家都颠沛流离，革命形势又是那样严峻，她一个不到二十岁的女孩子承受得太多了，婶子心疼啊。

船到县界时正是黄昏时分。落日余晖映照在江面上，水天一色，非常绚丽。不知为何，莲儿突然特别想照镜子。她从贴身的衣袋里掏出那个镜匣，拉开上层的盖子，用手举起来。此刻，她正背对着夕阳，镜中，江水被夕阳映得血红，红得令人炫目，微风吹来，水波荡漾处，像一朵一朵绚烂的红莲花满江盛开。莲儿被这景象震撼了。她的手突然抖了一下，镜子"啪"的一声掉在船板上。

"啊呀。"她惊叫了一声，呆住了。婶子闻声过来，看到地上的镜匣，也吃了一惊，她立即捡起来，看了一眼，也愣住了，镜子的中间裂了一道痕，幸亏有镜框镶着，还连在一起。

"没事的，就裂了一条缝儿，不碍事的。"婶子用衣襟擦了擦镜子，递给她，安慰道。莲儿凄然地笑笑，把镜匣关好，放回贴身的衣袋里，紧紧地用手搂住。她转过身望着远处水天一色的血红色，突然感到一阵眩晕，心怦怦狂跳起来。突然，一片灰色的浮云从她头顶掠过，如烟似雾，渐渐升腾，远去了。

"起雾了。"婶子说。

"不，是友莲，友莲他……"莲儿突然泣不成声。

此时此刻，千里之外的广西全州，湘江上正进行着一场惨绝人寰的鏖战。

枪林弹雨中，友莲的连队被打散了。挑夫们丢下担子四散奔逃。一发炮弹飞来，又有几个人、几匹马倒下了。友莲在江边拉住这匹马，又跑了那匹马；喊这个挑夫卧倒隐蔽，那个又中弹倒下了，他急得团团转。

"周友莲，放弃那些文件，你快渡江，这前面有浮桥，快，快！"一个人朝他大喊。他认出来了那是一个挑夫队的队长。

"不，你快走，我断后，我保护这些文件，这些都是中华苏维埃共和国的机密文件，不能落入敌人手里。"他大声喊道。他又找到几个人，拉回了几匹马，又开始艰难前进。他走在最后。

太阳快落山了，敌人的炮火暂时没有那么密集。江水和着牺牲战友们的鲜血，一片殷红。他突然涌上一股难以名状的惆怅之情。这是自战略转移以来他第一次有这样的感觉。平常行军引导和鼓励挑夫们，帮助他们挑东西、抬东西，忙得他无暇顾及。

战火硝烟中，他已经分不出东南西北，幸好落日余晖给他指引了方向。他在战斗中经常看作战、行军地图。知道广西全州隶属桂林市，在赣州的西部，那么背离落日的方向就是他的家乡。他忽地转过身，对着家乡的方向深深鞠了一个躬。"妈、莲儿、弟弟、妹妹，我想你们。我……"他的声音哽咽起来，强忍着没让自己哭出来。

敌人又反扑过来了，黑压压的大有吞噬他们的势头。队伍又被打散，他和几个战士护住马队。一发炮弹飞来，几个战友倒下了，马也倒下了两匹。友莲跑过去，摇晃着战友们的身体，大声呼唤着。可是，再也没有了回音。他看到旁边有一座土坎，赶忙把身旁的两匹马拉到坎下。坎下就是滚滚湘江。炮火连天中，他望见江面上远远地有一座浮桥，上面人影绰绰，那是走在他前面的战友们在过江。而这里只剩下他一个人了，他知道，自己已经无法赶到浮桥边过江了。他把马背上的文件箱、文件袋都解下来，推入江水里。又拍了拍仅剩的一匹白马和一匹枣红马说:"好伙计,咱们今天就在这里为革命捐躯了。"他解下背包,拿出那双崭新的草鞋,又从怀里掏出那两朵带着他体温的红绒花,放到唇边吻了吻,把它们插到两只草鞋的鞋尖上,迅速穿在脚上,又拿出仅剩的一点儿干粮,用手捧着轮流喂给了这两匹马。然后飞身上了枣红马,又拍了拍旁边那匹白马。他用腿夹了一下枣红马的肚子,两匹马跳上土坎飞快地跑起来,跑向敌军反扑的方向。他掏出一枚手榴弹,用嘴咬了弦,用尽全力抛向敌军,火光里他看见了几个敌人应声倒下。他又掏出最后一颗手榴弹,还没等拉弦,他突然觉得胸口一热,同时身体往下一沉,他知道他和枣红马一起中弹了。他仰面摔在地上,枣红马就倒在他的旁边,发出一声凄厉的嘶吼,马的大眼睛失神地看着他,他对着枣红马凄然笑了一下,艰难地转了一下身体,用一只手抚摸着马头。这一刹那,他突然看到了天边绚丽的晚霞,白马正迎着晚霞向远处飞奔而去,这画面真美啊,远处一定是个没有硝烟没有杀戮的世界。一切声音都渐渐离他远去了,他从没见过这样绚丽的晚霞,这样美丽的场景。晚霞忽然间幻化成了一位笑容灿烂的少女的脸。

"莲儿。"他微笑着喊了一声,鲜血从他的口里喷涌而出,那只抚摸着马头的手垂下来了,正好碰在马的眼皮上,枣红马的眼睛也闭上了。

十

中央红军战略转移后,蒋介石调集了大量兵力,丧心病狂地对苏区进行"清剿"。叫嚣要"掘地三尺""斩草除根",决不让红色势力"死灰复燃"。瞬息之间,黑云压境,敌军麇集,红色根据地面临着一场大劫难。项英、陈毅、贺昌等领导同志受命于危难之时,组建了作为留守机构的中共中央分局和中央政府办事处,领导红军和苏区人民为保卫红色故土,掩护红军主力战略转移,展开了艰苦卓绝的斗争。

一九三五年二月,中央分局、中央政府办事处以及留守在中央苏区的红军在于都南部仁风地区分九路向外突围,开始了艰苦卓绝的南方三年游击战争。

莲儿奉命参加游击队,在革命最艰难的时候加入了中国共产党。这个连遭流产、外公去世和与亲人痛苦分别的革命者虽受重创,又咬牙振作起来了。她到各村去宣传,让人们提高警惕加强防备。秘密地打草鞋、筹集粮食,还要鼓舞百姓的士气,让他们积极生产,提高生活质量。这个女孩,很受方圆几十里百姓的欢迎和疼爱。他们有点什么好吃的总不忘给她留着。由于工作需要，她不得不时时使用自己的大名，"池彩虹"这个名字很快就在方圆几十里如雷贯耳。

县城失陷后，莲儿家被洗劫一空，拿不走的东西都被破坏殆尽，她已无家可归，只能住在乡下远亲那里，时刻防备敌人的迫害。

莲儿手里有一份机密文件，里面包括留守党员名单。在敌人一次清剿中，她为了保护文件躲到山上十几天。干粮吃完了，就靠野果、野菜、草根、树皮等充饥。幸而遇到一位认识她的采药老乡，准备抄近道带她下山。不料竟遇敌人来清山，情急之下，她竟将几页文件撕碎和着山溪里的冷水，一片片吞到肚子里。她脸色苍白，干呕不止，幸而老乡说她是自己女儿，上山采药中暑了，才得以脱身。从此，她就落下了糜烂性胃炎、胃出血的毛病。

在后来的抗日战争和解放战争时期，她继续坚持战斗，为革命事业做出了巨大的贡献。一九四九年八月，县城解放了。她又获得了新生。

一九五二年，三十六岁的池彩虹被安排在基层做妇女工作。历尽磨难的她又焕发了革命的青春。带领广大群众投身到社会主义建设中。她主动要求到银坑工作，竹篙寨就在那里，她觉得那里离他的莲很近。尽管她知道，她的莲永远不会回来了。可是她依然在等着他。

那年八月，县里几位领导带着友莲的弟弟、妹妹来到银坑，让她放下手里的工作，扶她坐下来，神色凝重地把一张烈士证书交给她。几位领导都知道她的革命事迹，一时不知道该怎样劝慰她，只是拿起她的茶杯倒满水让她喝茶。可她却站起来，微笑着说："领导不必担心，我早就料到了会有这么一天的，我没事，于都一万多名战士回来的才几百人，千千万万个烈士家属等着你们抚慰呢。我原本就是革命者，我还能有什么承受不了的？毕竟现在周友莲同志的心愿实现了，他应该感到欣慰，他牺牲得无比光荣。"

莲儿手里捧着那张烈士证书，抚摸着上面的每一个字，像一座雕像一样立在那里，让人肃然起敬。

"友莲，我们胜利了，我们建立了新中国，一切都好了。"她喃喃地对着烈士证书说。

"池彩虹同志，我们向你致敬！向周友莲烈士致敬！"领导们站定深深鞠了一个躬，向她也向他。

莲儿的父母亲和友莲一家十年前就已搬回县城，父母已是古稀之年。友莲的母亲也年过花甲。她们一直劝莲儿再婚，她都拒绝了。很多未婚、再婚的干部都曾向她示爱，她也都婉拒了。她的心里始终都盛开着一朵莲，一朵永不凋谢的莲花。

她先后认了七位烈士的后代为义子。战火硝烟中，为革命她失去了丈夫和孩子，可如今却有了七个儿子，她经常自豪地说她是一个多子多福的母亲。

小学时，他们班里有二十七名同学，十四人参加革命，六人参加长征，全部都牺牲了。其中也包括那个曾经爱捉弄人的寿衣店少爷谢耀晖。

每天黄昏时，她都要到东门渡口，这是亲爱的人当年离开的地方。已百岁高龄的她，站在亭子里凝望着远方，凝望着当年红军离去的方向，面对着滔滔远去的江水思念友莲。当年分离的场景依旧历历在目。双手捧着那留有爱人痕迹的镜匣，眼里露出无限的温柔。她用手指轻轻地往下一拉，镜匣开了，一面斑驳的带着一条裂痕的镜子露出来。她举起镜子对着自己的脸，擦擦眼睛，又捋了捋头发，露出一张灿烂的笑脸，如少女般地羞赧。河面上，朝阳初绽，霞光万道。老人伸长手臂，向各个角度转动着镜子，镜中映出于都河的流水，在朝阳中一片绚烂，微风吹来，水波荡漾，那一江绚烂，如一朵朵盛开的红莲。

江 城 子

一

我的姥姥一年有大部分时间吃斋,每天都要花一定的时间做功课,她供奉的是观音菩萨。我懂事时正是七十年代,她烧香、拜观音都是偷偷进行的。家里有一个硬纸壳箱子,瓷铸的观音菩萨就屈尊"住"在那里。每天早晨,姥姥精心梳洗完后,就躲进小套间里闩起门来,把观音菩萨从纸箱里请出来,安放在正对门的桌子上,纸箱里还有一个盛满香灰的铜质精美小香炉,姥姥一并请出来,摆在观音菩萨前面,然后,再从旁边的抽屉里拿出三炷香,点燃后,毕恭毕敬地跪在桌子前面的棉垫子上,磕三个头后双手合十,嘴里念着我听不懂也听不太清的经文,日日月月如此。我想观音一定被她的虔诚感动了,让她在八十九岁高寿时无疾而终,这也是后话了。

妈妈是姥姥的独女,与爸爸成婚后,便接了姥姥来养老,我和弟弟都是她带大的。姥姥娘家是书香门第,她也读过几年私塾,笃行仁、义、礼、智、信,说话、做事都很讲究。

长大以后,自己也读了些书,也许是受姥姥的影响,我虽不信佛,却也被三生石、孟婆汤、彼岸花的故事迷得神魂颠倒。好喜欢书上那充满禅意又略带哀怨的语句,诸如"前世的五百次回眸换得今生的擦肩而过"等等。这样的句子也确实能打动人。丢下佛法禅意不说,就"缘分"这两个字,我始终觉得是带有故事情节和感情色彩的两个字,读出来总是给人带来一丝幻想,一丝怅惘和些许的感伤。

一晃几十年过去了，自己年届不惑，是个最平常不过的女子，回想起自己的前半生，倒也没有什么大的波折，但是，每个人的心中都收藏着一部历史，自己积攒的年头，就是寻常女子的历史。这段历史就像一部老电影胶片，一格一格的，每一格都是一个难忘的片段，每一个片段里都藏着一个难忘的镜头，记忆里最不舍的那一段藏得总是最深，却是不思量自难忘。在这个片段中，始终有一个镜头是这部电影中的经典，每次回想，都最先跃出脑海。也可以这样说，半生中遇见很多人，总会有人在我心底画上最深的一笔，让我刻骨铭心，让我有朝一日到那座桥畔时不忍忘却今生的一切，不想喝下那碗孟婆汤。

姥姥说，一个人遇见一个人是缘分，而这种所见所遇冥冥中都早有安排。我最相信这句话。出生在东北平原上的我，五岁之前从来不知道外面还有一个大世界，也从来不知道几千里之外有一座叫武汉的城市，上天会把那里的一个男孩送到我身边，和我结一段尘缘。

二

人的一生中很多时候都是这样，当年一个最平常不过的日子，因为偶然或者必然遇到某个人或者发生某件事，就成了现在刻骨铭心的日子；而现在最平常的一天，也可能基于这个原因，成为日后刻骨铭心的日子。尽管我绞尽脑汁努力回想，几十年前的那个秋日就季节和气候而言，到底与往常有什么不同，可依旧没有搜索出大的差别。只是每次回想起来，嘴里都散发出一股蛋香，我没有写错，是蛋香而不是淡香。

那天跟往常一样，天高云淡，生产队后面的场院里放满了我们早就吃腻、不屑一顾的家乡特产——绥中白梨。尽管精品包装的纸箱上印着"绥中白梨，驰名中外"几个字，还画有几个诱人的大白梨，但在我眼里，跟每天早晨就着红薯、玉米饼、咸菜疙瘩丝喝的高粱米粥没什么两样，早就腻味透了。那时候，家里七口人，姥姥、爸、妈、叔叔、姑姑和我们姐弟。每天早晨我最大的愿望就是母亲或者姥姥能往咸菜疙瘩丝里多滴上几滴香油，我们当地把芝麻油叫作香油。或者能煮上两个咸鸡蛋，每个切成四瓣，我们每人分一瓣，爸爸两瓣，因为姥姥说爸爸最累，是为了给我们挣饭吃。我和小一岁的弟弟往往还要在谁分到的那瓣蛋黄多这种事情上计较半天，直到读过私塾的姥姥又搬出兄友弟恭、孔融让梨那些把我们压住。

恍惚记得，那天是姥姥准备的早餐，咸菜疙瘩丝里滴的香油很多，除煮两个咸鸡蛋外还煮了两个新鲜鸡蛋。姥姥从饭锅里往外捞鸡蛋时遮遮掩掩地，她把两个鲜鸡蛋放在葫芦水瓢里，吃饭时，妈妈刚要落座，一把被姥姥推到她烧香拜观音的小套间，把水瓢也塞进去，还从外面闩了门。我和弟弟都很诧异，姥姥、爸爸和叔叔、姑姑们却挤眉弄眼相视一笑。我刚要开口问，姥姥给我和弟弟面前的小碟里每人夹了一块咸鸡蛋说："吃饭。"说着又把盘里的几块分别夹给爸爸和叔叔姑姑们。我欣喜地发现，我的这瓣比弟弟的那瓣蛋黄大得多，而且还冒着油。为了不让弟弟因心中不平而费口舌，我一口就把蛋黄吃了，真的是满口流油，唇齿留香啊。

　　"这丫头，教不好的，总是一副饿死鬼相，一点没个女孩儿样，女孩儿家，总要矜持点吧。"姥姥指责我说。至于"矜持"是什么意思，那时我压根不知道。除了吃相不好时姥姥会用这个词儿说我，每次我高声大气说话时，姥姥也说我不矜持。反正在我的意念中，它的意思可就是不能大口吃东西和大声说话，是个令人生厌的词儿，以至于直到今天我都不喜欢这个词儿，不但讨厌释义，还嫌它有些难读和难写。幸好现在写作都是用电脑敲字，要不我肯定不用这两个字。姥姥的话我置若罔闻，低头贪婪地啃着我碟里剩下的那一半蛋白，因为吃得太快，一小片蛋壳被我卷入口中，我也不在乎，索性一起嚼了，嚼得咔咔作响。姥姥无奈地摇摇头。我趁她不注意，趁弟弟抬头看我的机会，摇头、挤眼、伸舌做了一个鬼脸，却被正念高中的叔叔看到了，他狠狠瞪了我一眼。这时我眼睛的余光突然看到，盘里还有两瓣咸鸡蛋，我顿时兴奋起来，这两瓣咸鸡蛋会落入谁的口中呢？妈妈被姥姥关进里屋吃鲜鸡蛋，该不会再吃咸鸡蛋吧，姥姥每次都多给爸爸吃一瓣，可还多出来一瓣啊？弟弟最小，难道给他吃？瞬间我的心情就有些低落和不平，就像姥姥真的已经把那瓣咸鸡蛋给了弟弟一样。这时，姥姥把其中的一瓣扒拉到爸爸碟子里，又把另一瓣扒拉到叔叔碟里说："放到你饭盒里，中午到学校吃，今天你们不是要到校田里劳动吗？多吃点，干活有劲儿。"叔叔刚要开口说什么，姥姥摆手制止了他。我长出了一口气，感到又轻松又遗憾。这时，套间的门响了，是妈妈在拍门。

　　"妈，放我出来吃饭。"姥姥把门打开，只见妈妈端着水瓢从里面走出来。她并没有落座，而是端着瓢围着饭桌转圈走，给每个人碗里都放了一瓣剥了皮的煮鸡蛋。

"嫂子，这是干嘛，今儿你生日，我让大姨（我姥姥）给你煮俩鸡蛋吃，你却……"姑姑说。

"是啊，今儿九月初一，你生日，玖姿让我给你煮俩鸡蛋，你就吃了呗，还非分给我们。"姥姥说。

"我自己吃半个了，剩下的刚好分六瓣，你们一人一瓣儿，我用屋里的水果刀切好了，我都二十八了，大人过不过生日都行。"妈妈说。

"吃吧，都吃了吧，吃饭。"姥姥说。我们大家一起就着煮鸡蛋和咸菜疙瘩丝喝起粥来。我眼睛的余光又看到，父亲飞快地把他碟里的那块咸鸡蛋夹到母亲的碗里，他俩还相视一笑，都是满脸的幸福。

那天的煮鸡蛋真香啊，以至于饭后姥姥喊我漱口，我都舍不得，怕留不住那香味儿。我蹦蹦跳跳地跑出家门去找伙伴们，恨不得马上往每个伙伴的脸上吹一口气，让他们闻闻我口里的蛋香，炫耀一下。我感觉那天阳光特别明媚，天特别蓝，反正那天早晨的心情真是好极了。遗憾的是，街上竟连一个小伙伴都没有。走到小队部的时候，我突然看到，那里停着一辆手扶拖拉机，还有一辆马车，都不是我们村的，我们村没有拖拉机，也没有那样一匹枣红色的高头大马。车上放满了锅碗瓢盆和被褥等家当，有几个人正在卸车。我怔怔地站着看他们搬这搬那，不知道是谁家搬来了。我看见大队书记、我的堂大伯冷着脸站在那里指挥。一个脸皮白白净净的年轻女人和一个胡子拉碴戴眼镜的年龄较大的男人悄无声息地搬着东西，饲养员齐二大伯也帮着搬。我突然想起，前几天我爸和几个社员把小队放种子、肥料的仓房腾出来，盘了炕，我还纳闷齐二大伯一个人怎么要住那么多屋子？原来是有人要搬来这里住，他们是谁？从哪儿来的呢？小队部可不是啥好地方，队里几十头大牲畜都集中在院子里，终年都散发着一股屎尿味和大牲畜身上特有的难闻气味。正想着，我突然看见一个脖子上戴着奇怪的肉色硬壳东西的男孩拉着一个女孩也在搬东西，男孩的脖子因为被那个东西固定着，好像不能随意转头。只在和我正面相对时看了我一眼，没作声，可我心里却躁动起来，便走上前去欲搭讪。还没等开口，堂大伯就黑着脸朝我一挥手说道："去去去，哪儿都有你，再这样，等你上学了，我告诉老师不评你当红小兵。"我无奈地吐了吐舌头跑开了。

每天吃饭时，是一家人最齐聚的时候，餐桌也就是我家的新闻发布中心。中午吃饭时，听爸妈说队里新来了一家下放户，武汉人，都是高级知识分子，老夫少妻，男的是大学副教授，女的是他的学生。有一男一女俩孩子，男孩摔伤了脖子，带着硬颈托。听说原来女的在另外一个大队的村小教书，男的在队里劳动。

"好好的怎么又搬到咱村来了？"姥姥问。

"听说因为男的在下放的那个村又犯了错误，那个村的大队书记非常烦他们。前院我大哥在县里开会，跟领导说让那家搬到咱们村里来，听说那男的是为了保护一棵古树犯的错误。"姑姑说。

姑姑口里的前院大哥就是大队书记、我的堂大伯，他家住我家前院。北方农村习惯把在村里居住的方位加在对左邻右舍和亲门近支人的称呼面前。比如：前院大哥、后院大妈、壕东二嫂、道北三婶等等。平常叫着倒也亲热，吵架或者生气时就恶声恶气地直呼壕东的、道北的、前院的你想咋着？就你牛啊？这也是地方习惯。

"唉，你说这是何苦呢，到咱大队，就凭前院咱大哥那狠劲，加上她三姑的挑唆，你说还能有他们好果子吃吗？"妈妈怜悯地说。

我的心瞬间阴郁下来，很为他们担心，尤其同情那个摔伤脖子带着硬颈托的男孩。我刚要说话，说我早晨的见闻，只见奶奶用围裙兜着一包东西进来了。姥姥和父母忙着让座，让吃饭。奶奶并不坐，她掏出围裙包里的东西说："书琴今儿生日，我煮了几个鸡蛋来。"说着就往妈妈跟前放了两个，然后又往桌子空闲处放了三个说，"那俩给书琴吃，这几个你们切开分了吃吧。养了六只母鸡，下的蛋除了交任务，没剩几个了。"

"大妈，您老还记挂着我一个年轻人的生日，我怎么敢当，快拿回去您自个吃吧。"我妈慌忙拿起鸡蛋往奶奶围裙兜塞。

"推推让让的干嘛，就这几个鸡蛋，又不是什么宝贝疙瘩。"奶奶佯装生气地说。说完就往外走，姥姥和父母忙出去送。

奶奶是我爷爷大哥的妻子，是我父亲的亲大妈。按乡俗和辈分，我该叫她大奶，但因为那时我大爷已经去世，我的亲爷爷、奶奶也已去世多年，大奶对父亲、叔叔、姑姑和我们又疼爱有加，我和弟弟便尊称她为奶奶。当大队书记的堂大伯和在小队当会计的三姑都是她的亲生儿女。我一向讨厌动辄指挥社员开某人的批判会、开口就骂人的堂大伯，还有助纣为虐叉着腰发号施令的三姑，奶奶为此都快和他们断绝关系了，我爸妈也不喜欢他们。奶奶口里说的交鸡蛋任务，是二十世纪七十年代末和八十年代初我们那里特有的硬性规定，各家各户每月都要拿出一定数量的鸡蛋交公，说是为了保障城市副食供应，具体数量不详，也就不去考证了。交任务剩下的，还得留着换钱买油盐酱醋，来了尊贵的客人也得用鸡蛋招待，所以，那时的农村鸡蛋就金贵起来了，平常家里人轻易是不吃的。奶奶送来的那几个鸡蛋，母亲只吃了半个，给叔叔留了一个，其余的都分给我们几个人吃了。那一天，我真是交了好运，两餐都有鸡蛋吃，当然是借母亲的光。

午饭后，当我又满口蛋香地走到小队部时，那家已经搬完东西开始吃午饭了。我看到，他们的午饭是高粱米粥，菜只是一点咸菜干儿。男人和女人朝我笑笑，没有说话，低头继续吃碗里的饭。男孩和女孩也都闷着头吃饭。男孩吃饭时也无法低头，把饭碗举得很高，才能看到碗里的饭，他吃得很慢；女孩吃得也很慢，很难受的样子，跟咽药似的。我不禁同情起他们来，他们初来乍到，肯定没有菜吃的。"我一定想法子给他们弄点萝卜白菜来"。我心里暗暗说着。这时，忽见奶奶端着一个大海碗来了。

"开吃了？就吃这？今天我做饭晚了点，给你们端一碗白菜熬粉条来，我就知道，你们刚来肯定没菜吃，大人不说，孩子怎么着也得吃口菜不是？拿个盆儿来，把菜倒进去。"男人和女人诚惶诚恐地站起来，女人递过一个盆子来，奶奶把菜倒进盆里。男人和女人赶忙用带着浓重外地口音的话致谢，并歉意地说暖瓶搬家时在手扶拖拉机上一路颠簸，打破了，没有开水喝。奶奶摆摆手说："不用，不渴，你们吃，我走了。"女人的眼里含着泪水。

奶奶走到俩孩子身边，突然从围裙兜里掏出俩鸡蛋，往每人手里塞了一个，又摸摸他们的头，叹了口气，就转身走了。走了几步又回过头来朝男人说："本打算带你媳妇去认认我家菜园子的，日后她自己去我家园子里摘菜就行，又怕被人误会你们偷菜，让我那俩没心肝的王八羔子知道又得找碴，还是我来送更好。你们安心过你们的日子，甭怕，你们是什么样的人，我老太太心里明镜似的，拖儿带女的，我就不信还不让人过日子了。"又转脸对我说，"娟儿，以后你带着这哥哥和妹妹玩，谁敢欺负他们就回来告诉奶奶，我去收拾他们。"我点点头。我看到男人和女人那一刻都泪流满面。

社员们都说大伯是村里的土皇帝。奶奶到底是大伯的妈，按我的理解她就相当于戏文里的皇太后，子女冒犯她就是忤逆，所以，她的话还是具有一定震慑力。有奶奶这道懿旨在，我就不怕大伯的冷脸了。待那家人吃过饭，我就招手把那兄妹俩带出去玩。大抵看我是女孩子，又加上刚才我奶奶说的那番话，那夫妻俩也没阻拦。

我把他们带到小队后面的场院，先在纸箱里摸出两个大白梨，用衣襟擦擦，递给他们吃。起初他俩还不敢吃，我又摸出一个，连擦都没擦，直接咔嚓就咬下一大块，"矜持"那个破词儿早被我忘到九霄云外去了。汁水顺着我的嘴角流下来，白梨的香甜味也散发出来了。到底是小孩子，看我大嚼特嚼，他俩也忍不住了，我们仨就一起吃起来。但是，他们兄妹吃得很仔细，先把梨皮啃下来，用手接住，扔到场院边的草丛里，然后才开始吃果肉，细嚼慢咽地。吃完以后，他俩还用纸箱上覆盖着的包装纸擦擦手，男孩还擦了擦滴在颈托上的汁水。而我是直接用衣襟擦的。不管怎么样，我们这就算相熟了，我也不顾嘴角存留着黏黏的汁水，咧嘴对他俩傻傻地笑起来。他俩也对我友善地笑了笑，那笑容，很是甜美。

"我叫秦碧野，我妹妹叫秦怡，老家在武汉，也叫江城，因为有长江和汉江两条江流过。"这是五岁的我听八岁的碧野说的第一句话，这也是有关我和他之间所有故事的最早记忆，每次想起他，首先跳出来的就是这个镜头，直到四十多年后我还记忆犹新。

"你们俩的名字真好听。"这是我和碧野说的第一句话。

"还行吧，可是，你们这里的大队书记一见到我就说我是黑五类。"碧野说。

"什么意思啊？听不懂。"我说。他摇摇头没再作声。玩了一段时间后，他带我回了他小队部仓房改成的家。

他的父母热情地招待了我。后来，我就经常去他家玩。我总算了解了他的父母。碧野父母亲都是热情善良的人。见到村里的小孩患重病没钱医治，他父亲把心爱的上海牌手表卖了，一路小跑着赶到医院，把钱硬塞到人家手中；看到社员们在队长的带领下，大肆砍伐山上的原始森林和珍稀树种，他带着哭腔下跪阻拦，结果被我的堂大伯说是阻挠社会主义建设，狠狠地抽了一皮带。气得奶奶到茅坑舀了半桶大粪泼到大伯家灶房里，说从小把他养大，人饭都吃到狗肚子里去了，不做人事儿，那就应该像狗一样吃屎。

大伯和三姑还常常告诫我们这些小孩子，说要和碧野他们划清界限，不许和他一起玩。

不管他们怎么说，碧野始终是我的好伙伴，也是个人见人爱的好孩子。就像奶奶说的，甭看那孩子脖子上戴着个稀奇古怪的玩意，他可是个俊朗的小伙儿，而且一看就聪明。脸庞棱角分明，两道浓重的剑眉下扑闪着一双明亮的大眼睛，用我妈的话说他那双眼睛会说话。他的鼻尖有点勾，鼻梁很高，嘴巴微微上翘，总像带着微笑，一说话就露出两排雪白的牙齿。而最让我羡慕和喜欢的是他的脸上还有一对酒窝儿。他原来是在武汉外公、外婆家里的，由于外婆身体不好，那年夏天父亲把他接过来，原准备在母亲任教的村小读一年级的，没想到母亲却被开除，家又搬到我们村。八岁了还没上小学。

因为碧野没法去学校读书，而我和弟弟还有他的妹妹都没到读书的年龄，碧野的父母和村里的社员们一起每天都日夜搞大会战，根本无暇顾及我们这些小孩子们，尽管碧野戴着颈托不方便，也跟着我们每天在村里游游荡荡，村南的南砬山和村北的黑水河就是我们的乐园。我们到南山上采野花、摘野果、捉蚂蚱；到黑水河里摸鱼、钓虾。那时还没有空气污染，也没有沙尘暴肆虐，蔚蓝的天空下，南山幽幽，黑河清清，映衬着我们那天真烂漫的笑容，这就是我们五彩斑斓的童年，就像一幅极美的画卷，现在回想起来都很怀念。

碧野是大城市来的孩子，对很多东西都很新奇。他认了很多字，还会背一些诗文，看到哪个小伙伴骑在牛背上时，不像我们那样拍手起哄，而是触景生情，高声吟诵："牧童骑黄牛，歌声振林樾，意欲捕鸣蝉，忽然闭口立。"我们也听不懂，就开始哄笑着挖苦他或者用很古怪的声音学他背诗。春天在河滩疯跑时，我们都去折柳树的嫩枝做成柳条帽，学着电影里游击队员的样子戴在头上，可他却在柳树下高声朗诵：

碧玉妆成一树高，万条垂下绿丝绦。

不知细叶谁裁出，二月春风似剪刀。

"是你娘的剪刀吧！"有小伙伴怪声怪气地问道，又引得我们一阵哄笑。他也不生气，就默默地站在那里，只是眼神流露出些许的无奈。我有些同情他，觉得那诗文真的好听。这些都是他那有文化的外公外婆教的。

有几次我去找他时，看到他的父母唉声叹气，说自己连累了孩子受苦不说，还连累他不能上学，尽管他们说尽了好话，村小就是不肯接收碧野，说等他恢复了摘下颈托再读书。这样怕会毁了他的一生。然后就严肃地让他学好每天他们教他的语文、算术还有诗词。有两次还看到他父亲叹着气含着眼泪高声朗诵一首诗：

一为迁客去长沙，西望长安不见家。

黄鹤楼中吹玉笛，江城五月落梅花。

碧野偷偷地告诉我，他的父亲是想家，想念江城武汉了。他说黄鹤楼就在长江边，父亲探家时带他去过。

94

有时我们在淘气之余也会让碧野假充老师给我们上课，教我们认字背诗词。那时候他就很开心，非常卖力气，把"课"上得有模有样的，仿佛他真的就成了我们的老师一样。我对他很是佩服，他就是我眼里了不起的人物。只是，这个老师只能抬头不能低头，也不能随意转头。

半年后，碧野终于彻底摘下了那个古怪的颈托，我看见他的后脖颈有一条长长的伤疤。他说那是做手术留下的。碧野的脖子还是不能随意转动。父母每天都指导他做康复运动。小孩子恢复得快，到第二年春天，碧野就可以和我们到处疯跑了。他脑子灵活又见多识广，能把好多枯燥乏味的老游戏玩出新花样，还教我们唱儿歌和下跳棋，我们越来越佩服他。但是有时看到他被村里的老黄牛追得无路可逃哭叫着爬到树上、被羊群里的老公羊顶得在地上连滚带爬地哀号，又觉得他真的是个小傻瓜小笨蛋，连牲畜都可以肆意欺负他，这时便想起饲养员齐二大伯说的"百无一用是书生"。我一边笑着帮他把牛羊赶开，一边说："看看吧，那么大了，连赶牛赶羊都不会，百无一用是书生。"他的脸上由白变红，眼神里满是惭愧也有对我的钦佩和感激。

碧野和妹妹秦怡的读书问题总是被我堂大伯卡住。在我八岁、他十一岁那年的八月底，奶奶端着一大海碗做豆腐用的卤水闯到大伯家，说如果再造孽不让碧野兄妹读书，她就喝下去死给他们看。就这样，那年九月，十一岁的碧野和她七岁的妹妹还有我，一起读一年级。我和他们兄妹形影不离，好得就像亲兄妹一样，我的父母亲和他们一家关系也非常好。在奶奶和我们一家的关照下，他们一家的日子还算安稳。

碧野不仅学习好，而且还多才多艺，会画画、吹口琴和拉二胡，这些也都是他父母教的。他很有画画天赋，经常背着个烂了一个角的画夹来学校，在课余时间支起来，用铅笔涂涂抹抹几笔，就画出诸如茶壶、茶杯、苹果和梨子等，他还会给人画肖像，画得栩栩如生。我第一次从他的口中知道"素描"这个词。下雨的日子里，不用做课间操和上体育课，他就坐在学校的大门洞里，掏出长方形的口琴盒子，拿出里面用绸布包着的口琴吹《红星照我去战斗》《我爱北京天安门》《送别》等等。其中我最喜欢的就是《送别》。我是知道歌词的，是在碧野家的歌本上看到的：

> 长亭外，古道边，芳草碧连天。晚风拂柳笛声残，夕阳山外山。天之涯，海之角，知交半零落。一壶浊酒尽余欢，今宵别梦寒……

每每听到他吹奏这首曲子，我就很伤感。我不知道，口琴上的几个孔孔洞洞为何竟能发出这样优美而又忧伤的曲调，让我的心情随着琴声起落。

　　天之涯，地之角，知交半零落。人生难得是欢聚，惟有别离多。

　　我是害怕有朝一日会和碧野分离，因为姥姥、奶奶和父母都说过，他们一家迟早是要回城的，只是个时间的问题。

　　时间过得真快，转眼间，我十三岁，他十六岁，我们上小学四年级了。那年，碧野家真是交了好运，他父母先后被平反，恢复了工作还补发了工资，他家可以回南方了。但他父亲只是回去办了下相关手续，很快就回来了，他们一家并没有急于回武汉，因为他的父母亲都是搞植物学研究的，在我们南山上发现了一些他们要研究的树种，自愿留在我们村里，继续他们的科研。

　　直到那时，我才从他父亲和我父亲的聊天中得知：碧野的父亲四十年代毕业于一所农学院植物学专业。五十年代已晋升为一所著名大学副教授的他，因为公然反对学院当权人物那些假大空的论文被批判，妻子也与他离了婚，他与前妻没有生孩子。碧野的母亲是他的学生，坚决支持他的观点，四处为他鸣冤，以至于遭到学院记大过处分被写进档案，毕业时没有单位肯接收。碧野父亲先是被下放到湖北农村，后来又被遣送到我们这里。而碧野的母亲毅然决然地追随他来到这里，并不顾一切地嫁给了他，他们的年龄整整相差十六岁。碧野和他的妹妹秦怡都是在我们这里出生的。因为落户的村子缺老师，大学毕业的碧野母亲就被安排在村小当民办老师。碧野父亲在生产队劳动。那个村里有一座破败的古庙，长着一株古柏，据他初步考证有几百年历史。一九五八年被砍了一根枝杈，听说是被村里老人制止，就没再砍了；一九六六年砍了一根枝杈，又被村里老人制止了，指着那根残枝说砍不得，绘声绘色地说那砍树的人手臂后来都废了，痛得都干不了活，来人也嫌柏树木质硬，不好砍，也就做罢了。没想到七十年代工作组来检查，坚决要他们砍掉。村书记就带着社员们动手砍。那可是几百年的老树啊，碧野父亲忍不住前去制止。给他们背了一首杜甫的《古柏行》：

　　　孔明庙前有老柏，柯如青铜根如石。

　　　霜皮溜雨四十围，黛色参天二千尺。

　　　君臣已与时际会，树木犹为人爱惜。

　　　云来气接巫峡长，月出寒通雪山白。

　　　……

　　还没等碧野父亲背完，他们就命令把他捆起来，开批判会。碧野母亲的民办教师也被撤职了。那个大队的书记嫌他们是落后典型，拖自己的后腿，开会时跟其他大队书记们诉苦，我大伯就让那个大队书记跟公社打报告，让碧野一家搬到我们村来了。

"幸亏有你们罩着，我才没受什么罪，你们真是我的大恩人啊。"说到后面，碧野父亲动情地对我父亲说。

"都过去了，一切都会好起来的。"父亲说。两个男人都很激动，就差抱头痛哭了。

也就在这一年，我感觉到自己的身体开始发生了某些微妙的变化，身上也开始变得圆润起来了。最使我难为情的是，我的胸部竟拱出了两座小小的山丘，我怕人看到，连走路都不敢挺直了腰杆子，唉，真是羞死人了。碧野也蹿高了一大截，更好笑的是，他的上唇竟冒出了一些毛茸茸的小胡子，不过，不仔细看是看不出来的。可他却越发消瘦，喉结也越发突出了，连声音都有些沙哑，就像刚学会打鸣的小公鸡一样。为此，我总想与他开玩笑。可他竟有些疏远我了。在学校时不再像以前那样对我拍拍打打了，看到我的鞋带开了，也不会像以前那样很自然地俯身给我系好，更可气的是，有时天下雨，我没带伞，他也不会像以前一样把我挟在腋下和他共伞，而是央求别的同学与我共伞，这让我很尴尬也很失落。唉……他好像连正眼看我都不看了。可是，有几次，我发现他竟偷偷地看我。

三

转眼就到了清明。北国的春天总是姗姗来迟的，那时节，山上和地面上的草木还未大面积返青。"草色遥看近却无"，碧野说用这句诗最贴切，我觉得他这次说得很有道理。

站在南山上一眼望过去，村里最显眼的是一片鹅黄一片粉红和一片雪白。鹅黄的是河边垂柳的嫩芽，粉红的是刚刚绽放的桃花，那一片雪白是家乡独有的杏花。

我一向认为河滩的垂柳是最先知春的。看吧，垂柳枝条上已经冒出鹅黄色的嫩芽，一颗一颗弯弯的、尖尖的，就像雏鸡的小嘴儿一样。它们贪婪地吮吸着大自然赐予的阳光雨露，呈现出一派勃勃的生机，好像时时在提醒我们春姑娘来了。那低垂的柳枝在风中婀娜地摆动着，曼妙的舞姿弄出万种风情，让人看了心中总是滋生出一种莫名的激动。这可是拧柳笛儿的好季节啊。放学后，我们一群孩子便一起拥向河滩，男孩子们上树折柳枝，扔下来，女孩们在下面捡。然后选出一些好的来，等他们下来拧，拧好了就一起吹，整个河滩便响起一片悠扬的笛声。

十几岁的我们，清纯、懵懂，又略晓人事，在黄昏的河滩上柳树下尽情地嬉戏。有的触景生情，绕着大柳树背诵课本里刚学的而碧野早就背过的那首唐诗：

碧玉妆成一树高，万条垂下绿丝绦。

不知细叶谁裁出，二月春风似剪刀。

直到这时大家才觉得，这首咏柳的诗真美啊。而童真的岁月里也有说不尽的美好，道不尽的纯真，心都醉了。

碧野是吹柳笛的高手，自然也是拧柳笛的好手。他选一段笔直的叶芽相对较少的柳条，先把叶芽去掉，用铅笔刀在一端削去柳条的一层外皮，露出里面木质的白芯，再双手一拧一转，外皮就和柳条的芯分离了，在将里面的芯抽出，拿在手里的那根空心的柳条的外皮就是柳笛的雏形了。碧野又用铅笔刀截去下端过长的一部分，又把上端修整一下，用来吹奏的那端一定要削去外皮，露出里面白绿色的软皮，一支柳笛就做好了，可以放嘴唇边吹奏了。吹他拧的柳笛儿是我的专利。可是我吹得不好，不会吹曲子。用柳笛他也能吹出《我爱北京天安门》《红星照我去战斗》《送别》等曲子。那天，他拧好了一支柳笛儿，递给我。像往常一样，我迫不及待地伸出手去接，就在我的指尖触碰到他的手指的一刹那，他突然像被火苗舔到一样，飞快地缩回手，连柳笛儿也掉到了地上，身体也随之剧烈地颤抖了一下，把我吓了一跳。

“你干什么？”我大喊。

“你，你的手上就像有电一样，电了我一下，我，我浑身都是麻酥酥的……”他低下头说，说话时他的身体还微微有些颤抖。

“你瞎说，我的手上哪儿有电呢？我又不是电线杆子，不信，你再试试？”我伸出手。

“不，别，别……”他涨红了脸。

“来嘛！”我固执地伸出手，可他却把手藏到了背后。

“哼，那就算了，不理你了！”我噘起嘴巴，转过身背对着他开始吹柳笛。“嘟嘟……嘟……”

"啊呀，真是难听死了！比猫头鹰叫得都难听！我来给你吹一首《送别》。"

说着他就走到我面前吹起来，那声音虽与口琴吹奏的不同，但也非常动听。

"长亭外，古道边，芳草碧连天，晚风拂柳笛声残，夕阳山外山……"我和着曲调，默念着歌词，突然想起姥姥和父母说的他们迟早会离开的话，禁不住又伤感起来，眼圈红红的。碧野似乎觉察出来了，停下来，问我怎么了。我说没什么就是觉得你吹得好听，不如你教我吧。

"教你我倒是没啥，知道不？女孩儿家吹柳笛儿会，会……"他支吾着说，刚刚消退的红晕又浮上脸颊。

"说嘛，会怎么样啊？会更漂亮还是更聪明？你怎么变结巴了？"

"你奶奶说的，女孩儿家吹柳笛会大奶子的！"

他大声地对我说，好像鼓足了勇气似的，同时飞快地用眼睛扫了一下我的胸部。真糟糕，那时，我胸部两座小山丘正傲然挺立着。

"你，你太坏了！你欺负人！"我赶紧弯下腰来，气得声音都有些哽咽，可他早已跑远了。

接下来的几天里，在学校，他竟连话也不跟我说了，而且和其他同学也很少说话，默默地上下课。老师说他好像被秧气（家乡人说人死前的最后一口气）打了，掉了魂儿。他明显地忧郁下来，而我也因为那天的事不原谅他，也不好意思跟他说话了。可是，不知怎的，我竟也有了偷看他的欲望，我平生第一次有了心事，并为此而失眠。他那张棱角分明而又充满朝气的脸庞频频在我梦中出现。而且我总觉得早晨八点钟才上学太晚，下午四点半钟就放学太早了，偏偏他家又搬到他爸爸种树的山脚下去住了。

我为什么总是想着他呢？我自己百思不得其解，有一天夜里，我辗转反侧睡不着，我突然领悟了姥姥说的缘。她说有缘千里来相会，无缘对面不相识，今生的相遇是来赴前世之约的。我和碧野的相遇，也许就是缘，没有缘的人怎么可能跨越千山万水来履约呢？

四

农谚说"惊蛰园子，清明地"。清明过后，农事渐渐繁忙起来。那时乡下已经包田到户了，父母一大早就要起来到农田里忙活。玉米、谷子、高粱都到了该播种的季节。那些日子，因为日里劳累，晚上睡得就很早。

那年农历三月十六是姥姥的六十六大寿，按照辽西风俗是要办酒席的。我的姥姥是跟着母亲来到我们村的，亲属都很远，她自己说就不要大张旗鼓地办，只办两三桌表示一下就行，不办怕爸爸脸上过不去，怕她的亲属们说爸爸怠慢了她。十五晚上爸爸就提前开始忙活了。要先煮好肉块，炸好肉丸等荤菜。九点多的光景父亲就做好了一切。爸妈和我整理好铺盖刚想睡觉。家里的大黄狗突然狂吠起来，接着就听到有人走进了我家后院。

北方的房子都是坐北朝南方向，前后都有一个大院子，前院是主院落，一般都比后院大，而且前院一般都圈有围墙，房子有前后两道门，前门是南门也就是正门，北门就是后门。我家的后院没有圈围墙，后门也只是一副木板门，也不太隔音。后院里突然响起奇怪的琴声，是我们从来没有听过的乐器发出来的，不是二胡也不是唢呐更不是柳笛儿。我们都很惊讶，谁这么晚了还来我家后院？而且还拉着琴？姥姥惊讶地说："咱家也没说要大办酒席啊？怎么这样都会有人来'扎喜儿'？"

"扎喜儿"是我们那里的风俗。村里有人家办喜事，十里八村的乞丐或者肯放下面皮的贫困人士，都可以提着篮子带着唢呐一类的乐器于晚上或者一大清早来事主家"扎喜儿"，也就是乞讨的文雅说法。辽西民风淳朴，事主家绝对不会把他们拒之门外的，而是请进来盛一盘红烧肉，或者炒两个肉菜先招待他们吃一顿，然后再往他们篮子里放一些煮熟的猪肉块儿和炸好的肉丸等，条件好或者大气的主家还会用红纸封几块钱给他们。他们那时往往会用唢呐吹上几曲粗劣不堪的曲子或者用他们的链子嘴说一串吉利话，然后主家就恭恭敬敬地把他们送走。

办喜事儿，有人来"扎喜儿"，于主家来说是吉利和荣耀的事儿。来者竟然是碧野和她的妹妹。爸爸大吃一惊，赶紧把他们往屋里让，还大声喊妈妈拿瓜子、糖果和肉丸来。碧野却摆手制止了，他有点难为情地说："叔，我就不进去了，我，我是来拉琴给你们听的！我今天刚学会了一首曲子！"他说话时把目光落在我的脸上。

我的脸倏地就滚烫起来，肯定变得绯红，幸好月光下他们看不清楚。他径直走到我家后院那棵大杏树下，这时我才看见他手里提着一个形状怪异的盒子。他打开盒子，拿出一个扁葫芦似的带着几根弦的乐器，扛在左面肩头，右手拿着一个类似拉二胡用的那种弓，放在琴弦上。这是我从来没有见过的乐器，像二胡又不是，没等我问清楚，他就开始演奏起来。这首曲子也是我从来没听过的，宛转悠扬，如泣如诉，很好听。我情不自禁地走向前去，站在他的正对面，凝视着他拉琴。他的姿态十分优美，神情非常专注。几分钟后，他拉完了，告诉我们说这是小提琴，是外国的乐器，是他父亲托朋友从南京寄来的，他说这首曲子是《梁祝化蝶》，他花了一个星期终于在今晚学会了，特地来拉给我们听的。

我愣在那里，抬头望着杏树出神。杏树正在盛花期，满树如雪的花朵，幽幽散发着独特的苦香味，月光透过花的间隙斑斑驳驳地照在我和他身上，让人有一种说不出的激动。一阵风吹过，花瓣纷纷扬扬飘落了好多，香气愈加浓郁起来。月光下花影里，我看不太清他的脸，只看出一个大致的轮廓，我知道他一定也在看着我，我似乎感觉到了他目光的灼热，脸上不觉又一阵发烫。这时一阵自行车铃声突然响起，原来是碧野父亲骑自行车找来了……

醉人的春夜，我站在月光下，眼前是一树花开，芬芳四溢，一个高个子少年踏着月光和着花香对着我拉琴，是多么美妙的场景。那夜月光如水，那时花开如雪，那缕琴声如泣如诉，几十年后，我依然清晰地记得，这场景时常让我在回忆时感动得落泪，是烙在我心头最难忘的镜头，让我今天回想起来，还觉得幸福，而人生中的许多幸福很多时候就是来自一段段难忘的记忆。

一段时间后，碧野和他的小提琴就在我们乡声名大振。中心小学有活动经常请他去拉琴。他已经学会拉很多曲子了，而我最喜欢的还是那首《梁祝化蝶》。后来，我在他家的一本书上找到了歌词，并和他妹妹秦怡一起跟他妈妈学会了唱。"碧草青青花盛开，彩蝶双双久徘徊。千古传颂生生爱，山伯永恋祝英台……"这首曲子成了我一生最爱的经典。不管是那时还是现在，每次听到都让我激动不已。多年以后，尽管我买了盛中国小提琴协奏曲《梁祝》的 CD，后来还听了钢琴大师巫漪丽的精彩表演，还有古筝名家的演奏，可那夜的琴声始终是我心中的经典，永远无法替代的经典。

"同窗共读整三载，触膝并肩两无猜。十八相送情切切，谁知一别在楼台……"每一句歌词都像那把小提琴的琴弓在拨动着我的心弦。那时，不但学校老师和其他岗位上的文化人，就是我父母和村里的普通农民也喜欢上了这首曲子，经常让碧野拉给他们听。每次拉琴，我和他妹妹秦怡都和着曲调唱。岁月如歌，青春如曲，一切都是那样美好。

五

十一届三中全会后，我们村实行了土地联产承包责任制，老百姓俗称"分田到户"和"单干"。这极大激发了农民的生产热情，每家都像绣花一样在自己的土地上精耕细作。劳动力的需要量大增，这就使得一些老思想老脑筋目光短浅的人认为读书无用，尤其是女孩读书更是无用。

从一九八二年起，辽宁部分地区的小学开始试行六年制。当时一些家长希望自己孩子小学毕业后就回家劳动，不再读初中。突然又改为六年制，这让一些家庭很沮丧，于是他们就选择让孩子读完五年级后就退学。那几年着实有一些孩子因此而辍学。五六年级生源减少。为了减少成本，就出现几个村子合并办学的情况。

那年期中考试后，校长突然宣读了一个中心小学发出的通告，因为我们村里学生少，下一学年将停办五年级和六年级，我们学校这一部分学生将合并到距离村子六华里的邻村，大家哗然但也无奈，谁让我们村小，隔壁村是个大村呢。当天晚上，碧野的父母来到我家，和我的父母亲商量说我和碧野学习成绩很好，与其到六里之外的邻村去读五年级，就不如跳级直接从四年级升入初中，秦怡基础差，准备把她送回武汉奶奶家留级重读四年级，说语文我们都没有什么问题，就怕数学跟不上，但他们夫妇可以在暑假时给我们补数学课，以我们的聪敏，肯定没问题的。我父母商量后同意了。没等到暑假，每天放学后我都去碧野家和他一起补数学，我和他也很期待去读初中。可是不久以后我们之间出现了矛盾。

那次自习课上，博学的班主任王老师因为语文课本里一篇描写江南风景的课文绘声绘色地给我们讲了江南的美：苏州别致的园林、杭州秀丽的西湖、扬州的二十四桥明月夜……讲着讲着又讲到了长江三峡的雄峻与婉约……我们听了都羡慕不已，第一次知道了外面的世界原来竟这样精彩与美丽。

"我以后一定要到苏州和杭州去看看，我……"我向往地说。

"好啊，上有天堂，下有苏杭嘛，苏杭二州不仅风光旖旎而且还出美女啊。"老师笑着说。

"啊？那我可不去了，我这么丑，怕去了会被抓起来关在笼里当怪物展览哟，我还是去三峡吧！去看神女峰的迷雾还有僰人的悬棺！"

102

“那得坐船去，你连班车都晕车，在船上一定晕得连眼也睁不开！”碧野的妹妹秦怡给我泼了一盆冷水。我沮丧地噘起了嘴。

“别怕，到时有我陪你呢！我不晕船，我会保护你，照顾你的！你想去哪里我都会带你去的！”碧野突然大声地说。

这可是冒天下之大不韪。大家愣了一下，继而便一起哄堂大笑起来。

“你们别笑，其实咱班最有可能成才的就是秦碧野和林娟。到时老师给你们做大媒！哈哈……”王老师竟然也开起了玩笑。

“噢，噢……林娟是秦碧野的小媳妇了……”大家怪叫着一起拍巴掌起哄。我又羞又气，脸色紫胀，说不出话来。要是地上有一道缝，我准钻进去。碧野也羞红了脸，可是他的眼神中分明有一丝得意。好容易挨到放学，铃声一响，我就第一个冲出教室。

“娟姐，我哥可喜欢你了，他经常说长大后一定把你带到武汉去，我爸妈也喜欢你，他们说你是个难得的聪明女孩，一定会有大出息的，还说……”碧野的妹妹秦怡追上我，气喘吁吁得对我说。

“我不听！我不听！你哥太坏了，让我当众出丑，还有你，满口胡言，我再也不理你们了！”我气呼呼地跑开了。可不知怎的，我心里却有一种说不出的感觉，那滋味就像六月天赶集时吃了母亲买给我的奶油冰棒一样。

少年的心啊，真的连自己都无法捉摸。那天之后，我再没去他家补数学，我心里十分矛盾，既想见他又不愿意放下架子，我反而有意疏远他们兄妹。下课不和他们一起玩，也不和他们说话，上学放学也不和他们一起走。可是，当他们走远的时候，我的心里却又有一种难以名状的失落感，我坐立不安，就像丢了什么心爱的东西。有很多次，我都忍不住爬到门前的小山上，目送他们兄妹的身影，看他们在夕阳的余晖里渐行渐远。那时的心情无比惆怅，真的无法用语言来表达。青葱岁月，心扉的突然洞开，来自那朦胧的情愫。这样的日子一直持续了大约半个月，后来的一件事让我们重归于好。

那天早自习时，班主任王老师高兴地告诉我，说我在全乡的作文竞赛中获得同年级组第二名，将与第一名和第三名一起去参加县里的竞赛，且，下午就要起程，由学校唯一的女教师陈老师带我去。王老师还说上午我可以不用上课，回家准备一下，一定要穿上最好的衣服。那年月，去过县城的小孩真是太少了。王老师还同时向我宣读了竞赛规则。除不准抄袭外，还特地强调卷面要整洁，字迹要工整，一定要用钢笔书写，否则扣五分。

我高兴极了。同学们也都一起兴奋地为我鼓掌。我偷偷地回头瞟了一眼碧野，没想到正与他目光相碰。我知道他目光里充满了兴奋还有羡慕。

中午我换了一身新衣服早早来到了学校。

"准备好了吗？你一定要拿到名次为学校增光啊！"

"你真行啊，你的字一定要写工整，要用好点的钢笔，要不扣五分呢！"

同学们七嘴八舌地提醒我。

我回头看了一眼坐在最后一排的碧野，我看见，他正在那摆弄着他的文具盒。在我调转头的刹那，眼睛的余光发现他站起来了，似乎朝我走过来。

"林娟，你的笔不行，漏水，万一墨水滴在卷面上就糟糕了，还没看内容，就先被减分了，那就太亏了，用我的吧，我爸刚给我买的铱金笔！"他手里拿着一支崭新的钢笔，潇洒地在我眼前画了一道弧线。

"好吧，那你等着我的好成绩吧！"我边说边伸手接笔。就在我的指尖碰到他手指的刹那，一种异样的感觉从指间倏地传遍我的全身，我忍不住打了一个寒战。

"怎么了你？"碧野吓了一跳。

"你，你的手上也有电！刚才电了我一下，我现在浑身都酥麻。"我羞红了脸，声音低低地说，然后快步跑出了教室。回头时我看见，他还站在那儿，呆呆地看他的那只手……

六

我们县从地域方面来说是华北和东北的交界处，小范围来说是处于河北和辽宁的交界处，俗称关里关外，我们属于关外，以天下第一关——山海关为界。是旧时闯关东的第一站，由关外进关里的最后一站。这块狭长的地域，北依燕山，南临渤海，被称为辽西走廊，自古为兵家必争之地。这里交通便利，当时有京哈铁路和京哈公路，还有海运。我们县南部靠海，有九十五公里海岸线。靠海的乡镇富庶，发达，教学质量也高；我们乡属于北部山区，离县城近百里，闭塞落后，人民生活也相对贫困，教育也相应落后，我们没有几个人去过县城。能去县城参加竞赛真的十分荣耀。

陈老师带着我前一天傍晚到达县城。我们先去县一中看了比赛考场，又在宾馆住了一夜。第二天，我带着碧野的那支铱金笔，信心满满地走进考场。由于情绪好，兴致高，下笔如有神，我很快就写完了那篇作文。

竞赛很顺利地结束了。因为只是一篇作文，星期六下午比赛，星期日上午评卷，星期日下午发榜。但是，县城到我们那里只有两趟车，上午十点和下午两点，我们赶不到，于是老师便决定星期一下午回校。从来没有那么漫长的三天，我坐立不安，一半是因为竞赛的成绩一半是因为碧野。老师以为我想家，总是安慰我。幸好结识了一位家在县城的赛友，她是个热心肠的女孩，带着我把县城转了个遍。我想给碧野买一件礼物，在转遍全城大大小小的文具店后，我终于选定了一个绿色的画夹，因为碧野的画夹坏了一个角。我用所有的钱把它买下了。我对老师谎称那是要送给弟弟的礼物。那一夜，我再一次失眠了。一整夜我都在想，我该采取怎样的方式既不让老师和同学们知道又要让碧野高兴，巧妙地把画夹送给他呢？并且，我也一直在揣想，他在收到画夹时，该是怎样的神情呢……

碧野的那支笔的确给我带来了好运。我一举夺得全县第三名，陈老师和我都十分高兴。终于回程了，我恨不能给班车插上两只翅膀，飞回学校去，好把这个消息告诉碧野和同学们，同时感谢他这支笔给我带来的好运。最重要的是，要把这个画夹送给他。

在放学前一小时，班车终于停在了学校门口，这次我破天荒没有晕车，直到下车时都还精神头十足，我雀跃着下了车。我的心狂跳着，一半是因为我给学校和自己赢得的荣誉，一半是因为碧野。我手里紧紧地提着那个画夹，脸上又红又烫，仿佛别人已然知道了我的秘密一样。

一切太出乎意料了。一进校门，我和陈老师就感到气氛有些异样，一种从未有过的哀伤和沉闷的气氛笼罩着校园。下课时间，本该在操场上欢呼雀跃的同学们，此刻却都三五成群地低着头站在屋檐下，眼神茫然地看着我们俩。我的同学们似乎三天之中长大了许多，成熟了许多。老校长和老师们似乎苍老了许多，尤其是我们的班主任王老师，他双眼红肿，三天之中憔悴了许多。

"你们回来了，一路还好吧？学生出事了，秦碧野死了，是溺水身亡，为了救二年级的高兰兰，前天下午……"王老师哽咽着说。

"啊？什么？秦碧野死了？溺水身亡？"我简直不相信自己的耳朵，我一定是在做一个噩梦吧，我想。我浑身发抖，语无伦次。

"这孩子吓着了！小娟，小娟！"王老师就站在我的身边，可我却觉得他的声音是从很远的地方传来的。终于一切都旋转起来，一切都离我越来越远了……

　　我病了，一病就是一个礼拜。我发着高烧，一遍又一遍地喊着碧野的名字。老师和村里的人都说我被碧野的死吓坏了。姥姥和奶奶还坚持着要送五色钱。

　　等我病好后，碧野已下葬了。从老师和同学们的口中得知，碧野是在救同村的高兰兰时溺亡的。北方的河流少得可怜，孩子们都是旱鸭子，碧野虽是南方人，可八岁后又生长在北方，也仅仅小时候在游泳池里学会了一点狗刨式而已，但他已是我们最佩服的人了。

　　原来，在我走的第二天，也就是星期六那天，学校组织学生到校田里劳动，校田旁边有一口面积很大的深塘，是人工开挖用来灌溉农田的。贪玩的兰兰到塘边去摘塘壁上的水草，脚下一滑掉进了塘里。她在塘里挣扎着，眼看就要沉下去了，碧野听到同学们的呼救声，从远处跑过来，连衣服都来不及脱就跳下塘，抓住兰兰，用力把她往塘壁上推，在老师和其他同学的帮助下，终于把兰兰拉上岸，就在他要爬上来的时候，塘壁突然塌方了，一块大石头把他砸到了塘底，等老师和村里人把他捞上来时，他已经没有了气息，右手里还紧紧抓着兰兰的一只鞋。听村里人说，碧野下葬时还保持着打捞上来的姿势，右手里握着高兰兰的鞋，怎么也拔不出来，奶奶流着泪一点一点把它剪碎，可手心里握着的那一段却始终无法取出来。

　　碧野，我童年最亲密的伙伴就这样殒命于十六岁的花季。村人把他安葬在村子远处一个向阳的山坡上，在他的坟前植下了两棵松树。他的父母亲和妹妹受了重创，于年底离开了这个伤心之地，回武汉了。他们本想带碧野的骨殖一起走的，但是才下葬几个月的人是无法迁葬的。他们走时留话说，几年以后他们还会回来接碧野的。

　　那年九月，我从四年级连跳两级进了初中。尽管换了一个环境，学习任务也很重，但我始终也忘不了碧野，他那张棱角分明朝气蓬勃的脸总在我的梦中出现："我会保护你照顾你的，你想去哪里我都会带你去的！"这个声音也时时在我的耳畔响起。我背地里不知流了多少眼泪，可我始终没有勇气对别人说出来，也没有勇气走到他的墓前甚至安葬他的那座山坡。

七

　　一晃三年过去了，我如愿考上了县重点高中。收到录取通知书那天下午，恰好我一个人在家。我的心情无比激动，我把通知书藏在书包里，对谁也没有说，我总是觉得有一个人应该第一时间知道，可是一时又想不起该是谁。直到黄昏时，我终于想起，我该第一个告诉谁。

我背着那个画夹，翻过村前的那座山，第一次来到秦碧野的墓前。

苍峻的群山下，他的坟墓显得那样地孤寂。因为是救人而逝，当年校领导和村干部曾想向上级申请评他为烈士。他的父母不同意，说不愿意让他的儿子小小年纪就戴上这样的光环，他们都是普通人，做的也是一个普通人应该做的事。他们还拒绝了村里给碧野立碑的意愿。所以，碧野的坟墓只是一座普通的土坟。下葬时村人植下的那两棵松树已有镰刀把粗，他高高的坟头一片青葱，一些不知名的野花在微风中向我轻轻颔首，仿佛在说："你好吗？你终于来了？"黄昏时分的山谷有一种凄怆的宁静，我的心竟异常平静。我原以为，我会失声痛哭的。我蹲下来，用火柴点燃画夹。火光中，一些往事倏地涌上心头，伤感也爬上了我的心头，泪水终于夺眶而出。在朦胧的泪光中，我仿佛看见他那张棱角分明的朝气蓬勃的脸在向我微笑着。碧野，你还记得你曾对我说过的话吗？你还会陪我同游三峡，去看神女峰的迷雾，去看僰人的悬棺吗？你还会说一定要把我带到武汉去吗……三年过去了，我长大了，你在天国中是否也和我一起长大了呢？渐晓人事的我，知道了你就是我那刻骨铭心而又苦难的初恋。

死者长已矣，生者常戚戚。残酷的命运在不该承受生离死别的年龄，让我承受了心灵的重创，让我一生都有着刻骨铭心的痛。那个黄昏，我又一次想起了那个醉人的春夜，杏花疏影里那个清秀的少年站在那棵开花的树下对着我拉《梁祝化蝶》的曲子，此刻只遗憾自己没有一把小提琴，也不会拉琴，要不，我一定站在他的墓前把这首曲子拉到极致。碧野，如果你还在，你还会走那么远的山路来为我拉琴吗？那一刻突然想起刚读过席慕蓉的《一棵开花的树》：

> 如何让你遇见我
> 在我最美丽的时刻
> 为这
> 我已在佛前求了五百年
> 求佛让我们结一段尘缘
> 佛于是把我化作一棵树

长在你必经的路旁

阳光下慎重地开满了花
朵朵都是我前世的盼望
当你走近，请你细听
颤抖的叶，是我等待的热情
而当你终于无视地走过
在你身后落了一地的
朋友啊，那不是花瓣
是我凋零的心

在最美的年华，有最美的相遇，纵使凋零，又有何妨呢？

下山的时候，月亮已从山头升起，那凄清的光辉照着周围的山峦也照着我。微风吹来，松涛阵阵。耳畔突然响起苏东坡那句"料得年年断肠处，明月夜，短松冈"。就在那天，就在那明月夜，短松冈，我平生第一次尝到了断肠的滋味……

两年又过去了，我读高二了，碧野离开我五年了。可是，我从来也没有觉得他离我很远，已与我阴阳相隔，他仿佛就在我身边一样。当年他借给我的那支铱金笔，被他爸爸送给我做纪念了，这些年始终陪着我参加各种考试，有他在冥冥中庇佑，我的成绩一直很好。

那年的年底，我们还在学校补课。姑姑来看我，告诉我说碧野的妈妈回来了，说第二天就要迁他的坟。我忙向老师请了假，赶回村里。当晚我没见到他妈妈，她被高兰兰的父母请去了，当年就是为救兰兰碧野才殒命的。那时，我的父母都去了远方的一座城市做小生意，只有姥姥和我们姐弟在家。第二天早晨，当我把我要去看碧野迁坟仪式的事告诉姥姥时，我的姥姥极力反对。她说，按乡俗未婚女孩是不能去这种地方的，何况他还是横死的少亡呢，不管他生前有多好，现在都不能去，不吉利的，再说人都变成一具白骨了，有什么好看的？

任我怎样解释，姥姥都不答应。

"我不！"我在心里大声喊着。我一定要去看一看，看一看这无情的岁月，残酷的泥土是怎样把一个翩翩少年变成一具白骨的。何况，那泥土中也埋着我一生难解的情结，我不见他已五年了。君埋泉下泥销骨，我寄人间雪满头。我突然想到这句诗，这也是我在人世间见他的最后一次机会了，尽管他已化成了一具白骨。我不，我不能失去这机会，管它什么风俗和运气！

我不顾年迈姥姥几乎带着哭腔的乞求，跑出院门。只要翻过门前的一座山，就到他的墓地了。我在崎岖的山路上跌跌撞撞地狂奔，这条路可以直通到那儿的。我的思维几近停滞，我什么也不想，只听到风呼呼地在耳边响着。

终于爬到了那座山的山顶上，只要沿着这条路下山就可以到了。"碧野，我来了！我来了！"我大口喘着气，在心里喊着。因为走得太急，劳累让我几近窒息，我的眼前有点发黑。略定了定神，朝下面俯瞰。我惊呆了，我看见了一群人，还有人群顶上的那两棵松树，我的心一惊。就在那时，我似乎听到了一点嘈杂的人声，突然，人群向后一闪，我看见了一片耀眼的红色！那红色在渐渐地随着人群移动。家乡风俗，那红色的是蒙在他新钉的匣子（小棺材）上的红布啊！天哪，他又入殓了，我来迟了。碧野，我不能在这尘世再见你一面了！我的心狂跳着，脸麻麻的，手脚也渐渐冰冷。

"碧野！"我歇斯底里大叫一声，群山突然间飞轮般转动起来……

等我醒来，已经是在一个人的背上，我仔细看了看，背我的是我的堂哥小久，弟弟在身后托着我的腿。我一路昏昏沉沉地被身强力壮的堂哥背到家里，记得姥姥和奶奶好像都抱怨了几句，记得邻居家老姨（村里的医生）拿着听诊器在我身上挪来挪去听诊，我也懒得出声，我确实也很虚弱，又昏昏睡去了。不知道过了多久，我才睁开眼睛，我打量着周围的一切，一切好像都有些陌生，一切好像都离我很远很远，我竟连自己是谁都需要想一下了。我看见姥姥和奶奶那焦急而又欣喜的目光。"唉，你这丫头真让人不省心，不让去你偏去，晕倒在山上了不是？我说了，少亡看不得的！亏了我央你小久哥去寻你，是他把你背下山的，一回来就发高烧，一会儿明白一会儿糊涂的，要不是你老姨，还不知道你得病成什么样子，唉……一定是撞客了……"

"他走了，真的走了，回武汉了，再也见不到了……"我哽咽着说。

"谁啊？"

"碧野！"

"呸，呸，呸！真是鬼迷心窍了！"旁边的奶奶说。

"你病着时他妈来了，还留了一封信给你，唉，他妈真可怜，碧野也是个好孩子啊！"奶奶红了眼圈。

"信在哪儿啊？快拿来给我看！"我用尽全力从床上坐起来。我感到，我真的是很虚弱了。我接过奶奶递过的信打开。

娟儿：

　　我的好孩子，当你看到这封信时，我已带着碧野走了。作为母亲，我失去了我最亲爱的儿子，我是多么不幸啊！为此我悲痛欲绝，甚至有过与碧野相伴到另外一个世界的念头，那是一段怎样难熬的日子啊！我无法面对，我不相信我就这样失去了碧野。

　　那年，碧野下葬后的第三天，我病倒了，在县医院住院。高兰兰的父母带着她来看我。由于经历了一场生死，兰兰也受到了严重的惊吓和刺激，她脸色苍白，眼中充满了惊恐，精神很疲惫。她的父母亲也很疲惫，眼里充满了一对父母亲对另一对失去孩子的父母亲的同情和怜悯，但更多的是对我的感激与歉疚。兰兰对我说的第一句话是："对不起，宋老师，碧野是因为救我才死的，他是我的救命恩人……呜呜……"可怜的兰兰大哭起来，她还这么小，就背负了一份沉重的歉疚。他的父母亲也一起大哭起来。就是在那一刻，我感到无比欣慰和心如刀绞的一刻，我突然明白，我的失去换得了他们的拥有，我的不幸换得了他们的幸福。我的儿子是多么优秀啊，他小小年纪做了一件多么了不起的事啊！我得振作起来，因为我的儿子一定不希望看到他的妈妈这样。

　　孩子，我们都是受过教育的人，不相信许多唯心的东西，但我想，我们和碧野的缘分还没有尽，为了我们，人生一定会有轮回的。碧野他在另一个世界看着我们，关注着我们，总有一天，我们会再见的。你是一个多么重情义的姑娘啊！你的举动早在我意料之中的，可是，你必须振作起精神来，为了爱你的人们，也为了碧野……

我忍不住号啕大哭起来。

第二年的夏天，我考上了武汉一所大学的新闻系。我是刻意的。我把所有的志愿都填报了位于武汉的院校，老师们十分不解。只有一位湖北咸宁籍的老师说我有眼光，说江城武汉那是荆楚之魂，九省通衢，到那里读书一定受益匪浅。引得其他老师们也对我刮目相看，赞赏有加。他们哪知道我心底的秘密啊。

重访旧人寻旧迹，我是为了心中的那个情结。

开学前，我再一次来到碧野以前的墓地。没有了坟头，他曾睡过的地方被村人植入了一株小柏树（家乡风俗，迁葬后的原墓穴不能空着）。我抚摸着树枝，就像抚摸着他的头发，轻声地说："碧野，我就要去武汉，去你的老家江城了，我和你一起去神游黄鹤楼还有龟山、蛇山……"

我在号称江城的武汉读了大学又读了研究生。碧野的妹妹秦怡和我在同校同专业就读，比我低一届。

其间，我曾数次去看望碧野的父母。他们都老了。他的父亲年过花甲，依然站在教学第一线，带博士生，科研成果斐然。母亲也已晋升为教授、研究生导师。他们每次见到我都无比亲切。除热情打听我一家人的情况，尤其是我奶奶和姥姥的情况外，还关注着村里的每一个人。在村里那十几年所受的苦难，并没有在他们心中结下多大的仇怨，他们只说历史的潮流，谁又能阻挡得了呢？……我为他们的宽容而感动和折服。尤其是当他听说当年的大队书记、我的堂大伯患有心脏病苦于买不到某种特效药时，还托人买了足够疗程的药，让我寄回去给他。这让我十分过意不去，除了替我的大伯感激他们，同时还替他向他们鞠躬致歉。他们的表情依然平静。

"孩子，要往前看，往前走。"碧野的母亲只说了这一句话。

放假时，他们每次都托我带高档补品给我那耄耋之年的奶奶和姥姥。那几年他们对我的关爱和关照自然是不消说了，他们几乎把我当作自家的一员。

当年碧野母亲从我们村的南山上迁走了碧野的骨殖后，送到我们县的火葬场火化了，她是带着碧野的骨灰回武汉的。她原想在武汉的一座公墓里给他买一块墓地安葬，可碧野的父亲说，碧野短暂的一生中只在家乡待了八年，但他喜欢家乡，尤其喜欢长江和汉江，江城是一座英雄城市，他是为救人而死，不愧为江城的好儿子，就让他和家乡的这两条江融为一体吧。他们为碧野举行了水葬，把他的骨灰分别撒在长江和汉江里。

我用勤工俭学挣来的钱买了一把口琴和一把小提琴，并且学会了演奏。在周末和法定假日里，我经常一个人来到长江或者汉江边，对着斜阳逝水，先用口琴吹奏那首《送别》，再用小提琴拉那首永远的经典《梁祝化蝶》，用以怀念碧野，用以慰藉自己的心灵。离开的时候，我总要掬一捧江水，轻润脸颊，那江水带着他的气息带着他的体温，这是我和他超然物外、跨越时空的亲密接触。

毕业的时候，我向大学递交了留校申请，那时还是分配制。为了能留在江城武汉，为了能和碧野神交。我没有找碧野的父母，因为我知道他们不赞成我留在江城。

可他们从女儿秦怡口中知道了一切。

一个午后，碧野的母亲在秦怡的带领下来学校找我。我们在学校人工湖边的凉亭里坐下来，她支走了秦怡，说要跟我单独谈谈。"孩子，你要向前看，往前走。你的人生之路刚开始，不能沉浸在过去的阴影里，你必须离开江城，这是我和碧野他爸的意思。我们已经在广州给你联系好了一所著名的大学中文系，你去那里吧，你必须重新开始……"

我最终离开了江城武汉，去了千里之外那所著名大学。在那里落地生根了。尽管后来我有了自己的爱人和家庭。但，年少时的情感是最神圣的，什么都无法遮掩它的纯美，它就像一个久远而美丽的梦，一直藏在我的心底，醉着我的心田。

八

人事有代谢，往来成古今。在浩瀚的历史长河中，人们一代一代地循环着生老病死的故事。人生是那样地短暂，有些往事走到哪里也甩不脱，有些情感穷极一生也放不下。我总是想起一部武侠电视剧里男女主人公的对白："不能相濡以沫，就相忘于江湖，忘了我吧……"果真能忘记吗？

能够相忘于江湖的是有形的肉体，而无形的情感是比江湖更大的，是永远无法忘却的。

莫道世人容易老，青山也有头白时。几十年就这样过去了。无情的岁月，磨去了我的许多棱角，也使我遗忘了许多前尘旧事。但碧野，我青梅竹马的初恋，却永远是我心底最美好的记忆，是我胸口永远的疼痛，他依然就在我的左右，我时时刻刻都感觉着他的存在。

常常站在城市一隅的高层建筑上，俯瞰街上熙来攘往的人群。他们带着自己的名字、带着自己的年轮、藏着自己的秘密、演绎着自己的故事，行色匆匆。可哪一位又是轮回中前世的你，今生的他呢？纵使相逢应不识啊。此时此刻，重重的怅惘和失落从心头顿生，我早已泪眼婆娑。耳畔突然响起阿兰的歌《三生石三生路》：

……

今生的我还在读

前世诀别的一纸书

手握传世的信物

而你此刻身在何处
今生的我还在读
前世诀别的一纸书
可你转世的脸谱
究竟轮回在哪一户
没有你不见你未见你
芳心向谁吐
只因你
让青史绝唱于千古

醉 花 阴

一

我记住六爷的时候他七十九岁，我六岁。问我为何记得这么清楚？因为，我是在一个特殊的场合定格对他的永久性记忆的。

那年五月，他办酒席做寿。虚岁七十九岁做八十大寿，一向是我们那里的风俗。按习俗，寿宴本该是在正月初八或者正月十八办，但一九七七年的农村还没有完全放开，一些老习俗还处于废止状态。农历正月、二月管得严，到三四月逐渐放松。六爷生日是农历四月初十，公历已到五月，所以就定在他生日那天办八十寿宴。

因为是亲门近支，一大早我们全家就过去帮忙，也顺便吃酒席。对于六爷，那天之前我肯定也是很有印象的，只不过那时我才六岁，还没有长久记忆，日常生活中那些平凡小事随着岁月的流逝几乎都忘记了。

那天的天气是北方常见的大晴天。六爷家院子外面山坡上的槐花都开了，一嘟噜一嘟噜地垂下来，散发出浓郁的香味。不记得是谁还给我摘了两嘟噜拿着玩儿，因而，我身上也就有了一股槐花的香味。

六爷家当院搭着几个简易灶台，几口大锅热气大冒，发出阵阵肉香。东屋里地上、炕上各摆着两张桌子，开流水席。

六爷家的席面，不是传统的八六席，而是高规格的八八席。这在乡下可不多见。我们那里有句俗语：八八席，两头堵。八盘子八大碗荤、素菜不说，还把"件儿"上两份，即席的两头都要上"件儿"。所谓"件儿"，就是整鸡、整鱼、整只红烧肘子等硬菜。我那时当然不懂这些，只觉得那菜无比丰盛，好吃极了。这一切都得益于六爷的身份和他殷实的家境。

六爷大名张忠厚，是方圆几十里有名的老中医。擅长治疗红伤、肠痈、痔疮便血等症候。说通俗点也就是外伤、肠炎、阑尾炎、痔疮等病。他医术高超、医德高尚，极其受人尊敬。尽管后来六爷被抽调到大队卫生所工作，依旧有很多人从远道上来家里找他，尽管他把收费标准压到最低，依然收入不菲，慕名而来的人太多了。

那天，如果仅仅是菜好吃也不至于让我有这么深刻的记忆。是因为那天，确切地说是那几天发生了几件让我刻骨铭心的事儿。

我们坐的是第二席。按常理，家族是要坐末席的。我是沾姥姥的光坐的第二席。姥姥家在隔壁村子，姥爷在世时素与六爷交厚，后来姥姥又随母亲来我家养老。村里民风淳朴，每家有好事做酒席都把姥姥当成贵宾，往往都是跟大队书记、副书记、小队干部等坐同席，他们对我姥姥都是尊敬到崇敬的地步，至于原因，看完整篇文字，你们自然就知道了。可这次姥姥陪的却是六爷家的亲属，母舅一族。六爷都七十九岁了，他的母舅都已作古，来的都是表兄弟、表姐妹们和他们的孩子。大、小队干部为了避嫌竟然一个都没到场。但是他们知道，晚上在大队部肯定能吃到一席丰盛的酒菜，"件儿"一个也少不了的。

上了八道汤菜后，开始上第一个"件儿"，我记得是红烧肘子。主家往往这时就开始敬酒，以示谢意，这也是老习俗。六爷戴顶礼帽，穿着簇新的淡黄色软缎中式套装，黑色浅口千层底布鞋，白色棉袜。鹤发童颜，仙风道骨。以至于我长大后看武侠小说，觉得六爷就是书里那些神医的化身。在那个年代，方圆几十里，这样的装束只有六爷一人敢穿。据说，也有外面来的工作人员批评过他的装束，说他是封建社会的卫道士，责令他改穿四个口袋的干部服。六爷口里谦恭地说着："一定改正，一定改正。"但却始终无动于衷。在这件事儿上，本地的队干部都给他打马虎眼。名中医嘛，他们觉得这样装束是正常啊，何况六爷还是这一带德高望重有家国情怀的知名人士呢。

六爷先敬的是我们这桌。他端着一盅酒微笑着对大家伙儿说："感谢各位光临，一杯薄酒不成敬意，咱们都是实在亲戚，不用过多客套，一定要吃好喝好，先干了这杯。"说着就跟每个人都碰了一下杯，大家都边说着祝他福如东海寿比南山的吉利话边赞叹着酒菜的丰盛，愉快地喝下了这盅酒。只有我端着手里的汤碗愣愣地看着六爷不知所措。

"哎呀，瞧我这事儿办的，怠慢了我大孙女了，来，你用汤代酒来跟六爷干一杯。"六爷拍拍我的头说，赶紧给自己倒满一盅酒，俯身在我的碗上碰了一下，一饮而尽，向我亮出杯口。我也像模像样地端起碗一口气喝干了碗里的汤，向他亮出碗底儿。大家伙一阵哄笑。

"看他六爷，还把一个小毛孩子当回事儿了。"姥姥笑着说。

"一定得当回事儿，这孩子好啊，我喜欢这孩子，也看好我大孙女。这丫头一双大眼睛，滴溜溜顾盼生辉，天生聪明，长大了一定不是等闲之辈，没准，这丫头长大了就是个女先生呢，说不定还能给咱立书做传呢，咱们的故事，得传承下去不是？"六爷一本正经地说。还往我嘴里喂了一块肘子肉。

"瞧他六爷，都把这毛丫头夸到天上去了！"姥姥嗔怪又掩饰不住自豪地说。现在，执笔的这一刻，我才觉得，六爷是一语成谶，他算是说对了，几十年后，记得他故事的人不多了，能写出他故事的恐怕只有我了。寿宴上他对我的赞誉也可能就是我今天执笔的原动力。不过，这也是题外话了。

六爷夸完我后，又把自己的酒盅倒满，伸手恭恭敬敬地端到姥姥面前说："老姐姐请，我单独敬你一杯，老姐姐了不起，女中豪杰啊。"姥姥赶忙添了酒也端着酒盅站起来说："多谢老兄弟抬举，你更了不起。"

"咱们心照不宣，都是一样的，干，我先干为敬。"六爷说着跟姥姥碰了一下杯，一仰脖，喝干了那盅酒，亮出酒盅口对着姥姥。姥姥见状也一口气喝干了手里端着的那盅酒，对他亮出酒盅口。

"痛快，老姐姐，痛快，你是威风不减当年啊。现在太忙，我还得敬酒待客（东北方言，这个客字读且），今儿下晚黑，收拾完了，咱老姐弟俩加上刘四哥再好好喝几盅，叙叙旧，那些陈年旧事，不时常翻出来跟老姐姐絮叨絮叨，就都发霉了。菜我都吩咐厨子准备好了，'件儿'一个都不能少。"六爷说。

我端着汤碗，看看六爷又看看姥姥，表示听不懂他们的谈话。没有人对我解释。姥姥笑了笑，刚要作声。只听门口突然传来一阵汽车喇叭声，紧接着做大知宾的刘二大伯用颤抖的唱腔高声喊道："来客（读且）了，快接客（读且）啊。"那声调变音得厉害。大伙儿都吃了一惊，有些小骚动，齐刷刷地扭头透过窗户往院子里看，不管看不看得到窗外。"坏了，别是工作组来了吧。"有人小声嘀咕道。

"吃菜，吃菜，别慌，我出去看看。"六爷对屋里坐席的人拱拱手说道。

一出大门，六爷大吃一惊，也包括跟在他后面的姥姥和我。大门口赫然停着两辆吉普车。这也就是刘二大伯说话变腔变调儿的原因。人们第一感觉就是工作组来了。这个寿宴得停，而且不好收场了，不禁都暗暗为六爷捏了一把汗。六爷深吸了一口气，定定神，迈着从容的步子走到前面那辆吉普车旁边。车门开着，司机站在车旁，副驾驶位置上还坐着一个女人。

"同志，你们是……"六爷可能实在不知道他们是什么人也不知道该怎么称呼，于是刻意把"是"字拉得很长，省略掉了后面的字儿。

这招儿果然灵。司机就像知道六爷的难处一样，赶忙接过话茬客气地反问六爷："请问您是张忠厚老大夫吗？"

"老朽正是张忠厚。"六爷扑地吐出一口气。司机眼睛一亮，急忙走过去把头探进车门，跟副驾驶位置上的女人说了一句什么。那人赶紧下车，吉普车后面两侧的车门也都打开了，下来三个人。后面那辆吉普车的车门也打开了，包括司机在内，下来了五个人。

屋里吃酒席的人们全都走了出来，围在车子四周，黑压压一片。院里做菜的厨子永财大哥忘记了起锅，锅里的蒜薹炒肉在炭炉上发出焦煳味儿，吓得他赶紧把锅端起来放到案板上。案板上的水渍被烫得滋啦啦直响，还冒起了一股白烟。负责跑盘子上菜的几个本家小伙子早就到大门口来了，愣愣地站在那里。人们脸上都带着惶惑、惊惧和疑问，都在担心会发生点什么事儿。

"您就是张忠厚老大夫？这位是县民政局王副局长。"第一辆吉普车后座下来的一个戴眼镜的年轻人，指着副驾驶位下来的那位微胖的短头发中年女干部说。然后又一一介绍了后座另外两个人——公社书记、公社武装部长，又自我介绍说是公社民政所所长，刚上任没多久。

"你好，张大夫。"王副局长伸出手来。

六爷赶忙也伸出手。两个人礼节性地握了握手。

"张大夫，我们今天是来颁发您儿子张太清同志的革命牺牲军人家属光荣纪念证也就是常说的烈士证的。来，我给您介绍一下，这几位是您的义子靳向东同志的妻子、女儿和岳父、岳母。"女干部指着后面吉普车里下来的几个人说道。

"小东子的……"六爷又省略掉了后面的几个字儿。他几乎不相信自己的耳朵和眼睛了，呆立在那里，如木雕一样。

"六大爷。"站在他旁边的父亲边喊边摇了摇他的肩膀。六爷似乎清醒了。

他脸色苍白，身体忽然晃了两晃。父亲和六爷的大儿子太浩伯一起扶住了他。这时，后面吉普车里的两位老年男女、一个中年女人及一个年轻姑娘走近前来。

"张老大夫，不容易啊，可找到您了，我叫邱锦阁，您就叫我老邱吧，这是我老伴儿，这是我闺女邱爽和我外孙女靳槐荫。"那位老爷子紧紧抓住六爷的手，指着身边老少三个女人说。老太太和中年女人及年轻姑娘都抹着眼泪。中年女人抹眼泪的时候，六爷突然看到了她左手上戴着的一只玉镯。晶莹剔透的玉镯在阳光的反射下，闪着幽幽的光，晃了六爷的眼睛一下。刹那间，似乎有些东西从两扇心灵的窗户飘进来，唤醒了六爷某些久远的记忆，他的嘴唇颤抖着，却说不出话来。这时，大知宾刘二大伯像从梦境中突然清醒了一样走到近前，牵了一下六爷的衣襟说道："六叔，咱们请客（读且）进屋去吧。"

一句话点醒了六爷，他忙说："请，请，各位，都请屋里坐。"刘二大伯大喊道："把西屋腾出来，地上、炕上各开一桌。"然后转身吩咐在厨下发呆的永财大哥接着做菜，又招呼亲友们各就各位继续吃席。

姥姥自然又被请到了西屋炕上。我依然跟着沾光也去了西屋，不过这次我被安排在地上那桌。厨子永财大哥还在做着第二席剩下的那一半席面。西屋桌上先上茶水和装着糕点、水果、瓜子、花生、红枣和地瓜干的盘子，从后面吉普车下来的那个漂亮姑娘抓了几颗水果糖塞在我手里。

大知宾刘二大伯把待其他客的事宜交给了村里另外一个明事理的伯伯，他专门到这里来招待王副局长一行。我的父母亲因为模样周正、手脚麻利又能说会道的，被他叫进来给贵客们端茶倒水。

"张老大夫，没想到今天赶上您做寿宴。唉，怎么说呢，我们来得真不是时候，扫了您的兴了，真是不好意思。"王副局长看着墙上贴的烫金寿字说。

"您甭这么说，您这是给我助兴呢，想必您也知道，我盼这一天盼了很久了。"六爷用凝重的声音说。

"我知道这个情况，既然来了，那我现在就先给您颁发革命烈士证书吧。"王副局长一脸凝重地说。

"哎呀，王副局长，不忙，不忙，等乡亲们吃完这一席来也不迟，我已经安排村里刘四爷写条幅了，马上就写好，等会儿我们就在这院里举行一个简单的颁发证书仪式。大伙都别走啊，不管吃完了的还是等吃席的，都别走，都要参加这个仪式，这是我们村的光荣。"大队书记、我的三大伯闻讯赶来，恰好在这个节骨眼上到了西屋门口，喊了这么一嗓子。

王副局长及公社书记等都赞同这个意见。现在想想，我真的惊叹我三大伯的应变速度，在那么短的时间内竟然谋划好了这么一件大事。三大伯从六十年代起就当村里的大队书记直到八十年代末，历经各种风云，真的不能不佩服他的应变能力。

第二席开完后，三大伯立即宣布酒席暂停。吃完饭的人听了他的话都没走，等待坐下一席的人也进了院子，大队副书记及文书等先后都到了，组织大伙在靠近西屋这边的院子里排好了队，三大伯大概嫌东屋这边的院子里长着一株大杏树碍事儿。幸好六爷家院子长。不大工夫，刘四爷和本家一个堂兄一起来了，堂兄手里捧着白布写的条幅。三大伯一把接过条幅，朝人群大喊道："挂上，快挂上，挂正房西屋窗户上。六叔，你家里有没有黑布？拿出一块来蒙窗户上。"三大伯如将军指挥士兵一样指挥着人们。六爷赶紧让大儿媳妇找出了一块黑布。

几个小伙子爬到窗台上，在窗框上钉四个铁钉，把黑布四个角用别针别了挂在铁钉上，再把写着"革命烈士证书颁发仪式"的白色条幅用四根别针别在黑布上。

"那个谁，去坡上折两支松枝来。"三大伯指着一个高个子小伙子说。那也是我的一个堂哥。他听了拔腿就往山坡上跑。山坡上是我们张氏家族的老坟地，种着松柏。

"太浩，去把你妈请出来，这么光荣庄重的仪式我六婶必须得在场，多给她穿点，别着凉了。"三大伯指着六爷的大儿子、我的太浩伯说道。太浩伯转身进了西厢房。

六爷的老伴儿——我的六奶奶娘家姓柳，是黑水河对面柳树沟人，是个贤淑能干的女子。她十七岁上嫁给六爷爷，是六爷的贤内助，把家里打理得井井有条不说，还给六爷生了三子三女六个孩子。她为人宽厚仁慈，村里人都喜欢她。可惜两年前她中风偏瘫了，行动不方便。原本，按她的病情，已严重到危及生命的程度，亏得六爷全力抢救，用针灸配合中药救回了她的命。她平常跟六爷住在正房的西屋里，今天办酒席，她怕吵也嫌自己占地方，就让大儿子把她背到了西厢房孙女以前住的屋里。

六爷家是座整齐的四合院，院子很长，有正房四间，分东、西两个大套间，东屋是大儿子夫妇的居室和会客室，西屋是六爷夫妇的居室和会客室。还有东西厢房各三间，西厢房有两间住着孙子、孙女们；东厢房是仓库和客房。门房四间，其中一间是大门洞，一间是储药库，另外两间是六爷行医看病的诊室。

松枝折回来了，六奶奶也被大儿子夫妻用藤椅抬到了院子里，身上裹着毯子。三大伯把松枝交叉摆在挂着白色条幅的黑布前面，给人的感觉像灵堂一样。寿宴瞬间就变成了冥宴模式，我看见六奶奶微微皱了一下眉头。

三大伯让小伙子们搬了十几张凳子放在离条幅约两三米远的地方，请王副局长一行坐下，当然也包括六爷、刘四爷和我姥姥。六爷紧挨着六奶奶，旁边是刘四爷，我则坐在姥姥怀里，手里还拿着一颗水果糖。三大伯走到前面，站到台阶上，清了清嗓子说道："大家安静了，颁发革命烈士证书仪式正式开始。现在有请县民政局王副局长给烈属张忠厚同志颁发儿子张太清同志的烈士证书，大家鼓掌欢迎！"大伙愣了一下，随即就在三大伯的带领下鼓起掌来。那声音如雷贯耳。震得六奶奶用一只手摸了摸额头。

王副局长走到台阶上，面对着大家，先行了一个礼。"大家好，今天我能来为德高望重的张忠厚同志颁发他儿子张太清同志的烈士证书，实在是有幸。现在请张忠厚同志到前面来。"六爷从六奶奶身边站起来，跨了几步来到王副局长面前。王副局长又跟他握了握手，说："您的儿子张太清同志十九岁投身革命，从抗日战争一直战斗到解放战争，在解放战争期间，做地下工作，战斗在敌人的心脏，英勇、机智、顽强，为人民解放大业牺牲了自己宝贵的生命，无上光荣。烈士证是一九五四年签发的，由于做地下工作的特殊性，因为种种原因，出现了些波折，一直被搁置这么多年，如今终于可以发放了，这对烈士和家属都是莫大的荣耀和安慰，对我们是一种激励。我们向革命烈士张太清同志致敬，也向您这位烈士家属、伟大的父亲致敬！"说完把一张烈士证书双手捧到六爷面前。六爷颤抖着用双手接过来，老泪纵横。

未等王副局长再开口，我的三大伯抢先一步走上来，从六爷手里拿过那张证书说："大家伙儿都看看啊，这是带有毛泽东主席签名的革命牺牲军人家属光荣纪念证，就是咱们老百姓口里的烈士证，看看，上面有'永垂不朽'四个字呢，还有张太清烈士的名字和表扬烈士的话呢。"大家都踮起脚，伸长了脖子把目光聚焦到三大伯手上，可除看到一张泛黄的奖状一样的纸外，一个字也看不清。

"张忠厚同志，这儿还有一张，是您义子靳向东同志的烈士证书，他的妻子、女儿和岳父、岳母一致同意由您来保管。今天也由我一并颁发给您。"王副局长说着双手捧起一张已经镶了镜框的烈士证书送到六爷面前，六爷也颤抖着接了过来，嘴里叫了一声："东子啊"，泪如雨下。

"还有，郑一枫烈士的家属已经找到了，就是这两位老同志，他们也是靳向东同志的岳父、岳母，这是无巧不成书，真是不是一家人不进一家门啊，你们是满门忠烈啊。"王副局长哽咽着说。

邱锦阁夫妻走上前来，紧紧握住六爷的手说道："老亲家，感谢你啊，多年前你救了我们的女婿不说，还安葬了我儿子，又给我女婿立了衣冠冢，这恩情，我们这辈子报不完啊，"说着就连连给他鞠躬。中年女人带着年轻姑娘也在这当儿齐齐跪到六爷面前。

"这，使不得，使不得啊，快起来。"六爷一时间不知所措，急忙俯身拉他们。三大伯和刘二大伯也过来帮忙。我抬起头看着眼前的这些人，头蒙蒙的，忘记了吃手里的水果糖。在场的人也都感动得说不出话来，很多人都流下了眼泪，我的眼里也溢满了泪水。记得后来，公社书记、武装部部长还有公社民政所所长都讲了话，可惜具体内容我一点都不记得了。因为那时，我的注意力集中到了离我不远处的六奶奶身上。六奶奶坐在藤椅里，脸色由白到红，又由红到白，浑身颤抖着。院子里的地面不是很平整，藤椅的腿儿随着她的颤抖与地面相碰撞，发出吧嗒吧嗒的声音。我一直担心她，怕她会突然晕厥过去。我曾经亲眼见过她发病。

六奶奶第一次发病是因为邮递员来送电报，说是青海打来的。他的三儿子张太平从部队转业后分配到青海工作，修公路。每月都会写信来，从没打过电报。她觉得打电报准没好事儿，只有报丧才会打电报。她和村里人都记得，村头二发伯的儿子在山东的部队上，有一天突然收到一封电报，竟是部队打来的说他儿子排哑炮时发生爆炸牺牲的消息。六奶奶一听说是青海来的电报，惊吓过度，当场就晕厥过去。六爷费尽洪荒之力把她救醒后，她就半身瘫痪了。其实那封电报是他三儿子张太平报喜的电报，他就要调回沈阳工作了。

"现在，全体起立，让我们低头向烈士默哀三分钟。"大队书记、三大伯的话把我吓了一个激灵。我赶紧从姥姥怀里跳下来，学着大人的样子默默低下头。"太清、东子、郑大夫！"六奶奶突然用哭腔歇斯底里大喊一声。人们都吓得一激灵，把目光集中到六奶奶身上。六奶奶已经瘫软在藤椅里，晕厥过去了。六爷立刻扑过去抱住了她。六爷和太浩伯把她抱回西厢房炕上，然后就是扎针、灌药急救，那对老夫妻和中年女人也跑过去帮忙救人。

我的心提到了嗓子眼，我好怕六奶奶再也醒不过来。好在，在六爷和太浩伯及那对老夫妻的抢救下，六奶奶很快就恢复了神智。六奶奶先是大声嚎哭了一会儿，嘴里喊着那三个名字，而后就让太浩伯传话继续做菜，把六爷寿宴的流水席做完。然后就面向墙壁躺着再不说话了。

王副局长他们非常过意不去，一直焦急地站在外面，直到六奶奶清醒才松了一口气。他们执意不吃酒席，说还要赶回县城去公干。他们把六爷、刘四爷、太浩伯、我姥姥和三大伯叫到正房西屋关了门商量事儿。我站在西屋门口等姥姥。只在开门时听到三大伯对他们说他随时恭候他们，给他们提供一切方便。他们走后，六爷就吩咐继续开席。

　　那天六爷家的四轮流水席直到中午才开完。亲友们散去后，本家族的年轻媳妇和小伙子们忙着归拢剩菜、清洗锅碗瓢盆。因为寿宴中间穿插了这么个悲怆的插曲，大家都没吃好，六爷十分内疚。好在，值得欣慰的是，六奶奶无大碍。看到菜剩了很多，"件儿"有些都没动筷子，也没有人打包。六爷心里更加过意不去。他决定把剩菜和"件儿"分成份儿，给村里每户有老人和小孩的人家都送一份去。还说晚上做豆腐脑、炸油糕，每家每户出一个人，亲门近支全家都来，他再请大家吃一顿，五点半开席。

　　三点钟的时候，六爷亲自来到我家，说他准备了几个菜，请我姥姥还有刘四爷喝几盅。他说晚上要待客（读且），只能提前跟老姐姐、老兄弟们絮叨絮叨，有些话不说出来，心里难受。姥姥起身的时候，六爷摸摸我的头说："把这丫头也带上。"于是我跟姥姥就一起去了。

　　六爷家正房西屋的门楣上多了一块红底白字的牌子，我真的有点看不习惯。"上面那四个字是光荣之家，是你太清伯和向东伯用命换来的，里面也有你太平伯的功劳，他也是当兵转业的。"姥姥告诉我说。我禁不住多看了几眼，感觉那红色就像殷殷的血凝成的。

　　酒菜设在正房西屋。桌子上摆着六菜一汤，呼呼冒着热气。红烧肘子、红烧鲤鱼、四喜丸子、坛焖鸡还有一盘五花肉蒸焖子、一盘韭菜炒鸡蛋，外加一盆三鲜汤。我们到时，刘四爷已经盘腿坐在炕头上了。

　　刘四爷家和六爷家是世交，六爷和四爷更是几十年的好兄弟。刘四爷家祖籍山东文登，祖上也是家境殷实的读书人家，后来家道败落，于清朝道光年间闯关东来到我们村。一百多年来，经过几代人的奋斗，又挣下了不菲的家业。他家属于耕读之家，尤其喜欢研究《三国演义》和《三国志》。我们这一带有一句歇后语：刘四爷家门口论三国——关公面前耍大刀。可见他对《三国演义》和《三国志》的精通程度。也许是精读《三国演义》和《三国志》的缘故，他家几代人都足智多谋。抗日战争和解放战争时期他和他父亲捐钱、捐物，几乎散尽家财，所以，此后的各种运动中几乎没受什么冲击。刘四爷写得一手好字，

122

德高望重，村里有个大事小情都要请了他来撑门面。这次六爷寿宴是因为碰巧他的大外甥来找他商量事儿，所以就同六爷告了假说晚上再过来。

我姥姥脱鞋上炕坐在靠窗台那里，六爷坐在刘四爷正对面，我站在地上不敢造次。在我们那儿，这场合，小孩子是不能上桌的。"丫头，脱鞋上炕。"六爷说。我抬头看看姥姥。姥姥没表情也没吭声。我更不敢轻举妄动。"上来，听六爷的。"六爷又说道。我便趁此脱鞋坐在炕沿边那里正对着姥姥。刘四爷看着我，眉头似乎微微蹙了下。

"他六爷，你看你也忒惯着这丫头了，让她登堂入室上桌子了，成啥体统，让她出去吧。"姥姥说。

"不行，这丫头我喜欢，有些事儿让她早点知道也好。"六爷说。

刘四爷蹙着的眉头松了松，看着我说："小丫头，今儿四爷就给你讲个古。"我们这里管讲胡编乱造的故事叫讲瞎话儿，讲过去的真实事件叫讲古。刘四爷竟然没说给我讲瞎话儿而是说给我讲古，我一时摸不着头脑。

二

话说一九三二年一月四日，县城沦陷。日本鬼子嚣张地在县城南门上举枪欢呼，并合影留念。此后，不断制造各种惨案，民怨沸腾。民众奋起抵抗。郑天狗率领东北民众抗日义勇军第四十八路军于当年五月对侵占县城的日寇发动总攻。将士们浴血奋战，誓死保卫家园。此役共歼敌三十多名，俘虏十七人，炸毁坦克一辆，还炸断了铁路桥、破坏京奉铁路若干段，给侵占县城的日寇以沉重打击。

战后，义勇军撤到我们村休整。六爷感动于他们的爱国情怀和牺牲精神，拿出家里的粮食给战士们吃，还腾出家里的几间房子给他们住和做临时医院。很多将士都受了伤。他和义勇军里一个在北平学过西医的医生郑一枫一起为将士们疗伤。郑一枫当时还是个没毕业的医学生。

姓靳的小战士年仅十六岁，受伤最重，他是被日本兵用刀砍伤的。郑一枫详细给六爷讲述了小战士的受伤经过。原来小战士是在炸铁路桥时受伤的。这座跨河大桥是京奉铁路上的重要桥梁。鬼子部队的援军和给养都从奉天运过来，此桥是必经之路。炸断这座桥梁就能延缓他们的援兵和给养到来，为义勇军赢得更多的时间来休整和研究下一步作战方案。日军在桥梁两侧都设有碉堡，里面架着机枪，一到晚上探照灯就向四周照射，很难靠近。为了开阔视野利于防守，鬼子砍光了河滩上的白杨树，加之刚刚五月份，东北的草木返青不久，河边的芦苇还没长起来，无法隐蔽，义勇军将领为此一筹莫展。小靳战士自告奋勇地说他有办法，他愿意去炸桥。他说他身材瘦小，从小擅长爬墙，可以在黑夜里披上一张小牛皮，把炸药绑在身上，用四肢爬着走，探照灯照过来就像一头小牛犊一样。这一带老百姓很多人家养牛，经常在河滩的禁区外面放牛，走失一两头牛也正常，牛是牲畜，不知道害怕，走到禁区也是在情在理的事。还有，他原来在县城的烧锅做学徒，夏天经常到桥下洗澡，对地形很熟悉。将领们研究了好久，实在没有别的办法，确实只有这个办法可行，就同意了。他们还另外派几个战士埋伏在附近接应他。

那天下午，他们故意让几个战士化装成附近农民在离大桥不远处的河滩放牛，其中就有小靳战士。他们故意把两头小牛犊赶到禁区，为了引起敌人注意，还假意很着急的样子高声唤牛。鬼子果然警醒起来。站在碉堡里"八嘎、八嘎"大声咒骂起来，还鸣枪示警，那几个化装成放牛人的义勇军战士装出很害怕的样子，四散奔逃。那两头小牛犊又被母牛哞哞叫着唤了回来。第二天下午，他们又去那里放牛，故意用石子把两头小牛犊往大桥附近砸。这次他们把两头小牛犊的母亲留在家里。没有母牛呼唤，小牛犊就到河边去扑青，河边的草长得好啊。鬼子又跟前一天一样，骂骂咧咧鸣枪示警。放牛人又装出非常害怕的样子，不顾小牛犊，赶着牛群就往回跑，引得鬼子一阵狂笑。

就在那晚，小靳战士身上绑着炸药包，披着一张小牛皮，弯腰用四肢爬行慢慢向大桥靠近。白天那两头小牛犊还茫然地站在引桥的桥墩附近。鬼子的探照灯时不时照在它们身上，除此之外，鬼子们也没别的反应。可能觉得两头小牛犊对他们构不成威胁。小靳慢慢地靠近那两头小牛，时不时停下来做出吃草的动作。鬼子的探照灯在他身上晃来晃去，但还是没什么反应。也许，鬼子们在做着用小牛犊开荤的美梦呢，多一头更好。为了不引起鬼子怀疑，他从容镇定，用一根小树枝驱赶着那两头小牛，一起慢慢靠近引桥的桥墩。俗语说得好：灯下黑。探照灯是照不到桥墩处的。黑灯瞎火的，鬼子也不敢轻易出来巡查。小靳脱掉身上的牛皮，摸黑爬上桥墩。桥墩与桥墩之间是相连的，他一连爬过两个引桥桥墩，直到河面上的第三个桥墩处，安放好炸药。战友们特地把导火索做得很长，好有时间让他在点燃导火索后能顺利脱身。他点燃导火索，猴子般快速爬过两个桥墩，跳下来刚找到那张牛皮披在身上，就听到轰隆一声巨响，然后是地动山摇般的震颤，他被震得眼冒金星，耳朵嗡嗡作响。那两头小牛受了惊吓，哞哞号叫着狂奔起来。碉堡里的鬼子乱作一团，机关枪无目的地扫射起来。枪声惊动了附近驻扎的鬼子兵，他们马上派兵来查看，正与两头小牛和披着牛皮的小靳遭遇，他们挥刀乱砍一气，两头小牛被砍倒了，小靳也倒在血泊中。黑暗中他们根本没有注意到小靳是披着牛皮的义勇军战士。埋伏在附近的战友们把他救回来后才发现他浑身有十多处伤口，已经因失血过多处于昏迷状态了。

送到六爷家时，小靳战士已气若游丝。郑医生给他清创缝合后，他的伤口仍渗血不止，还发着高烧。那时，止血、消炎、退烧的西药又稀缺，郑医生束手无策。大家都觉得小靳活下来的可能性太小了。部队不日就要开拔，将领们只好给六爷留一些钱，留下小靳战士，他们以为他肯定是救不活了，钱就用来做安葬费。六爷拒绝了。他看着小战士那苍白稚嫩的面容，心如刀绞，暗暗发誓一定要救活他。

五月，正是槐花盛开的季节。六爷吩咐六奶奶到黄土沟祖茔那里摘一筐上好的槐花来。六奶奶满腹狐疑地问道："咱们房前屋后槐花多得很，为啥要到黄土沟去摘呢？那里都是坟，我一个人去怪害怕的。"

"你懂啥，黄土沟黄土厚实，那里的槐树长得茂盛，开的花质量好，再说那里风水好，有灵气，草木也是有情的，那里的花药效好，没见往年我都要去那儿摘吗？现在我要看着伤员，抽不开身，你和太浩一起去吧。"六奶奶只好带着大儿子太浩去了。

黄土沟就在村子的不远处，那里因为黄土层厚而得名。由东西两个坡组成，中间隔着一条山谷。东坡上有一个椅子座形的山坳，黄土层尤为深厚，那里是六爷家的祖茔所在地，层层叠叠埋了半坡的坟墓，葬着六爷爷的高祖、曾祖、祖父母和他的父母双亲等。

黄土很适合槐树生长，黄土沟遍植槐树。六爷家的祖茔几乎每座坟墓旁边都长着一株高大的老槐树。枝干粗壮，枝繁叶茂。每到五月，一棵棵花开如雪，芬芳四溢。六爷每年都亲自去那里采摘槐花，精心挑选、晾晒备用。他每年都给那些槐树打枝，把地面的杂草铲除，让人完全感觉不到墓地的阴森。我经常跟着堂兄、堂姐们到那里去采猪吃的野菜。那里婆婆丁和杏芽菜丰富。

不多时，六奶奶和大儿子就摘回来一大筐上好的槐花。六爷用药碾子把它们碾成花泥儿，滤出一碗黄色的纯汁儿，撬开小战士的嘴给他灌下去，又把药泥儿敷到他的伤处。然后到村口的深井里打来冷水，把毛巾打湿敷他的额头降温。毛巾几分钟就更换一次，井水也是半小时就倒掉再去打一桶新的。如此这般，三天后，小靳战士的伤口不再渗血了，烧也退了。六爷又用生晒参熬独参汤灌给他喝。又过了两天，小战士奇迹般苏醒了。他说他叫靳向东，是黑水河镇人士，自幼父母双亡，由爷爷奶奶抚养长大，前两年爷爷奶奶都去世了，他就到县城一家烧锅做学徒。鬼子来了，他就参加了义勇军打鬼子。六爷和六奶奶被他凄惨的身世和爱国情怀感动得热泪盈眶。

"我可怜的孩子。"六奶奶把他紧紧搂在怀里，泣不成声。此后，六爷和六奶奶都亲热地叫他小东子。小东子身体还很虚弱，无法下床行走。六爷每天早晨用槐花蜜调一碗羊奶吩咐六奶奶煮两个鸡蛋给小东子吃，慢慢调养。六奶奶每天都变着花样给他做好吃的，还给他端屎、倒尿和擦洗身体。小东子流着泪说六爷六奶奶就是他的重生父母，他将永世不忘，一定会报答他们。六爷说你伤好后继续打鬼子，把鬼子赶出中国去，就是对我们最好的报答。后来，六奶奶又狠心杀了家中几只下蛋的老母鸡给他补养身体。一个月后，小东子就可以下床活动了，又过了一个月，他的伤口痊愈了。小东子感念六爷六奶奶的救命之恩，执意要认时年三十多岁的六爷六奶奶做义父义母。于是在刘四爷和村里几个德高望重的老人的见证下，他磕头认了六爷六奶奶做义父义母。又精心调养了半个月后，小东子执意要回归抗日队伍。

"爸、妈，你们的恩情我现在无以为报，只有拼全力打日本鬼子，这也是保护你们的安全。我们司令郑天狗在给我们开誓师大会时说了：'日本鬼子狼子野心，占领了咱们东北还不满足，他们想灭亡我们中国，想让我们当亡国奴，如果我们不抵抗那就要国破家亡，我们的子子孙孙都得当奴隶。咱们中国人多，不要怕他，咱们都起来抗日，不但东北是可以得救的，整个国家也不会灭亡。他们有机枪和坦克，咱们十个人顶他一个人还不行吗？就看咱们心齐不齐，人心齐泰山移啊。当下，蒋委员长下令不抵抗，只有靠咱们自己了，咱们组织起来拿起刀枪，团结一心，一定能打跑鬼子的。'爸你说，他的话多鼓舞人心啊，我们很多战士都流下了眼泪。"小东子自豪地说。六爷听了眼圈也红了。

"你们司令叫啥，郑天狗？这名字真怪，难怪会起来打小日本呢，听名字就与日本人相克，天狗吃日头嘛。"六奶奶惊讶地说。

"司令原来不叫这个名字，叫郑桂林，是为了打小日本才改的，他说他就是二郎神的那条哮天犬，一定吃掉日本鬼子。"小东子说。

"你们队伍里都是些什么人？"六奶奶又问道。

"什么人都有。有些跟我一样是穷小子，有些是买卖人，有些都五六十岁了，做爷爷了，都跑出来打鬼子，还有大学生呢，那个郑大夫就是，他在北平读大学，学医的，听说东北被鬼子占了，北平成立了东北民众抗日救国会，他去救国会请战时遇到了我们郑司令,就和他一起来东北抗日了。"小东子回答说。

"听口音郑大夫不像是咱们这里人。"六爷说。

"不是咱这儿的，是，是，哪个省的来着？我一下子想不起来了，唉，没念过书真不行。我的名字都是郑大夫教我写的呢，他教我写了不少字了呢。爸、妈、哥、姐我现在都会写，可惜原来我没有兄弟姐妹，现在好了，都有了。对了，爸，郑大夫喜欢槐花，他随身带着一包干槐花泡茶喝，说可以清热解毒和提神。他说他家那里有一棵大槐树，说是中国人的根呢。"

"哦？还有这说儿？咱们这满山都是槐树，不更是中国人的根了，鬼子侵犯咱们这儿，是要挖了咱们中国人的根吗？那真得狠狠打。东子，来，再吃几个荷包蛋，吃饱了有劲，给妈狠狠打小鬼子。"六奶奶边说边端来一碗荷包蛋。

"哎，你知道啥？郑大夫说的大槐树，一准是山西洪洞大槐树，那才是国人寻根问祖的地方。我想起来了，他呀，肯定是山西人。听口音像不说，还喜欢吃醋，那次你给他煮面条，他不是管你要老陈醋来着？"六爷对六奶奶说。

"哎，还真要过，你不说我把这茬儿都忘了。"六奶奶说。

"东子你先甭急，爸这两天去打听一下，你们队伍开到哪里去了？到时爸送你归队。村里还有两个年轻人听了你们打鬼子的事儿后也要参加义勇军打鬼子呢，刚好一起送去。"六爷说。

几天后，六爷托人打听到义勇军队伍已经开到距我们村一百多里的地方。尽管东子和村里那两个青年一直都说他们结伴而行不需要六爷送，可六爷实在放心不下，就雇了一辆三驾马车，亲自把他们送到队伍里。他还拿出行医所赚的银钱捐给义勇军，只可惜没有见到郑司令。这一直都是六爷的一个遗憾。临别时，六爷掏出两包干槐花塞给小东子和郑一枫，说让他们有时间时泡茶喝。郑一枫看到恢复得比原来还健壮的小东子，简直不敢相信自己的眼睛。

"太神奇了。"他紧紧握着六爷的手说，"张老大夫，等把小鬼子消灭，天下太平了，我一定到村里拜您为师学习中医，您真是华佗再世。"

"郑大夫过奖了，也是东子命大。我只是尽我所能。你们是仁义之师里的正义之士，正气存内，邪不可干，老天自然会眷顾的。但愿你们早日荡平倭寇，

127

咱们后会有期。"六爷抱着拳对郑一枫说。

"后会有期，老先生，相信我和你是有缘的。"郑一枫也抱着拳一字一句地说。六爷和他的确是后会有期，的确也是有缘的。那缘不是一般的深，深到生死之交。这也是后话了。

三

吃饭就得吃硬菜；唠嗑就得唠硬嗑；做人就得做硬汉……"硬"是东北人的字典里最重要的关键词之一。"硬"这个字，可以说贯穿了东北人的生活。写到这里，我想我有必要介绍一下我们家乡的硬汉——抗日英雄郑天狗。

郑天狗原名郑国兴，字香庭，后改名郑桂林。一八八九年十二月生，祖籍就在离我们村不远处的郑家沟屯。他毕业于北平朝阳大学。一九二八年考入东北讲武堂步兵科。毕业后到东北军第六旅第八团任上尉副官。第二年，因参加平定石友三叛乱，被提升为第十三旅第六三七团作战参谋、少校副官等职。九一八事变后，东北军官兵执行蒋介石的不抵抗命令退进关内。他联合爱国志士，去北平东北民众抗日救国会请战，被任命为东北抗日义勇军第四十八路军司令。一九三二年一月，郑桂林率一百多名骨干力量出关，首先来到我们县北部山区宣传抗日，组建东北民众抗日义勇军。从此，他自号"郑天狗"，取"天狗吃日"之意，以表示自己抗日到底的决心。

郑天狗的抗日义举得到了各界爱国人士的支持。黄显声、吉鸿昌、汤玉霖等都支持他抗日。不到一年时间他就组建了一支近万人的抗日队伍。他以出色的军事才能、艰苦卓绝的斗争精神，先后在我们县取得矾石山之战、据守四方台之战、鲍庄子之战、条石沟之战、红庙子之战等大小战役的胜利，动摇了鬼子在我们县的有生力量，狠狠打击了日寇侵华的嚣张气焰。可这是与蒋介石不抵抗的政策相悖的。一九三三年初，蒋介石下令解散北平东北民众抗日救国会，召第四十八路抗日义勇军进关。郑天狗被迫率部一万二千余人退至关内，以图再起。途中英勇地投入了闻名全国的长城保卫战，从二月初打到四月，连续作战多次。他曾在大茅山口一带与日军展开过激战，又向盘踞我们县永安堡、李家堡的日军发起进攻，还参加了保卫冷口、喜峰口战役。还在石门寨一带与日伪步骑炮联合兵种三千多人展开过激烈的肉搏战。据一九三三年四月二十六日《新天津报》载："东北救国军，仍有万余人连日在边城一带〔战斗〕颇为骁勇。"

不久后，郑天狗部所剩七千余人于四月十六日被国民党骑兵第二军军长何柱国改编为暂编第一师，郑天狗任师长。六月十一日，何应钦令郑天狗部移驻天津马厂整编，以"裁弱留强"为名，把一个师缩编为一个旅辖三个团和一个教导队，余者一律遣散。

国民党当局编造谣言，诬蔑义勇军。郑天狗极为愤怒，立即在报上发表《郑桂林启事》予以驳斥，而后又于七月十五日在天津招待新闻记者会，发表长篇演说。他说："我对外抗战，决不畏死；对内捍卫祖国，尽我天职。"七月二十日晚，他毅然组织了马厂起义。先令特务连暗中离开驻地。随后，郑借口追剿"哗军"，率全军开出马厂，去张家口参加了吉鸿昌领导的民众抗日同盟军，任第四军第一师师长。后又同吉鸿昌、方振武、汤玉麟联合组成察绥抗日讨贼军，继续抗日。

一九三三年九月，察绥抗日讨贼军在日伪军和国民党军队夹击下失败。郑天狗只带几名随从去北平、天津多方奔走，联络旧部，准备再次出关抗日。十一月九日，郑天狗去天津法租界找吉鸿昌商谈抗日救国事宜，被国民党宪兵第三团蒋孝先的特务秘密逮捕。十一月二十日，国民党当局以"反蒋""图谋不轨"等罪名，秘密杀害于北平琉璃厂。郑桂林就义时，年仅四十四岁。出师未捷身先死，长使英雄泪满襟。一代抗日英雄就这样含冤而去。

言归正传，小东子归队后，一直没有消息，六爷六奶奶挂念得不行。六爷托人多方打听，说是部队奉命进关去了。六奶奶无奈，只有每天烧香拜观音为义子祈福。一年后，村里那两个和小东子一起走的人回来了一个，说另外一个在喜峰口战役时阵亡了。说蒋介石谋害了他们司令郑天狗，他们原来的那班人马死的死散的散，剩下的都被分散到不同的军队了，根本就不抗日。他找了个借口回家来了。小东子和郑一枫在一起，不知道编入哪个部队了。六爷六奶奶听后唏嘘不已。没想到一代爱国抗日将领竟然落得这般下场。同时又为小东子和郑一枫大夫揪心。

时局越来越动荡。先是逊帝溥仪在日本人的扶持下于一九三三年二月在长春称帝，年号大同，把长春改为新京，我们那个地域变成了"满洲国"的疆土。又过了几年，卢沟桥事变爆发，日军侵入华北，国共合作，共同抗日，抗日战争全面爆发。这一切都是六爷在北平读书的二儿子张太清说的。彼时太清十九岁，在燕京大学读书；大儿子太浩二十一岁，已经娶亲；十八岁的大女儿如玉也出嫁了。

六爷和六奶奶愈加挂念东子和郑大夫。令他们欣慰的是国共合作、全面抗战了，东子和郑大夫一定又上战场打日寇去了，六爷想。他们又开始挂念他们的安危。战场上枪林弹雨，子弹可不长眼睛啊。六奶奶烧香拜观音更殷勤了，每天为义子、郑大夫和所有抗日将士祈福。

四

那年寒假，六爷的二儿子张太清没有按时回家，突然没有了音讯，这让六爷一家惶恐不安。到了过大年时依然没回来，而且依然音讯全无。六奶奶每天以泪洗面，处在极度惶恐之中。六爷再也坐不住了，发动他所有的亲朋好友多方打问太清的消息，无果。大哥太浩决定去北平寻找弟弟。

破五一过，太浩就出发了，直到过了正月十五才回来。一家人的煎熬可想而知。可太浩是只身一人回来的。他无比惭愧地跪在父母面前说他没有完成任务，对不起父母。校方说弟弟太清从去年十二月份就退学离开了学校，据几个家在北平的同学说，他是和医学部一个叫邱枫的人一起走的。还有同学告诉他说那个邱枫是共产党员。至于太清，同学说不知道他是什么身份。他们谁也不知道太清去了哪里。六奶奶一听就昏过去了。六爷父子七手八脚把她救醒后，她依然哭泣不止。六爷安慰说："你不用担心老二，我的儿子绝不是孬种，他这是去干正事儿了，跟东子一样，肯定是去打鬼子抗日去了。我放心了，你也要放心。"他的三儿子十一岁的太平闻听父亲的话后，咬了咬嘴唇，抬头努力咽回了就要流下来的眼泪。

此后，六奶奶就把西厢房的一间辟为佛堂，她开始吃起了长斋。她把为六爷炮制药品、晾晒药品的活都交给了大儿子和儿媳。每年槐花开放时节，六奶奶都要到黄土沟祖莹那里精挑细选地摘槐花，亲手晾晒。晒干后分成三份，封在纸袋里，说是给太清、东子和郑大夫准备的，给他们泡茶喝，说不定哪天他们之中的谁就会回来看她的。

六奶奶再也不怕墓冢累累的黄土沟了。每次去黄土沟摘槐花，六奶奶都要跪在先祖的墓前祈福，祈求先祖保佑太清、小东子和郑一枫，保佑那些抗日志士。有一次六爷尾随她到黄土沟，她正虔诚地跪在祖墓前，竟然一点没感觉到六爷就站在她身后。她一脸虔诚地说："老祖宗保佑啊，保佑我太清、小东子、郑大夫和那些打鬼子的将士们平安，他们都是好人，是为国家打鬼子的。"六爷瞬间泪流满面。他哽咽着跪下来抱住了六奶奶，夫妻俩相拥而泣。槐树花开正盛，芬芳四溢。一阵微风吹来，向阳枝儿早开的槐花片片飘落，如漫天飞雪般落在他们身上。

　　槐花开了又落，落了又开。一晃就是八个花开花落。六爷和六奶奶都过了知天命之年。六奶奶的头发白了一半，六爷也两鬓霜染了。那年，中国人民的抗日战争终于取得了胜利，日本无条件投降，鬼子被赶出了中国。六爷和六奶奶喜极而泣。他们觉得，他的儿子太清、小东子还有好朋友郑一枫不日就会回来了。六奶奶置办了很多稀罕吃食，就等着他们回来下锅。令她失望的是，直到过大年他们也没回来一个。六爷和六奶奶有些慌神儿了，战场上枪林弹雨，难道……她不敢想象。每次想到这些，她都立刻把头摇得跟拨浪鼓一样，嘴里喃喃着："不会的，不会的，观音菩萨会保佑他们的。"

　　也就是从那时起，六奶奶落下了自己跟自己说话的毛病。一个人独处时就自言自语说个不停，说的大多与太清、小东子和郑一枫他们打仗有关。一见人来就赶紧闭上嘴巴。她的脸上失去了往日的光泽。整日精神恍惚、胸闷气短、失眠健忘、神疲自汗。她喜欢独处，晚上经常就睡在佛堂里。六爷说她得了独语症，属于心气虚独语，宜补益心气，宁心安神。给她配了几剂补心汤合甘麦大枣汤煎服。还经常安慰开导她，带她去田野里散心。六奶奶这才渐渐恢复了些。从现代的医学角度来说，六奶奶因为思虑过度，得了抑郁症的可能性大。

五

　　一九四七年五月，槐花开放的时节。那个黄昏，六奶奶背着一筐槐花从黄土沟的岔路刚踏上村头的大路，就见一个穿着长衫手提皮箱的青年朝他走来。一准是谁家在外面做事的孩子回来了，六奶奶心想。她揉了揉眼睛想看仔细那人是谁。"妈。"那个青年扔下手里的箱子，飞快地朝她跑过来。"你是太清？"六奶奶大喊一声，瞬间呆愣在那里。

　　"妈，妈，是我，是我啊，我是太清啊。妈，妈，你怎么了？"太清摇晃着母亲的肩膀。

　　"太清。"六奶奶大叫一声，瘫倒在太清的怀里。

　　太清回来了。整个村子沸腾了好一阵子。一别十年，太清已是一个二十九岁的成熟青年，长得气宇轩昂。那天晚饭后一家人坐在一起。大哥太浩问他这几年的去向和经历，太清说是和同学一起做生意去了，不过也没挣到多少钱。"你这是搪塞我们！这些年你把二老害苦了，你看看妈都变成什么样子了！"太浩愠怒地说道。太清刚想张口，六爷摆手阻止了太清。他对太浩说："你的弟弟你应该了解，就像我了解他一样，他不会去做坏事的，他自有他的道理，不必再问了。"太清抬起头来看了父亲一眼，正与父亲的目光相撞。六爷对他微笑着点了点头。

　　第二天一早，六奶奶执意带太清去祖茔祭奠。说是清明虽然过了，可太清这么多年都没有给祖先上坟添土了，能平安回来也是蒙祖宗保佑。

　　"我和太浩也去。"六爷说。他们一家人带着纸钱和祭品去了黄土沟。

　　祖茔上，槐花开得正盛，整个山坳芬芳四溢。六奶奶摆好祭品，点燃纸钱，跪下来，连连磕头，说着感谢先祖的吉利话。太清也跪下来磕了三个响头。他抬起头来，环顾祖茔。感叹着说："这么多年过去了，槐树又长高长粗了很多，这花开得好繁盛啊，每年都采很多做药吧。"

　　"是的，除了做药，我每年都挑上好的花蕾晒干封在纸袋里，每年封三份：一份给你，另两份给小东子和郑大夫，留了九年了，快装满一麻袋了，在仓房房梁上吊着呢。"六奶奶说完又大哭起来。太清赶紧过来安慰母亲，为母亲揩眼泪。

　　"郑一枫过一段时间也会来，到城里的仁济医院当大夫。小东子这几年我也没有音讯，他一直在八路军的队伍里坚持抗战，还立过功呢。"太清说。

　　"我就知道他是好孩子，不会辜负我们的。"六奶奶破涕为笑。

　　他们摘了一大筐上好的槐花，由太清背着往回走。下山的时候，太清回望开满槐花的祖茔感叹着说："一个人能够回到桑梓，寿终正寝埋进祖茔真是一种莫大的福分啊。国难当头，多少仁人志士马革裹尸埋骨他乡啊。"六爷听了身体莫名地颤了一下，没有作声。

　　人逢喜事精神爽。太清回来这些天，六奶奶每天都笑吟吟的，整个人看上去年轻了很多。每天晚饭后，一家人闲聊时，她总把太清的亲事挂在嘴边，跟现在的大龄男女被长辈们催婚一样。

　　"太清啊，男大当婚女大当嫁，你都二十九岁了，该成家了。你走也走了，逛也逛了，也该收收心娶个媳妇好好过日子了。"六奶奶每次都这样絮叨着。

　　朴实贤惠的大嫂甚至为此回了几趟娘家，暗暗去打问她娘家门上的表妹和村里的未婚姑娘。可太清总是说："妈，不急，不急，男人嘛，再过几年也不迟的。"六爷总是不吭声。

"我看太清在家待不长，亲也不娶，不知道他到底想干啥，这好不容易回来了，你也不管管，娶亲的事儿你也不上心，娶个媳妇儿兴许就能把他拴住呢，你是他爸，你不管谁管？"晚上睡觉时六奶奶担心地对六爷说。

"皇帝不急太监急，这有用？太清的亲事你就甭瞎操心了，我看他是干大事儿的。"

半个月来，太清经常去县城。六奶奶问他做什么，他总是回答说去会朋友或者看望昔日的同学。那一日，太清从县城回来，晚饭后，突然对父亲和大哥说："爸，大哥，我想到县城开一间商铺，我这几年做生意积攒了些本钱，可是还不够，家里能给我贴补点吗？铺面我已经看好了，就在县城南门大街警察署前面。"六爷吃了一惊，马上又镇定下来说："你大了，既然你已经打定主意了，那我也不拦着，不够的钱由我来补上，至于是亏是赚就看你有没有这个经济头脑有没有发财的命了。"太浩见六爷这么说，也不好再说什么。

六奶奶喜形于色，虽然在县城，但是开了铺子，儿子就不会再往远处走了。夜里，他偷偷来到太清屋里，把一包用头巾裹着的银钱和首饰摊开放在太清面前。"这是妈攒了半辈子的私房钱，你拿去做本钱，好好做买卖，赚了钱，娶一房媳妇，我和你爸就放心了。"六奶奶哽咽着说。太清的眼睛湿润了。

经过一个多月的筹备，那年七月，太清的裕隆昌商行正式开张了。他说他这儿是一个分店，总店在奉天。他的商行主要经营烟、酒、糖、茶、糕点、果品和一些生活用品等。还设有一个熟食档，售卖现做现卤的猪蹄、猪舌、猪耳朵和坛焖鸡等下酒菜。太清是总经理，还请了一个账房先生、一个厨师和两个营业员。

店铺离警察署和保安团的花子队都很近。那花子队是由县里一大批游手好闲、惹是生非的二流子和地痞流氓组成的乌合之众，无恶不作，经常干些威吓百姓、催租索债的勾当。

因为物美价廉，裕隆昌的生意非常好。警察署和花子队的人经常去店里买东西。太清对他们很大方，经常给他们一些优惠，那些人手头不宽裕时，还可以赊账。没多久，太清就跟很多警员甚至署长以及保安团团长、花子队队长等混得很熟了。他们称兄道弟，经常一起喝酒、打牌。那时，正是国共相持阶段。那段时间共产党的传单、标语遍布县城。人们争相传看，议论纷纷。县政府头儿慌了手脚，认为县城内混进了不少共产党。他们加紧了对交通要道的封锁和警戒。到一九四八年四五月间，县城居民们连出入城都控制很严了。奇怪的是严密封锁并没有使城内的传单、标语减少。当局便气急败坏地组织了"刷子队"，每天天不亮，就把夜里贴在墙上的传单标语全部刷下来，不让群众看见。

转眼间，郑一枫已在县里的仁济医院工作半年。他医术高明，医德高尚，特别受群众爱戴。不知道什么原因，前来看病的病人经常在医院里捡到共产党的传单，有时医院的厕所里、病房里甚至太平间里都散落着传单。其间，郑大夫曾数次到村里看望六爷和六奶奶一家。六奶奶每次都给他做很多好吃的，临走还要给他带一包精心晾晒的干槐花。闲谈中，六爷得知，郑一枫确实是山西洪洞县人。说起来他还是富贵人家出身呢，他的父母都是当地有名的医生。

渐渐地，太清和郑一枫发现，六爷是开明人士，不但全力支持抗日，还赞同党的政策主张。郑一枫和太清觉得没有必要再隐瞒六爷他们了。他们就把自己的身份和盘托出。原来郑一枫和太清都是共产党员，属于冀察热辽军区十八行署。一九四七年，人民解放战争由相持转入战略反攻阶段。我们县是战略要地，出入东北的门户。为了弄清县城内的国民党党政军、警、特等机构人员，特别是军事部署、军事设施、军警活动规律等情况。军区十八行署经周密研究后，指派太清和郑一枫到县城开辟地下联络点。除此之外，他们还承担一些为前方将士采购药品及生活用品的任务。郑一枫告诉六爷说他不姓郑，姓邱，原名邱枫，在燕京大学医学部读书。九一八事变后，北平成立东北民众抗日救国会，他去声援时遇到了来请战的郑司令，非常佩服他，就化名郑一枫跟他回到东北，参加了抗日义勇军，在军中救治伤员。郑司令遇害后，他几经周折，结识了很多抗日志士，加入了中国共产党，听组织安排，他又重返燕京大学学习，与进步青年太清一见如故，后来他介绍太清加入了中国共产党。在组织安排下，他们前往延安。后来又到冀察热辽军区十八行署工作。这也就是当年太清不辞而别的谜底。

郑一枫说他家也是革命之家，父母赞同革命，妹妹邱爽也从大学参加了革命。只是，自己与父母和妹妹已经多年未见面，未通音讯了。六爷和六奶奶非常感动，从此愈发关照一枫，也更加支持他们的革命工作。

县里群众基础薄弱，仅在西北部大山深处有一个成立没多久的党支部，太清和郑一枫设法和那里的党组织取得了联系。为了让广大人民群众对中国共产党和党领导下的人民军队有正确的认识，他们俩把个人的安危置之度外，经常化装把传单藏在衣兜内、袖筒里，到人多的影剧院去撒，有时还趁上厕所的机会撒在各个公共厕所里，千方百计地宣传我党的方针政策，提高群众的认识，分化瓦解敌人。三弟太平在县城里的工业学校读书，经常帮他们散发传单。

由于太清是店老板而一枫是名医，都属于小城名流，国民党政府和警察署都没有怀疑到他们身上。

因为时局紧张，通货膨胀严重，商品越来越稀缺。因工作需要，裕隆昌必须买卖兴隆，烟酒糕点和一些紧俏商品的供应不能间断。六爷和太浩想尽一切办法筹集资金，动用人脉，为商行购进大量的紧俏物资。太清经常用很便宜的价格把各种货物卖给那些警察、特务和花子队的头头脑脑，博得了他们的信任。还经常请他们吃饭喝酒，在酒桌上探听他们的秘密。使花子队几次到县里西北部根据地"剿匪"时大败而归，甚至伤亡惨重。

一九四八年下半年，解放战争胜利在望，上级党组织给太清写信用暗语指示："总店的买卖兴隆，各地商人云集，因此，你们对货资的购买和保管不要错过商机。"太清和郑一枫知道，这是上级党组织在暗示太清他们要掌握住敌人的活动去向和敌伪档案处置转移等情况，要千方百计地把敌伪档案保存下来。那时，县里国民党政府已经明白自己的处境，发通告各机关保留重要档案，销毁无价值的档案。警察署已把认为价值不大的档案全部销毁，有价值的档案装了三四麻袋，可却不知道该把档案放在哪里。愁得署长风火牙痛，到医院找郑大夫开止痛泄火药。他觉得郑大夫也是他的"朋友"，每次裕隆昌经理太清请客都会叫上郑大夫，郑大夫对他是毕恭毕敬。郑大夫得知原因后帮署长出各种主意，都被否定，他乘机建议说："寄放在买卖人家行不行吗？"

一语点破了署长。下午署长就派人将装有档案的麻袋扛到裕隆昌。署长对太清说："我们先把这几麻袋东西存放你店里，不久就会运走的。"

"这怎么行？我只是个商人，不想参与政治，我怕引火上身。"太清假意为难地说。

署长软磨硬泡，威逼利诱。太清只好答应了暂存。还一直跟他说要尽快取回去，他一个买卖人怕惹祸上身。署长拍着胸脯说："不怕，出事由我兜着。"

不多久，上级指示，为配合解放军顺利攻打县城，需要一张敌军城防图。太清知道警察署督察室有城防图，就费尽心机地贿赂和笼络局长，想方设法搞到手了，圆满完成了任务。

郑一枫和太清知道不久以后解放军在东北就要打大仗了。为了多给部队筹备药品，一枫和太清夜探医院药品仓库，那时国民党当局对药品控制很严，在大型医院都安插有特务人员。待他们装了两袋子紧俏药品准备离开时，被埋伏在仓库附近的特务发现了。郑一枫为了保护太清，故意暴露自己，引开敌人，落入敌手。一枫在酷刑下毫不屈服，为了保护太清，说自己是中了太清的圈套和他一起来仓库拿药的，说太清跟他们是一丘之貉，想倒卖药品谋取暴利，不惜设计坑害朋友。还把太清帮忙藏警署档案的事说出来，故意大骂太清是国民党警察署的走狗。

郑一枫很快被当作共党分子公开枪决了。为了震慑地下党，敌人还残忍地砍下他的头颅挂在城门旁一棵大树上示众，头颅后来不知所终。

太清悲痛不已，可又不能动声色，因为经过这件事，警署已经怀疑他了。他只好暗地里找人以慈善机构的名义收殓了郑一枫的尸身，偷偷运回村里。

六爷六奶奶悲痛不已，却也不敢动声色，只好先把一枫的尸身用棉被和炕席包裹了，偷偷藁葬在黄土沟自家祖茔旁边的一个角落里，不敢立坟，还在上面放几捆从槐树上砍下的树枝作掩护。

一天晚上，裕隆昌突发大火。周围商铺人员和附近百姓们奋力扑救，警察署和花子队也参与进来，但，一楼店铺还是被烧得面目全非。

太清住在店铺的阁楼上。火被扑灭后，人们发现太清早已没有了呼吸。阁楼并没有过火，太清是窒息而亡的。阁楼通往楼梯的门被从外面反锁了。

太清的遗体只有在县城工业学校读书的太平被允许看了一眼，就被当局以"非正常死亡、纵火案需要侦破"为由运到医院太平间。三天后在朋友的干预下被草草埋葬于城西一处公共坟地里。

直到很多年后，三弟太平还记得太清那安详的遗容。他说他在阁楼地板上发现了一堆纸灰。他推测，二哥太清在发现门被反锁逃生无望后，在生命最后的时刻焚烧了党的重要文件，然后坐在摇椅上从容赴死。

一九四八年九月中旬，解放军对县城发起总攻，一六一师参照太清提供的城防图，准确地选择了突破口，炸开城墙，很快就攻克了县城。

伪警察署长被捕后供出：他们派人要取回之前存在裕隆昌的档案，经理张太清找借口百般阻挠，警察署害怕档案落在人民解放军手里对他们不利，就派人纵火焚烧了裕隆昌商行。

那三袋子档案早就被太清以为六爷进中药材的托词偷偷送回了家里。六爷悉数交给了人民政府。就这样，我们县国民党警察署的重要档案完整地保存下来了，直到现在还完好无缺地存放在县档案局里。

谁也没有料到，不久后，伪警署署长突然翻供说他和太清是朋友关系，太

136

清保存警署档案是接受他的钱财为他们办事。还说就连共党分子郑一枫临刑时都指认和怒骂太清是他们警察署的走狗，为此，不但一般工作人员，甚至有些部门的领导也认为太清是国民党特务或者是党内的叛徒，不但烈士的身份没有被确认，就连遗骸也不被允许迁葬回村。

此后的两年，六爷和太浩一直为太清的地下党身份和烈士的名分而奔走，到有关部门申诉，一直无果。

经过这些变故后，二十一岁的太平执意参加了解放军。

六

小东子是一九五〇年槐花开放的时节回来的，他已经是营级干部了。他没有先回黑水河镇，而是直接先回了六爷家里。一进大门，他先给六爷六奶奶敬了军礼，而后又跪下来磕头。六爷和六奶奶激动不已，赶忙把他扶起。在西屋六爷的会客室坐下后，大嫂上了茶和水果、糕点等。打听了六爷兄姐弟妹们后，他讲述了他这十几年的革命历程。

长城保卫战后不久，义勇军司令郑天狗就被蒋介石秘密杀害，部队被重新整编。小东子满腔悲愤，可又无可奈何。他所在的国军部队风纪不严，军心涣散，根本无心抗战，时常有人开小差。小东子沮丧至极。幸好那时郑一枫还在部队里，时常开导劝慰他，让他少安毋躁，等待时机。

小东子几经辗转，加入了张作相之子张廷枢的部队。因张廷枢坚决反对打内战，在一些抗日志士的帮助下，于一九三七年十月投奔晋东南八路军总部，被任命为八路军第一游击纵队司令员，自此，小东子参加了八路军。五年前与一位山西籍的女医生结了婚，生了一个女儿现在已经两岁了。他说妻子名叫邱爽，巧的是，秋爽竟然就是郑一枫的妹妹。郑一枫原名邱枫。

小东子还拿出了一张全家福给六爷。看着照片上那一家三口带着甜蜜的笑容相依相偎，六奶奶高兴得热泪盈眶。"我们东子都当爸爸了，可我这婆婆还没给儿媳妇见面礼呢，这可不行，必须得补上。"说着就退下手臂上的一只玉镯给小东子，说这是她给儿媳妇邱爽的见面礼。小东子推辞不过，只好收下了。镯子是当年六奶奶的嫁妆，这也是寿宴那天六爷看到镯子时感到熟悉的原因。

"古语说得好：不是一家人，不进一家门啊，咱们真是有缘啊。郑大夫当年和我一起给你治伤，对你也有救命之恩呢，没想到他竟然成了你的大舅哥，这真是缘分啊。只可惜，郑大夫为国捐躯了，到现在还藁葬在咱家祖茔里，没正式下葬啊，我对不起他啊，还有你二弟太清……"六爷老泪纵横。

在听义父讲完二弟太清和郑一枫的事后，小东子再也坐不住了。他说他一定去找有关部门反映此事。第二天小东子就去找了相关部门，列举出大量的人证和物证，很快就有了回复。相关部门工作人员说已查明张太清和郑一枫原部队为冀察热辽军区十八行署，受军区委派来县里以开商行和当医生做掩护做秘密工作，一切属实。郑一枫是为了给解放军筹措药品被国民党当局杀害的，当以烈士论处。张太清党员身份虽已查明，但开商行期间与伪警察署长及保安团花子队等成员交往过密，为警察署保存档案尚有待查证是为了革命还是纯粹为伪警察署办事。不过鉴于六爷在抗战期间救助义勇军伤病员、捐款捐药，又上交了伪警署档案，加之三子张太平参加了解放军，六爷属于军属，可以先把二儿子张太清迁回家里安葬。其他还有待于查证。小东子为此又找各种人脉奔走呼号，依然无果。只好安慰义父从长计议，他一定会为二弟正名的。

六爷为太清和郑一枫举行了隆重的葬礼。村里的风俗，少亡和外乡人不能葬进祖茔。但村人坚信太清是为革命牺牲的，虽是横死的少亡也可以破例入祖茔。但郑一枫虽是烈士，却是外乡人，又没有头颅，绝对不能埋入祖茔。我们当地的说法，横死的少亡的鬼魂是大庙不招小庙不留，非常凄惨的。六奶奶非常同情郑大夫，碍于乡俗，也没办法。

郑一枫牺牲两年多了，太清也一年半了，他们都化成了白骨，已经没法装裹。六奶奶依然给他们做了全套的寿衣。六爷请人用枣木给郑一枫雕刻了一个头颅。村里人自发集资买了一口柏木棺材盛殓太清的遗骸。六爷请人做了一口八寸板的红松棺材盛殓郑一枫。村人都说六爷仁义，对得起郑大夫了。太清和郑一枫的遗骸用红布缝制的口袋装着，被六爷用马车拉回家里。六爷说他们都是为国家牺牲的，一定要让他们回家看看，让他们从家里风风光光地出殡。六爷还给他们扎了全套的纸活儿。入殓那天，六奶奶伤心过度卧病在床。六爷屏退了所有的家人，只留下我姥姥、刘四爷和小东子为他们装裹。

写到这里，我要郑重介绍一下我的姥姥。姥姥大名高桂凤，出身于大户人家，小时读过私塾。九一八事变时，她的弟弟、妹妹都在奉天读书，慷慨赴国难。弟弟回来加入抗日义勇军，在长城保卫战时血染疆场；妹妹曾就读于冯庸大学，参加冯庸大学的抗日义勇军，参加过淞沪会战等，后来在凌源与鬼子作战时下落不明。姥姥始终认为，她的妹妹、我的姨姥姥一定是在哪个角落成为无名英雄，为国捐躯了。姥姥在县城沦陷后积极投身抗战，组织妇女救国会，担任主任，为义勇军筹款、筹粮等，深为这一带百姓所敬仰。她在年轻时就与六爷和刘四爷交厚。

太清和郑一枫的葬礼很隆重，六爷请了鼓乐班子。十里八村的村民们自发前来吊唁。六爷让太浩的三个孩子给这两位叔叔披麻戴孝。停灵三天后出殡。起灵时太浩的两个儿子还分别为他们摔了丧盆。盛殓太清遗骸的柏木棺安葬在黄土沟祖茔里；盛殓着郑一枫遗骸的红松棺材安葬在离祖茔不远处的一个小斜坡上。六爷老泪纵横。尤其是在斜坡郑一枫大夫的墓前，六爷哭得非常伤心，还亲手给他的坟墓培土，摆了丰富的祭品。大家都觉得六爷真是仁义，说他是可怜郑大夫年纪轻轻就为国捐躯，客死异乡，连头颅都没找到，他的家人可能都还不知道。不免也为他流了不少眼泪。

第二年春天，六爷在太清墓前栽了一棵松树和一棵槐树，在斜坡上郑大夫墓前栽了两棵槐树和两棵松树。

六奶奶大病了一场，身体每况愈下，她再也不去黄土沟了。她说她的魂早就陪着儿子和郑大夫埋在那里了。

不久以后，朝鲜战争爆发。小东子夫妻又随部队雄赳赳气昂昂跨过鸭绿江抗美援朝保家卫国去了。为了保密，部队规定不能对家属透露任何信息。直到一九五四年六爷才知道消息。是收到小东子妻子邱爽寄来的信，那时小东子已经牺牲两年了。六爷和六奶奶痛彻心扉。

"老天专杀独根草啊。"六奶奶哭着说。邱爽在信中说，小东子牺牲得非常壮烈，为了破坏铁路桥，阻止美军增援部队，身为营长，却身先士卒，他又如当年抗日时一样，自告奋勇地去炸铁路桥，由于桥梁结构特殊，这次他没来得及脱身，永远和铁路桥融为一体了。

六爷从外村买下一棵巨大的枣树。用树干雕刻了小东子的遗体。还找了几件当年他留下的旧衣服。六奶奶让大儿媳给他做了全套的装裹。她的眼睛因为流泪和老花已经做不了针线活了。六爷爷给小东子办了一个风光的葬礼。他对族人说小东子虽不是他的骨血，但曾磕头认他为义父，就有父子情分，又是保家卫国牺牲的烈士，必须归葬他家祖茔。他在小东子的墓前也栽了一棵槐树。

六爷请石匠凿了两张石桌和四张石凳分别安放到祖茔太清和小东子的墓前及斜坡郑大夫的墓前。他还请人把郑大夫墓前的斜坡铲平了一块。

槐树长得快，第二年五月，那几棵小槐树就开出了几串花朵。六爷经常端着一壶茶或者一壶酒和一些酱菜、果子等到祖茔那里去。他把吃食放在石桌上，坐下来。自己喝一口茶或酒，往太清和小东子墓前泼一口，自己吃一口东西，往太清墓和小东子墓前夹一口。还要留半壶酒或者茶和一半吃食，端到斜坡上郑大夫墓前的石桌上，也跟在祖茔那里吃喝一样，自己一口，墓前一口。倘若端的是茶，倘若在槐花开放的时节，他一定摘一嘟噜小槐树的花，丢进壶里泡水喝。六爷很陶醉地喝完那壶茶，就着满嘴槐花的馨香，还会哼几句京剧。村人都说六爷是心疼这几个早逝的年轻人心疼得疯癫了。刘四爷却嗤之以鼻，说："你们懂什么，老六这是在与他的孩子们神交，他们是心有灵犀，息息相通的。"他经常陪着六爷去黄土沟。

这个古，刘四爷一讲就是二十多年，我也听了二十多年。否则我怎么也记不得这么多细节。后来我嫁到南方，回娘家时他还要对我讲。只是后来，他讲得更多的是他的老兄弟六爷，讲他的义薄云天。还惋惜六爷和他的后代、亲属以及他所认识的人中没有一个能执笔为人著书立传者。说可惜他老了，又没读过新式学堂，只会四书五经，要不他肯定为六爷为郑大夫为太清和小东子著书立传。仁义礼智信他是笃行的。

"唉，阴差阳错的，你这丫头没当成女先生，倒当了女大夫，你六爷白疼你了，我也白给你讲了这几十年的古了，不知怎的，到现在我还只想跟你讲，起码你会听，你也懂。我那些重孙子、孙女和你六爷的重孙子、孙女们，连听都不愿意听，转身就走，说总讲这些陈芝麻烂谷子的，烦死人……"

最后一次听刘四爷讲古是那年五月槐花开放的时节，我回乡探亲。那时他已经卧床不起了，我去看他，他对我说："丫头，有一段古我漏讲了，估计你六爷也不一定跟你讲过。那就是一九六六年的一天，也是槐花开放的时节，也可能是槐花就要落了的时候，六爷收到一张嘉奖状，是太清和郑大夫的原部队于一九四八年十二月签发的，表彰'裕隆昌商号张太清'的贡献，高度赞誉了你太清伯。说什么'以身处虎穴，备尝艰辛，坚决、英勇、忠实地为人民服务，可谓楷模。'可惜呀，他们都看不到了，是你六爷代收的。当时也不知道在哪里耽搁了，一直耽搁了十八年。按说太清的烈士身份应该确定了，可是，后来'文革'又耽搁住了，唉……"我说我还真不知道，幸亏您老告诉我了。

其实我已从父亲口里听说了。后来，我通过管档案的同学查到了太清伯和郑大夫的部队。这张嘉奖状是当年冀察热辽军区十八行署签发的。同时，我也知道了，当年那一切都是小东子的妻子邱爽不懈努力的结果。她已经在北京某一个重要的部门工作了，为了完成丈夫的遗愿，多年来她通过各种关系，为二弟太清还原了真实身份，追认了烈士的名分，也找到了自己哥哥的下落，可惜，他已经牺牲了。由于种种原因，一直耽搁下来了。也是好事多磨吧。为了感念六爷六奶奶对自己一家人的大恩，她让我们当地民政部门把搁置已久的烈士证书发给六爷，同时还决定把丈夫靳向东的烈士证书也交由六爷保管，六爷是丈夫的义父，有再造之恩。同时还要带自己的父母拜访六爷，带女儿来认祖归宗。原本是要给他们一个惊喜的，没想到差点要了六奶奶的命。为了不再刺激六爷和六奶奶，也为了把后续事情办完，六爷寿宴那天，六奶奶缓解后他们就到县招待所住了。此后，他们就长相往来了。

"丫头啊，去看看你六爷，槐花开了，他又得成天往黄土沟跑了，可惜我再也不能陪他到黄土沟坐槐树下喝茶、喝酒与那三个孩子聊天了。感谢你听四爷讲了这几十年的古，有机会，讲给你的孩子听听，要不然就真的随我烂到黄土里去了。"记得临走时，刘四爷拉着我的手说，我含泪点点头。

回到南方没多久，母亲在一次电话里说刘四爷去世了，享年九十五岁。

七

我还是得把那年六爷寿宴这段古继续讲出来。

六爷寿宴后的第三天。那两辆吉普车又停在六爷家门口。不同的是，这次他们是先去了大队部。大队书记、我的三大伯带着大队的全班人马，扛着洋镐、铁锹、撬棍等一路小跑着跟在吉普车后面，一起到六爷家门口。三大伯气喘吁吁地说："六叔，准备准备吧，他们是来迁郑一枫烈士坟墓的，让烈士魂归故里，这也是对他的一种安慰。"六爷说他早就知道了，也准备好了一切。

"那就早点去吧，他们还赶着回去呢。我六婶就别去了，怕她受不了。"

"不，一定要让她去。她也是郑大夫的妈，她一定要亲自去送娃儿一程，用轮椅把她推去。"

人们刚走到黄土沟沟口，就闻到那里散发出的阵阵槐花香。抬眼望去，满山一片雪白。沟口处，两棵高大的槐树下，伫立着一座孤零零的土坟，坟尖新填的土上冒些毛茸茸的青草芽，坟头还压着纸钱。三大伯指着那座坟告诉客人那就是革命烈士郑一枫的坟墓。因为是外乡人又是横死的少亡，按习俗不能入六爷家祖坟，但六爷是用八寸厚板的红松木棺材安葬了他，还用枣木给他雕刻了一个头，每年都为他扫墓，你们看坟上的新土和坟头的纸钱就知道，这是清明时刚弄的，清明刚过一个月。邱锦阁老夫妇身体猛地一抖，打了一个趔趄。邱爽和靳槐荫赶忙扶住他们。

"儿子，三十年了，我们来接你回家了。"两位老人跨前几步，跌跌撞撞地来到儿子墓前，匍匐在地，老泪纵横。没想到，六爷却把他们拉起来，姥姥和刘四爷也前去帮忙。

"老亲家，起来吧，这不是你儿子邱枫的坟墓，这是我二儿子张太清的坟墓啊。"在场的人们都惊呆了。六爷用手指着他家祖茔里一座高大的坟茔说，"那个才是你儿子邱枫的坟墓啊。下葬时我偷梁换柱把他葬在我的祖茔里了。他远离家乡，年纪轻轻就为国捐躯了，连头颅都没找到，我不能让他成为孤魂野鬼，大庙不招小庙不留啊。入殓时我把棺材换了，当年我亲手为他们装殓的啊，只有老姐姐、刘四爷和小东子在场，小东子也牺牲了，现在只有他俩知道啊。太清，太清啊。"六爷爷仰天长啸。

槐花的芬芳里，祖茔里那座坟打开了。那口柏木棺还跟新的一样，一点没有腐朽的痕迹，散发着淡淡的幽香。撬开棺盖，人们看见一副摆得整整齐齐的骸骨，头骨缺失，颈部安放着一个木雕的头颅，这正是郑一枫（邱枫）的遗骨。六奶奶登时昏厥过去。槐花片片飘落，来黄土沟观看迁坟仪式的人们鸦雀无声，无论男女老少，齐齐地跪下来。只有六爷站成了一座山。

钗 头 凤

一

一斗穷，二斗富，三斗、四斗开当铺。凤鸣手上有三个斗，是开当铺的命。

"早些年没解放时，我总觉得啊，凤鸣是到别的什么地方开当铺去了。我想着她可能是知道我兄弟和祁东来都不在了，不想回黑水河镇这个伤心之地。那阵儿啊，你姥爷经常去奉天、铁岭、四平、长春、哈尔滨办货，每次他出去我都让他到地方后多出去转转，见到当铺就进去看看，打听一下是不是凤鸣开的，可惜都不是啊。你姥爷也没去过别的地界，就在咱东北地盘上绕混，打听了好多年，直到新中国成立后当铺都关张了，也没问出个子丑寅卯来。想是她到你姥爷嘴里说过的什么华北又是中原或者南方地界开当铺去了？我最怕的结果就是像她自己临走时说的那样：'姐，这个你帮我收着，说不定哪一天我就消失了，像草叶上的露珠那样蒸发掉了。'唉……"

在我从懂事到成年这一段漫长的历程中，无数个清晨，姥姥打开她古色古香的梳妆匣对镜梳妆后，总要用一把小钥匙打开梳妆匣底层抽屉上那把小巧的黄铜锁头，拿出一个用棉布裹着的精致锦盒，带上用白绸子做的手套，小心翼翼地拿出一只精美的点翠鎏金凤凰钗，边转着圈地观看，边念叨这番话，每次都是叹着气用这个无奈的"唉"字做结尾。

这只凤凰钗的精美程度令人叫绝。自小就听姥姥说这是清朝乾隆年间的物件，点翠鎏金。那时候，我不懂这些，只能用好看来评价。只记得姥姥说那是一枚五尾凤凰，每条凤尾上都有凤眼，镶着祖母绿宝石，中间那支最长的尾巴上镶的那颗宝石最大，价值不菲。还记得她说凤凰钗上那绚丽的蓝色是翠鸟的羽毛。记得当时我还担忧过被拔了羽毛的翠鸟的命运呢。这支凤凰钗对我们来说真正是可远观而不可亵玩焉。姥姥说点翠的首饰娇贵着呢，何况她还是替人保管。

凤钗的主人叫高凤鸣，是我姥姥一母同胞的亲妹妹，也就是我的姨姥姥。

如今，姥姥已作古二十多年，这番话已在我心底生根发芽，不把她讲的故事写出来，总觉得对不起她老人家。

姥姥娘家在黑水河镇棒槌沟村，他爸也就是我的太姥爷叫高明瀚，是义隆兴当铺的第四代传人。至今老家村里健在的八十岁以上老人都还知道他。茶余饭后靠着墙根晒太阳时经常还会讲几段他家的逸事。不过我总觉得那些老人也是从他们父母或者年长的人们口里听来的。

"我娘家的当铺是道光年间开的，先时开在抚顺城，一直很兴盛，一年赚的银子得用几辆三驾大马车拉回棒槌沟来，年年都在老家置地、买铺面。铺面的租金和地里的出产卖的钱又拿去投资、扩大当铺，就这样循环着，家业如滚雪球般越来越大。到民国后啊钱就不好赚了，日本人在东北势力越来越大，在咱们的地盘上开洋当铺。阴损、恶意竞争，生生把咱们中国人开的当铺挤垮了不少，我家的当铺也被挤兑得够呛。没法子啊，人家倚仗的是日本关东军。你太姥爷一狠心就把当铺搬到奉天北市场去了。后来起凤和三丫头也都去了奉天读书。"姥姥隔三岔五还叨念这些话。起凤是我姥姥的弟弟我舅姥爷的名字，三丫头就是我姨姥姥高凤鸣。凤鸣姨姥姥下落不明是姥姥一生的痛和无法忘却的憾事。

二

提起奉天城的繁华，旧时关东那是尽人皆知。城里几条大型的商业街商铺林立，各种档次的当铺也是遍地开花。姥姥娘家的义隆兴在奉天是数得上的大当铺，由姥姥的父亲掌管着。当铺光临街的铺面一摆溜就有三大间，伙计十几个。三间临街铺面有两间用青砖砌了墙，连窗户都没留，只有中间那间开了门，那门也不甚宽阔。迎门放着一架高大的红木屏风，看上去很气派，屏风中间嵌着一个大大的鎏金钱币，上面刻着"招财进宝"几个字，钱币两边还刻有"扶危救难、裕国便民"两行竖版小字。来人必须得绕过屏风从两侧进入铺里。因为有这么个大家伙挡着，站在大街上是看不到当铺里面情况的。这正是太姥爷做这行生意的高明之处。他的铺面在繁华的大街上，来当当儿的客人，三教九流都有，那些没落的豪门大户或者世家子弟都是非常要脸面的，不愿意让人看到他们在当铺里交易，那架高大的屏风就是他们的遮羞板，正好可以保护他们的隐私。

义隆兴当铺的柜台很高，设有做工考究的榫卯结构的木栅栏，上面留四个拱形的窗口与外面相通。窗口后面的柜台下设有四张高凳子，可以坐四个朝奉，但通常都只有两到三个人值柜。后面还有票台、折货等人。那柜台高得东北大汉站在外面都没脖颈，因此，来当当儿的顾客，必须双手高高举起当头才能够得到柜台。这样使得当铺里的人对顾客呈俯视状态，有一种居高临下的优越感；而当当儿的人则需仰视才可见他们。在气势上当铺就占了上风。我想，这或许有利于压价。另一方面，柜台高又有栅栏，对当铺的人员和财产都有一定的保护作用。一可以防止发生冲突，顾客即使因为价格和当头的品质问题与当铺人员发生争吵，就算气得暴跳如雷，也只能破口大骂而无法动手去打，因为他够不到；二可以保护当铺的东西不被一些突然产生邪念的人抢劫。

小时候，没看过任何影视剧作品，我对当铺里人员的称呼：朝奉、票台、折货感到特别新奇，尤其是"朝奉"这个词儿。我经常刨根问底儿地追问，姥姥说她也不知道，听她父亲说无论在抚顺还是奉天城，当时都只有她家的当铺这样称呼坐柜的人，后来慢慢就随大流改叫掌柜的了，分头柜、二柜、三柜、四柜等。但是他父亲跟别人聊天时还是惯称朝奉，说是沿袭京城的叫法。她家老祖当年是在京城一个徽州人开的当铺里做学徒后来又做朝奉的，所以就承袭了这种叫法。老祖慢慢积累了些资金，在老家置办了不菲的田产。黑水河畔大片的平展肥沃的土地很多都是姥姥娘家的。远处缓坡上还有不少薄田。平展肥沃的黑土适合大豆、芝麻等经济作物生长，而缓坡上的薄田又适合谷物生长，这些作物给她老祖带来了丰厚的收入。她家在镇上开起了油坊、染坊和烧锅，家业渐渐壮大起来。在当铺做久了，老祖知道当铺是只赚不亏的行当，就决心自己干。在朋友的帮助下，几经周折，她老祖到抚顺城开了一爿当铺。抚顺城煤炭资源丰富，城市发展速度快，到那里讨生活的三教九流人士多，客源丰富，资金周转灵活，有利于当铺发展。初时她家当铺只有一间店面，两三个伙计，历经几代人的奋斗，到姥姥懂事儿时已扩大到相当规模。后来，抚顺地区市面不靖，治安混乱，盗匪猖獗，当铺收到的当头很多都是赃物。奉天省及抚顺县政府明令各当商不准收典赃物，发文曰："凡当铺明知其为赃物而故意受典者，处以刑律。"因此，当铺都很谨慎，不敢轻易收当儿，生意受到不小的影响。加之时局又不利，日本人控制了抚顺的采煤业，势力越来越大，日本商人在抚顺开了很多当铺，因享有特权发展迅速，日当商挤欺中国当商恶意竞争之事时常发生。民国十二年，姥姥家的义隆兴当铺迁到奉天。

义隆兴当铺里的望牌以千字文为内容，一个字代表一个月的时间，作为当物质押时间提示。"天地玄黄，宇宙洪昌（荒）。日月盈昃，辰宿列张。寒来暑往，秋收冬藏。闰余成岁，律吕调阳。云腾致雨，露结为霜。金生丽水，玉出昆冈。剑号巨财（阙），珠称夜光……"每每说到这些，姥姥往往就轻声背诵起千字文来。奇怪的是，她总是把那句"天地玄黄，宇宙洪荒"和"剑号巨阙，珠称月光"里的"荒"字和"阙"字读成"昌"字和"财"字。

"是宇宙洪荒、剑号巨阙，姥姥。"我总是给她更正。

"傻丫头，不能用荒字，更不能用阙字，要用昌字和财字。用荒字拉饥荒了还了得？用阙就发不了财了。"姥姥总是拉长了声音对我说。荒字做拉饥荒讲还能理解，那个阙字多年以来，我一直知其然不知其所以然。直到写作的这一刻，我才仔细思考了一下：这个"阙"是个多音字，读一声和四声，读一声时有两个注解：其一为过失、疏失之意；其二为通假字同"缺"。我想起唐朝诗人刘眘虚那首《阙题》：

道由白云尽，春与青溪长。

时有落花至，远随流水香。

闲门向山路，深柳读书堂。

幽映每白日，清辉照衣裳。

阙题即缺题，这首自己喜欢的诗标题里就用了这个字。虽然在千字文里宝剑"巨阙"名字读第四声，大抵当铺还是忌讳那个同缺的注解吧，所以改成剑号巨财。我真是服了他们在做生意讨口彩方面的智慧。和其他当铺一样，义隆兴有三不当：神袍戏衣不当，旗锣伞扇不当，低潮首饰不当。姥姥说这些都是保护自己的利益的，怕有人拿着这些琐碎的小物件做诈当的事儿。

三

旧时关东，满汉民族杂居。汉族大都是从山东、河北等地闯关东过来的，带来了很多汉族文化习俗。满汉互通婚姻，文化方面也互相影响，甚至有些地方满族妇女也学着汉族妇女那样裹起脚来，也三从四德、男尊女卑，大门不出二门不迈的。

　　姥姥是家中的长女，可能就是受汉文化影响，虽然没裹脚，但自幼熟读女四书和《烈女传》等。她在家里一年四季穿着宽大、古板的蓝布绣花、镶花边的大襟衣服，守着女四书里的深规戒律，不苟言笑，不越雷池一步，终日帮母亲做家务，打理日常事务，思想被禁锢得没有了一点锋芒，直到出嫁后受读过大学的姥爷影响才接受新思想，以至于后来也成了响当当的妇女运动领头人。除偶然几次太姥爷回来坐火车往奉天给重要的客户、朋友带家里出产的上好的大豆、红豆、香油等土特产需要姥姥帮忙照看、携带外，姥姥几乎没去过几次奉天城。更无法想象的是，她的母亲我的太姥姥竟然从来也没去过抚顺城和奉天城。她就在乡下家里守着丰厚的家业，管理着佃户、油坊、染坊等。尽管家里请有管家、账房等，但太姥爷捍卫她的主母地位，所有账目都得经她过目，所有钱财收支都得经她签字。太姥姥也是大户人家女儿，识文断字的。

　　识文断字是姥姥家几辈男人娶媳妇最重要的条件。因为，从上几代起，她家男人们就在外面讨生活，用现在的话说是创业或者打拼。女人们要在家打理家里的产业和抚育后代。所以他们这样家庭的女人必须识文断字，还要有一定的持家能力。这种家庭模式也是一种意义上的男主外女主内。

　　太姥爷生性精明自不用说，做生意恪守行规，口碑不错，生活方面也很严谨。他不沾赌，不近女色，而且非常节俭，节俭得近乎苛刻。"我爸是对人大方，对己苛刻。自己吃得简单，穿得简单，一件棉袍可以穿几年，里面棉花都硬化了，你说能暖和吗？每年新棉花下来，我妈都张罗着给他做新棉袄、棉裤和长棉袍，他虎着脸不肯做。"姥姥说。其实他的几件外出应酬穿的见人衣裳几乎都是当铺里的死当儿，拍卖时他自己留下的。

　　"你太姥爷虽然是个开当铺的，这个行业让人想到重利盘剥。但这是千古以来存在的一个行业，各行各业都有行规。他本人是个义薄云天的人，他祖上也都是'义'字当头的人。义字当头是他家的祖训，要不怎么当铺名字前头就用一个'义'字呢。"这是我和母亲去棒槌沟走亲戚时，听那些靠墙根晒日头的老人们说的。

　　姥姥讲过一件我太姥爷的逸事：那还是在抚顺的时候，太姥爷一次去比较偏远的地方会朋友，穿着一套质地很好但是宽大异常的长袍马褂，脚上穿着一

147

双肥大的皮鞋。回来时朋友要用马车送他，他假说家里接他的马车在不远处等着呢，其实他根本没有专用的马车，家里的马车都是拉当儿的。他也不舍得雇车，撩着肥大的长袍，将就着脚上那双大皮鞋，踢踢踏踏走了两三里路，累得浑身是汗。走到一个城门洞时，他想坐下来歇息一下。那是抚顺老城的一座废弃的城门，城墙内外都是贫民窟地带，城墙内的住户感觉条件要还稍微好些。那里聚集着一些小摊小贩：有卖豆腐脑的、有卖硬面饽饽的还有卖烤红薯和玉米饼子的。他也顾不了那么多了，瞅见城门洞里有块大石头空着，就赶紧坐下来，也不顾身份，脱下皮鞋揉脚。那些商贩看到一个穿着这么体面的大爷在这儿落脚，赶紧过来兜售他们的东西。

"大爷，我这硬面饽饽是正宗吉林的，您来几个？"

"爷，我这豆腐脑是正宗山泉水做的，清甜着呢，您来一碗儿？"一些乞丐也趁机挤上前来摇着手里的破盆烂碗乞讨。

"爷，赏俩大子儿吧，三天没吃饭了。"那年月，太多这样的人了，同情不起。尽管太姥爷听着心烦，看着腻歪，还是于心不忍，扔给卖玉米饼子的几个大子儿，让他给那些乞讨者一人发一个玉米饼子。卖硬面饽饽的问他为何不买硬面饽饽呢？

"对不住，对不住了，硬面饽饽是黏米做的，这些人肚里没食儿，吃了容易胃酸犯心口痛，那我就是好心办坏事了。"太姥爷连声说。卖硬面饽饽的虽然没做到生意，也对太姥爷竖起了大拇指。

太姥爷穿上鞋起身要走。正在这当儿，由人群外爬进来一个蓬头垢面、衣不蔽体的人来。此人满脸污垢，看不出本来面目，虽然趴在地上，依然能看出身材特别高大。他费力地摇着一只破碗虚弱地说："爷，爷，赏俩吧，我几天没吃东西了，我不想就这样死了啊。"说到这儿，那人匍匐在地上，给太姥爷磕了一个头，然后费劲地昂起头来，用祈求的眼光看着太姥爷。太姥爷的心莫名一动，伸手向口袋掏去。

那人突然僵住了，原来那没有光彩的眼睛突然就有了一丝光彩。"爷，您是义隆兴的高明瀚高爷？惭愧啊。"太姥爷一愣："你是……"

"不才是和兴当的祁裕宽。"

"什么，你是祁东家？怎么是你？"太姥爷急忙把祁东家扶起来，让他靠门洞墙坐着。从卖豆腐脑摊子上买了一碗热豆腐脑，又头了两个玉米饼。祁裕宽狼吞虎咽地吃了。吃完后，太姥爷又花几个子儿让一个路边理发摊的人给他理了发，刮了胡子，又让他端了一盆水给祁裕宽洗脸。祁裕宽这才露出一点人样来。他脸色青黄，眼窝深陷，看来已是落魄多时了。太姥爷很奇怪，祁东家的当铺虽然铺面不算大，也是做了很多年，生意一向还算红火，怎么突然间就落魄到如此地步了？他把祁裕宽扶到一个茶摊上坐了，要了一壶花茶和几碟果子，慢慢喝起来。

祁裕宽是山西晋城人，在抚顺开和兴当多年，生意不错，收入还算稳定。他家眷都在山西，每年回去一次，住上两个月。前一年，他的当铺隔壁开了一家日本当铺。一直想扩大铺面，曾经跟他协商，让他让出铺面另寻他处做生意，他们会补偿给他相应费用。但祁裕宽觉得自己在这里开了多年，已经做熟了，就没同意。没想到很快被算计了：一日，有人拿一个传家宝青花梅瓶来当，说是元代宫中流出的物件，价值连城。来人说家中遇到为难事，急用钱款，想当五百大洋应急。柜上不敢定夺，找了祁东家来商量和鉴定。因当头价值高，祁东家亦不敢造次，自己及大柜鉴定一番后觉得是正品，还是不放心，又找来一个熟识的资深鉴宝人士鉴定，那位人士品行端正，以前也经常为典当行业做鉴定，从未有过差错。他经过仔细鉴定后得出结论说确实是正品。于是写票、付当银成交，当期六个月，月例百分之三。孰料快到期的时候，有一天，那人在几个朋友的陪同下持当票来赎当儿。结清当金和利息后，交当儿。那人当众打开包装，左看右看，看了许久，大声说道："这个不是我原来的东西，这个是赝品，我的东西被你们调包了。"柜上慌了，急忙去里面请祁东家。祁东家大惊。因为是贵重物品，一直由他自己亲自掌管，刚刚也是他亲自取出梅瓶交给伙计的，绝对没有差错。他赶紧差人去找那位鉴定师。鉴定师将髯围着当儿左右转圈儿，又拿出放大镜左看右看，然后摇摇头说："不是原来的东西，调包了，这个是赝品。"祁东家惊得面如土色。

后来他又花重金请本城几个资深鉴宝人过来做鉴定，均说是赝品。而当当儿的坚称自己当时当的为祖传正品宝物。于是，打官司。结果不消说，自然是祁裕宽输了。按正品价格赔偿人家银钱不说，还被判有罪坐牢。当铺就这样垮了。等他从牢里出来，铺面早就挂着膏药旗变成日本大和当了。由于太姥爷的当铺和他的铺子距离较远，交集比较少，虽也有所耳闻，但不甚清楚。太姥爷明白了一切：这就是日本人做的一个局儿，设的一个圈套，让祁东家钻进去了。祁裕宽说他去找那个鉴定师理论。鉴定师闭门谢客，只让人送出一张纸条：时运不济，命途多舛。屋矮身高，低头是福。祁裕宽欲东山再起，想先去寻一个当铺做掌柜，毕竟是本行嘛。可是谁敢用他呢？问了几家素有交情的大型当铺，都婉拒。明眼人都知道他是中了圈套，但碍于日本人的势力，都怕惹祸上身，明哲保身要紧。祁裕宽又不想就这样落魄回山西。在朋友帮助下做点小本生意，可不懂行，皆亏。后来又去做力气活，做不来。他觉得没脸再去麻烦那些朋友和熟人们了，就到这个偏僻地界租了一间破屋卖点针头线脑的讨生活，一场大病后就流落街头了。太姥爷听后唏嘘不已。

"实不相瞒，高爷身上的衣服都是我的，我花两个大子儿求人帮我当的，落在贵铺，过期未赎，成死当了，没想到穿在您身上了，惭愧。"太姥爷大惊失色，连声说道："罪过，罪过。"赶紧脱下马褂给祁东家披上。祁裕宽又赶紧脱下来说："不成，本来就是您的东西了。再说了，大街上您脱了这个，也有失身份。"太姥爷只好作罢。他站起来左右瞅瞅，见不远处有一个估衣铺，就走进去，也不管好歹，挑大码的买了几件，给祁裕宽穿上。又走到附近的一个小客栈给他租了一间房子，说暂时租十天。他对祁东家说第二天来送还他的衣服和皮鞋，又给他留了饭钱，就回家去了。

第二天下午，他亲自把浆洗干净的衣服包了送过客栈来，并与祁东家到一个小馆子喝了一顿酒，说已在自己的当铺里给他找了一份差事，承诺两天后安排妥当住处就来接他。祁东家感动得涕泪交流，几次欲下跪道谢。

两天后当太姥爷雇了车来到客栈接他时，发现祁东家并不在屋子里，桌子上用油灯压着两封信，一封写给我太姥爷的，一封是写给山西老家妻儿的。写给太姥爷的信满满的感激与惭愧之情。说能让他这么体面地走，真是前世修来的福分，大恩大德来世当作犬马相报。给山西老家妻儿的信封了口，太姥爷不好打开看。太姥爷说声不好。慌忙到各处寻找。在离客栈不远的小树林里找到了。祁东家已经齐齐整整地穿着太姥爷还回来的长袍马褂和皮鞋吊死在树上多时了。太姥爷悲痛万分。他买棺厚葬了祁东家。又把祁东家那封写给妻儿的信寄去山西，随信还寄了一张一百大洋的银票。太姥爷的"义字当头"总算有了根据。

村里老人讲起他对自己和家人的吝啬来也是随口就说出一大串。他家田产多，雇有多名长工。长工们每天在他家吃三餐饭。干活需要力气，他们家给长工们吃高粱米干饭配大豆腐，而自家喝高粱米粥就懒豆腐。懒豆腐，是那种没过滤的、含豆腐渣在里面的豆腐，涩涩地难以下咽。那煮粥的高粱米也是才碾了一道壳的糙米。人们都打趣地说种到地里都能保八分苗。提起这事，姥姥经常愤愤不平。"其实这也怪我妈，我爸长期不在家，我们吃什么他能看得到？我妈是受我爸影响过日子比他还仔细。后来我三妹和四弟大了，合起伙来对付我妈我爸，他们这才好点了，可是我也出嫁了，好在你姥爷家不是那样人家。"太姥爷长年在外，每年只春秋冬三季回来各住上一个月，严厉又苛刻，孩子们对他都不亲。就连太姥姥对他都没什么夫妻间的温情，只是恪守妇道，三从四德，对他都是礼节性的。

四

> 林中有奇鸟，自言是凤凰。
> 清朝饮醴泉，日夕栖山冈。
> 高鸣彻九州，延颈望八荒。

太姥爷喜欢凤凰形状的物品，经常叨念阮籍的这几句诗。说起来，凤凰是北方人心目中的瑞鸟。大而言之，凤凰是天下太平的象征，有华贵、伟岸、进取、太平的寓意。古人认为时逢太平盛世，便有凤凰飞来。凤的甲骨文字和风的甲骨文相同，即代表具有风的无所不在和灵性力量的意思；凰即皇字，为至高至上之意。凤凰能给人们带来幸福和吉祥，自然也包含了爱情的幸福。于是，凤凰有了象征爱情的含义。后来就被人们用来祝贺婚姻美满，比喻夫妻和谐。在唐代就有"美凤衔同心结图"的铜镜，即凤凰嘴上衔同心结象征幸福的爱情，以示夫妻同心相爱。姥姥初做女红学绣花时，我的太姥姥就给她找了凤凰牡丹、丹凤朝阳的图案给她绣。太姥爷做生意更是视凤凰为吉祥物。有人到他的当铺里典当凤凰样式的金银首饰，他视作有凤来仪，当时就会眉开眼笑，当银也会适当调高一点。

凤鸣姨姥姥是太姥姥生的最后一个孩子，也是唯一一个太姥爷在家的时候出生的孩子，深受她父亲宠爱的。说起来还有一段佳话。

那天一大早，太姥爷一打开门就发现门前的大杏树上落着一只从没见过的鸟。那只鸟尾巴上的羽毛很长，五彩斑斓，腹部羽毛也是鲜艳的红色。他开门的声音惊动了鸟儿，它朝着太姥爷呀呀叫了几声就飞走了。太姥爷也没在意，就是觉得运气不错，一大早看见这么一只漂亮的鸟儿。那天下午，姨姥姥就出生了。又生了一个丫头，求子心切的太姥爷是没什么感觉的，他甚至有些沮丧。听接生婆说母女平安也就放了心，赏了接生婆一块大洋后，他连看也懒得去看一眼襁褓中的女儿，就出门去了。他想去找管家谈谈黑水河镇上几家店铺的经营状况。没想到一开门又看见了那只鸟站在杏树上朝他叫。他忽然间就觉得有些渊源。就对路上碰到的一位学识渊博的族叔说了这件事。族叔说这是吉兆啊，那样的鸟儿没准就是只凤凰呢，你们这丫头将来是大富大贵的命。太姥爷听了很受用。突然就迫不及待想回去看他闺女。襁褓中的姨姥姥粉妆玉琢，睁着一双黑葡萄似的大眼睛盯着他。"哎呀，我这闺女可真俊。"他的脸上笑成一朵花。这可是破天荒的事儿，太姥姥及家里人都很惊讶。"我这闺女就叫凤鸣吧。"太姥爷又说。

多年以后，我在县城读高中的时候，听说黑水河镇中学一位教过我生物的老师在南山上偶然看见了太姥爷当年看见的鸟儿，出于职业敏感，他开始追踪这种鸟类的行踪，并且开始保护和投喂，使得这种鸟几年之内数量增加了不少，那位老师也以为自己见到的是凤凰，为了保护这种鸟，他上报给有关部门，有关部门派人来调研，发现是珍稀鸟类红腹锦鸡，那位生物老师因此还受到了林业部门嘉奖。这说明，我太姥爷当年看到的应该就是红腹锦鸡。不管怎么说，我姨姥姥都是最受太姥爷宠爱的孩子。

大些时候，太姥爷总是捏着姨姥姥的手指一根一根仔细看手指头。太姥姥知道，他是在看闺女的手纹。

都说双手十指连心，我们这里还有一种说法叫"十指连运"。意思就是说十根手指关乎着命主的运势。这运势主要是看手指纹上斗和簸箕的数量。对于手指上的斗和簸箕，很多人都有耳闻。手指头上的斗和簸箕说的是两种不同的手纹，那一圈一圈的螺纹，我们那里叫作斗；有的指纹不是一个圈，而是不规则形类似手编的柳条簸箕那样，就叫作簸箕。

大约一岁半左右，太姥爷终于看清楚闺女凤鸣双手有三个斗，愈发喜欢。我们当地有俗语：一斗穷，二斗富，三斗、四斗开当铺。他觉得凤鸣姨姥姥是开当铺大富大贵的命。太姥姥共生育了七个子女，活下来的就只有他们三个。姥姥是女孩中的老大，凤鸣姨姥姥是女孩中的老三，老二三岁时夭折，所以姥姥称她为三妹。起凤舅姥爷是男孩中的老四，前三个男孩均在十岁前夭折，所以凤鸣姨姥姥称他为四哥。其实，另外三个哥哥她压根没见过。

也许是因为出生时的异兆，我的姨姥姥高凤鸣真的具有不同常人的禀性。她天性豪爽，一副男孩子的性格。记忆力极好，对诗书过目成诵，这点连老塾师都佩服。进入民国后，随着社会的发展，妇女地位渐渐提高，女四书、《烈女传》等已经逐步被淘汰。她先是师从老塾师读四书、五经。读了几年就闹着要到镇上他哥哥就读的新式学堂读高小。因为从小就受父亲宠爱，加之性格倔强，也无人能拦得住她。太姥姥就遂她的心愿，让她去读了。对凤鸣姨姥姥太姥姥是睁一只眼闭一只眼。她知道，男人宠这个闺女。没想到高小毕业后，凤鸣直接考入县城的中学。那时候，女孩子读书的渐渐多起来了。

五

凤凰于飞，翙翙其羽，亦集爰止。

从给子女起名字上就可以看出，我的太姥爷对凤凰的膜拜程度。同时也暗含着他对子女的期盼。姥姥三姐弟颜值都很高，姥姥和妹妹鸣凤都是身段苗条，明眸皓齿；而起凤舅姥爷则是英俊潇洒，气宇轩昂。想必太姥爷夫妇也很标准吧。

吝啬的太姥爷也有不吝啬的地方，那就是孩子读书出钱不吝啬。他为几个孩子请了黑水河镇最好的老塾师给他们启蒙。姥姥读了三年，四书五经粗略读了一遍，女四书、《烈女传》滚瓜烂熟，就不再读了。天天学做女红，帮母亲打理家务直到出嫁；姥姥的弟弟、我的舅姥爷高起凤跟那个老塾师读了几年私塾后，就去镇上的新式学堂读高小，后又被太姥爷接去奉天读中学。

太姥爷之所以开明了，是因为听从他头柜大朝奉的建议，说时代不同了，不接受新式教育怕做不了生意，因为那时市面上洋玩意渐渐增多，来当洋玩意的人也多了。钢琴、留声机、电话机、小提琴，风琴、洋手表等都常收到。他们对这些不认识不了解，有些跟不上时代了。说来说去还是为了当铺的生意。

日俄战争后，日本在东北的势力越来越大，控制了东北的工业和铁路修建、采矿等权利。迫于时局和他们的势力，人们只能选择隐忍。起凤自从去奉天读书后就渐渐发现了这个问题。"这样发展下去，会达到不可收拾的境地，长此以往，国将不国。"他经常跟要好的同学这样说。他觉得年轻人必须得有担当，否则国家的命运堪忧。梁启超先生的《少年中国说》他读过，大受鼓舞。梁先生说少年强则国强，他很认同。中学时，他阅读了大量书籍，结合现状，觉得工业强则国强，因此，他直接考入北方大学机械系，希图工业救国。我太姥爷气得吹胡子瞪眼的，但也无奈，只好又听头柜的话，从长计议，不再干涉他。也是凑巧，没想到凤鸣姨姥姥中学毕业时，奉天的冯庸大学开始第三年招生，在哥哥的帮助下，姨姥姥顺利进入冯庸大学。从此，改变了她一生的命运。

153

提起冯庸大学，现在人知道得不多了。这所大学是奉系军阀冯德麟长子冯庸几乎倾尽家资于一九二七年创办的一所私立大学。是我国唯一一所以自己名字命名的大学。虽然因为日本鬼子的入侵，在奉天只存在了短短四年，却也在中国历史上留下了浓墨重彩的一页。

冯庸的办学宗旨是"造就新中国的青年"，即培养具有新思想、有传统的卫国与建国能力的新青年。

冯庸大学的教育思想有三条。一是八德八正：八德即孝、悌、忠、信、礼、义、廉、耻；八正即正行、正业、正思、正言、正视、正听、正德、正容。二是教育机会均等；三是工业救国。

冯庸大学主体建筑不管是造型还是命名都很独特。分为忠楼、仁楼、中庸楼，三座楼之间有廊道互相连接。还设计了独特的"工"字形校旗。可见他工业救国的决心。

当时，冯庸提出八德八正，就是为了大力弘扬中华民族的传统美德，用来武装青年思想和精神，从而抵制日本侵略者的奴化教育。除此之外，冯庸大学还规定，除课堂上应讲授的基本课程外，每个学生都要接受军事训练，学校推行每日运动一小时，即便是严冬积雪，学生也要在雪地反复苦练，以增强学生体魄，这也是劳其筋骨，苦其心志，培养青年学生吃苦耐劳精神。当时，奉天居民都把冯庸大学与东大营、北大营两个军营相提并论，因大学地处铁西，而被称为"西大营"。

冯庸大学一直在扩充专业。到一九三一年已有工学院、法学院、教育学院等，学生总数达七百余人。

凤鸣提前一个月来到奉天城。她眼界大开。这才发现在黑水河镇上标新立异领导潮流的自己到省城一比有多么土。她倒不是讲究吃穿的主儿。而是她觉得自己被父母亲管教成一个从古戏文里走出来的小姐。于是，她开始改头换面。先从服装开始。她扔掉乡下那种老妇人样式的镶边绣花的蓝士林衣服，开始穿旗袍、长筒丝袜和半高跟皮鞋，还买了几套洋装。很多女生都去烫发，可她舍不得她的一头长发。她就把头发打成两条辫子，再把辫子对折回去用两根紫色绸带打成小蝴蝶结系在头顶。这样也很清纯洋气。

凤鸣是一个喜欢猎奇的人，经常把头发绾到头顶，戴一顶礼帽穿上四哥的西装。十足的一个风流倜傥的英俊公子，引得大街上的富家小姐频频回头，费尽心机前去搭讪。

她自小就爱动，用二十世纪六十年代的话说属于不爱红装爱武装的人士。进了这所大学那真是如鱼得水。很快就成为那一届甚至整个学校学生瞩目的对象。

到大学后，为了军训方便。她忍痛剪掉了一头乌黑的长发。暗地里请手艺人制成了假发，时不时戴在头上梳成各种发型。她聪明好学，各门功课都是优等。

在黑水河镇时凤鸣只知道自家开当铺，从母亲和姐姐口里知道一些当铺的经营模式和规矩，从未到实地看过。到奉天后没多久，她就忍不住到自家当铺的铺面、库房等地方，如八府巡按视察般查看个遍。经过一段时间的观察。她觉得她家干的这个行当是个坑人的陷阱。她就建议父亲转行做别的生意，说："你看看我那些表大伯、表叔们多精，以前都开过当铺的，人家赚了钱都转行了，你老是做这吃人不吐骨头的行当，还在屏风上冠冕堂皇地写着"扶危救难、裕国便民"，真是大言不惭啊，也不怕被人家笑掉大牙，还扶危救难，你这行当不就是乘人之危、趁火打劫吗？迟早老天会惩罚你的，你整天抱怨自己子嗣艰难，生的儿子就只保住我四哥一个，知道你为啥子嗣这么艰难吗？就是因为你干坑人的勾当久了，没修来儿女缘。你看看我们冯庸校长，父亲是军阀，可人家支持儿子办学校，积德行善，不如你也回棒槌沟办一所学校吧，跟我们冯庸大学那样不收学费，让穷人家的孩子都有机会读书，等我毕业了就回去教书，这不也是积德行善的事儿？"我太姥爷气得七窍生烟，当铺的众伙计听了也都哭笑不得。

桀骜不驯的凤鸣心血来潮时，就穿上他哥哥的长衫，戴上毡帽，走进当铺里面，搬一张高凳子坐在值柜的旁边，看见穷苦人来当当儿，知道他们没有赎当能力，在写当票的时候，擅自把两元改为三元、五元。或者在付当银的时候从柜台抽屉里随手抓出几块钱就甩给当家，弄得人家一头雾水，战战兢兢不知道该拿还是不该拿。她却在柜台后面用瓮声瓮气的声音说："拿去，买些米再买几斤肉回去给你老婆孩子吃。"当家千恩万谢地走了。值柜的却愁眉苦脸地说："三小姐，这，这没法交账啊。"凤鸣一脸不屑地说："你就跟我爸说本小姐多给了当当的钱，替他积德呢。"伙计们面面相觑，又不敢深说。他们知道就是东家在这儿也拿三小姐没办法。只好如实跟太姥爷汇报，太姥爷跺着脚说："无法无天了，这丫头。"少不了自己掏钱给柜上补上差缺。

太姥爷年岁大了，儿女又不多，他大概也想乐享天伦，喜欢过儿女承欢膝下的日子。每到周六晚上，他就不在铺里吃饭，而是回来和儿女们一起吃，团聚一下，给他们改善一下生活。为此，还特地请一个伙计的媳妇每周给他们做两餐饭——周六晚餐和周日午餐。他也渐渐接受了一双儿女的习性。在钱物方面也渐渐放宽松了些。用姨姥姥的话说铁公鸡老爹也会下蛋。有时太姥爷暗自庆幸自己有这样几个拿得出手的儿女。

六

日俄战争后，中东铁路的一部分（长春至大连段）为日本所占，改称南满铁路。为了管理南满铁路，日本于一九〇六年十一月二十六日在东京成立南满洲铁道株式会社，将铁路战时所修改的窄轨轨距更改为标准轨距。后又获得了安奉铁路（安东至奉天）、抚顺铁路（奉天至抚顺）、牛庄铁路（大石桥至营口）的路权。把铁路从奉天再向南偏东延伸，直达中朝边境的安东，与朝鲜半岛的铁路系统连接起来。

自一九二八年六月皇姑屯事件后，日本关东军的势力在东北越来越大，他们在奉天城内肆意妄为，民众敢怒不敢言。

这些都让起凤感到极为屈辱和愤慨。北方大学和冯庸大学的学子们正值一腔热血的青春年华，对当局形势颇为不满，经常发表激烈的言论。学校为了保护学生的安全，采取压制的办法。但能束缚的是肉体，精神是无法被束缚的。他们采取各种办法互相鼓励互相遮掩，商量抵制和反抗日本人的活动。舅姥爷高起凤是其中的活跃分子。谁也不知道他是一个当铺老板的儿子。他死缠硬磨让父亲给他买了一辆自行车。尽管周末父亲请人做饭给他们改善生活，可一到周末，他总是找各种借口不回家，骑着车子就不见踪影。世道越来越乱，太姥爷真的担心啊，他就这么一个儿子啊。

起凤一心想着工业救国。经常与几个志同道合的同学一起利用课余时间对学校工厂里的机械拆拆装装，进行各种研究活动。学校工厂的实验机械是十分有限的，他们需要大型机械来研究，学校无法满足他们的要求。他们最大的愿望是能制造、改进火车机车。听说北宁铁路皇姑屯修车厂有一台废弃的机车很适合他们研究用，又听说工厂准备以废品形式出售。他们非常高兴，打问了价钱，虽然折价很多，但也是天价，不是学生们所能承担的。幸亏工厂的总工程师是他们北方大学理工学院的石教授。石教授被他们的好学精神和爱国热忱所感动，经多方努力，得到允许，他们可以来这里随便进行研究和修理机车。

石教授说，这辆机车如果能买到相应的配件，是可以启动运转的，只是主要配件是德国生产的，价格十分昂贵。起凤宿舍六个人，加上别的宿舍的四个人都是志同道合之士，十人迫切希望能购到配件，让机车运转起来。因此，他们尽最大努力筹集资金。除起凤外，其他几个同学条件都很一般。为这，有的同学卖了自己心爱的皮箱、西装、手表甚至留声机；有的典当了自己的怀表、金笔等物件。起凤在家里找各种借口向父亲要钱，凤鸣也帮着哥哥想方设法在父亲那里抠出钱来，终于凑了一笔钱。可他们发现要想让机车运转，还要添置很多部件。为了添置这些部件，他们开始了新一轮筹款。一个山西来的同学为此把自己的几套衣服都当了，可还是不够。起凤回家筹钱碰了钉子。凤鸣拿出自己所有的私房钱赞助哥哥，还是相差甚远。那天，起凤又出去筹钱了。这次他是托人找她大姐也就是我姥姥要钱。可是姥姥在乡下，就算能给他这笔钱也得一个月二十天的。起凤一筹莫展，急得满嘴起泡。

那天中午，那个山西同学突然把另外几个同学召集到一起说他有办法筹钱。说起凤已经出了很多钱了，不能再让他犯难了，你看他吃不下睡不好的，急得起了满嘴泡。说今儿他豁出去了，最迟到下午五点，他一定筹到五百块现大洋。

"啊？五百块，你不会是去抢票号吧？"同学们说。

"那是咱读书人干的事儿吗？你们谁去南楼文学院高教授那里给我借一套长袍马褂来，别人没有不说，有我也穿不了，我太高了。对了，就说我们演戏用。"这个山西同学叫祁东来，他身材高大，气宇轩昂。他说的那个高教授并不姓高，是文学院一位教中文的身材高大的教授，因为身高在大学第一，所以被学生们惯称为高教授。大家都知道，东来家条件不是很好，孤儿寡母的。

这个祁老西大家是又同情又喜欢又感觉他神秘。而且据说他来东北读书还背负着一个使命。

他说他父亲的仇家是日本人。生意被日本人害得破产后，悲愤自缢。他背负的使命就是到抚顺寻找父亲的坟墓、恩人及仇家。他有五兄弟，父亲在他很小时候就在抚顺开当铺。因为路途遥远，除了他大哥、二哥来过两次抚顺外，他和下面两个弟弟从没来过东北。大哥二哥读了几年私塾后就在家打理家业，现已经娶妻生子，父亲出事后，为了重振家业分别去了西安和北平谋事。他原本是在山西老家读中学，为了那个使命，母亲让他去投靠在海城开烧锅的姨夫来到东北。姨妈嫁到山东，后来闯关东来了海城。他在海城读完了中学，考进了北方大学机械专业。

尽管他是带着难与人言的使命来东北读书的，但他好学上进。他知道，自己读书不容易。家里还有两个弟弟，母亲一个妇道人家打理一个家庭太难了，兄长们的事业也不是顺风顺水。他的学费由母亲、兄长和姨夫共同承担。他生活非常节俭。一到北方大学他就被这里的学术氛围所吸引，但他也时刻记着母亲的嘱托。和起凤一样，他憎恨日本人在中国土地上横行霸道，想工业救国，工业强则国强。他与起凤成了铁哥们，立志在火车机车方面开辟一番事业。

　　那个下午大约三点钟，他穿着室友借来的文学院教授的中式长袍马褂，提着一个精致的藤条箱出门了。同学们都说他活脱脱像一个乡下地主老财家的公子哥。大家问他去哪儿，他也不作答，只叫他们等着，他一定会把钱如数拿回来的。同学们又惊奇又担心，做各种猜测。以他的个性，他不是说空话的人。

　　五点钟时，当起凤垂头丧气地骑车往宿舍赶时，在门口正遇到穿着长袍马褂的祁东来。他提着那个总是锁在柜子里的藤条箱，箱子似乎很重。东来脸上的表情很是复杂。"你怎么这身打扮？提的什么？"起凤跳下车子问道。东来吓了一跳。"走，进去说。"起凤锁好车子。东来旋风样拉起他就往宿舍跑。

　　宿舍里几位同学或坐或躺，都在焦急地等待着东来。大家都担心他出什么事。东来拉着起凤的手推门进来的一刹那，大家都把目光集中到他们身上。躺着的坐起来，坐着的离开床铺站起来。好像他俩身上有什么西洋景一样。"我们有钱了！"东来兴奋地挥动胳膊说。大家都惊奇地看着他，等着他往下说。起凤更是惊讶得张大了嘴巴。

　　东来打开藤条箱。露出来一封一封用红纸包着的光洋。

　　"啊？这么多。"大家都惊叫起来。

　　"五百块。"

　　"五百？啊？哪弄来的？"起凤惊叫道。

　　"先帮我把衣服脱下来，穿着怪难受的。"东来说。众人都过来帮着他解扣子，脱马褂，拉长衫。一张纸呼地从长衫口袋里飞出来，掉在地上，一位同学没注意，一脚踩了上去。"哎哎哎，别踩坏了。"东来着急地大喊道，他挣脱众人，弯腰拾起那张纸片，迅速塞到被子下面。

　　"什么东西？不会是卖身契吧。你不会是把自己卖给哪个富人家做女婿了吧？要不哪来的这些钱？"最爱戏谑的老五说道。

　　"少废话，那是我干的事儿吗？抢来的，胡子抢东西，我抢胡子，干了一票大的。"祁东来大声说道。引得大家一阵哄笑。

起凤没有笑。他眼尖，看出了那是一张当票。那张被东来塞到被子下的纸片正是义隆兴的当票，他再熟悉不过了。他瞬间明白了一切。只是，东来当的什么东西这么值钱呢？他不动声色，也跟着大家一起欢呼雀跃，一起把那些银圆用手掂量来掂量去。

晚饭后，他把东来叫到校园里。两个人边走边聊。

"东来，你必须告诉我你在当铺里当了什么物件？那么多钱。"起凤说。

"你怎么知道我去了当铺？"东来诧异地问道。

"你别问，你先告诉我。"起凤说。东来惊讶地看着他。

"你必须告诉我，我看到了你塞到被子底下的是当票。"起凤又说。东来支支吾吾不想说。

"我把你当成无话不谈的铁哥们，你却有事瞒着我，你就不怕这样做伤我的心吗？"起凤生气地说。在起凤的一再逼问下，东来只好如实跟他说了。原来他当了一对乾隆年间制作的点翠鎏金的凤凰钗，那是他家的传家宝。

"凤凰钗？"起凤惊问道。

"是的，点翠鎏金的。"起凤瞬间明白了自家当铺为何给了他这么高当银的原因。当铺里坐柜的人都知道父亲对凤凰形状的物件感兴趣，父亲认为有人来当凤凰形物件是吉兆，更何况还是乾隆年间的老物件呢？

"你家的传家宝为何在你手里？"起凤疑惑不解地问道。

"说来话长。这是我老祖母的嫁妆。我家祖上也是殷实人家，到了祖父这辈，土地房产越来越多了，祖父与曾祖父都在口外做生意，家里的田产由祖母打理。不料，口外店铺失火，折了本不说还连累了邻居店铺，我曾祖年事已高，身体本就虚弱，急火攻心过世了，这更是雪上加霜啊。家里卖了很多土地也堵不上这亏空。这对点翠鎏金凤凰钗是我祖母过门时带来的珍贵嫁妆。祖母深明大义，偷偷让祖父点当了，用来做本重新做起了生意。因诚信又能吃苦，渐渐东山再起，很快就积攒了一些银钱，赎回了这对凤凰钗。到了我父亲这辈，生意越做越大，老家也置办了些田产，在老乡的引荐下，我父亲就到抚顺开了一间当铺，十多年来兢兢业业，生意很是稳定。我父亲每年只回家住两个月，我母亲的辛苦程度可想而知。因此，祖母临终时就把这对点翠鎏金凤凰钗传给了我母亲。只可惜我父亲心高气傲，被日本人陷害破产后，不愿意像我祖父当年那样用这个做本钱以图东山再起，而是在家人不知道的情况下，悲愤交加结束了自己的生命。我的母亲非常伤心，在我来东北时把这件东西交给了我，让我在危难时候救急，切不可走我父亲那样的极端。母亲告诫我一定要记住：凡事从长计议，留得青山在，不怕没柴烧。幸好有这对凤凰钗，这次派上了大用场。"起凤听东来讲完他家的悲惨家史，一时间百感交集。

"这可是你母亲给你扶危救难用的，你却把他当了，当在哪里了？"后面那句话起凤是故意问他的。

"大型当铺义隆兴，信誉很好的。我对这个当铺的名字感到亲切。"

"还有对当铺感到亲切的？开当铺的不都是吸血鬼吗？"起凤故意说。

"当铺是千古以来存在的一种行当，比如我父亲就是开当铺的，可他人品很好。还有抚顺义隆兴当铺的高东家，也是一个义薄云天的人，是我们家的大恩人，有机会，我一定去找他，有能力一定要报答他。"东来眼含热泪说道。

起凤惊愕地看着他。抚顺、义隆兴、高东家，他心里一直默念着，他确定，东来要找的人就是自己的父亲。他想告诉他，张张嘴又咽回去了。

"这就是你要去义隆兴当凤凰钗的原因吧。因为这家当铺名字和你父亲在抚顺的恩人开的当铺名字一样。你当了传家宝，不怕你母亲怪罪吗？"起凤问道。

"是的，我的确对义隆兴这个铺名感到亲切，他们也真没让我失望。五百当金还是他们东家一锤定音的呢。那东家一看就是个好人。我母亲不会怪罪的，现在已经到了危急关头了。没有钱我们就买不了配件，我们的研究就进行不下去。我写信跟哥哥们说了，两个哥哥肯定会凑钱的，所以当期短，这样付的利息少些。"东来说。

"你真让我感动，东来。"起凤在东来背上拍了两下，眼里的泪花终于忍不住滴落下来。其实，起凤心里有了底，也有了主张。只是现在还不到告诉东来的时候。他知道那件东西放在他家当铺库里是绝对安全的。

"起凤，你别这样，你弄得我心里酸酸的，男儿有泪不轻弹嘛。"东来一边帮起凤揩眼泪一边说。他自己的眼泪也下来了。他们拥抱了一下。

"啥也别说了，全力以赴，工业救国，我们一起努力吧。"东来说。

七

山西晋城世多商贾。自古以来，他们就以诚信和团结打开了全国的市场。

祁东来的父亲就是那个被日本人算计失了当铺以至于悲愤自缢的和兴当东家祁裕宽。东来到海城姨妈家后，一直想去抚顺读书或者谋事。他姨妈和母亲皆不肯，认为他天性聪明睿智，是读书的料，应该到好的学堂读书。东来考进北方大学成了家族的荣耀。

临行时，母亲曾给东来讲过父亲在抚顺遭遇的一些事儿。原来，在父亲自杀前半年回山西老家时曾经对母亲说过有人想在他的和兴当旁边开当铺，是日本人，他们嫌铺面小，觊觎他的铺面，曾和他协商过，让他把铺子搬走。可父亲在抚顺城那个地界开了十几年了，客源稳定，怎么可能搬动呢？他还对母亲说如今日本人在东北的势力越来越大了，说他真的弄不懂，卧榻之侧，岂容他人酣睡？咱们中国的地盘怎么能容别人横行霸道呢？

父亲回抚顺后，东来母亲的心就一直揪着，她一直担心父亲会出什么事，可一个妇道人家又无能为力。祁东家临走时，东来母亲把传家宝那对点翠鎏金凤钗拿出来让他带上，以便不时之需，可祁裕宽死活不肯。他总是强调自己不会有事的。可不尽人意的事还是来了。

东来父亲自缢前写的那封信并不太详细，只告诉妻儿们说自己被日本当铺害得铺毁人亡，让儿子们记住跟日本人之间的世仇，还让他们有机会一定要去抚顺找到恩人义隆兴当铺的东家高明瀚报恩，还交代了一些别的事，东来没说，起凤也不好问。

寝室的同学们只知道东来父亲死于日本人之手，东来是揣着一怀心事来报到的，其他情况一概不知。

两年来，东来一直想去抚顺走一趟，找寻父亲的坟墓祭奠父亲，找找父亲的恩人义隆兴当铺的高东家，给他磕几个头，还要去见识一下那个要了父亲性命的大和当，可一直未能如愿。

八

北方大学门口，凤鸣把一个用围巾包着的长方形物品递给四哥。"我完成任务了。你的承诺能不能兑现？"

"放心，哥怎么可能骗你呢。今晚七点半，我们学校学生俱乐部门口见。"

"好，一言为定。我先回去。"

"老爷子不会惩罚你吧。"

"不会的。要是惩罚，下个礼拜起，我让他人影都找不见我，哈哈。"凤鸣说。

"唉，摊上咱俩这样的儿女，老爷子也可怜。"起凤说。

"不是还有对他言听计从、百依百顺、三从四德的大姐吗？"凤鸣嘻嘻笑着说。

"谁让他开当铺，这是报应。"凤鸣又咬牙切齿地说。

"怎么说话呢你？嘴跟刀子似的。老爷子心不坏，够义气。当铺也是一种行业。我还有事，我先回学校了。"说完，起凤跨上自行车一溜烟进了校园。凤鸣也转身走了。

五月时节，惠风和畅。透过铁栅栏围墙，她看到北方大学的丁香花开得正盛，那馥郁的香味随风阵阵扑鼻而来，有些花枝一直伸到栅栏外。一夜好风吹，新花一万枝。凤鸣禁不住吟了一句诗。她调皮地折了一枝拿在手里，时不时闻闻那股沁人心脾的芬芳。明媚的春光里，她感觉心情无比畅快。想到七点半的舞会，她就很激动。为了这场舞会，在同学的引荐下，她已经偷偷跟一个铁路官员家的女眷学习一个月跳各种时尚的西方舞蹈了。今晚的舞会刚好小试牛刀。凤鸣对自己很有信心。为了使时间充裕些，她叫了一辆黄包车。

走到一半路的时候，想起老爷子那犀利的目光，凤鸣不寒而栗，她突然有点打怵。忽又觉得，自己真的有点过分：父亲年过半百了，半生辛劳，从没好好享受过生活。五百大洋的当金啊，老爷子得心疼死。她不禁又有点心疼起父亲来。算了，事情都做了，后悔也来不及了。就当又一次为父亲积德行善吧。她又在心里暗暗为自己开脱。到街口下车时她看到那个长年在那里卖油炸糕和豆腐脑的摊子已经摆出来了，她买了两斤油炸糕和五碗豆腐脑，付款后嘱咐摊主送到义隆兴去。老爷子喜欢这口，多买点他才能吃得安心，铺里人多。做了这些后，心情才好些。她径直走到街口的面馆，吃了一碗自己喜欢的炸酱面。然后回到家里开始梳洗打扮。这可是自己第一次参加舞会啊，穿什么衣服好呢？她打开衣柜，几乎把所有的衣服都试了一遍。最后选了一条水绿色的旗袍配乳白色的开司米披肩，脚上是肉色长筒丝袜配乳白色浅口半高跟皮鞋。她画了个淡妆，戴上假发套，把假发像原来那样编两根辫子对折用淡紫色绸带打成蝴蝶结。清爽而富有朝气。她对着镜子前后左右地照，感觉很满意。

"啧啧，你这身打扮好淑女啊，好在今晚主跳交谊舞，要是主跳华尔兹你就得穿礼服。不过听乐队的学长们说最后有两支是华尔兹，你等着，我去给你借一套礼服去。"俱乐部门口，起凤看着装扮得清新典雅的妹妹说。

凤鸣一个月来利用课余努力学习跳舞没有白费。她原本就是一个古灵精怪的姑娘。在学生俱乐部里，舞会开始没多久，她就成了舞会的焦点人物。出色的容貌、曼妙的身段、轻盈娴熟的舞姿技压群芳。很多男生邀请她跳舞，送饮品、送花向她献殷勤者也大有人在。凤鸣的脸上始终带着一丝冷傲的微笑，使那些轻佻的男生望而却步。但他们都迫切地想知道，这个冷美人究竟是哪个系哪个班的？心里暗暗合计舞会后一定想法子一探芳踪。

祁东来是在舞会中期来到俱乐部的。之前他一直在想法子借服装。他没有西装。因为他身材过于高大，很难借到合适的服装。他原以为南楼那位中文系的高老夫子是不会有西装的。一个学长抱着试试看的态度去找高老夫子。没想到他还真的有。他的衣服和鞋子都和东来匹配。东来原本是不好意思借鞋子的，老夫子说："难道穿西装还要穿布鞋不成？"坚决让那个学长把皮鞋也带给东来。起凤等了好久不见东来，以为他借不到衣服不来了呢，就自己到舞池里与三个不同的舞伴跳了三支。看着不远处的妹妹那翩若惊鸿、婉若游龙的曼妙舞姿，起凤真的好自豪。他感觉自己的妹妹真的是个绝代佳人。

东来气喘吁吁赶到舞厅时，正是一曲终了，大家都在休息、喝饮料的时候。舞厅灯光幽暗，东来眼睛又有些近视，根本找不到自己班里的人。他急得在门口高喊起凤的名字。这一声带着山西口音的大嗓门，着实把里面的人都镇住了。大家都把目光投向门口，俱乐部里一时间鸦雀无声。东来也没料到会产生这样的效应。他愣在那里。本来穿着整脚的西装打着领带就够使他不自在了。这样一来他就更不知所措了。还没等起凤开口。正在不远处喝冰镇汽水的凤鸣看到他这滑稽样，一口汽水喷出好远。她也顾不上擦嘴巴，一个箭步冲上去，拉着东来进入舞厅。见大家又开始大笑，就挽着东来的手说："有什么好笑的？宋朝陈慥家有河东狮吼，你们北方大学就不能有山西虎啸吗？说不定你们以后就娶河东狮、嫁山西虎。"大家听了愈加笑得上气不接下气。东来的脸涨得通红，满头大汗，愈发局促不安起来。这时舞曲突然响了，一对对男女赶紧携手进入舞池。起凤见状赶紧拉了东来坐在沙发上，递给他一杯冰镇饮料。一位男同学过来弯腰伸手对凤鸣做出一个请的姿势。凤鸣赶紧指着东来说："对不起啊，这位同学先请了我。"来人只好悻悻而去。东来的眼里闪出一道亮光，旋即又熄灭了。小声说："我，我不会跳舞。"

"我教你，很好学的，跳两圈就会了。"

"这，我不好意思，我真的不会。"东来小声嗫嚅道。

"这么大的个子，敢情你就这点胆量啊，刚才的虎啸劲哪去了？"凤鸣拉起他的手就往舞池里拖。

"我，我真的不行。"东来挣扎着。

"瞧你这点出息。"起凤用力推了他一把，他踉跄着踏进舞池里。凤鸣给他摆好姿势，说了声开始。就拥着他跟着音乐节拍跳起来。东来却浑身颤抖着不知该迈哪条腿。他像木偶一样，机械地被凤鸣摆弄着。一会儿踩了凤鸣的脚，一会儿下巴又磕到凤鸣的头顶上。他的笨拙引得舞池里的人纷纷侧目，指指点点窃笑。在沙发上休息的男生还对他俩打口哨。凤鸣知道他们那是羡慕嫉妒恨。一个呆头鹅样竟然独占她这花魁。她愈加对东来亲密起来，看吧，我就是对这不会跳舞的大个子感兴趣。

一曲终了，东来和凤鸣都满头大汗。凤鸣的脚被东来踩得生痛，丝袜也有几处被踩得脱了丝，开司米披肩被拉得斜挂在肩膀上。东来一屁股坐到沙发上，如遇特赦一样，先是长长出了一口气，而后夺过起凤手里的一杯饮料，一口气灌下肚去。看到他这狼狈样，起凤忍俊不禁。凤鸣则在一旁噘着嘴整理自己的衣服。时不时用幽怨的眼神看东来一眼。东来都不好意思抬头。

"快去换衣服，下面开始跳华尔兹了。"起凤对凤鸣说。凤鸣赶紧抱起哥哥给她借的礼服跑进更衣室。"别忘了把头发盘起来。"起凤朝她喊道。

当凤鸣穿着淡紫色的礼服走出来时，不单是东来，就是起凤也被妹妹的美惊呆了。她的头发已经高高地盘在头顶。腰肢在蓬松而又层次分明的裙摆衬托下显得更加纤细。耳朵上戴着一对珍珠耳饰。真的是"腰若流纨素，耳著明月珰。指如削葱根，口如含朱丹。纤纤作细步，精妙世无双"。起凤下意识地默念出《孔雀东南飞》里的这一段。他的心中忽地闪出一念：东来那对传家宝点翠鎏金凤钗要是戴在妹妹的头上该是何等风光啊。他突然觉得，这世上，除了凤鸣，没人配得上那对凤钗。而这时，东来周身的血液沸腾起来。

"我要和你跳舞，和你跳华尔兹，你教我。"东来大声对凤鸣说。

起凤大吃一惊。他不知道东来哪里来的这勇气。而凤鸣却高兴道："好啊，可以啊。"东来鼓足勇气，挽着凤鸣的手步入舞池。就在凤鸣为东来摆好姿势，就要开始带他跳华尔兹的时候，宿舍的老五突然雀跃着进入舞厅，也不顾正在跳舞的一干人，如炸雷般大声喊道："起凤、东来，快到修车厂去，机车能启动了，能开走了！”全场愕然而后哗然。东来一把挣脱凤鸣，跑出舞池。起凤也推开舞伴跑出来，三个人紧紧拥抱在一起。

九

起凤、东来、凤鸣三个人再见面已是一个月后。起凤和东来抑制不住机车成功启动的快乐，一见面就兴冲冲地对凤鸣滔滔不绝地讲他们的机车。

“看这架势就是瓦特当年发明蒸汽机、斯蒂芬逊发明火车机车时也不见得有你们这么兴奋。”凤鸣揶揄哥哥说。

“我们怎么敢跟大发明家比呢，我们就是普通大学生，能让别人发明的报废机车启动我们真的已经很了不起，很有成就感了，费了多大的精神啊。我们会继续努力的，工业救国不是一句空话，看着吧，总有一天我们会彪炳史册的。”起凤演讲一样侃侃而谈。

“停停停，彪炳史册时别忘了我这幕后英雄。”凤鸣说。

“忘不了，忘不了的，一定不会忘记你的。”东来说。

“这还差不多。”

“那天在舞厅真的好遗憾，好好的华尔兹就被你们的破机车给搅了，你们必须得赔我一场舞会。”凤鸣噘着嘴说。

“好好好，一定会赔你的，学校每学期都会举办两三次舞会的，到时再带你去。”起凤信誓旦旦地承诺。

“老哥就是好。”凤鸣撒娇道。

“哟哟，你还会撒娇啊，我都差点忘记了你是女孩儿家。”起凤怪声怪气地说。

“凤鸣小姐，我真的要感谢你，把我的东西还回给我，我，真的过意不去。令尊那里……”东来一副诚恳的样子说。

“说好话还这么正式啊，你这祁老西挺会讨好女生嘛。”起凤揶揄东来道。

“起凤，我一直想跟你说的，在舞厅里第一眼见到凤鸣小姐我就有亲切熟悉的感觉，就想对你说你这妹妹我见过的，一直没机会说，一直拖到今天。”东来憨憨地说。

“确实是这样，祁东来第一次见到我时眼睛都有点不够用，直勾勾地盯着我看了半晌，我在心里还骂了他一句呆头鹅呢。”凤鸣揶揄道。

"真的，你们别不相信，我当时就是想对起凤说你这妹妹我见过的。"东来又重复一句。

凤鸣斜了他一眼，对他的话嗤之以鼻，有些反感起来。"你是《红楼梦》读多了，走火入魔了吧？可惜我不是林黛玉。我可不喜欢娇花照水弱柳扶风。我呀，就是个野丫头，知道吗？我差点报了冯庸大学体育系。"

"怎么我妹子想学龙文彬当校长夫人吗？"起凤笑着揶揄她道。

"没那兴趣。不过呀，我们冯庸校长的确是我崇拜的青年才俊，他……"

"哎呀妹子，我们祁兄也是青年才俊，为了工业救国不惜拿出家里的传家宝，工业救国是他的梦想，他呀，一定会成为瓦特、爱迪生、斯蒂芬逊那样的人物。"

"去去去，还蹬鼻子上脸了，最烦你的贫嘴。"凤鸣对哥哥说。

"别生气啊，好妹子，那个，一会儿哥请你们俩吃冰激凌。"

"看你这小气样，估计口袋里的钱又都贴在那辆宝贝机车上了，还是我请你们俩吃西餐吧，走吧。"

十

那天，凤鸣心血来潮，又来当铺视察。仓库三楼，伙计们正在清点那些死当儿。她凑上前去观看。当时清理的是黄金、玉器、珍珠等比较贵重的首饰。这些黄金饰品她不感兴趣，觉得那是老妇人才戴的东西。她比较喜欢银饰，这可能是受我太姥姥影响。太姥姥一生喜欢戴银饰。她说银饰有辟邪保健作用。铺里的二柜很会巴结人，为了博得三小姐欢心，每清理一件都拿给凤鸣看看，还边介绍说："三小姐，您看，这件是足金的耳环，这是件赤金的手镯，这是件金镶玉戒指还有这对玉镯……价值多少多少，赚了多少多少。凤鸣嘟起嘴巴，屈起鼻子做不屑之状。"这样看来，近期我爸又造了不少孽。"凤鸣说这话时三柜从写着玄字的珠宝首饰柜里拿出一个精致的锦盒，张口想要说什么，听她这样一说，马上就不作声了，刚想把锦盒放进柜子里，就听凤鸣问道："这是个什么东西？包装这么精致？"

"三小姐，这是一对点翠鎏金的凤凰钗。"三柜说。

"点翠鎏金？什么意思？"三柜刚要解释。就听二柜说："三小姐，这件稀罕物是在我手上收的当儿，再过一个时辰如果没人来赎，就成死当儿了，咱们可就赚大发了。这可是乾隆年间的老物件。"

"哦？那你一定很懂点翠鎏金了？本小姐今天倒要听听。"

"好，愿意为三小姐效劳，愿意为三小姐效劳。"

"点翠工艺自汉代时期开始的。就是采用翠鸟的羽毛作为装饰。这种首饰经历漫长岁月仍能保持鲜艳闪亮。明清时期，尤其是清代，皇官后妃们的首饰几乎离不开点翠。如点翠凤冠、凤钿、凤簪、凤钗、蝴蝶钗、头花、帽花、步摇、耳环、眉勒子（抹额）等。点翠工艺到乾隆时期达到巅峰。从事这工艺的匠人们不但要有高超的技艺，还要有极度的耐心。因为每一件产品都用类似于头发一样细的金银丝焊接而成，做工非常精细。先用金、银、铜或鎏金的金属做成不同工艺图案的底座，再把翠鸟背部亮丽的蓝色羽毛剪切后仔细地镶嵌在底座上，形成精美的吉祥图案，再镶嵌珍珠、玛瑙、翡翠、碧玺等宝石制成的。粘贴羽毛这个工序是非常要功夫的，要将柔软的鸟羽一点点慢慢地点到小小的金属片胎体中去，稍有偏差，哪怕轻微的手抖都可能影响效果。羽毛必须纹路清晰，色泽统一，方向秩序排列一致。点翠工艺的胎与翠咬合致密是匠人所必须掌握的要点，它对匠人的耐心、毅力与经验要求十分之高。做一件这样的首饰要很久，一只翠鸟只有十二根羽毛可用，所以价值很高，就算是鎏金的，也价值不菲。"二柜用很专业的语言介绍道。"哦，这么神奇啊，那我更要看看了。"

"好的，三小姐。"二柜说着就打开锦盒。锦盒里赫然躺着两支精美的凤钗。色彩十分明艳。二柜戴上用白色丝绸做的手套，小心翼翼地拿出一支。他一手攥着凤钗的柄，一手指点着为凤鸣讲解：

"这是一柄五尾凤凰钗，你看中间这根羽毛最长，尾部镶的红珊瑚宝石叫凤眼。五根羽毛上都镶有凤眼，光中间这颗宝石价值就很高。真不知道这么精细的工艺，凤眼又镶五颗这么贵重的红珊瑚宝石，却为何要用银质鎏金；你再看看这支。"二柜把手里的钗放回去，又拿出另外一支。

"这支的凤眼镶的是祖母绿，祖母绿啊。光中间这一颗大的就贵得很啊。"二柜说。

"确实漂亮。也许，主人喜欢戴银饰呢。我妈就喜欢银饰。这对凤钗太精致了。为什么要做成一对儿？"凤鸣问道。

"这个嘛，很有可能是定做的男女定情信物呢，红男绿女，一人一枚。"二柜说。

"是吗？那这女子也太幸福了吧。这样吧，这个就交由我来保管。我母亲喜欢银饰，我做主，这个就当是我父亲送给我母亲的定情信物了。"说完拿起盒子就要往自己的手提包里放。

"哎呀呀，三小姐，您轻着点，轻着点啊，点翠的首饰娇贵着呢。您这样做不行啊，这么贵重的东西，您可不能随便就拿走了，老爷那里我没法交代啊。再说了，这离铺子关门还有一个时辰呢，万一人家来赎当，我们拿不出怎行？您快给我。"二柜着急地说。一边说一边靠近凤鸣想要把锦盒拿回来。

"你再抢我就把它摔在地上。"凤鸣气呼呼地说。

"别介，您千万别介。真摔坏了我可就惹大祸了。"

"那好，先搁我手里放着，我就在这坐着等铺子关门，没人来赎当我就带走。"二柜不敢惹她，只得端茶倒水上点心地伺候着凤鸣。凤鸣一边喝茶一边大嚼点心，到了关门的时候，果真没人来赎当，直接拿了锦盒就大步流星出了当铺走人。二柜在后面磕头作揖地央求，凤鸣也不管。

"我的天哪，我可算是摊上大事儿了，惹祸了。"二柜捶胸顿足。三柜看了他一眼，调转头偷偷笑了。

"我就是这样得手的。"西餐厅里凤鸣大笑着对起凤和东来说。起凤和东来惊得下巴都快掉了。

"现在该你这个老西讲讲到我家当铺当当的事儿了。"凤鸣边笑边指着东来说。东来喝了一口咖啡，苦得龇牙咧嘴。他看了看四周，见餐厅里没几个人，更没人注意他。便站起来用一种奇怪的步伐在起凤兄妹俩面前走了几步。"我就是迈着这样步伐进了义隆兴当铺的。"

祁东来的确是迈着这样的步伐走进义隆兴的。

那个下午，东来穿着那套借来的长袍马褂，戴着一顶嵌玉的瓜皮帽，提着一个精致的藤条箱踱进义隆兴。

天正下着小雨，铺里很冷清，值柜的二柜和四柜坐在高凳子上几乎都要打瞌睡了，根本没注意到祁东来走进铺子里。"当当。"祁东来大喊一声。吓得两个值柜的一激灵。

"来了，您啊。"二柜和四柜一齐打招呼道。祁东来打量一眼他俩，径直走到二柜那边。尽管他的个子很高，但跟义隆兴窗口比还是嫌矮了些。他打开箱子，从里面拿出一个精致的锦盒，一只手举着递给二柜，脸上是当家少见的傲慢神态。二柜打开锦盒，眼睛突然就变得熠熠生辉起来，就像老鹰看到猎物一样。四柜本来有些失望，看到二柜的表情就知道他一定是看到稀罕物了，隔着三柜的那张空凳子侧身凑过来看。嗬，果然是稀罕物。只见那个锦盒里并排躺着两支精美的点翠凤凰钗，在头顶吊着的电灯下发着蓝幽幽的光。四柜从凳子上出溜下来，跨两步走到二柜那里，眼睛也放出光来，但是他没有作声。二柜戴上一副白绸子做的手套，小心翼翼地把其中的一支凤钗从盒子里取出来，在灯下各个角度地看：时而放到眼前细瞅，时而又伸着胳膊送到远处观望。四柜的眼珠也随着二柜的手转动着。二柜看了一阵后又放回去，然后拿出另外一支又如是看了一回。

"您这是乾隆年间的点翠鎏金凤凰钗，底座是足银的。"

"嗯，算你识货。"东来傲慢地说。他斜靠柜台站着，一副玩世不恭的样子。

"这是一对儿。"

"算你又说对了。这是定情信物，祖上传下来的。"

"凤凰本是有雌有雄，后来渐渐演化成雌雄同体了。但，当年打造这对凤钗的匠人还是做了区别的，两只凤凰尾部都镶嵌有凤眼——红珊瑚和祖母绿。镶着红珊瑚凤眼的是男人所有；镶着祖母绿的是女人的，红男绿女嘛。"二柜说。

"识货。"

"请问这位爷您想当多少？先开个价儿。"

"五百大洋，一分不能少。"东来伸出一只手晃了一下说。

"这也太多了吧，恐怕无法成交。"二柜说。

"爷说了，少一块都不当。"

"这样吧，这位爷，咱们商量一下。这个点翠的首饰其实我们是不愿意收的，太娇贵，不好保管，怕淋雨、怕潮湿又怕日晒的。再说了，您这是银坯鎏金的，不值钱。"二柜说。

"其实你是知道这东西的价值，何止五百大洋？别的不说，就说那凤眼就价值不菲，只是小爷我要钱应急，我很快就会来赎的，所以我只当五百。"东来说。双方就此争得面红耳赤。四柜几次欲打圆场，又不敢轻易参言。二柜从二百加到三百，当家大怒欲取回。就在这时，我太姥爷来了，他只扫了一眼锦盒里的那对凤凰钗，眼睛就睁圆了。

"要多少？"太姥爷问。

"五百。"二柜说。

"成交！"太姥爷一向认为有凤来仪是好事，何况还是双凤呢，今儿运气不是一般的好啊。写票付当银后，太姥爷这才仔细看了一眼当家。不知为何，竟觉得有个熟悉的人影在他眼前一闪，十分眼热，可一时又想不起是谁。

"冒昧问一下，请问这位少爷是哪里人士？"

"山西。"

"山西？您在哪高就？"太姥爷又问道。

"做生意的，您问多了，东家。"见当家有些不悦，太姥爷自知失态，也就没再追问。东来袖了当票，收好大洋径直出门而去。太姥爷在柜台后面呆立许久，心里总是觉得这人特别眼熟。

<h2 style="text-align:center">十一</h2>

自从那辆废弃的机车再次启动后，东来他们就一直忙得不可开交，几乎把所有的课余时间都用到研究机车上面去了。好在那时所有的课程都结束了。他们日夜在修车厂鼓捣机械，连剪头发刮胡子都顾不上。每个人都蓬头垢面，胡子拉碴，就连衣服也是油渍麻花的。礼拜六和礼拜天，不要说太姥爷，就是凤鸣也捞不到哥哥的边儿。

一个礼拜六下午，太姥爷让伙计媳妇做了一桌丰盛的菜肴，一直等到天黑，才见凤鸣一个人回来了。太姥爷强挤出一丝笑容，陪着女儿勉强吃了几口饭菜，就再也控制不住情绪，把饭碗狠狠地摔到地上。一声脆响，瓷片四溅，吓得凤鸣一声尖叫。

"这个孽种，王八羔子，越来越无法无天了，他眼里有谁？还有我这个父亲吗？我快两个月没见到人影了。他还振振有词跟我说什么工业救国，他有多大能耐，能管得了国家的事儿？现在世面不太平，日本人横行霸道的，他天天嚷着救国，我看是在找死！跟日本人作对有他的好果子吃吗？从明天起，我停了他的生活费，饿死他个小王八犊子，比被日本人逮住杀了强。"太姥爷火冒三丈，大声咆哮着。凤鸣第一次见父亲发这么大的火。她不敢言语。默默地蹲在地上收拾碎瓷片。

"还有你，姑娘家家的，也跟着他们绕混，没好下场的。人不大，胆子不小，明里暗里拿铺子里的钱不说，还嚣张到把贵重死当据为己有，反天了你。说，那对点翠鎏金凤凰钗被你倒腾哪儿去了？那可是五百大洋的当金啊。那东西娇贵着呢，你赶快给我还回来。平常我对你的所作所为睁一只眼闭一只眼，你就蹬鼻子上脸了，我怎么养了你们这俩败家子儿呢。你看看你大姐桂凤，啥时让我操过心。"太姥爷气得七窍生烟，用手捂着胸口大口大口喘着粗气。

"爸，对不起，我错了。四哥没在外面鬼混，他和几个同学确实是在修车厂研究机车。那辆废弃的机车现在都可以重新启动了。我在铺子里拿的钱，都给他们买配件了。还有那对凤凰钗也是我拿了还给四哥的同学了。那对凤钗是四哥的同学为了买主要配件当了的，那是他家的传家宝。四哥不忍心让同学的传家宝陷在咱家当铺里，他怕你转卖了，到最后期限时，才设计让我到咱家的当铺里强行拿走的。现在已经还给那个同学了。那个同学说他一定会尽快让他的两个哥哥凑钱还给咱家当铺。那个同学也是个讲义气又爱国的人。"凤鸣慌了，她走过去，一边帮父亲揉胸口一边哭着说。

"什么？当那对凤钗的是你哥哥同学？不是山西生意人吗？"太姥爷吃惊地问道。

"他是山西人，是学生不是生意人，是哥哥同班同宿舍同学。"凤鸣说。

"山西哪里人？"

"好像是晋城吧。"

"什么？晋城？他叫什么名字？"太姥爷追问道。

"祁东来。"

"他姓齐（祁）？哪个齐（祁）？'见贤思齐'的'齐'还是'祁连山'的'祁'？"太姥爷追问道。凤鸣十分诧异，不知道父亲怎么对人家的姓氏起了兴趣。

"'祁连山'的祁。"

"啊？快说他父亲是不是叫祁裕宽，在抚顺城开过和兴当的？"太姥爷大声问道。

凤鸣被父亲这一连串的发问弄蒙了。她一脸疑惑地站在那，愣愣地看着父亲。"这个我不知道。"

"你哥哥和他当真是同学？"

"是。"

"他们现在当真在皇姑屯修车厂？"

"是的"。

"好，明天一早你带我过去找他们。"太姥爷说。

"我说收当儿那天，我看着他面熟呢，原来他姓祁，一定是他的儿子。"

171

太姥爷像在告诉女儿，又像在自言自语。凤鸣愈加摸不着头脑。

那一夜，太姥爷高明瀚彻夜未眠。他一会咳嗽气喘着起来抽烟，一会又去倒茶喝，嘴里还念叨着："祁东家，我可算找到你的后人了，可算能给你一个交代了。"凤鸣不知道自己父亲这是怎么了。父亲真的老了，她觉得。

天刚蒙蒙亮，太姥爷就起床亲自到街上买来了豆浆和油条。他叫起女儿，父女俩简单吃了早点就雇了一辆马车直奔修车厂。

出门时，凤鸣随手把家里装干粮的大柳条篮子提上了。太姥爷十分不解女儿提个空篮子干嘛，但也懒得问，他的心思全在找祁东家后人上了。途中，走到一处卖吃喝的路口时，凤鸣让车夫停下来，她跳下马车，买了二十多个饿面馒头、一大撂鸡蛋大饼和几个咸菜疙瘩，装了满满一篮子。太姥爷这才寻思过味来，原来这丫头是给起凤他们带吃的啊，难不成他们平常就吃这？

太姥爷和凤鸣到达修车厂时，起凤他们早已在机车旁叮叮当当地忙着了。机车能够启动，但功率不大，他们正在想办法改良。

不远处，一个大个子男生正在三块石头搭的简易炉灶旁用一口熏得漆黑的铁锅煮着什么。锅里正呼呼冒着热气。

"哥，东来，我来了，给你们带了馒头和鸡蛋大饼。"凤鸣一边掀马车上的布帘一边高声朝他们喊着。那些人听了兴奋得哇哇大叫。丢下手头的工具，一窝蜂跑过来，把马车团团围住。一个个伸出满是油污的黑手就要拿馒头和大饼。凤鸣慌得把篮子塞进车厢里。

"看看你们的手，黑得跟老鸹爪子一样，全是油污，先去洗洗再拿，别中了毒。"

"没那么多讲究，快拿过来，饿死了快，这几天尽喝杂粮粥了。"起凤说。

"咱爸也来了。"凤鸣打起布帘说。还没等起凤喊出那个"爸"字，太姥爷就从车篷里弓身钻出来。目光箭一样盯着起凤那满是油污的脸。

"跟叫花子一样，成何体统！"

"我，我，我们太忙了，没时间收拾自己。"起凤嗫嚅道。

"忙就连脸也不洗了吗？什么？天天喝杂粮粥，我给你的生活费都用到哪里去了？"太姥爷问道。

"我们把生活费凑在一起买配件了，只留一点点糊口的钱。"

"胡闹！饿着肚子能救国？都去洗洗，先填饱肚子再救国，凤鸣给你们买了馒头和鸡蛋大饼。"太姥爷说。

172

同学们只得咽了咽口水，到水管旁扭开水龙头洗手。可手上的油污怎么也洗不掉。

"等等，我去把起凤的香胰子拿来。"老五喊道。

"喂，喂，没多少了，等我们回学校时再用。那时洗不净，怎么见人？"起凤喊道。

"管不了那么多了。"老五飞跑到一节废弃的火车厢里，手里攥着一块胰子又跑出来。大家争抢着往脸上和手上抹。每个人都是满手满脸的泡沫，有的人抢不到水龙头，眼睛辣得哇哇直叫。太姥爷看得先是皱眉头。后来也被这些年轻人的活泼和生气勃勃的样子逗乐了。

"哎，给我留点。我还没洗呢。我刚把粥煮熟。"在机车旁烧火煮粥的大个子边往水龙头方向跑，边喊道。听声音有些耳熟。太姥爷定睛看了一下。这人身材高大，虽然头发乱蓬蓬的，满脸满身的污垢，但还是有几分似曾相识的感觉。他的脑子快速旋转着，检索着。抚顺老城门洞里那个摇着破碗匍匐在地的身影突然无比清晰地浮现在他的脑海里。是了，这个大个子像和兴当东家祁裕宽，那个被日本人设计陷害破产自缢的祁东家。

十年过去了，自己已从抚顺搬到奉天，一想起这件事，他依然很痛心。每年清明回棒槌沟祭祖扫墓前，他都要带两个伙计先去抚顺走一趟，为祁东家上坟添土。他家远在山西晋城，遭此大难想必也是家道中落，料他的子女也不一定有能力来抚顺给他迁坟或者扫墓。既然自己碰上了，安葬了他，索性就每年再为他扫一次墓吧，来时多化些纸钱，多带些供品，备足他泉下一年之需，也算是尽了心意了。太姥爷认为这是前世的缘分。

大个子很快就走到太姥爷跟前。刚想张口打招呼，突然间就愣住了。

"您是……"

"我是义隆兴的东家。你是山西晋城人？你姓祁？祁连山的祁？"太姥爷连连发问。

"是的，伯父。"大个子惊讶地看着太姥爷。

"你父亲叫什么名字？是做什么的？"太姥爷又问。

"家父叫祁裕宽，原来在抚顺开和兴当，后来……"

"后来被日本人设计陷害破产自缢。"太姥爷的嘴唇哆嗦得厉害，身体也微微颤抖起来。

"是。"祁东来带着哭音说。

"您就是我父亲信里说的我们的恩人义隆兴的东家高爷高明瀚？"东来哭着问。

　　"老朽正是高明瀚。"

　　"恩人。"东来大哭着跪在地上，一连磕了几个响头。太姥爷颤抖着抱住他。凤鸣、东来和同学们愣愣地看着他们，面面相觑。东来哭得说不成话，断断续续地对他们说："我不知道起凤的父亲就是我家的大恩人，起凤父亲就是我家的大恩人啊，今天可算找到了。"

　　平静下来后，东来跟同学们粗略讲述了事情的原委。同学们听了无不感动。他们觉得起凤父亲真的是个义薄云天的好人，愈发敬重。

　　起凤和同学们简单洗漱了一下，就着杂粮粥吃了馒头、鸡蛋大饼和咸菜疙瘩后，太姥爷给他们雇了车，把他们带回城里。

　　太姥爷直接把他们带到澡堂子里，花钱让他们洗澡、理发、修容，又给每个人从内到外都买了一套新衣服，然后带他们到鹿鸣春饭店大吃了一顿。他被这些孩子们的爱国热情和敬业精神感动了。

　　饭后，他让起凤和东来先留下，说有话跟他们说。让其他同学先回修车厂，又给他们雇了车，还资助一百块钱买配件，还说他会安排附近的小吃店每日三餐给他们送吃食。大家感动得涕泪交流。

　　太姥爷把东来带到家里，详细对他讲述了当年发生在祁东家身上他所知道的一切。东来几次欲下跪道谢，都被起凤和太姥爷拉住了。东来也向太姥爷和起凤讲了他当凤钗的原因和过程：因为资金不足，对机车的研究和修理只能放下，看到同学们失落的样子，他深感不安，就决定当掉凤钗。他先去打听了学校里的一些关系好的老师及熟识校工等人，大家都说北市场的义隆兴当铺信誉好，而且东家喜欢凤凰形的物件，当金给得高些，他就决定去那里试试。其实，一听到这个当铺的名字，他就很亲切，他父亲信里提的恩人的当铺就叫这个名字。可父亲的恩人是在抚顺城，而这里是奉天，他觉得店名一样可能只是巧合。自从来到东北他就一直想去抚顺寻找恩人和父亲的坟墓。可他一个穷学生，力不从心。虽然姨妈家对他很好，毕竟也是寄人篱下，不敢提出额外要求。这一直是他的一块心病。两个哥哥创业也不顺利，没有经济能力，暂时也来不了东北。

　　凤鸣听得热泪盈眶。她不知道苛刻的父亲竟然这样有情有义。她对父亲敬佩得不行。父亲确实是做到了义字当头啊。自己真的太肤浅。东来一再要求把

174

凤钗再还给太姥爷铺里。说他到期未赎理应归太姥爷所有。太姥爷说东来不是为了自己而是为了工业救国为了大家而不惜拿出自家的传家宝，可敬可佩，将来必成大器。他说为了这样的年轻人他损失当金心甘情愿，那五百当金就算他为工业救国捐款了。

"伯父，那对凤钗就是现在不放在你铺子里，迟早也属于你家的。"东来红着脸吞吞吐吐地说。

"这话怎么说？"太姥爷吃惊地问道。

"我父亲在那封信中交代我说……"东来看了凤鸣一眼，脸愈加红了，咽回了后面的话。

"凤鸣，你去厨房烧点开水去。"太姥爷吩咐道。凤鸣极不情愿地出去了。"你父亲信里是怎么交代的？"太姥爷急切地问。

"父亲信中说凤钗是我们家的传家宝，以后就让我带在身上来东北投奔姨妈，还交代我一定去抚顺找到恩人义隆兴的高爷。他说您家有个小女儿，年岁跟我上下差不了多少，说您的人品没得说，对他更是恩深似海，他让我自强自立，闯出一番事业后就拿着这对凤钗做聘礼去您家提亲。"东来的声音越来越小，脸越来越红。

"你父亲信里当真这样说的？"

"是的伯父，我没有半句假话。"东来的脸一直红到了耳朵根。

"祁东家也是重人品重义气的人啊，这个我知道。这话先放在这里，你们都在读书，这件事以后再说。你的确是个好小伙子啊。现在是六月份，等暑假时我带你去抚顺祭拜你父亲的坟墓。明年清明由我出资，把他的骨殖起出来，运回晋城，让他魂归故里。"太姥爷说。

东来哽咽着跪爬到太姥爷面前，一连磕了三个响头，任谁也拉不住。

太姥爷说到做到。一放暑假，就张罗着带祁东来去抚顺。东来给他大哥打了电报。他大哥从北平赶过来一起去抚顺。起凤自然也是陪着去的，凤鸣也执意要去，太姥爷拗不过她，只好让她也跟去了。东来和他大哥的悲痛自不必说。兄弟俩看到父亲的坟墓用砖砌着围墙，还立着墓碑。坟头清明插的柳枝、压的纸钱都还在。他知道，这一切都是高伯父做的。兄弟俩感动得又跪在坟前给太姥爷磕了三个响头。

"祁兄，你看到了吧，你儿子来你墓前尽孝了，我的心愿终于完成了。明年清明我一定让你魂归故里，你安息吧。"太姥爷扶着祁东家的墓碑说，太姥爷又拉过凤鸣，让她鞠躬。

"祁东家，这是我的小女儿凤鸣，让她给你鞠个躬吧。"凤鸣一头雾水。起凤偷眼看着东来，向他做一个鬼脸，东来的脸唰地又红了。

十二

一九三一年九月，起凤和东来升入大学四年级。从九月二十一日开始，他们就要到修车厂去实习。这也是承石教授帮忙。他们很兴奋，因为就要有更多的时间来研究火车机车和其他机械了，他们盼望这一天盼了好久。他们感到，他们离工业救国的目标越来越近了。

九月十九日礼拜六，学校将举办欢送大四学生实习晚会。因此，十八日礼拜五晚上他们系联合另外几个系部的毕业班在学生俱乐部举行舞会。举办舞会申请和延缓熄灯时间的申请校方已经批准。这是起凤和东来自五月份参加那场舞会后，本年度参加的第二场舞会。学校在此期间也举办过几场，可他们太忙了，舍不得浪费时间。

五月份的舞会，使得东来和凤鸣有机会独处。东来对凤鸣大有一见钟情、相见恨晚之感。为自己那糟糕的舞技，东来难堪懊恼了许久。但回忆起来依旧无比甜蜜。他时时想起凤鸣身上那股独特的体香。为了以后有机会和凤鸣跳舞时不过分出洋相，在修车厂，一停下工作，东来便缠着起凤教他跳交谊舞和华尔兹。他让起凤扮成女舞伴，他满身油污地充当绅士，痴痴迷迷地跳着。同学们都说他疯癫了，属于花痴。

那晚，凤鸣是以冯庸大学特邀嘉宾的身份参加这场舞会的。而且是校长夫人特地派她带队来恭贺北方大学的这届毕业生走上实习岗位。这次她准备得很充足。提着一个衣箱来，里面装了两套旗袍和两套华尔兹礼服。东来这次也是有备而来。他省吃俭用，买了一套藏蓝色西装，还配买了白衬衫和黑领结。他一进场就吸引了一众女生的眼球。她们都在心里暗暗发问：这个身材高大长相英俊穿着得体的男生是谁？哪个系的？

姥姥曾经这样对我描绘过东来的相貌：大个子，比张哲还高（张哲是我堂弟，身高一米八五）。浓眉大眼，那双眼睛特别有神，熠熠生辉；高鼻梁，脸上还有一对酒窝，就是皮肤不算白。听了姥姥的描述，潘安、宋玉那些白面书生的形象在我心里黯然失色。

那晚的舞会，东来占尽风光，凤鸣压尽芳菲。这也是他们短暂生命中一次最璀璨的绽放。他和凤鸣跳了一曲又一曲。东来的舞技虽说还不是特别娴熟，在凤鸣的带动下也是风光无限。

起凤跳了几曲后，索性就坐在沙发上边喝饮料边欣赏妹妹与东来跳舞。他觉得他们真是天造地设的一对璧人。他甚至在心里设想着：等明年他和东来毕业有正式工作了，就主持让他们办订婚仪式；等凤鸣毕业了就为他们主持婚礼。妹妹再强势也是妹妹，他是兄长就该为妹妹设计好未来，这也是替父亲分担责任。东来的人品他知道，虽说家境不富裕，但他有志向，有才学，凤鸣跟他在一起不会吃亏的。起凤正沉浸在设想中的时候，一曲终了。东来和凤鸣走到他跟前。

"你一个人在这里发什么呆？怎么不跳舞？"凤鸣问。

"我有点累了，你们跳。"他们坐下来一起喝了几杯饮料。圆舞曲响起，提示下面开始跳华尔兹了。凤鸣赶紧从衣箱里拿出一套礼服匆匆走进更衣室。

湖蓝色的华尔兹礼服衬着纤细的腰肢，姣好的面容、高高挽着头发，真是仪态万方。当凤鸣款款走过来时，很多调皮的男生对着她打口哨。凤鸣也不理会，今晚她是专属东来的。东来俯身优雅地对她做了一个请的姿势。两个人步入舞池，随着乐曲开始旋转着。东来对华尔兹还不是很熟，就在他做出第一个动作的时候。外面突然传来轰隆隆几声巨响，而后枪声大作。大家都惊呆了，乐曲戛然而止。须臾，舞厅里的灯突然灭了，大家发出一阵阵惊呼。外面传来急切的脚步声，有学生跑进来大喊："不好了，打仗了，打仗了，日本人在向北大营开炮。"

北方大学就在北大营附近。黑暗中，激烈的枪炮声里，舞厅乱成一团。女生尖叫着大声哭泣着。凤鸣尽管性情泼辣，也猝不及防，忍不住浑身颤抖了起来。

"别怕，我在。"东来紧紧地把她搂在怀里。

那时，他们还不知道，这个载入史册的夜晚改变了东北的命运，改变了国家的命运，也改变了他们的命运。

十三

一九三一年九月十八日夜，盘踞在中国东北的日本关东军按照事先精心策划的阴谋，由铁道"守备队"炸毁了奉天柳条湖附近的南满铁路，在铁轨旁边摆了三具穿着东北军服装的尸体，嫁祸于中国军队，并以此为借口，炮轰东北军北大营，制造了震惊中外的"九一八事变"。次日，日军侵占奉天，后又陆续侵占了东北三省。一九三二年二月，东北全境沦陷。此后，日本在中国东北建立了伪满洲国傀儡政权，开始了对东北人民长达十四年之久的奴役和殖民统治，使东北三千多万同胞饱尝当亡国奴的痛苦滋味。当时的东北最高统帅张学良执行蒋介石"不抵抗，绝对不抵抗"的命令，使关东军更为猖狂。

北方大学的学生们亲眼看见了关东军的暴行。一夜之间，原本书声琅琅、欢声笑语的校园，被日军控制起来。

转移全校师生、疏散职工和家属是当务之急。危急关头，曾在英国留学多年、时任北方大学秘书长代行校长职权的宁先生连夜把全体师生召集到操场上，神色庄重地讲了这样一段话："英国人有一个传统，一艘船将沉没的时候，船上的妇女儿童先上救生艇，其次是男乘客，再次是船工、水手，最后是船长。如果船沉得太快，船长来不及逃生，船长就随船沉入海底。今天我就是北方大学的'船长'，我们这条'船'正处在大风大浪之中，不知要发生怎样的险情，我向诸位保证，我一定遵守这一传统，筹划安全避险的办法。如果遇上危险，逃生的次序就按我所说的执行：妇孺先离'船'，其次是学生、教授，再次是职工，我将永守舵位，尽最大努力让大家都逃生。"

他制定了缜密的计划，让当时在校任教的德国籍教授利用自己拥有协约国成员国国籍的身份，先将二百多名女学生送进奉天城，安顿在安全之处；随后，又命令校内看守工厂的人员，立刻将学校里的易燃品，特别是理工楼化学实验室里的可爆炸物品，快速地转移到安全地带或封闭起来；此外，他还令会计主任把学生的伙食费返还。保险柜内空空如也，敞开着，以断绝日寇抢劫之意图。这位学校的掌舵人，在危难关头，最后一个离开校园，展现了一个中国人从容不迫的绅士风度和铮铮铁骨。北方大学从此踏上了流亡的征途，一路求学，一路斗争。

冯庸大学的正常秩序也遭到严重破坏。一九三一年九月二十一日，日本关东军冲进冯庸大学，强行将校长冯庸带走软禁，并将学校及学生的财产洗劫一空。当晚，冯庸大学大部分师生在校长临走时的秘密授意下，有组织地在马三家子火车站乘车撤到北平。张学良将北平西直门崇元观五号的前陆军大学校舍用来收留这些师生。日军占领冯庸大学，将其改建成飞机修理及试飞机场（即后来的滑翔机场)。

"九一八事变"发生时，太姥爷高明瀚正好按惯例在黑水河镇老家管理秋收事宜。他家已搬到镇上新做的大宅子里。在镇公所听说奉天城沦陷的消息后，骇得面如土色。他的一双儿女和他的铺子都在奉天呀，那可都是他的命根子啊。他立刻就收拾东西要回奉天去。太姥姥和一位老族叔劝住了他。太姥姥说："若是日本强盗真的对老百姓动手，你就是回了奉天也保不了儿女和铺子，反倒还多了一个自投罗网的。起凤和凤鸣都长大了，脑子灵活，念的书又多，他们肯定有办法自保的。兵荒马乱的你留在家里起码还能经管家里的产业，给我们壮壮胆，就算奉天城的财产都没了，起码家里的根基还在。"老族叔也劝他要从长计议，留得青山在，不怕没柴烧。太姥爷觉得有道理，就没再急着回去。

起凤兄妹及东来等在宁先生的营救下脱险，暂时回到奉天城的家中。东来和起凤万分挂念修车厂的机车，他们设法联系到石教授，石教授告诉他们说，千万不能再来修车厂了，日本人完全控制了修车厂，并且已在调查他们的机车，他们怀疑学生们修理、改进机车是在酝酿反日阴谋。

在姥爷表弟的帮助下，起凤他们于十月初回到黑水河镇。由于东来家遥远，一时无法回去，海城姨妈家因为姨妈的亲生儿子病逝，姨夫又新娶了一房姜室，姨妈整天闷闷不乐，他也不好再回去了，由是，就跟着起凤和凤鸣回到黑水河镇，受到太姥爷夫妇的盛情款待。那时姥姥已经成婚几年了，姥爷早年间也曾经在奉天读过书，他与东来一见如故，成了好朋友。

十四

黑水河畔有一座人工堆积而成的孤山叫点将台，传说是冷兵器时代操练兵马用的。山脚下有一个莲池，每到盛夏时节就莲叶田田，开出一池出淤泥而不染的美丽花朵。这个莲池是很有来历的。据姥姥说，是清朝乾隆年间，本户族一对中举后在江南做官的兄弟建的。他们喜欢江南的莲花，用瓦缸培育了几缸，告老还乡时历尽千辛万苦从江南运回来移植到这里的。

姨姥姥凤鸣极喜欢这一池莲花。小时候在棒槌沟居住时，她曾经一个人跑到镇上来看莲花，害得家里人一顿好找。

起凤、东来和凤鸣三人经常去爬点将台，下来后围着莲池散步。这时节，莲池只剩下枯枝败叶了。起初，三人还是并排走，谈笑风生。渐渐地，就变成

179

起凤一个人在前面走，东来和凤鸣磨磨蹭蹭跟在后面，窃窃私语。起凤觉得自己成了多余的人，怪不好意思的，就推说有事要办，不再和他们一起去了。由是就变成凤鸣、东来二人来到这里散步了，他们觉得自在多了。

"留得枯荷听雨声。"深秋的冷雨中，东来望着一池残荷吟诵道。"李商隐的诗。"凤鸣说。

"是的，我喜欢李商隐的诗。这个莲池，开花的时候一定很美。"说这话时，东来的眼睛熠熠生辉，仿佛看见了一池活色生香的莲花一样。

"是好美的，年年都开花，镇上摆渡的船家夏家打理得好，他们祖籍江南，她家有个姑娘叫夏白荷，长得就跟这莲花似的，是我大姐的闺蜜，嫁给了镇上兴裕客栈掌柜的儿子。"凤鸣对东来说。

"肯定没有你漂亮的，你就是一朵出淤泥而不染的莲花。"东来脉脉含情地看着凤鸣。

"这么会取悦于人啊？啥时学会对女孩子献殷勤了，你应该知道我的性格的，我不吃这一套的。"凤鸣说。

"我说的是真话。我说过的，第一眼见到你，我就感觉面熟，仿佛在哪儿见过一样。你还揶揄我说是《红楼梦》读多了，其实不是，我说的是真的。也许宇宙里还有另外一个三维空间，说不定我们就是在那里见过面呢。"东来说。

"真是理工科男生说的话。要是文科生，肯定会说三生石、孟婆汤和前世的五百次回眸那些了，你呀，忽悠女生的本事还得去学学。女生都喜欢三生石那样的故事，不愿意听宇宙又是另外一个三维空间这些深奥抽象的东西。"凤鸣笑着说。

东来囧得满脸通红，张了几次嘴都没说出话来。凤鸣笑得直不起腰来。"走吧，回去吃饭吧。"凤鸣走上前来，挽起东来的手。

餐桌上，太姥姥端上来一大摞煎饼、一笸篮头洗好的大葱和一碗肉丝炸酱。接着又上了两个炖菜和一盘凉拌菜，还上了一碟老陈醋。"我自己动手摊的小米面煎饼，你尝尝好不好吃，听说你们山西人爱吃老陈醋，我特地让人去打了些来，喜欢你就自己加。"太姥姥微笑着对东来说。她对东来的疼爱，超过了对起凤。东来感动得不知如何是好。

"妈，东来在东北待几年了，除了死孩子肉不吃，啥他都吃，不用这么用心给他准备吃的，我都嫉妒，啥时也没见你这么精心给我们三姐弟准备过吃食啊。"凤鸣怪里怪气地说。

"去去，说话没轻没重的，一点女孩子的矜持也没有。"太姥姥训斥道。凤鸣吐吐舌头不作声了。

"妈用的是招待新姑爷子的标准。"我姥爷酸酸地说。

凤鸣白了姐夫一眼，她的脸红了。她把煎饼在盘子里摊开，拿过一段葱白放在上面又舀了一匙炸酱涂抹均匀，卷起来咔嚓就咬了一大口。

"好吃，好吃。"她边大嚼边说。由于没有卷好，酱从煎饼里流出来，滴在桌子上好几滴。太姥姥看了她一眼，又看了一眼东来，脸上露出难堪的表情，敢忙拿抹布擦掉了酱渍。张嘴刚要数落凤鸣，太姥爷瞪了凤鸣一眼说："越大越没规矩，成什么样子，也不怕东来笑话。"

"不就掉了几滴酱吗？这有什么好笑的？都什么年代了，女人还要遵从那些清规戒律吗？我可不像大姐，懂那么多规矩。大姐现在在姐夫影响下也大有改变了，不像出土文物那样了。"凤鸣边嚼边说，一不注意又被葱辣了嗓子剧烈咳嗽起来。

"你……"太姥姥看了一眼东来，囧得满脸通红。

"凤鸣，你怎么样？"东来看到凤鸣咳嗽得越来越剧烈，跨步上前去，想给她拍背，看看太姥爷，赶紧又缩回了手。姥姥把凤鸣扶到外面，一边给她拍背一边数落她。

"凤鸣这是被葱给辣的。她吃不惯这些的。"东来内疚地说。

"我看凤鸣得多练练吃煎饼卷大葱和老陈醋，以后要常吃这些的。"姥爷看着东来，故意嬉皮笑脸地说。东来的脸涨得通红。

"吃饭，吃饭。"太姥爷轻咳一声说。

"东来，尝尝我给你炖的菜。"太姥姥用勺子往他碗里舀了一勺萝卜粉条炖牛肉说。起凤和我姥爷对了一下眼神，偷偷做了一个鬼脸。

"你跟我说的祁东家临终那封信里交代的事儿，到底是真是假？你打算怎么着？"夜里，临睡前，太姥姥问太姥爷。

"说八百遍了，是真的。我现在能有什么打算，他们仨都还没毕业呢。不过，看这时局，恐怕他们的书也念不成了。学校都被日本人占了。奉天铺子里至今一点消息没有，也不知道是啥样了，唉……"太姥爷叹着气说。

"日本强盗说把省城占了就占了，张大帅府上还在那儿呢，他们一点也不忌讳，我看老百姓铁定要遭殃，咱那铺子就别指望了，守住家里的产业要紧。我还敢让咱的俩孩子去奉天？日本强盗在那儿，他们能有好果子吃吗？你找找关系，花俩钱，给起凤和东来在县上谋一份差事吧，图个平安。过个一年半载给起凤娶一房媳妇，也就安心了。我看东来这孩子人不错，长得不用说，品行也不错，咱凤鸣那猴脾气，也就东来能忍受，我看得出他是打心眼里喜欢咱凤鸣。"太姥姥说。

"不错，你还看出点门道来，我还以为你不懂儿女情长呢。咱俩那阵儿，都定亲了，我故意在你家门前晃来晃去的，你连门都不出。成亲后想带你去抚顺和奉天城见见世面，你死活不去，真是狗肉上不了台面，就知道在你的一亩三分地上充当夫人太太的。话又说回来，东来这孩子确实很踏实，很合我意，不过这事也不能急，人家祁家老太太什么意思咱还不知道呢，东来还有俩哥哥呢。月老安排好了的事儿，走不了子儿，不用操心。"太姥爷说完就沉沉睡去了。

太姥姥却怎么也睡不着，也不知道为何，最近，夜深人静时她总是回想起自己生的七个孩子，回想起夭折的那四个。这个秋夜，她又想起当年那四个孩子夭折时那绝望不甘的眼神，太揪心了，她突然间泪流满面。不知为何，她总觉得有一双无形的魔爪，想把起凤和凤鸣也从她身边抢走。她突然惊出了一身冷汗。听着身边太姥爷的鼾声。太姥姥心里暗说："老头子，我巴不得你奉天城的当铺被日本强盗抢了呢，这些年钱也赚得不少了，正好起凤和凤鸣都回来了，一家人在黑水河镇或者到县上安安稳稳和和美美地过生活多好啊，老天还赐给我这么好一个女婿。"想着想着她睡着了。她梦见凤鸣穿着大红喜服，戴着那对点翠鎏金的凤凰钗，和东来拜天地。

十五

一九三一年九月二十七日，流亡北平的东北各界爱国人士在北平西单牌楼旧刑部大街十二号的奉天会馆东院——哈尔飞大戏院正式成立"东北民众抗日救国会"，张学良资助三十万元。大会上推举二十七人为"救国会"委员，其中有阎宝航、黄显声等现在耳熟能详的人物。救国会的宗旨是：组成抗日武装力量（东北民众抗日义勇军），抵抗日本军国主义侵略，捍卫国家领土完整。

东北各族各阶层民众和东北军的广大爱国官兵愤然摒弃蒋介石国民党南京政府的对日不抵抗政策，自动组成的众多抗日武装力量，统称为东北民众抗日义勇军。规模宏大的东北民众抗日义勇军与日军正面交锋，不屈不挠地进行武装抗日斗争，为中华民族抵御外侮、捍卫民族尊严和领土完整谱写了一曲最为悲壮的史诗。这其中就有我的舅姥爷起凤、姨姥姥凤鸣和她的恋人祁东来。

黑水河镇公所和邮政局有报纸。起凤和东来每天都要去那里浏览。但有用的消息几乎没有。他们离开奉天时，有些同学去了北平，起凤和东来跟那些同学约好了，有重要消息写信告诉他们。他们天天盼着北平同学们的信件。

十月中旬，终于收到了寝室老五的来信。告诉他们说北平各界人士已于九月二十七日成立东北民众抗日救国会，很快就要组建东北民众抗日义勇军，还说北方大学的学生很多都来了北平，并准备在北平复课。起凤和东来非常激动，他们决定尽快去北平参加东北民众抗日救国会，坚决抵抗日本的侵略行为。退一步说，既然去不了奉天修车厂实习，看看北平有没有机会，工业救国的计划耽误不得。凤鸣姨姥姥也想跟他们一起去，起凤觉得冯庸大学校长都被日本人抓走了，到现在生死不明，就劝妹妹暂时在家等等。凤鸣说她们学校的很多学生在校长被抓的当晚就去了北平，是冯校长托人下的密令，她必须去找他们。起凤拗不过她，只好答应带她一起去。

"兵荒马乱的时候，在黑水河镇是最安全的。家里吃穿不愁，为何要去北平呢？日本人侵占奉天，我也气愤，我的铺子还在奉天城呢。可是，抵抗外辱是应该由政府来决策，军人去打仗，不是你们文弱书生所能决策和实现的，不要去蹚这浑水了。我可以在县城和黑水河镇投资一些生意，由你和东来经营，这不好吗？"太姥爷坚决反对他们去北平。

"爸，您的思想怎么这样顽固落后呢？天下兴亡匹夫有责。日本区区一个弹丸小国，如今竟然欺辱到我大中华头上，是可忍孰不可忍？国难当头了，我们是青年学生，是国家的希望和栋梁，怎能袖手旁观呢？"起凤气愤地大声对父亲说道。

"以你一己之力，能干什么？你这是以卵击石，螳臂当车，纯粹的书生意气。"太姥爷几乎咆哮起来。

"伯父、起凤，少安毋躁，你们说得都有道理。尤其伯父说的。伯父毕竟是长者，见多识广，足智多谋。我们有这爱国热情是对的，可是的确不能意气用事，必须从长计议，我们先等一段时间，静观事态发展吧。伯父，东来真的感谢您的厚爱。"东来说。

"东来就是比你有远见。你以为你吼喊几句豪言壮语就是爱国了？你就是挺起胸膛冲上去，又能抵挡住几颗日本人的子弹？"太姥爷瞪了起凤一眼说道，"实在不行，我真的像三丫头说的那样，到棒槌沟办一个学堂，让你们去那里

183

教书好了，这也是积德行善、爱国兴邦的事儿吧，是不是？凤鸣？"太姥爷盯着凤鸣的眼睛说。凤鸣、起凤面面相觑。"东来，你不要这么说。我把你跟起凤一样看待，否则也对不起你父亲。"

"伯父真是高风亮节，《礼记》云，建国君民教学为先。办学校这真是爱国兴邦的事儿，十年树木百年树人。"东来说。

"你看看，人家东来有远见，哪像你们俩，就知道气人。"太姥爷说。那个傍晚，起凤、凤鸣和东来又来到莲花池边。

"长本事了，祁东来，会讨好高东家了。"凤鸣讽刺他说。

"怎么说话呢，你呀，脑子不会转弯，大傻妞一个。我们这样急赤白脸地跟爸说话，东来一个客人，不从中调和你让他怎么办？要慢慢稳定爸的情绪，动之以情，晓之以理知道不？爸不是一个死脑筋的人。他也是关心我们。"起凤说。

凤鸣觉得哥哥不愧是哥哥，他确实是一个有头脑有魄力的好青年。如果日本人没有侵占奉天该多好，哥哥他们就会安安心心地研究机车，改进机车，实现他们的工业救国理想。他和东来也会顺理成章地发展下去，直到开花结果。现在虽说天天和东来在一起，却前途未卜。战争估计是不可避免了。千古以来战争就是你死我活，预示着生离死别。"由来征战地，不见有人还""可怜无定河边骨，犹是春闺梦里人""少妇城南欲断肠，征人蓟北空回首""细雨梦回鸡塞远，小楼吹彻玉笙寒"……凤鸣的脑海里呼啦一下涌出一堆这样的诗句。她突然如鲠在喉，差点流下眼泪。她性格虽然像男孩一样，可是恋爱中的女人是内心脆弱的。

十六

冯庸被日军扣押后，先是软禁在奉天大和旅馆。日军劝降不成，又将他劫持到日本东京。他在一名日本朋友的帮助下逃离虎口，从上海绕道来到北平，继续主持冯庸大学校务，誓与日寇抗争到底。

一九三一年十一月一日，在张学良的支持下，冯庸大学学生抗日义勇军誓师成立。十一月五日的《盛京时报》报道："集在北平之冯庸大学学生，现下有一百余名，顷以编成义勇军，于本月一日在北平成立，内容男生两队、女生一队，全体武装，进行军事训练云。"冯庸大学义勇军誓言：誓以生命，雪耻复仇，绝对服从命令，愿随星旗赴难！

自己的学校成立抗日义勇军的消息是从哥哥寝室老五口中得到的。他在给起凤写的信中提到了这件事。凤鸣再也坐不住了。

"我要去北平找同学们，再不去我就要闷死在家里了。我要参加义勇军，去打日本鬼子，太欺负人了，在我们中国的土地上横行霸道，还抓了我们校长，这个仇必须报。"凤鸣在点将台上迎风高喊道。

"你急，我们就不急吗？我巴不得现在就走呢。可是，别说我们走不了，就是老爷子让我们走，我们两手空空去了，又有什么用？光靠嘴皮子是没法打仗的，你当是诸葛亮舌战群儒呢，我们面对的是穷凶极恶的日本兵。我们需要武器，要有刀枪，有飞机大炮才好呢。可这需要钱啊。老爷子不可能给我们这个钱，不是他不爱国，他是担心我们，怕我们去送死，可怜天下父母心。"起凤说。

"那我们就真的在黑水河镇当缩头乌龟吗？"凤鸣吼道。

"凤鸣，你不要急，我们要慢慢想办法。"东来安慰道。

"等你想出办法，日本人可能都打到家门口了。"凤鸣生气地说。

那天上午，三个人说去镇邮政所看看有没有信来。太姥姥垂着一双面手从厨房探出头来嘱咐他们早点回来，中午她烙鸡蛋大饼。

"老太太真的把你当姑爷子招待了，天天变着花样给你这老西做面食。"起凤笑着说。凤鸣偷偷踢了他一脚。

"太过意不去了，这么麻烦伯父伯母。"东来红着脸说，凤鸣看到，他的脸上竟然有一丝得意之色。就撇了下嘴又瞪了他一眼。

从邮政所回来后，东来便闷闷不乐，凤鸣也蔫蔫地连饭都不想吃。起凤也不愿意说话。太姥姥很诧异，赶忙问原委。

"伯母，刚接到我大哥的信，我母亲生病了，不轻，让我和北平的大哥即刻回山西，唉。"东来从书包里掏出一封信说。

"母亲生病必须回去尽孝，这也是人伦天性，东来，你也不要太过着急，我会安排好的，明天就起程，起凤和凤鸣送你去火车站，我让车把式老韩送你们到县城，先坐火车到北平与你大哥会合，再听他安排怎么回山西，这是路费。"太姥爷把一张五百块钱的银票和一些现洋放在桌子上说。

"伯父，这，这怎么好？不用这么多，银票就不要了，我只拿这些现洋就够了。谢谢伯父，给您添了这么多麻烦，还让您破费这么多。"东来就要跪下去。太姥爷赶紧示意起凤拉住他。

午饭后，起凤和凤鸣忙着帮东来收拾东西。东来来家里时只提了一个箱子。

而起凤和凤鸣却给他收拾了三大箱衣物。太姥姥很是奇怪。她确实叫裁缝给东来做了两套衣服，还买了一双鞋，怎么着也装不了三箱吧？起凤和凤鸣说东来家里还有两个弟弟，身材都很高大，虽未成年，也有起凤这么高了。起凤把自己的一些旧衣服送给东来弟弟穿。凤鸣也说北平东来嫂子身材和她差不多，她也收拾了几件旧衣服送给他嫂子穿。说东来哥哥在北平生意不是很顺，家里很窘迫。

"怎好送人家旧衣服呢？"太姥姥说。

"不妨事的，他家人很随和，不挑拣。"凤鸣说。

太姥姥没再说什么，但总感觉有些不对劲。

第二天，临出发前，姥姥和姥爷来了。姥爷又给东来五十块钱，说路上吃饭用。姥姥也偷偷塞给妹妹一个小包裹。车把式老韩来搬行李时，起凤才对家人说他们不坐马车去县城，马车只需把行李拉到渡口就可以，他已雇了夏家的渡船走水路，说东来没坐过船，趁黑水河还没结冰，让他坐一次。太姥爷也没说什么，只叮嘱他们要注意安全，还嘱咐起凤和凤鸣送东来上了火车就回来，说天短了，日落早。

第二天。太姥爷夫妇把他们送到大门口。东来无论如何都要给太姥爷磕头谢恩，人们拉不住，只好遂他的愿。他恭恭敬敬给太姥爷磕了三个响头，哽咽着说不出话。太姥姥也满眼泪花。姥爷和姥姥执意送他们到渡口。姥姥满眼泪水，姥爷总是用眼神向她示意。姥姥就背转身偷偷地用手帕揩掉眼泪。

那天，姥姥和姥爷一直在太姥爷家没回去。姥姥帮着母亲做家务；姥爷陪老丈人喝茶、聊天、整理账目。姥爷家在镇上也开着买卖。太姥爷几次说让姥爷回去，别耽误了他的买卖。姥爷总是说不妨事不妨事。中午，姥姥亲自动手给父亲烙了他最爱吃的春饼，姥爷还陪着他喝了点酒。

"祁东来确实是个好小伙子。虽是山西人，家境不太好，这在我眼里也不算事儿，凤鸣和他的事儿想必你也知道，他俩也是情投意合，你看啥时点破为好？也不知道东来他妈病势如何？等他回来如果病好了就定下来，我也不要他的彩礼什么的，那对儿凤凰钗他愿意给，就让凤鸣收着，做个信物。看这形势，明年清明我打算给东来父亲迁葬的事儿都不好说了，抚顺离奉天太近了。"几杯酒下肚，太姥爷话多了起来。姥爷的眼里露出一丝黯然和羞愧的神情。

"爸，这不急，凤鸣年龄也不大，等东来家的事儿都处理好了也不迟，说不定咱们军队很快又把奉天城收回来了呢，他们不得继续把书念完吗？"姥姥赶紧打圆场说。

"桂凤说得有道理。也不知他们几点回来，走水路还是旱路。要是走水路，还得让老韩去渡口接他们，吃过饭我跟他说一声。"太姥姥说。

"接什么接，回来时又不用拿行李了，就那几步路，让他们自己走回来，年轻月小的。"太姥爷说。

姥姥的鼻子一酸，姥爷在桌子下面赶紧用脚轻轻踢了一下她的脚。"我去热下菜。"姥姥赶紧端起那盘酸菜就往厨房走。她的眼泪在转身的那一刻就下来了。

天渐渐暗了。到吃晚饭的时候，起凤兄妹俩还没回来。太姥姥已经几次三番到大门口去观望了。姥姥劝不住。姥姥让他们先吃晚饭。

"再等等，说不定是火车晚点，东来走得晚，他们又不好把东来一个人扔在火车站，就一直陪着，就耽搁住了。"太姥姥说着又出门去观望。太姥爷也在屋里来回踱着步，他隐隐感觉有些不对。

"爸，别等了，菜都凉了，他们……"姥爷说了一半又咽回去了。

"不怕，等他们回来再热热，还是等他们回来大家一起吃热闹。"太姥爷有些不耐烦。

掌灯了，姥姥提着一个灯笼陪着太姥姥站在大门口，寒风里，太姥姥一动不动地站在那里，眼睛努力地往远处看。远处，只有星星点点的灯火。她的身影被灯笼里的烛光映衬得非常高大，也显得无限凄凉。姥姥回身看了一眼屋里，太姥爷踱步的身影映在窗户纸上。

"妈，回屋吧，起凤他们不会回来了，他们和东来一起去了北平，他们要参加义勇军抗日。"姥姥忽地一下跪在地上对她母亲说。太姥姥没有明显的惊愕，只是喃喃地说："到底还是走了。回屋吧，你爸他……"姥姥赶紧用另一只手搀着太姥姥一步步往院子里走。

"爸，别等了，起凤他们去了北平，我和桂凤对不住您老，是我们帮他们想的法儿，瞒住你们的，他们都是热血青年，起凤总跟我说天下兴亡匹夫有责，大丈夫当慷慨赴国难，保卫东北也是保卫自己的家，我经不住他的软磨硬泡，就……"姥爷扑通一声跪下来，带着哭音说。

"起来吧，我就知道他们会这样做的，好好的送人家两箱子旧衣服干嘛，还不是他们在为自己收拾行李吗？这哪能怨你呢？他们想走，谁也留不住，你明里暗里地拿了多少钱给他们？我还给你。走吧，出去把你妈叫回来。"太姥爷仰起头，硬是把眼泪憋回去了。姥爷看到了岳父眼里的无奈和痛楚。

姥爷扶着太姥爷，姥姥挽着太姥姥，他们在院子当心的甬道上相会。"老婆子（老头子）!"他们同时开口凄怆地喊道。姥姥和太姥姥泣不成声；姥爷和太姥爷也泪如雨下。太姥姥脸色苍白，牙齿紧咬着嘴唇，脸扭曲着，身体晃了两晃，差点倒在姥姥身上。太姥爷踉跄着走过去，一把抱住她。他们抱头痛哭，继而又互相宽慰，互相给对方擦着眼泪。

十七

在蒋介石南京政府绝对不抵抗的政策下。日军在奉天城内横行霸道，烧杀淫掠，无恶不作。商铺大多被抢，繁华的中街和北市场商铺大都关门闭户，但还是无法幸免。姥爷的表哥在奉天开书局。起凤他们走后不久，他就从奉天逃回来。临行前，他去了一趟义隆兴。发现铺子关门闭户，大门也损坏了。设法找到头柜大朝奉。

"表少爷，鄙人不才，对不住东家啊，铺子被日本人动了。好在我们早有防备，把贵重的金银首饰收拾了一些藏到地下室了。可是库里的很多贵重物品还是被洗劫一空，请您务必给东家带信，让他回来处理。现在根本不敢开门。柜上的那些伙计逃走的逃走，另谋出路的另谋出路，没剩几个了，连二柜和四柜都走了。"大柜哭着说。

太姥爷急火攻心，吐了几口鲜血。他卧床半个月，瘦得都脱了形。幸好有太姥姥和姥姥夫妻请医问药和精心调养，才渐渐恢复了。失了铺子，又挂念一双儿女，他们的煎熬可想而知。

没想到，一个多月后，起凤竟然回来了。这令太姥爷夫妻无比惊喜。

起凤是随着郑天狗（郑桂林）等人一起回来的。他只在家里住了一夜，就随郑司令去北部山区了，他是协助郑司令组建抗日义勇军的。家人问及凤鸣，起凤说冯庸大学校长带领他们组建了抗日义勇军，天天训练，在北平很安全。太姥爷的心放下了些。

不久以后，县城和各个集镇都有人散发抗日传单："白山苍苍，黑水泱泱。大好河山，日本占光。中国同胞，要有骨气。起来抵抗，绝不遭殃。"

老百姓不想遭殃也无法阻挡厄运到来。一九三二年一月四日，县城沦陷。黑水河镇虽然离县城四十里，因交通便利，是关东有名的大镇，出入关内外的门户，很快被日军占领。彼时，东北军已全部撤入关内。太姥爷县城和镇上的铺子都受到很大的影响。

此后，日军掠夺农民土地，强占商户店面，烧杀淫掠，无恶不作，民愤极大。

东来在北平东北民众抗日救国会做工作，为抗日救国筹集资金和物资。一有时间他就和鸣凤见面，共同商讨抗日事宜。国恨家仇中，他们的感情不断升华。同学们都羡慕地说他们是一对志同道合的神仙眷侣。

东来带凤鸣去了几次他大哥家。大哥开的是银饰店。因为本钱小门面偏僻，生意一直不景气，勉强维持一家人的生计。大哥对凤鸣非常满意。他几次催促东来要尽早向凤鸣求婚。说他可以以兄长的名义写信给高伯父，让他成全两人的婚事，以遂父亲的心愿。

"如今国难当头，儿女情长要先放下。虽然日寇占领的是东三省，狼子野心昭然若揭，他们觊觎的是整个中国。位卑未敢忘忧国，身为中华儿女，必须有家国情怀，当初我报考北方大学机械系就是为了工业强国，而今国家被外域人所欺，我虽无祖逖、班超之才，但也要投笔从戎，慷慨赴国难，马革裹尸还。"东来阻止大哥说。哥哥感动得涕泪交流。

凤鸣得知家乡于一月四日沦陷后，再也待不下去了，她请示了女子义勇军队长龙文彬，要回来抗日拯救家乡。东来执意一起回东北，他们要参加义勇军抗战。

临行前，在大哥的主持和见证下，东来把那对点翠鎏金的凤凰钗戴在凤鸣的头上，正式订婚。哥哥承诺，国家光复时一定给两个人举办一场风风光光的婚礼。

临走那天，凤鸣欲把那对凤钗交给东来大哥保管。东来提议每人带一支。凤鸣说他们回东北是要上战场打仗的，而上战场后，他们俩也不一定能在一起，点翠首饰那么娇贵，怎么可以带在身上经受战火硝烟呢，就让东来把他那支交给他大哥保管，她自己的那支到时交给大姐保管。国家安定之时两个人举行婚礼之日，两支凤钗再团聚。说完这些，凤鸣脸上已是热泪横流，她心里在暗暗地复述着乐昌公主与徐德言破镜重圆的故事。没想到故事中的一切在千年以后会真实地在自己身上上演，现实是多么无奈啊。

十八

凤鸣和东来在一月中旬回到黑水河镇。太姥爷夫妇在欣慰的同时又嗔怪道："东北已经沦陷于日寇之手，你们在北平就安生地过活吧，为何还要自投罗网呢？"

"天下兴亡，匹夫有责，我们就是回来赴国难的。"东来慷慨陈词地说，太姥爷很是感动。

年后，太姥爷去了一趟奉天城，把他铺子和住宅都托朋友低价转卖了。

起凤那时还在县里北线与郑司令一起宣传抗日，筹款筹粮组建义勇军队伍。东来和凤鸣托人打听到他们的行踪，决定过去找他们。为了方便，凤鸣女扮男装。

腊八节那天，起凤忽然回来了。他说他们已经组建了一支几千人的抗日队伍。现在，首要的问题是武器落后和不足，他们正在想方设法筹集资金托郑司令的同僚购买。太姥爷慷慨地拿出一张银票说："我在抚顺和奉天打拼半生，没想到铺子最后竟毁在日本强盗手里，这是遭他们洗劫后，铺子里剩下的物品和变卖商铺、住宅的全部款项，你们拿去吧，买武器打狗日的，早日光复东北。"起凤、东来和凤鸣感动得热泪盈眶，跪地谢恩。

不日，他们三人就到北部山区义勇军训练驻地。太姥爷的捐款起了大作用，义勇军添置了很多先进的武器装备。

义勇军将领识破了凤鸣的女儿身。他们又感动又遗憾，语重心长地对凤鸣说："小姑娘好样的，巾帼不让须眉，置个人安危于度外，慷慨赴国难，真乃女中豪杰，怎奈军中暂时无女兵，你在这里有诸多不便，不如先回去，待招募到女兵时再来。"凤鸣一百个不情愿，但也无奈，只好忍痛与东来分别，回了黑水河镇家里。

凤鸣无法安心在家过大小姐的生活，她立刻与北平同学们取得联系。得知女子义勇军中队还在如火如荼地训练着，她决定返回北平回继续训练。

太姥爷虽捐钱捐物支持抗战，可是一听说小女儿又要去北平参加学校的女子抗日义勇军队伍，还是一百个不愿意。

"你四哥和东来已经在抗日队伍里了，他们是男孩子，打仗自古就是男人的事情，你一个女孩子就不要掺和了，好好在家等你四哥和东来他们吧。"太姥姥阻止凤鸣说。

凤鸣根本听不进母亲的话，执意要去北平。太姥姥搬来大女儿桂凤来劝妹妹。没想到姐姐桂凤反倒被妹妹的一番大道理说服了，她反而站在妹妹一面劝父母让妹妹去北平。

"爸、妈，现在时代不同了，男女平等，凤鸣他们校长夫人就是女子义勇军队队长，她们在北平天天练习打枪和武术，既可以防身又可以保家卫国。她们女子义勇军中队有十六个成员呢，好几个都是富贵人家出身。再说了，日本人现在只占了咱们东北，起凤他们说话就得跟他们开战，咱们这儿就要成为战场了，说起来北平比咱们东北太平。"一席话说动了太姥爷夫妇。他们不再阻止凤鸣去北平。

太姥姥亲手为小女儿准备行囊，除明里带了足够的现金和银票外，太姥姥还偷偷把几张银票缝在凤鸣一件皮毛坎肩的衬布里，叮嘱凤鸣说在关键时刻救急用。

又过了一个多月，日本竟辅佐逊帝溥仪建立"满洲国"，建都长春，改元大同，溥仪为执政，定于三月九日就职。县里分派任务，筹集资金定于三月十二日举行庆贺活动，民怨愈加沸腾。

郑天狗率领的东北民众抗日义勇军第四十八路军和李昆山率领的第十三路军那时已经发展到近万人，起凤和东来就在第四十八路军中。三月十九日，两军分路攻打火车站和县城，激战三小时，击毙日伪军多人。义勇军士气大振。

起凤作战非常勇猛。撤退时，他把受伤的将士安排到自己家中，让太姥爷请医治疗。自己奉天的铺子被毁后，太姥爷无比痛恨日本人。他愈发觉得自己的儿女是在做正经事儿。

十九

凤鸣重返北平后仅仅十几天，"一二八"淞沪抗战便打响。

二月上旬，冯庸率领由一百一十名男生和十六名女生组成的学生抗日义勇军，身着黄色军服，肩背红绸大刀，雄赳赳气昂昂，一路唱着"我的家在东北松花江上"奔赴前线。

冯庸大学师生的抗日行为，并没有得到国民党当局的支持。他们拒绝发给学生义勇军枪械。二月十三日，冯庸大学师生在上海真如车站下车时，适逢日军援军抵沪，在未领到枪械的情况下，冯庸大学义勇军手持大刀走上前线。后来，第五军军长张治中将军给了他们一部分枪械。

凤鸣她们的女学生抗日义勇军战士短发男装，头戴船形帽，腿扎绑腿，手握长枪，飒爽英姿。她们克服南方潮湿的气候，挖战壕上前线，肩负着歼敌、战地救护、监视敌情、阵地宣传等多项任务，被称为抗日花木兰。

当时的战地摄影记者曾拍摄过她们的戎装照，记录下了她们的飒爽英姿，并把这些照片刊发在一九三二年三月上海出版发行的《中华画报》上。深深感动了当时的社会各界人士。

一九三二年三月，日军出动了二十余架飞机狂轰滥炸，将士伤亡惨重。当时，冯庸大学的学生义勇军不论男女亦投入激烈战斗。宋希濂旅长考虑到学生们毕竟没有经过严格的军事训练，继续留在前线可能会全部牺牲在战场，他深情地对学生义勇军说："中国读书的孩子们，你们不是军人，你们应该继续活下去，为这个国家，为这个民族留一点未来的希望。"即命令他们迅速转移到后方安全地带。

一九三三年初，日军进攻热河，冯庸又带领学生军赴承德抗日，奉命部署热河省凌源县。凤鸣她们女子义勇军中队一不怕苦，二不怕死，在冯庸校长的指挥下印发《复巢月刊》，走上街头，进行讲演，揭露日本帝国主义侵略罪行，宣传抗日救国的道理，动员广大民众奋起反抗。她们的宣传取得很大实效，当地很多青年主动要求参加抗日队伍，有的还主动为凌源、建平等地的抗日部队运送军装、药品、弹药等物资。

四月三日上午，日军进入凌源。在敌强我弱的形势下，冯庸大学的男女学生军奋起抵抗，英勇拼杀。凤鸣所在的这支队伍由冯庸大学的教授、职员和男女学生组成。在英文教授黄绍谷的带领下奋力拼杀。

黄昏时分，他们被逼到一个向阳的山坳里。山坳呈椅子座形，正面是陡峭的悬崖，有十几米高，下面遍布坟墓。凤鸣和战士们在墓冢间穿来穿去伺机伏击鬼子。

鬼子兵越来越多，没多久，就有好几位战友中弹倒下了。她们的队伍被打散了。凤鸣猫着腰在荒草丛中穿梭着，一直跑到悬崖下面。悬崖下有一汪清澈的泉眼，周边长着一丛丛映山红，已经开出了粉色的花朵。辽西、辽北的映山红粉红色居多，也有部分火红色的。

她看鬼子兵一时还到不了这里，就用手捧着喝了几口泉水。泉水甘甜清凉，霎时感觉周身舒爽了很多，又洗了几把脸。腹中有些饥饿，干粮袋子已经被柴草划烂，干粮荡然无存。凤鸣忽然想起，母亲曾用映山红花朵给她烙过饼，又香又甜，很好吃。她摘了几朵映山红，放到嘴里咀嚼起来，馨香甘甜，她干脆就着泉水饱餐了一顿。体力恢复了很多。

她开始想对策。太阳就要落山了,她必须离开此地。这里山高林密,多野生动物,听老乡说经常有狼群出没。但,就算葬身狼腹也不能落在鬼子手里。她仰头看了看悬崖,发现只有泉水的正上方才是刀砍斧劈般的崖壁,其他地方还是长满草木的泥土。她忽然发现,右侧隐隐有一条羊肠小路,直通山顶。也许山的背后是另外一个村庄呢。凤鸣决定先从那条路爬到山顶再说。她端着枪猫腰慢慢往山顶上爬。

　　山路两旁长着很多映山红,有的正在开花,有的含苞待放,正好给她提供了掩体。刚爬到半山腰,下面的鬼子兵就发现了她,八嘎八嘎地大喊着鸣枪示警。大概看出她是女战士,还发出淫邪的呜呜叫声。凤鸣不敢停留,一口气爬到山顶上。密集的枪声里,她看到黄绍谷先生中弹倒下了。她一阵酸楚,禁不住流下眼泪。可她的现状让她没有时间悲伤。

　　她躲在一块大岩石后面向四周观望,远处确实有村庄,可是却无法下山,山顶的后面是一个深谷,全是悬崖,没有路。刚才自己上来的那条路就是唯一的通道。她知道,她已经没有退路了。

　　天边残阳如血,更增了一丝悲壮。她突然看到,山崖上长满了映山红,已经开花了。这里的映山红竟全是火红色的,一大簇一大簇盛开着,就像一团团燃烧的火焰,红得热烈,红得悲壮,和着残阳仿佛一直红到了天边。凤鸣突然想起了苌弘化碧、望帝啼鹃的典故。

　　鬼子兵越来越近了。凤鸣匍匐在岩石后,举枪瞄准。几声枪响,鬼子兵只倒下了一个,还是打在肩头。她毕竟没训练多久啊。这下更激怒了鬼子兵,他们蜂拥而上。

　　子弹打完了。她把枪扔到了悬崖下。搬了很多如人头大小的石块屯在脚下。一块又一块地往下扔。这次,砸伤了很多敌人,毕竟她在高处。她的胳膊被树枝划了几道口子,流出了殷红的鲜血。

　　她的体力很快不支。好在敌人也暂时停止了爬山。可能是在救治被她砸伤的人。

　　落日把最后的一缕余晖洒在山顶,慢慢西沉了。凤鸣再一次环顾四周。她忽然觉得这里就像黑水河镇的点将台,她曾无数次爬到山顶去欣赏落日余晖。她想起了家、父亲、母亲和姐姐、姐夫。想起了在另外一个战场浴血奋战的起凤和东来。想起了那对点翠鎏金的凤凰钗,想起了两次都没能跳完的华尔兹。

胳膊上的血一滴一滴落在映山红上。"疑是口中血，滴成枝上花"。她知道她就要化成杜鹃鸟了。鬼子又开始八嘎八嘎边骂边爬山了。她微笑着捡起一块白色的碎石，在一块平展的岩石上写了些什么……

夜幕降临了，黑色笼罩了天地间的一切美丑善恶。

四月二日，凌源失守。冯庸大学抗日义勇军奉命撤回北平。临走时，他们和附近的村民们一起，去那个山坳搜寻凤鸣和那些殉国的义勇军战士，他们只找到了黄教授等人的遗体，没找到凤鸣。幸存的一位受伤的义勇军战士说她看到凤鸣爬到了崖顶上。

在山顶一块平整的岩石上，他们只看到了凤鸣写的两句诗："杜鹃飞入岩下丛，夜叫思归山月中。"

他们赶紧到悬崖下去找。泉水边，只留下几个脚印，除此一无所获。

当地的村民说山里有狼群，估计……义勇军战士赶紧制止了他。

此后，凤鸣的同学及太姥爷曾发动很多人去那一片山崖上下和附近的村庄搜寻姨姥姥，也是一无所获。凤鸣就这样消失了，如草叶上的露珠一样。

"你姨姥姥凤鸣是说坏了彩头啊，临走时把那支凤凰钗交给了我说：'姐，这个你帮我收着，说不定什么时候我就像草叶上的露珠一样消失了。'"这是凤鸣临走前对我姥姥高桂凤说的话，几十年来，姥姥一直铭记着，重复着。

太姥爷想为凤鸣立坟，太姥姥和姥姥坚决反对。她说凤鸣出生时就有异兆，凤凰是不死鸟，能浴火重生，她是不会死的。再说了，她手上有三个斗，是开当铺的命，她一定是逃出去了，到哪里开当铺去了。

一九三三年初，蒋介石下令解散东北民众抗日救国会，召郑桂林第四十八路军入关。郑司令被迫率一万二千人退至关内，以图再起。途中英勇投入了中外闻名的长城保卫战。我的舅佬爷高起凤和姨姥姥的恋人祁东来就是那时为国捐躯的。这三个热血青年就这样慷慨赴难，以身殉国了。

太姥爷夫妇受了重创，不久后双双离世。这个富甲一方的大户人家在国恨家仇中没落了，留给世人一声叹息。

姥姥直到新中国成立后还曾经让姥爷和亲门近支的男丁们数次去凌源那山坳找寻姨姥姥凤鸣，她说死要见尸，没有找到凤鸣的尸骨她是不会相信妹妹死了的，她一定还活着。姥爷曾经去北平找过祁东来的大哥，可那个店铺已经易主，听说东来大哥回晋城了。此后再无祁家人的消息。

从此，姥姥就养成了每天看那支凤凰钗和给我们讲姨姥姥故事的习惯。这一讲就是几十年。母亲见她这样痴迷，心疼地说："妈，我老姨凤鸣肯定不在人世了，你不要再想她了。"姥姥生气地说："怎么可能？我是她大姐，我比她大很多岁呢，我都还活着，她怎么会死呢？"我们都泪眼婆娑。是的，只要自己活着，心爱的人就不会死，永远活在自己心中。

二〇〇〇年三月，八十九岁的姥姥患病经久不愈，她知道自己就要和这个世界告别了。她让母亲找出那支凤凰钗，颤抖着抚摸了很久，嘱咐母亲说："把它随我一起埋了吧，在我手里这么多年，也该物归原主了。我到地下把她还给你老姨凤鸣，她等了太久了。"于是，这支点翠鎏金的凤凰钗成为姥姥唯一的随葬品。

下葬的时候，我和母亲流着泪最后抚摸了它。感叹着它的美丽，回想着凤钗背后凄美悲壮的故事，赞叹着姥姥和姨姥姥的不凡。

从此，我习惯在每一个金店的橱窗外驻足，妄图找到同款的凤钗。我知道，此生，我再不可能听到这样的传奇故事，也再不可能遇到这样美丽的凤钗。

大 医 精 诚

一

黄昏时分，田五爷又开始登太平鼓山台，这个孤立于桃江河畔的山台是桃川镇的制高点。镇上的人们口口相传说这山台是南宋庐陵状元文山先生所开辟，是他抗元时用来操练兵马的点将台。据说山的形状原来是不规则形，山顶是尖的，由文山先生指挥兵士们人工铲平，并把土方堆积在山的四周，呈民间乐器太平鼓状，故称太平鼓山台。前几年镇里曾来过几位考古学家，在镇上逗留了几日，用各种工具在山台上舞弄了一番，田五爷从他们口里仅知道这山台海拔有七十米左右，面积约一千七百多平方米，其他的无从知晓。

文山先生入仕后几度沉浮，元军南下攻宋，他散尽家财，带着一腔书生热血和爱国情怀招兵买马勤王，立下赫赫战功。桃川镇是他曾经和元军决战之地。提起他来，老辈人都能滔滔不绝地讲上半晌他的逸事，这一方水土的百姓对他是非常崇敬的。田五爷的祖父在世时经常对镇上人说："文山先生特意将此台建成民间乐器太平鼓状，期盼天下太平之心日月可鉴。"

桃川镇地域的格局是两山夹一水，自古为兵家必争之地。桃江河穿镇而过。桃江两岸平坦的土地直径不超过五里，然后就是缓坡、南峰山和北峰山。桃川镇水陆交通便利，土地肥沃，物产丰饶，是宜居的福地。

就像伸出手来，知道自己手指头上有几个斗几个簸箕一样，田五爷对这山台的每一寸土地都太熟悉了。一条羊肠小道从山脚开始，蜿蜒盘三圈到达山顶，仿佛缠绕在太平鼓上的花纹。半山腰第二圈与第三圈盘山路之间有两排共二十四座用暗红色花岗岩堆砌的圆形的坟墓环绕着山台，仿佛铆在太平鼓上的两排大馒头钉。据说这些坟墓中埋的都是文山先生的得力战将，与元军交战时惨烈阵亡的，文山先生把他们葬在此地也是无上的殊荣。田五爷自小就跟族里长辈们每到清明来祭扫这些将士墓，他觉得冢中人都是让他无限崇敬的大英雄，坊间流传下来的关于他们的故事，至今仍耳熟能详。

五十多年了，这些坟墓已经牢牢地铆在了他的心坎上，从孩提时代开始，他就从不曾畏惧过。相反地，每次看到这些坟墓，都感到无比亲切，他觉得这些坟墓都是有生命有温度的，让他丝毫没有人鬼殊途、阴阳相隔的遗憾和忌讳。多年来，他们就像长辈和老朋友一样在冥冥中庇佑着自己。岁月流逝，那些刻在大理石墓碑上的名字被风雨侵蚀得日渐模糊，可五爷和他们的感情对他们的崇敬却日益深刻。每一个名字都曾经是一个有血有肉有体温的活生生的汉子啊，多年以来，他甚至根据名字给每一座坟墓都配备了一个鲜活的人物形象：或高，或矮，或胖或瘦，或英俊或丑陋，或严肃或开朗，或是人到中年，或是翩翩少年……仿佛这坟墓就是他们的家，而他们呼之即出。每登一次山台，五爷都会在心里默默呼唤一遍他们的名字。而当他们的形象随着名字被五爷从心底唤出时，就像在街头巷尾遇到老街坊好兄弟一样，或拱手作揖或俏皮做鬼脸，甚至那几个永远不老的名字所对应的翩翩少年是打着口哨、翻着筋斗出来的。而和这些墓中人这种心灵的神交是五爷心底一个永远无法与人言说的秘密。

小时候来祭扫时五爷曾听镇里老辈人说，早年间曾经有将士们的后人前来祭拜过的，慢慢地就没有了。人事有代谢，时光淹没了一切啊，五爷心想。叹气的同时也庆幸这山台和这些将士墓历经百年风雨仍没有被毁掉，至今仍是小镇的圣地之一。

小路与山顶的交会点在山台的西北面，五爷一脚踏上山台，立刻就感受到了山风的热情。阳春三月的东南风呼地一下就扑到他的身上，他天青色的长衫上顷刻间仿佛有无数双手在左拉右扯，他下意识地低头看着投射到地面上的自己影子，身影高大极了。那长衫下摆的影子，像一面旗帜一样左摇右摆着，他笑了笑。抬起头来，风又倏地扑上他的面颊，舒爽极了，就像清晨盥洗时掬到脸上的第一捧水，不冷不热，恰到好处。他下意识地用手拂了拂面颊和头发，不自觉地就吟出了《兰亭集序》那句："是日也，天朗气清，惠风和畅。"

山台顶部没有修成传统神秘的中国式八卦图案，只是从圆心部位开始，由内到外用青砖砌成十二圈，历经几百年岁月的打磨，青砖大多残破了，幸亏镇里的富户轮流出资维修、更换，才没至于过分颓败。

五爷年轻时喜欢每天早晨来这里登高望远，尤其春日，面朝东方，迎着朝阳，顶着东风，仿佛在进行一场极舒爽的晨风与朝阳的混合沐浴，那血红色的朝阳光芒，仿佛化成了沸腾的热血，趁着东风注入了他的体内，濡养着他的四肢百骸，瞬间让他年轻的躯体愈加活力四射，豪情万丈。上了年纪后，却渐渐习惯于黄昏时分来这里登高远眺。一年四季，景色各异，近观古松颓垣，远眺残阳逝水，默默地抒发着胸臆，让内心的感慨随山风和桃江河的滔滔流水漂逝，留下一丝略带痛楚的惬意。

五爷绕着圆形台顶的最外圈向内踱步，圆心部位矗立着一根大理石质下粗上细的旗杆，上面挂着的旗帜正随风飘扬着，发出噗噗噗的声音，感觉就要被风扯坏了。扯成碎片该多好，他心想。

田五爷怎么也想不到，卢沟桥事变后日本鬼子这么快就占领了县城。好在桃川镇还没有鬼子兵驻扎。没想到，上个月，在这个旗杆顶上飘扬了十几年的青天白日满地红旗，竟被驻守县城的鬼子中佐派一队鬼子兵换成了白底中央加一轮红日的太阳旗，活像他医馆熬制的膏药，他心底就把它称为膏药旗。看来，鬼子已经嗅到了这块肥肉的味道，桃川镇的太平日子恐怕不久了。五爷心里禁不住一阵沮丧。

五爷活了五十九岁，可以说亲历了朝代更迭：辛亥革命，把两千年的帝制推翻了，皇帝从此退出了历史舞台，革命党人把大清国改成了中华民国，把满清黄底蓝龙戏红珠旗先是换成了代表五族共和的五色条旗而后又换成了青天白日满地红旗；后来袁世凯又登基称洪宪皇帝，他的那面设计得奇奇怪怪旗帜还不知道名字，在这旗杆上飘扬没几天，这个自封的洪宪皇帝就被轰轰烈烈的护国运动赶下了台，做了八十三天皇帝的老袁自己也归了西，不过那铸有他头像的"袁大头"银圆着实令人喜欢；丁巳年七月，张勋五千辫子军进京把逊帝溥仪又扶上皇帝宝座，可屁股还没坐热，十二天后便被驱逐出京，更别说挂旗帜了。这历史啊就像一出戏剧，更像一场闹剧：你方唱罢我登场。而他一个普通百姓，不过是个看客罢了。可家和万事兴，国安享太平，老百姓图的就是平安顺气吉祥嘛。

史书上朝代更迭的刀光剑影他觉得司空见惯，可异域异族侵入疆土那就可憎至极，十恶不赦了。因此，他对一九三一年发动九一八事变、一九三七年发动七七卢沟桥事变的东洋矮子恨之入骨。

向圆心蹀了三圈后，田五爷没有再继续向内圈蹀，而是径直走到山台边上，面向西北站定，向远处眺望，此刻的夕阳正挂在山口处，颜色已经从金黄色变作血红，正把最后的余晖洒向桃江河，视野之内，滔滔流水半江瑟瑟半江血红。望着渐渐下沉的夕阳，五爷突然间很伤感，觉得那半轮夕阳特别像垂暮老人最后扫视儿孙的那缕不舍的目光，温柔而又凄婉。这使他想起当年父亲弥留之际的目光，眼睛不觉湿润起来。渡口边，一艘货船和一艘渡客的小船正在靠岸，装卸工们正唱着粗犷的民谣卸货。他又蹀步到东南面，俯瞰整个镇子：镇子的中心区在桃江河南岸，青砖黑瓦的格调，犹如一幅水墨丹青画卷。他爱这幅"画卷"，尤其年龄大了后，每俯瞰一次，这份爱就多一分，确实是越老越恋家啊。镇子的中心区街巷呈"米"字形排列，两条主街呈"十"字形贯通东西南北，是镇子的大动脉，那条南北走向的主街稍长一些，南边直到南峰山脚下，北面直通桃江河渡口；东西走向的主街东面通着向县城方向的大道，西接去往省城的官道；四条次街从十字的交叉点分别向东南、西南、东北和西北支出，除此之外，还有无数条或长或短的狭窄的小巷子向各个方向分散支出，仿佛是镇子的毛细血管一样，这样的小巷里住的多是镇子的平民小户人家，很多人家都开着小作坊、小吃铺等。镇子的中心部位也就是两条主街的交会点，两座翘角飞檐的三层楼房鹤立鸡群般对峙着，东面的是本镇最大的酒楼醉仙楼，西面的是本镇最大的妓院怡红楼。两条主街上店铺林立，各式各样的招牌和幌子让人眼花缭乱。这个点儿，主街的人流和店铺的生意已如江水退潮般慢慢退下去了，而小巷里各种卖食品的小铺，小作坊的生意却开始兴旺起来，各种叫卖声和着鸡鸣犬吠和娃娃们的喧闹声，声声入耳，镇子里瓦屋顶上炊烟袅袅，这一派浓浓的生活气息让五爷的心瞬间暖了起来，那袅袅炊烟似在提醒着他回家吃晚饭。

五爷沿着盘山路缓缓而下。日落西山，火烧云又来了，绚丽多姿，形态万千，在他的视野里招摇着。可他早就没有心思像儿时那样观摩它们像什么动物了，只暗暗在心里感叹着自己老了，心思沉重了。火烧云把半山腰的那两排红色花岗岩馒头坟映得更红了。五爷望着那些坟茔，心里忽地想起文山先生那句诗"人生自古谁无死，留取丹心照汗青"。文死谏，武死战，死得其所，也不枉此生了，他想。他又把那些人的名字从心底默默唤了一回，跟他们每个人都神交寒暄了一番。

其实这个镇子有凛然之气的圣地还有一处——好汉坡。好汉坡在镇子南面的连绵群山里。可惜清明那天正赶上有危重病人，五爷没亲自去祭拜好汉坟和这些将士坟，只是出了祭品钱，这里是经常来，好汉坡平常却是很少去的。"好久没去好汉坡了，哪天真的要去拜祭一下好汉坟了。"五爷边走边絮絮地自言自语。

"阳春二三月，草与水同色。道逢游冶郎，恨不早相识。"一阵婉转的歌声和着琵琶声突然传进他的耳鼓，他知道，这歌声是从怡红楼传出来的，傍晚一到，怡红楼一天的热闹时光又开始了。这清逸婉转歌声使他想起了苏轼的定风波："尽道清歌传皓齿。风起，雪飞炎海变清凉。"眼前浮现起一副明眸皓齿的脸孔来，他的心倏地刺痛了一下，不觉又叹了一口气。

五爷知道，唱曲儿的是小翠仙。他确信在桃川镇自己是第一个见到小翠仙的人，那个清晨的场景历历在目。那天，他想去渡口买一条鲫鱼煮粥，不承想来得太早了，渔船还没靠岸，他就在渡口旁边活动筋骨，忽然间从远处顺水驶来一艘满帆的乌篷船，五爷定睛看去，并不是桃川镇白家的渡船，以为是过路的船只，也并未在意。可那船却撤帆渐渐向渡口靠拢，越过渡口十几米后，掉转船头，逆水斜斜地向渡口岸边靠近，船老大把一条打了结的缆绳抛到岸边的缆桩上，收紧绳子，船就稳稳地停住了，而后他又拿出一块木板，搭在船舷与渡口间青石台阶的第一级上，回头向船舱里说了一句什么，乌篷船篷口的印花布帘掀起，弓身走出一位手里提着皮箱魁梧男子。五爷眼睛一亮，那不是镖师黄毅吗？

黄毅是广东佛山人士，自幼习武，二十岁起就在广州一家赫赫有名的镖局当镖师，专门押运贵重货物，从未出现过差错。后来，随着时代的发展，警察逐步登上历史舞台，治安逐渐完善，镖局也就淡出历史舞台。黄毅就被老主顾本镇明世藩老爷聘为守卫大宅门的家丁头目，但是镇上人仍习惯性地称他为黄镖师。黄镖师的人品和敬业精神那是有口皆碑，他的准则是人在货在。至今，运送贵重的货物时，明老爷还会派他押运。说起来，早年间五爷也曾经雇佣过他押运过贵重药材呢，那真是分毫不差。"五爷，您老好！"正在遐思间，黄毅却大声跟他打招呼并拱手请安，五爷回话间，只见黄毅用手掀着帘子，船篷里又弓身走出一位女子。那女子直起身来，在乌篷船上略定定神，抬眼向五爷的方向一望，目光正与五爷的碰撞到一起，那眼神、那气质顷刻间就震撼了五爷。那女子的五官精致到极致，眼神纯净中带着犀利。黄毅这一镖竟押了这么一个璧人，是谁家的客人呢？五爷心里暗暗发问。黄毅扶着女子上了岸，女子向五爷点了点头，微笑一下，黄毅也未做介绍，又与五爷寒暄了几句家常，就引着女子向镇子里走去。五爷回过神来，总觉得这女子好生面熟。脸庞和眉眼有点像自己夫人年轻时，又似乎有点像自己的四个女儿。可是，仔细想来又不像，到底像谁呢？眼前总是晃动着一个人影，却又想不起来。美貌女子，大抵总有些相似之处吧。想想自己近花甲之人，无来由想些这样的事，有点老不正经，他禁不住哑然失笑。正巧此时，有渔船靠岸，五爷买了两条大鲫鱼，也打道回府。

　　五爷提着两条鲫鱼慢悠悠若有所思地走在镇里的石板街上，他满脑子想的还是黄毅带回来的女子像谁，花落谁家这个问题。一路上，各家店铺的伙计或者店主以及路上的熟人不停地和他打着招呼，他不断地回复着。走到李记京味炸酱面馆附近时，忽见黄毅手里多了一个手提式食盒，引着女子从馆子里出来，这次他们没看见五爷，慢悠悠地在他前面走着，五爷不紧不慢地跟在他们身后十几米远的地方。很快就走到了镇子的中心街区，也就是醉仙楼和怡红楼对峙的地方，那里是十字路口，本镇两条主街的交会点，五爷应该左转向东面，他的医馆就在东面离街口不远处。右面路口的主建筑就是怡红楼。他看到黄毅引着女子径直走进了高挂着两盏巨大红灯笼的怡红楼，五爷惊得呆立在不远处的石板街上，一阵风吹过来，他连连打了几个寒战。

二

　　田五爷是桃川镇最大的医馆——仁济医馆的当家人兼坐堂医生。他出身中医世家，是这一带最有名的医生。

　　五爷大名田忠恕，字永谦。名与字看似简单，内里却大有文章。他父亲是单传，在五爷上面已经生了四个姐姐。在父亲四十二岁、祖父六十九岁时，他出生了，祖父与父亲皆喜极而泣，自家的医馆终于后继有人了。为图个吉利，以求好养活，虽是长子，也没有另外排行，而是跟着姐姐们的排行顺延，祖父于是就给他起了一个五儿的乳名。

　　祖父与父亲皆为这一带德艺双馨的大医，因此，对医馆传承人将来的德行要求甚高，在给孩子起大名方面就颇费了一番心思。五爷落地后，祖父日夜冥思苦想，终于在三朝那天灵感大动，给他起大名田忠恕，表字永谦。祖父对父亲说："《说文解字》曰：'忠，敬也，从心，中声'。自汉代起，训诂学家就特别讲究字形音义的融会贯通，主张声中有义、因声求义，依此学说，可以认为'忠'字是心不二、心意集中，心无旁骛。东汉马融所著《忠经》曰：'忠为八德之首'，因此我用忠字；而'恕'从字面来看是如心也，也就是如自己的心。《说文》曰：'恕，仁也。'本义为恕道，由己之心推想他人之心，即所谓如心。《论语·卫灵公》子贡问曰：'有一言可以终身行之者乎？'子曰：'其恕乎！己所不欲，勿施于人。'"而表字永谦，其祖父说是取《易·谦》："'谦谦君子，卑以自牧也。'若五儿能谨记名和字的释义，时刻以此来约束自己，就可谓之德馨了。"

从四岁起祖父就开始教他背诵《医学三字经》《药性歌括四百味》《濒湖脉学》和《汤头歌诀》等中医基础典籍，祖父对他说："五儿，这是中医四小经典，你从小先背下来，长大后再慢慢体会其中的含义，这样你就能在遍布荆棘的医学路上辟出一条仅能容一双脚通过的小径。"五爷用他那双无邪而又睿智的眼睛看着一脸严肃的祖父点了点头。

五爷天赋异禀，到六岁时，这四本书他就已经倒背如流了。就在这一年，他开始到镇上最有名的张德言先生的知义书馆发蒙读书。不到十岁就读完了四书、五经等。经子通，读诸史，待读完《史记》《汉书》《后汉书》《三国志》，五爷也从总角到束发之年了。因他家不入仕，读书是为了传承医学。父亲很注重他的自身修养、文字及书法水平。祖父与张先生家又是世交，所以祖父与父亲商议后特地让资深的张德言老先生教授他《道德经》《易经》《庄子》之类。在发蒙读书时，祖父便和张先生商议让他在完成课业的同时在张老先生的监督指导下，开始默写中医四小经典，为以后学习更高层次的中医理论打基础。所以，五爷十岁左右就能把这几本医学典籍一字不错地默写出来，当然，对这些他还是处于只知其然不知其所以然的机械记忆层面。在这样的教育环境和家庭氛围的熏陶下，五爷很小就对医学感兴趣，儒医并进。

桃川镇的南面是连绵的群山，统称南峰山，山上盛产草药。五爷的祖父和父亲经常带着学徒们上山采药，五爷从小就喜欢跟着去，并乐此不疲，才五六岁就认得很多味中草药：柴胡、远志、荆芥、防风、麻黄、丹参、玄参、玉竹、知母、地黄、白薇、藜芦、漏芦、白芍、白头翁、徐长卿、刘寄奴、王不留行、好汉拔等皆是他的爱物。他觉得，单听这些药名心就醉了。他尤其喜欢"好汉拔"这个药名，尽管父亲告诉他，这味药的学名叫苦参，可他依旧喜欢它的俗名好汉拔，他觉得这药名带有一股凛然之气，应该是一种极有气节的植物。祖父与父亲经常给他讲那些药物背后的故事，使得他更加感兴趣。大些时候，祖父就给他讲了家族史和自家医馆的传承史。

他家本是京城人士，先祖曾经做过宫廷御医，大约明朝天启年间来到此地。以开医馆为生，到五爷已历七代。五爷悬壶济世近四十年，对于中医传承的家族史，小时是百听不厌，而今是百讲不厌。五爷的夫人柳氏两年前去世，他有四女二子，女儿均已出嫁，三个在北平做生意，一个在镇上开车行。

在儿子很小的时候，他经常给他们讲医道，从小灌输中医传承的思想。无奈，世事的发展不是尽如人愿，大儿子在张先生的知义书馆读了几年私塾后，正是清末民初，县上开设了新式学堂，尽管如他小时候一样，大儿子自发蒙起就背诵并默写了中医四小经典，可在十二岁上就闹着去县里读新学堂，镇上很多富户人家的少爷甚至小姐都去读新学堂，大家都说时代不同了，自己的路要自己选。五爷只好也送大儿子去读新学堂，但周末回来还是让他跟学徒一起背药性、学炮制药品，不厌其烦地给他讲自己入杏林时的故事，儿子倒也喜欢。大儿子在镇上读完高等小学后，又和镇里几个富家公子一起去县里读中学，儿子非常聪颖，竟然考上了北平的燕京大学，只可惜读的是工科专业。他说他要实业救国。

五爷常对儿子和学徒们讲他最初跨进中医门槛的故事，他说入主杏林远没有听药物背后的故事和背诵、默写四小经典那么简单。他家医馆的传承规矩：即使是父子传承也要行正式拜师礼入行，五爷于十五岁束发之年开始拜父为师学医。年龄渐长，幼时背书过目不忘的功夫虽然渐渐减弱，但家庭熏陶和早年祖父与父亲的刻意引领，他对中医还是有两三分了解的。拜师的第二天，父亲在祖父的授意下递给他一本张仲景的《伤寒杂病论》说："这是中医四大经典里最重要、最实用的一本，你暂且不许看注解，先要把原文反复读熟，要自己动脑仔细体会，倒背如流还不够，要全部镌刻在脑海里，融进血脉中，把它变成自己的东西，以求终生不忘。"

祖父是方圆百里有名的伤寒大家，平日里与同人们讨论起《伤寒杂病论》来，口若悬河，滔滔不绝，技压群芳。可每当他拿着书本去请教时，面对他提出的疑问却瞬间就沉默是金，从不为他释疑，而是冷着脸说："书读百遍，其义自见，反复诵读，慢慢体会，没有读不通的道理。"不仅如此，还勒令师兄们皆不得为其释疑。五爷独学无友，曾万分惆怅。祖父与父亲还时不时来考问。他只得如《三字经》中教人读史的方法一样："朝于斯，夕于斯。"虽冥思苦想，整日手不释卷，然医学是抽象的东西，始终不得其解。万般无奈之下，他只好搬来一大堆与之相关的中医著作，当成医学字典，像一条小鱼一样，在各种典籍中先是瞎冲乱撞，寻找注解，而后随意遨游，由是，各种疑难迎刃而解。

"医之始，本岐黄。灵枢作，素问详。难经出，更洋洋。越汉季，有南阳。六经辨，圣道彰。伤寒着，金匮藏。"这些都是他从小背诵并能默写出来的《医学三字经》里的内容，他说那时也只是机械记忆，并不知其意。《灵枢》是什么？《素问》是什么？《难经》又是什么？他全然不知。读了《伤寒杂病论》后对这些仍似懂非懂。一经读多了医学典籍，顿觉豁然开朗。五爷常常对他的徒弟们说："就是现在让我默写《医学三字经》，我依旧可以一字不错地写出来。这是我从小练就的功底啊。"

大儿子从北平带回来一本王国维的《人间词话》，五爷读后无限感慨地说："王国维讲的读书三境界：'昨夜西风凋碧树，独上高楼，望尽天涯路；衣带渐宽终不悔，为伊消得人憔悴。'的第一、第二境界，就是我当年苦读那些中医典籍的真实写照。他说，大约拜父为师一年后，他手不释卷，还在这两层境界中熬煎度日时，祖父和父亲开始把他带到了临床实践中。面对活生生的真实病例，他虽怯场甚至两股战战，然望闻问切一丝不苟，辨证论治时，一经祖父与父亲点化，全盘皆活，这使他逐渐明白了《伤寒杂病论》的价值，又享受到了妙手回春的乐趣。当然，达到王国维众里寻他千百度，蓦然回首，那人却在灯火阑珊处的第三境界，是很多年以后的事了。"学无止境，医学更是啊，想想沉湖而亡的王国维真的圣明啊。"五爷经常无限感慨地说这句话。他还说迄今为止，没有哪本书让他读得像《伤寒杂病论》那样辛苦，也没有哪本书像这本书那样使他受益终生。他经常谦虚地对徒弟们说："勤出成果、勤能补拙，我能在杏林占一席之地，都是勤的回报。我有今天的声望，是读多了几本古人的著作，拾先贤的余唾，善用先贤的方剂，古为今用，温故而知新而已，我本人并没有什么创造性的成就，所以我不去写也写不出经典著作来。药王孙思邈认为医道首先是'至精至微之事'，习医之人必须'博极医源，精勤不倦'。第二是诚，亦即要求医者要有高尚的品德修养，以'见彼苦恼，若己有之'感同身受的心，策发'大慈恻隐之心'，进而发愿立誓'普救含灵之苦'，且不得自逞俊快，邀射名誉、恃己所长，经略财物。医家不可妄自尊大，奢谈创新与突破，只要善于把前人千百年来积累的成果，灵活地转用于自己的诊治中，并在这个基础上开拓创新，就能成为一个为人称道悬壶济世的好医生。"

年轻时，五爷始终不解的是：祖父和父亲为何一定要他先从《伤寒杂病论》入手学医呢？直到多年以后，他正式悬壶并小有名气后，已九十高龄的祖父才对他说："我当年那样苛刻对你，是为了成就你。让你一开始就遍尝学医的艰辛，让你不能掉以轻心。为什么一开始我就让你苦读《伤寒杂病论》？陆九芝云：'学医从《伤寒》入手，始而难，继而易；从后世分类书入手，初若难，继则大难矣。'学习任何一门新知识，总是最初接触的东西印象最深，这叫先入为主。《伤寒杂病论》是中医的圣典，言简意赅，朴实无华，紧扣临床实践，不奢谈理论，把一个疾病从开始到完结的全部过程有序地展示出来，以精炼的文字，归纳了疾病千变万化的特点，全方位地表达了辨证论治的思想，是中医第一部理法方药皆具备的临床典范著作。中医的灵魂，不在于自己死记硬背记住了多少方子，也不在于追求做学问，写出了多少本著作，而在于会辨证施治，遣方用药，说白了就是能看病，能看好病。'认证无差'是遣方用药最重要的前提，是医家追求的最高境界。先让《伤寒杂病论》占据了你的思维，让辨证论治的思想在你脑海中深深扎下根来，就牢牢掌握了中医的核心和灵魂。但是，历代注家众说纷纭，莫衷一是，不妨甩开他们，直面仲景，感受原文，直接领会和吸取他的原始思想，这将受益终身。学医的确可以从《医学三字经》《汤头歌诀》等启蒙书入手，先易后难，循序渐进。循序渐进，是常规培养一般人才的方法；我让你从《伤寒杂病论》入手，先难后易，这是高屋建瓴，高屋建瓴才是造就大医的途径。对你，我取其后者。至于四大经典里的《黄帝内经》《难经》《神农本草经》三部著作，涉及的知识过于庞杂，又不能直接用于临床看病，不可读得太早，以免陷进其中，迷失方向，好比战国时期的赵括一样，只会纸上谈兵是不行的，必败。行医到了一定年限，有了比较丰富的临床经验，人生阅历和修为也达到了一定层次，再去读那些吧，那时才能真正读懂……"五爷恍然大悟，知道了祖父和父亲的良苦用心，感激涕零。

五爷的祖父和父亲都非常注重养生。祖父九十五岁谢世，父亲也在九十岁那年无疾而终。究其原因也是自小就注重养生的结果。祖父每日除讲究饮食外，还要吃几片陈醋浸泡的生姜片。他经常说："先圣孔子有句话说'不撤姜食'，孔圣人活了七十三岁，在那个年代属于高寿了，这与他'不撤姜食'的饮食习惯有关。姜性辛微温，辛能发散，温能祛寒，对人有大益。此外，姜皮能治浮肿，干姜治胃病，炮姜能治妇科病……"祖父和父亲开方经常用姜作为药引。父亲常常喜欢念叨《千字文》里的那句话："果珍李柰，菜重芥姜。"生姜能解毒，做很多菜肴时都让放些生姜进去。

在祖父和父亲的影响下，五爷也极其注重养生。他每天早睡早起，晨起第一件事就是用温水净手，然后如厕；再净手后伫立窗前，两手自然下垂，舌刷牙上下里外各三十六次，口水咽到肚子里，据他说可以健胃助消化；然后是叩齿，即上下牙互叩三百次；再就是洁齿，他不用牙粉和牙刷刷牙，而是春嚼嫩柳枝、夏嚼鲜荷叶、秋嚼菊花瓣、冬含茯苓粉，再佐以青盐水来漱口；洁齿后去盥洗室用加了一撮盐和一汤匙白醋的温水细细洁面；然后站在盥洗室的镜子前，用一把精致的象牙梳子慢条斯理地梳理头发，据说要梳七十二次。做完这些后，到院子里打一通太极拳再出门绕镇子慢慢散步约半个时辰而后回家来用早餐。他的早餐一般是粥、鸡蛋和馒头等配时令小菜。他喝粥一年四季很有讲究。他说："天人合一：春应肝而养生、夏应心而养长、秋应肺而养收、冬应肾而养藏"。春季他最喜喝猪肝小米粥、荠菜胡萝卜小米粥、鲫鱼小米粥等；夏季是荷叶粥、绿豆小米粥；秋季百合银耳粳米粥；冬季南瓜枸杞小米粥、核桃粥等都是他的爱物。五爷身形矫健，头发有些许白发但十分浓密，红光满面，面部皮肤十分紧致，就连颈部皮肤也一点没有松弛下垂，满口牙齿整齐坚固。餐毕还要喝一通养生药茶。然后再到前面医馆正堂坐诊。这药茶叫"沐春茶"，是京城著名药店——鹤年堂刘掌柜家的秘方。

三

田五爷擅长治疗皮肤病，好汉拔是他最常用的药。说起好汉拔，懂得中医的人都知道，它是中药苦参的俗名。内服能清热燥湿、祛风杀虫、止湿热泻痢、消水肿利小便，外用能治疥癣、麻风、皮肤瘙痒、湿毒疮疡等等。

好汉拔属于多年生宿根植物，春季苗返青，六七月开淡黄色花朵，花开时节，那种特殊的气味引来一群群黑色的斑蝥落在花朵上，桃川镇人说这是臭味相投。其实这斑蝥也是一味中药，具有破血逐瘀、散结消腐、攻毒蚀疮的功效。桃川镇有个著名的验方：把生鸡蛋钻一个小孔，把斑蝥去头塞进去，再用黄泥封了口，放在火盆里烧熟，连皮一起吃下去，据说可以抗肝癌。好汉拔花落后，结一串一串豆荚样的果实，八九月果实成熟，十月以后，果荚自然炸裂。如豆子般的果实落到地上，被牛羊、野兽或者砍柴、采药人们的脚踩进土壤里，第二年，一场春雨过后，生根发芽，生生不息，这是它在自然界的繁衍方式。

好汉拔的药用部分是根儿。这根儿，主根又粗又长，直插土里近半米长，主根上还长着许多细小须根，纵横交错，牢牢护住土壤，力气再大的汉子，即使在雨季泥土最松软的时候也很难将它拔出来，因此又被称为好汉拔。

在桃川镇，要挖上好的好汉拔，那得去好汉坡。这好汉坡是桃川镇除太平鼓山台外的另一个圣地。因有一座好汉坟而得名，坟里埋了一位不知名的好汉。每年清明，镇上人都自发地去上坟填土，年复一年，这坟头就像一座小山丘那样高大了，坟上也长满了好汉拔。这座好汉坟无法考证时间，村里最高寿的人也不知道是什么时候有的，只是流传着一个悲壮的故事。说是在某一朝代从遥远的地方来了一伙外族人，侵入这个镇，镇里人自发抵抗，双方发生械斗，镇上人伤亡惨重，后来本镇族长就和那伙人的头人谈判，双方约定在某年某月某日赌拔好汉拔，如果这镇上有谁能在一炷香时间内徒手拔出六棵好汉拔，那他们就立刻离开这里，永不侵犯。这可把镇里人难住了，这好汉拔可不是轻易有人能拔出来的，别说是六棵，就是一棵都难啊。大家面面相觑，没有人敢揽这个差事。到了那一天，族长责成几个村中力气较大的人去试，结果只有两三个人勉强能拔出来一两棵，却耗费完了力气，躺在地上喘气，爬不起来。外族人奸笑着，让他们在文书上签字画押。就在这时，镇里一个精通武艺因惹了官司逃难在外的年轻人闻听此事星夜兼程赶了回来，他远远地喊了一声："慢着，看我的。"径直跑到坡上，运一口气，双手抓住一棵高大的好汉拔的茎叶，用力拔了出来，接着又拔出第二棵、第三棵、第四棵，拔出第五棵的时候他体力已不支，天旋地转眼冒金星，倒在地上，嘴里流出了一股鲜血，族长让他快不要拔了，认输吧，否则性命堪忧啊。可是他晃晃悠悠地站起身来，看了看那即将燃尽的香，又向四周看了看，选了一株长在斜坡上的有多根肥硕枝叶、正开着黄花的好汉拔，他站在斜坡的低处，把枝叶拢到一起，扭麻花样扭一下，双手抓住枝叶，运一口气，拼尽全身力气，整个人向后仰过去，那株好汉拔被他拔出来了，根足足有半米长，他仰面摔出好远，喷出一口鲜血，再也没有醒来。族人们把他安葬在这个向阳的偏坡上，从此，这里就叫作好汉坡。

四

　　田五爷经常让二儿子田守义到好汉坡刨好汉拔，清洗、切片、炮制后备用。二儿子田守义不是五爷的骨血，是他十六年前收养的弃婴。那年他去隔壁流花镇收购中草药，看见很多人围着一个大竹篮看，原来是一个患严重皮肤病的男婴，旁边放着一张写着生日时辰的纸条，一看就知道是被人抛弃的。婴儿浑身流脓淌血，已经奄奄一息。他就放弃收购药材，带着婴儿直接回家了，他用好汉拔为主药，内服外敷治疗。经过他和妻子几个月的精心调治和喂养，婴儿的病终于治好了，遗憾的是，由于病的时间太长，又延误了最佳治疗时期，脸上和浑身都留下了大片的黑斑。婴儿满周岁时，五爷曾摆酒席，大宴族人及亲朋好友，举办了一个正式的仪式，立文书收男婴为养子，排行第二，按辈分给他起了大名，并上了族谱。只是，二儿子身上和脸上的黑斑，仿佛是万里晴空上的一块乌云，也是五爷的一块心病，他十分地内疚和心痛，加以他凄惨的身世，使得五爷过分溺爱了一些。

　　都说近朱者赤近墨者黑，可是这话在二儿子身上就行不通。尽管五爷给他起的大名为田守义，从小就告诉他是正义的义，仁义礼智信的义，从懂事起就教他做人之道，可他一点也没有守住正义和仁义，天生顽劣异常，旧式私塾新式学堂都进过，总是逃学和干扰别人，一来二去的任凭五爷舍尽老脸说尽好话，也没有学堂肯接收他了，五爷也无奈，只好作罢了，让他跟自己学徒，可他好吃懒做，不学无术，还时常在镇上干点小偷小摸的勾当，五爷拿他没办法。乡邻们看五爷的面子，有些许侵犯的地方也就容忍他了。他平常游手好闲的，也就帮五爷刨几棵好汉拔是活儿。

　　"二赖子"这个绰号不知道是谁最先给田守义取下的。一传十十传百地就在桃川镇叫开了。听到人家这么叫他，起初他还会骂几声或者噘着嘴巴瞪那人一眼，后来就习以为常，变成应和人家了。其实，他小时候，绰号中间那个字用的是"癞"字，因为他脸上和身上都有大片的黑斑，这是他绰号的由来。早年，每次听到人们这样叫二儿子，五爷的心就像突然被马蜂蜇了一下，刺痛好久，他时时为自己无能，没有扁鹊、华佗般高超的医术而惭愧，总是觉得自己有愧于二儿子，可是又无法去堵住别人的嘴巴，镇上谁还没有个外号呢？铁匠铺的陈金库，因为嘴歪又天天抢大锤，不就被镇上人叫作歪嘴陈大锤吗？李家包子铺掌柜李满贵三儿子出娘胎就是一只眼睛，不就被叫作三瞎子吗？还有……也没见人家跟谁过不去去吵嘴打架啊。五爷也就不再计较，只是一如既往地溺爱他。哪知，从七八岁开始这厮就顽劣异常不算，大约从十岁左右，就展现出一副泼皮儿相来。镇上的人们就把中间的"癞"换成"赖"字了。其实前面还省略了一个字——无。二赖子就是二无赖的意思。在桃川镇，"无赖"是二流子的升级版。乡下的二流子是那种游手好闲、不务正业、整天到处流窜、到张家田里拔几丛花生、王家菜园偷俩茄子、李家瓜园摘个甜瓜的那种货色，用现在的话说就是不良少年。而无赖在这个基础上又多了一些劣迹，但是总体概括来说就一个字——赖！

物以类聚，人以群分，城市中的无赖们往往也拉帮结派，凑成一伙乌合之众。但又与黑帮不同，无赖们通常就是指那些小混混，他们做些缩水版的坑蒙拐骗的勾当，有些也可能演变成黑帮成员，一辈子也成不了大哥，但是总能在帮里跑跑龙套，混点吃喝。隔三岔五趁小头目不注意搞下窝里斗，找几个软柿子捏捏，当然也有例外，有些也成了气候。

而镇上的无赖没什么太多的劣迹，属于上海话中的小瘪三、东北话中的地赖子一流。也就是谁家闺女好看，在偏僻地方见到了，说几句下流话去调戏调戏；到街面上那几家杂货铺去蒙点糖果点心类吃吃；到熟肉铺、包子铺去赊点吃食，这账嘛挂在那里，自己也承认，但是钱嘛，那就拖着赖着几年不还；谁得罪了他们，夏天时半夜往人家院子里扔只死猫、死狗或者扔条死蛇吓吓人、冬天半夜去点人家劈柴垛。点劈柴垛其实挺阴损的。过去劈柴是镇上人家一冬天的燃料，做饭取暖全靠它。被无赖一把火烧个精光，就只能临时去砍毛柴捡枯叶，要不然就得花钱去买煤球去了。

二赖子不会去干点劈柴垛这样的勾当，调戏女人的事也不干，也可能是年龄小，还没开化，他对女人不感兴趣，除非遇到香椿他会多看一眼，也会凑上前去打招呼。香椿是铁匠歪嘴陈大锤的女儿，说起来，他和香椿年龄相仿，可以说属于青梅竹马的玩伴，自小一起长大的呢，可懂事后，他的顽劣让香椿十分厌烦，渐渐地就不理他了。香椿从去年起就去省城读师范学校去了。二赖子知道，香椿是看不起自己，每次看到他就像看到一堆臭狗屎，厌恶地做一系列表情：蹙眉头、曲鼻子、撇嘴巴、扭头、疾步走。看到这一系列表情包，二赖子往往是怒从心头起，鼓起嘴巴，又迅速瘪回去，圆睁了怒目，再迅速地合上，狠狠地瞪她一眼，露出一副凶相来，脸上的大片黑斑，跟着那几块相关的表情肌一收一缩，面目显得很是狰狞。可是，恶念并没有相应地从心头起，二赖子属于胆子比较小的无赖。相反地，仿佛胸腔里还有一颗头颅，自卑地深深地低垂下来。他在心里暗暗地叹了一口气，不知道是无奈还是对自己的哀怜。

五

桃川镇繁华的商业自然也带来了烟花柳巷的快速滋生。曾经有人说过：世界上最为古老的两大职业，一是杀手，二是妓女。妓女旧时被称为青楼女子、风尘女子、勾栏女子、章台女子、旧院女子、教坊女子、烟花女子、北里女子等。无论冠名是俗还是雅，她们的命运千古以来都是可悲的。她们如商品一样按等级以货币的形式出卖自己的肉体。

一到夜晚，十字大街中心点生出的那些支巷深处便大红灯笼高高挂，灯红酒绿，莺声燕语，笙歌不绝于耳。说来也怪，扛在十字肩头的米字形的上两条支巷里的都是镇上档次比较高的妓院，一般都是以院来命名如丽春院、宜春院等；而夹在十字腋窝的米字的下一撇一捺的支巷里却是下等妓院的聚集区，多叫下处等。

桃川镇最大档次最高的妓院就是怡红楼。老鸨翠姨年轻时曾是南京秦淮河上红极一时的烟花女子。

怡红楼门口的粉牌上挂出了一幅美女照片，照片下面还有大大的"头牌小翠仙"五个字。怡红楼一时间名声大噪，宾客如云。小翠仙就是那个黄昏五爷在太平鼓山台听到唱小曲的姑娘。五爷在渡口遇到她时就惊为天人，对这个清丽脱俗的女子印象深刻。他一直觉得这个姑娘很面熟，一直又想不起来到底像谁，直到那天他遇到陈大锤的妻子才恍然大悟，原来她就像陈大锤的女儿香椿。

这个明眸皓齿罗敷女般的姑娘到底经历了什么呢？是因何沦落风尘的？实在是太可惜了。尽管五爷一直心存疑问，也不好去求解，怡红楼毕竟是烟花之地，他的身份除了必要的出诊，平常不适合去那里，也不适合与别人谈论这个问题。他自己也不知道，他为什么对这个女子这么感兴趣。而更令人称奇的是，据说小翠仙是个清倌人，只卖艺不卖身，琴棋书画曲无所不精，且身价极高。镇上人们议论纷纷，说她并不是真的清倌人，而是不接待普通人。说她文官只陪县长以上的官员，武将要陪团长以上的军官，有的说她跟日本人有关系，有的说她身怀绝技……众说纷纭，说得有鼻子有眼，传得神乎其神。总之，她在怡红楼是享有特权的姑娘。她可以只带着小丫鬟到镇子上随意购物走动，而没有妓院的大茶壶傻豹子和其他男性跟班盯着。

小翠仙走在街上十分引人注目。她气质高雅，举止大方，待人和善，让人感觉她就是省城抑或京城里来探亲的知书达理的大小姐，让人丝毫没有对风尘女子那种龌龊的想法。一时间成了小镇的一道靓丽风景。她在镇上也真的有了五爷经常心里默念的《陌上桑》里众人见罗敷的效应：行者见罗敷，下担捋髭

210

须。少年见罗敷，脱帽著帩头。这在二赖子田守义身上尤为典型。

二赖子十六岁了。自日本人来了后，他蔫多了，他的赖劲儿和泼劲儿似乎也收敛了。用铁匠铺歪嘴陈大锤的话说，"怂包一个，怕死着呢！"小翠仙来后他的春心才开始萌动起来，尽管她是风尘女子，怡红楼的头牌。在街上碰到，二赖子总要刻意看上几眼。其实，每次碰到小翠仙，她都觉得她长相跟香椿神似，五官都是那样精致，只是小翠仙化妆后比香椿更加鲜亮，真的就跟唱戏里扮的嫦娥一样。不同的是，小翠仙是风尘女子而香椿是良家少女。尽管如此，二赖子还是情不自禁地想起香椿。有时他也会想：要是画着精致妆容的小翠仙那身漂亮的旗袍穿在不施粉黛的香椿身上，该是何等地俏丽呢？

自从小翠仙自由在街上走动后，二赖子渐渐又活跃起来了。小翠仙前脚走进朱家的永隆商行，他后脚一准儿到；小翠仙进了李家绸缎庄，他一定就在隔壁张家的脂粉店门口候着。而且每次都穿戴一新，连头发都偷偷用他大哥放在家里的司丹康发油梳得油光可鉴。可等小翠仙一出来，跟他打一个照面，他马上就面红耳赤地低下头，不敢正眼看她，然后迅速跑开。可小翠仙却对他莞尔一笑说："田二少爷好啊。"吓得二赖子更加不知所措。有几次，他逃跑时还冒冒失失撞到年轻妇女和孩童，引来人家一顿臭骂，可过后依旧乐此不疲。

有一次小翠仙在朱家商行买了一大包东西，没有跟班，无法拿回去，径直来医馆求他帮忙，二赖子受宠若惊，面红耳赤不说，还语无伦次起来，幸而五爷那一刻在后面客厅待客。到怡红楼门口，老鸨翠姨和大茶壶傻豹子在门口候着。傻豹子是隔壁流花镇一位朱姓人家的儿子，因某年流行瘟疫，父母兄弟皆染病身亡，他流落到桃川镇上，因他力气大，人憨憨傻傻的没有坏心，被翠姨收留在怡红楼做杂役，渐渐就被镇上人称为大茶壶了。

一看到二赖子，翠姨就阴阳怪气、嗲声嗲气地说："哟，这不是田二少爷吗？怎么着，看上我的头牌了？眼光不错嘛，可我们翠仙姑娘身价高，况且你也不懂那些琴棋书画和歌儿、曲儿什么的啊，我的爷诶，我这里概不赊账的哈！"二赖子的脸一直红到脖子根，很想爆几句粗口回敬她，又碍于小翠仙在，便将那些东西一股脑塞到傻豹子怀里，对着翠姨啐了一口，骂道："你个婊子养的，就知道钱钱钱，迟早让钱埋了你！"然后转身就跑。翠姨媚笑着在后面喊着："二少爷，别跑啊，来，上楼，我让翠凤老姐姐给你吃口奶！"二赖子跑得更快了，可他还是听到小翠仙指责翠姨说她过分了，二少爷还是个孩子呢。二赖子的心暖暖的。

六

不管田五爷和桃川镇的人们愿不愿意，如他所料想的那样，该来的还是来了。在太平鼓山台插上膏药旗后的第二个月，日本鬼子开着装甲车、摩托车、汽艇等从水陆两处侵占了镇子。宪兵队桃川分队就驻扎在桃江河畔，太平鼓山台附近，离仁济医馆不远不近。他们还在桃江河畔建了一个军火库。据说宪兵队分队长斋藤一郎颇懂医道。宪兵队进驻镇子那天，五爷的医馆闭馆，斋藤走到医馆大门前，对着那块招牌凝视许久，哇啦哇啦说了好多东洋话。

从此，桃川镇的圣地之一太平鼓山台就成了五爷的伤心地。日本宪兵分队在台顶圆心挂的那面膏药旗，是五爷心里的一根刺。远远望着那面旗帜，心里总是一阵刺痛。

因为日本宪兵分队的入侵，桃川镇的宁静彻底被打破了。几个月来，虽然他们还没有什么大的行动，中日亲善、大东亚共荣的花花绿绿的标语贴满了大街小巷，他们手持照相机说免费给人们照相，还拿着包装精美的糖果往小孩手里塞，但人们对他们是敌视和畏惧的，镇上人们的生活都已被打乱，每天都战战兢兢如履薄冰。街上的人流明显少了，很多人家大白天都关门闭户，往日那些满大街疯跑的小顽童们也都乖乖躲在家里。五爷的仁济医馆，空前清闲起来。他每天就着心事喝茶赏花草。转眼就过中秋。

八月暖，九月温，十月还有小阳春。这时节，气候温暖如仲春，很多草木在这小阳春的气候下，产生了一种错觉，以为春天来了，就二度开花起来，这叫倒开花。

九月十六上午，田五爷在前面的院子里踱着步，他发现不仅仅墙角那棵大梨树开了一树白色的倒开花，就连中轴线上那架紫藤竟也垂下几串紫色风铃般的花蕾。"你们这是乱开花，过几天秋风一起寒霜一降，就香消玉沉喽。"五爷自言自语着，禁不住怜惜起它们来。正在徘徊间，账房老徐进来禀报，说宪兵队明翻译官来访。

明翻译官大号明峰，是本镇头号大财主明世藩家的小少爷。明家和他田家虽谈不上世交，但也是素有来往的故旧。明家世代经商，开着很多作坊、商铺，生意风生水起的，一直从镇上做到县里。明老爷生了四个儿子，明峰最小。这孩子小时候一发烧就打惊风：浑身抽搐、牙关紧闭、眼眶乌青，五爷没少抢救

212

他。他自幼聪敏，天赋异禀，是个读书的好苗子。可在县城读书时竟与镇上摆渡的白家姑娘相恋，两个人爱得死去活来的。明老爷万般反对，硬生生把他送去日本留学。要说这白家，祖上曾是官宦人家，一来二去就沦落为摆渡为生的船家了，不过，白家有一艘大型货船和两条渡客船，在桃川镇也是举足轻重的。白家和明家祖上还有八拜之交呢。世事真的难料，想到这里，五爷不禁轻轻叹息了几声。白家近几年连遭变故：老爷子中风偏瘫、长子病亡、长媳改嫁，家道中落。白家那位摆渡的姑娘叫白荷，人如其名，生得如荷花般亭亭玉立。明老爷把自家儿子强行送到日本留学后，那白荷姑娘大病了一场，还是五爷给诊治的，顺便还开导了她一番。因家庭连遭变故，不得已，听父母之命媒妁之言，嫁了自己医馆隔壁永隆货栈朱掌柜的儿子朱国安。朱家为人厚道，家境殷实，倒也是个好归宿。想到这里，五爷长吁了一口气，为白家姑娘有了好归宿而感觉稍微受用些。真是没想到啊，不久前，明家小少爷竟然以翻译官的身份跟着日本人回了桃川镇，这让镇上的人们饶尽了口舌。正在想着这些时，明峰已经提着一个精致的礼盒微笑着进院来了。他没穿军服也没穿西装，而是穿着一身湖蓝色的长衫，显得十分儒雅。

明峰按老规矩给五爷请了安，礼毕二人落座后寒暄了一阵。一个小学徒用宜兴紫砂壶为他们煮了一壶菊花枸杞茶端上来。五爷吩咐他拿景德镇广口大茶杯把茶汤连同菊花、枸杞一起舀到杯子里饮用。青花茶杯里，金黄色的茶汤中满杯绽放的杭白菊仿佛是水中开出的花，显得无比高雅圣洁，那一颗颗鲜红的枸杞子就像一颗颗朱砂痣点缀其中，明峰的心动了一下，他下意识地望向窗外。西窗外，五爷家高高的院墙那一侧，露出一个黛色的瓦屋顶，正是朱家永隆货栈的门面房。朱家是一进的四合院，和五爷家医馆会客厅连脊的是他家的起居室。明峰知道，白荷就嫁在朱家，和此时的自己仅仅一墙之隔。"请，喝茶，喝茶，世侄。"五爷指着茶杯说。

明峰冷不丁一抖，但马上又恢复常态，端起茶杯啜了一口说："田伯伯果然不同凡响，这菊花枸杞茶的味道太好了，是秋季养生的好物，这杯子也太精美了。"

"老朽秋季素喜菊花枸杞茶，祛风明目、搜肝气、益血润荣。老朽至今头脑清醒，耳聪目明全得益于此茶。你在东瀛留学五年，听说东瀛人也讲究茶道，喜好养生，不知道可与我中华略通一二？"五爷捋着他下巴上的一绺短须问道。

"茶道在日本确实很盛行，原来称为茶汤，据在日本做生意的广东潮州人说，日本茶道起源于我国广东潮州呢，我去日本同学和好友家拜访，享受过正式茶道的接待，真的具有我中华茶文化的韵味，只是东瀛人更讲究礼节和仪式化，程序很烦琐的，给人感觉饮茶倒是其次呢，主人与客人都得按固定的规矩和步骤行事，弄得我每次都拘谨得很，生怕乱了礼数被人笑话。"

"哦？不妨说说来听。"

"日本讲究的是'和敬清寂'。茶道的步骤分为点茶、煮茶、冲茶、献茶、饮茶五个步骤，饮茶时客人不能端起来就饮，要先三转茶杯，慢饮、细品后再奉还。真的是礼仪大于饮茶本身呢。"

"中国文化对日本文化影响是十分深远的，且不说秦朝时徐福入海求仙东渡日本，促成了弥生文化的诞生，给日本带去文字的故事，就说有确切历史记载的吧，日本从唐朝开始，就派遣唐使来我中华学习我们的文字、官制、佛教、医学等。就连他们穿的和服，也有中国汉服的影子啊，他们受我中华文化影响颇深，也应是礼仪之邦呢，刚才你说的这些茶道规矩就不错。"五爷微笑着点点头说。

"他们的汉方医学源自我中华中医，不知现在发展如何？"

"唉，说来一言难尽，汉方医学素来被日本普通百姓所崇尚，皇室也颇为看重，但是因为这场战争，荒废了一切。"

"唔？战争也影响了他们的民生？"

"是的，影响了民生和国力，战争是天皇和上层人士的意愿，并不是所有百姓都愿意的，很多青年人的激进思想也是受了上层的蛊惑。日本实行征兵制，无论尊卑，符合条件的都要遵从，就算是住友、三井、三菱、安田等大财团家的孩子也必须征兵参战。我听说有些财团家几个儿子都战死了，后继无人了，也是有很多的悲哀和无奈。"

"我听说驻守桃川镇的宪兵分队队长斋藤一郎出身汉方世家？"

"是的，他是横滨人士。我在横滨留学时因水土不服患了皮肤病，曾经在他家的汉方医馆治疗许久，他父亲是位很好的医生，那时他也在父亲的医馆里做事。他们父子都喜欢菊花，种了一院，他们最羡慕中国的陶渊明，喜欢采菊东篱下、悠然见南山的意境，作为医家，他们医德高尚，对人很友善，为了研究汉方精髓，他和他父亲都学了中文，能说流利的汉语，都是中国通，对中国的古典诗词很有研究，尤其是描写菊花的那些，治疗期间，他们父子经常与我谈论诗词，他们的造诣很高，我自愧不如啊。他被征入伍也是因为精通汉方医学能治疗一些传染病，再有他觉得打仗难免有伤亡，异国难免因水土不服而致病，需要医生救治，他说他读过《日内瓦公约》里针对军医的某些条款，战地医生以救治伤员为主，甚至可以救治敌方伤员，跟我国古代两国交战不斩来使一样，交战双方都不能戕害医生的，他说救治伤员不违背大医精诚。"

"唔，那为何他又当上了宪兵队分队长呢？"

"阴差阳错，入伍后，才知道一切都不是想象中的那样。他出身高贵，属于皇亲国戚那种，祖上和他父亲都曾经给皇室医治过疾病，又是中国通，日本部队里需要中国通人才远远超过对医生的需要。他因为汉方医学强身健体的需要，兼以日本人尚武，推崇武士道精神，他从小就习武。因为是医家的缘故，他不主张兵戎，力主怀柔攻心，所以很受赏识，就一路晋升为中佐了。他们也讲忠孝节义，效忠他们的天皇。"

"唔，忠孝节义也是一个人的气节，每个民族都需要。"五爷长出了一口气，意味深长地看了明峰一眼，又给他续上茶水。明峰的脸倏地红了。令五爷没想到的是，明峰突然从怀里掏出一本书递给他，说："田伯伯，您才高八斗，学富五车，博古通今，肯定读过元人纪君祥的话本《赵氏孤儿》，这是我一直喜欢的一本书，公孙之壮烈、程婴之忍辱负重……不用我说了，您都知道的，我想把这本书送给您，也许，只有您能品出其中的真味。"五爷一脸错愕地接过书来，正待回答他的问题，明峰却把话锋一转问道："田伯伯，守仁兄在北京还好吧？守义弟跟您在医馆学徒，医术也该是炉火纯青了吧，我一走五年，镇上的老街坊们都好吧？隔壁朱家杂货店生意也该不错吧，听我发小说老朱掌柜都抱孙子了。"五爷心里禁不住暗笑，心说这个臭小子，跟我玩心眼，你打听白荷就直说吧，还拐了这么大一个弯，最后用朱掌柜抱孙子来引，到底还是旧情难忘啊。

"哦，是，不错，不错，抱孙子了，儿媳是白家姑娘，以前摆渡的那个白荷，甚是贤惠。少掌柜朱国安也是本分有头脑的生意人，一家和和睦睦乐享天伦，比我有过之无不及啊。"

"哦，真好，四乡八邻大家都安好是最好的。田伯伯，我来还有一事相告，斋藤一郎队长久仰伯伯大名，不日想来拜访探求医术。我……"

"哦？斋藤队长要拜访我？那就请他来吧。"

明峰拜访后的几天时间里，五爷看着他留下的线装本《赵氏孤儿》心情颇不宁静起来。说实话，他没读过纪君祥的元曲《赵氏孤儿》，但他熟读《史记》，知道这个故事在《史记》（卷四·赵世家）第十三篇中有详细记载。那日饮茶谈话中，五爷能明显地感觉到明峰对自己的身份有着深深的负疚感。明家是厚道人家，积善之家，必有余庆，不会生儿不像贤。五爷知道，因为明峰日军翻译的身份，在桃川镇已经惹得骂声一片了。午饭后漱过口，五爷到书柜里拿出那本元曲《赵氏孤儿》，走到前院医馆会客厅里，搭了条薄毛毯半躺在摇椅上翻看起来。他发现，戏剧就是不同，汉朝太史令的一篇纪实文章，竟引出元人纪君祥这么多想象出来的细节，这部一楔子加五折的杂剧不多时就看完了。他不由得感叹纪君祥的才华，剧中人塑造得那样生动，正面人物个个有舍生取义的大无畏。他忽然想到明峰，他送这个给自己，是什么寓意呢？翳桑饿人为报赵盾一饭之恩搏杀恶獒；公孙杵臼、韩厥为保忠良之后舍生取义；程婴为报主恩忍辱负重，舍子取义……难道……一阵倦意袭来，他把书放在胸口，打起盹来。

七

驻守桃川镇的日本宪兵分队队长斋藤带着几个属下，骑着军用摩托车来到了五爷的仁济医馆。他一身笔挺的戎装，配着军刀，戴着雪白的手套，站在五爷的医馆门口，对着悬挂在门楣上的"仁济医馆"四个黑底烫金的行书招牌凝视了许久。医馆的账房徐先生慌忙迎出来，他战战兢兢，不知道该如何是好，只是伸手做了一个请的姿势。斋藤并没有立刻进门，而是脱下右手的手套，从上衣口袋里掏出一张名片，再戴上雪白的手套微微躬身递给徐先生，也没用翻译官，直接就用流利的中国话说了句："请呈送田永谦先生，就说斋藤一郎拜见。"然后又退回到门口立着。徐先生两腿战栗着，走向五爷的会客厅。他知道，时值中午，医馆内没有应诊者，五爷照例是在医馆的会客厅喝茶小憩。五爷有一个习惯，起床后日间就再不会躺到床上去。他中午从不上床午睡，只是半躺在会客厅的摇椅上闭目小憩半个时辰。

五爷的仁济医馆在桃川镇东西方向那条主街的繁华地段，距离十字街口不足百米。是一幢二进的大宅院。临街三间铺面为医馆正厅，第二进是五间大瓦房，两侧各配一间耳房，东西各有三间厢房。正房中间为医馆的会客厅，会客厅正中悬挂着上古名医扁鹊的画像，下面是一张做工考究的红木八仙桌，桌子两边放着两张红木太师椅。这两张太师椅平常不坐人，只有在收徒弟或有徒弟出师五爷接受大礼参拜时才会正襟坐在右侧。这间客厅极宽敞，青砖铺地，以八仙桌为轴心左右两侧各摆放一套红木沙发和茶几。两侧墙壁上挂着名人字画，古朴典雅。十几个人在这里喝茶聊天完全不会显得拥挤。客厅左面两间为贵重药品储藏室，右面两间合为一间，正中挂着药王孙思邈的画像，下面的桌案上放着供品和香炉，两侧放着多张摆着文房四宝的几案。左边靠墙立着一个大书柜，上面摆放着许多中医典籍。原来五爷带徒和别人不同，每天晚上都要抽出一个时辰来教他们学习中医典籍理论，还要教他们练字。东厢房为医馆的制剂室——炮制中药、碾粉、做药丸、熬制膏药都在东厢房。西厢房是学徒和伙计们的住房。账房徐先生家就住在本镇离医馆不远处，所以不用在医馆居住。第三栋正房是二层楼，一楼中间最大的那间是家里的客厅。右面两间是五爷的卧室和书房。左面两间是两个儿子的卧室。楼上分为四间，是四个女儿未出阁时的闺房。东西两面的厢房很精致，东厢房是三间陈设考究的客房。西厢房是厨房、餐厅和储藏间。五爷家的规矩是除自己亲属外，第三栋的客厅不接待应诊者及生意方面的朋友。两个院落里种植着很多花卉和树木。前面院落稍小，种植着牡丹、丁香、月季和刺玫瑰，院落的中轴线上是一个紫藤花架，两边各种植三棵紫藤花，这时节花期已过，还未打霜，架上的紫藤花叶还是郁郁青青的，其间垂下几串紫色的倒开花。紫藤花架下，左右两侧一摆溜放着两行不同品种的菊花，九月，正是菊花的芳华时代，各色菊花争奇斗艳，煞是动人。

徐先生进来时，正值五爷小憩打盹刚醒，他已叠好摇椅上的薄毛毯。正在给自己泡一杯菊花普洱茶。五爷一直认为菊花具有很好的清肝明目作用，午后饮用可提神醒脑，加了普洱后，兼具温中和胃助消化作用。这是他午间小憩后必饮的茶品。当徐先生战战兢兢而又慌慌张张地进来时，五爷只是抬头看了他一眼，并没有停止手里事。他慢条斯理地把沸水冲到茶壶里，右手轻轻地晃动着茶壶。徐先生立了一刻，终于按捺不住了，他说："五爷，日、日本人来了，在门外，这、这是他的名片。"五爷摇动茶壶的手骤然停顿了一下，茶壶倾斜了一下，茶水从壶嘴溢出了一点，滴在茶几上，徐先生刚想上前去处理，五爷用左手打手势制止了他。他一边拿起茶几上的小毛巾擦拭水渍，一边自言自语地说："也该来了，终究还是来了。"他转过头对着徐先生说："快请他们进来吧，就到这里来吧，你就说我田忠恕恭请。"

斋藤一郎带着两个属下走进会客室，其中之一就是翻译官明峰。五爷已经把摇椅推到左面的角落里，他从橱柜里拿出一套雪白的茶具，已用沸水清洗干净，六只比酒盅大不了多少的茶盅摆在红木茶几上，就像六朵盛开的白莲花。

徐先生还是第一次看到五爷这套茶具。他现在的神情倒是平静了许多，腿不再战栗了。看到五爷让客人落座，他就轻轻转身退了出去。

分宾主落座后，斋藤一直看着那雪白的茶杯，五爷也没言语，而是慢条斯理地从壶里倒出茶来，一瞬间屋子里溢满了菊花普洱合并的香气。茶水在雪白的杯子里呈深褐色，一缕清香随着氤氲的水雾直冲入鼻孔。"请，斋藤阁下！请，两位阁下！"五爷端起茶杯说。

斋藤用鼻子使劲吸了一下香气，鼻翼翕动了一下，带着满脸笑意说："田先生，这茶好香啊，普洱的沉香里带着菊花的清香。"

五爷微笑着说："这确是菊花普洱茶，是老朽多年的厚爱与积习，普洱茶茶性温和，滋味平淡，香气低沉，以菊花入普洱，能破其陈、益其香、滋其味、化其俗，于养生大有裨益，阁下请尝尝。"明翻译官刚想翻译，斋藤微笑着打手势制止了。

斋藤轻轻啜了一口说："好茶啊，这个积习好，菊花清肝明目，普洱温中和胃，真是绝配，这茶色香味俱全，真是养生佳品。"说罢哈哈笑了起来。

"没想到阁下的中国话说得这么流利，对我们的茶文化这么了解，看来您是中国通了。"

"过奖了，过奖了，田先生。您这茶具是景德镇所产吧？"斋藤把杯中的茶水一饮而尽，把杯子上下左右细细端详了一番说。

"不是，是福建德化窑的，明朝烧制的。"

"德化窑，没听说过。我只知道贵国的景德镇、定窑、汝窑等。这杯子成色很好，白得没有一丝杂质。"

"德化窑始建于宋代，德化白瓷胎釉浑然一体，如同白玉，被赞为象牙白、奶白、天鹅绒白。清代除烧白瓷外，盛烧青花与彩绘瓷器。我这个茶杯只是其中的寻常品，珍品是明代时盛烧的白瓷观音、达摩塑像等。"五爷又把每人的杯子里续上茶水说。

"哦，见识了，中国瓷器文化真是博大精深，鄙人只知道些皮毛。"

"德化地名由来很有些典故的。可追溯到我国五代时期，闽王王延钧令场升县，取"归德"之"德"，鸣琴布化万民，所以命名德化县。传说宋代德化第一任县官刘文敏为'德化'写下一副冠联：'德风吹草绿，化雨润花红'。不知何故，那时德化县只出优质陶瓷，却不出文人。后来有个陈半仙云游到此，见县治前二水平行东流，说要改二水平流为丁字形，谶言：'水流丁，岁簪缨'。

县里一个富户闻言，捐资五十万缗买田改溪，开凿未竣，夜间暴雨，洪水直冲，一水忽然改道，垂直汇入另一水，一夜成丁溪，所以德化县治前的河流就定名丁溪。丁溪既成，不久后就有三人进士及第，德化斯文则从此始矣。据说后来又有人仿刘文敏的对联又撰一联：'白瓷映草绿，举子衬花红'。这既传颂了德化瓷都的特色，又颂扬了那里的斯文。老朽素喜德化的地名，以德化人，也喜欢德化窑的白瓷，圣洁如玉。"

"妙！这个掌故妙啊，鄙人真的长见识了，先生真是才学渊博啊，对一个物件不但知其然，更知其所以然，在下受益匪浅。"

"阁下过奖了，我中华是茶的故乡，也是茶文化的发源地。茶是我华夏民族的举国之饮，发于神农，闻于鲁周公，兴于唐，盛于宋，普及于明清，今已有四千七百多年的历史，现已风靡全球。我中华素有礼仪之邦之称谓，茶文化即是通过沏茶、赏茶、闻茶、饮茶、品茶等习惯与中国的文化内涵和礼仪相结合形成的一种具有鲜明华夏特色的一种文化现象，也可以说是一种礼节现象。我中华茶文化糅合佛、儒、道诸派思想，融天地人于一体，提倡天下茶人是一家，也可以说是中国文化中的集大成者。"斋藤听得两眼放光，不断点头称是。

"礼在中国古代用于定亲疏、决嫌疑、别同异、明是非。在长期的历史发展中，礼作为中国社会的道德规范和生活准则，对汉民族精神素质的修养起了重要作用，所以，我们对邻邦都是以礼相待，从不恃强凌弱。"斋藤局促地低下了头，默默地饮完了杯中茶，把玩着那个杯子。

"如今世界各地都种茶，但会种茶会饮茶不等于有了茶文化，因为茶文化形成的前提条件，是必须有文化内涵和文人的参与和发扬。唐代陆羽所著《茶经》里系统地总结了唐代以及唐以前茶叶生产和饮用的经验，提出了精行俭德的茶道精神。陆羽和皎然等一批文化人非常重视茶的精神享受和道德规范，讲究饮茶用具、饮茶用水和煮茶艺术，并与儒、道、佛家的学说相交融，而逐渐教化人们进入一种高尚的精神领域。在一些士大夫和文人雅士的饮茶过程中，还创作了很多茶诗，仅在《全唐诗》中，流传至今的就有百余位诗人的四百余首。茶可食用、解百毒，长饮能健康、长寿，还可作药用，所以就有一句话：茶乃天地之精华，顺乃人生之根本。因此道家里有茶顺为茗品。"五爷又给斋藤的杯里斟满了茶水。

"妙哉！妙哉！中国的圣人孔子说：'三人行，必有我师焉。'我今天算是真正理解了这句话，我一直觉得自己颇为渊博，颇懂茶道，与先生相比那真是小巫见大巫。"斋藤站起身，毕恭毕敬地说。

"实不相瞒，鄙人祖上在帝国本土也是同道——开馆行医，我的父亲是横滨著名的医生，曾经被请去东京给皇室看过病的。贵国的中医在帝国称为汉方医学。鄙人是汉方世家，父亲曾师从汉方大师浅田宗伯，可惜，我未曾见过大师，他在我出生的前两个月辞世了。我从小就跟家父学习汉方医学。《伤寒杂病论》《金匮要略》家父和我都通读过。不知先生可曾听说过日本的中医大家浅田宗伯大师？他也是中国通，跟中国的大医家一样，既通医学，亦通儒学。他也跟中国人读书人一样有号的，号栗园，日本医儒两界以'栗园之前无栗园，栗园之后栗园无'来赞美他这位帝国汉方医学界的旷世奇才。"五爷凝视着斋藤一时间没有言语，他面部肌肉慢慢舒缓开来，面容逐渐祥和起来，脸上渐渐有了微笑的表情，仿佛忘记了彼此的身份。他又给茶壶里冲了热水，再给每人续了杯。茶叶和菊花这时真正泡开了，茶水呈琥珀色，味道香而不冲。"好茶啊，好茶，太美妙了，我想借用贵国大诗人李白的诗句：'玉碗盛来琥珀光'来赞美一下这道茶可以吗？虽然那是李白描写兰陵美酒的。"

五爷坦然一笑说："单凭这句，赞美我的茶完全合适。浅田宗伯大师我有所耳闻，他是一位真正的大医。据我了解，贵国明治维新时期，西学东进，西医潮水般引入，对源自我中华中医的汉方医学产生了巨大的冲击。贵国激进人士曾要求废止汉方医学，浅田大师以其显赫的名声、高超的医术、肯定的疗效，力挽狂澜，拯救汉方医于即将倾灭之际，真是功不可没啊，所以我敬重浅田大师，大师乃是日本汉方医学界公认的最后一位巨擘。"

"田先生独具慧眼，独有高见！在下佩服。"

斋藤喝了一口茶，接着说："浅田大师的成名作《勿误方函口诀》中共载有五百七十九首效验方汤头，皆是在中国古方、后世方和帝国经验方中选择的临床疗效显著的方剂，但却并未抄袭贵国的巨著《伤寒杂病论》和《金匮要略》，他有他自己的创新，对疾病有他自己的独特辩证方法。不知田先生知否？浅田大师不但有让他闻名于世的医学著作，尚有文学著作十四部，还有大量的诗歌和文章传世，他的多才多艺，令人敬佩。他对中国的儒学典籍和医学典籍有很高的赞誉，他常常说：'《论语》修己，《伤寒杂病论》救人，外之天地间无可读之书。'"

"唔？这个老朽确实不知，请阁下恕老朽鄙薄，浅田大师乃是人中龙凤，我医家之楷模，斯人已逝，其风犹存。大师之勤奋好学和医者仁心的精神，乃我辈悬壶之人所应继承和发扬光大的。"

"是的，浅田先生是一位注重医德的医家，他崇尚贵国的《大医精诚》，他带学徒首先教他们通读贵国的《大医精诚》。我父亲也经常教育我们说凡大医治病，必当安神定志，无欲无求，先发大慈恻隐之心，誓愿普救含灵之苦。若有疾厄来求救者，不得问其贵贱贫富，长幼妍媸，怨亲善友，华夷愚智，普同一等，皆如至亲之想，亦不得瞻前顾后，自虑吉凶，护惜身命。见彼苦恼，若己有之，深心凄怆，勿避险巇、昼夜寒暑、饥渴疲劳，一心赴救，无作功夫形迹之心。如此可为苍生大医，反此则是含灵巨贼。自古名贤治病，多用生命以济危急，虽曰贱畜贵人，至于爱命，人畜一也。损彼益己，物情同患，况于人乎！夫杀生求生、去生更远。这都是节选自是《大医精诚》里的，我至今仍倒背如流。"

"阁下真是奇才，老朽佩服之至！《大医精诚》出自我中华医学典籍《备急千金要方》的第一卷，药王孙思邈的著作。这是论述医德的一篇极重要文献。第一是精，药王认为医道是'至精至微之事'，习医之人必须'博极医源，精勤不倦'。第二是诚，亦即要求医者要有高尚的品德修养，以'见彼苦恼，若己有之'感同身受的心，策发'大慈恻隐之心'，进而发愿立誓'普救含灵之苦'，且不得自逞俊快，邀射名誉、恃己所长，经略财物。"

"是的，我父亲时刻用这些来要求自己，也要求我务必做到这些。"五爷听了微笑着点点头。

此时的宾主二人，已完全忘记了时间、地点、身份甚至国籍，他们都是悬壶济世的医者，就像两位德艺双馨的同道知己，在坊间品茗畅谈医家古今史。一壶茶已泡过三道，寡味，五爷起身想倒掉残茶再去换新茗，起身时发现账房老徐在窗外一手撩着长袍，一手在大腿上拍打着，急急地却又不知所措地在院里紫藤花架下转磨磨，五爷知道，可能有重病人来应诊，不觉就走神望着院里，斋藤一看，立刻明白了，他站起身来，拱手道："在下告辞，先生请便，多有打扰了，他日再会。"说着就向门外走去，五爷和他的属下也跟着走出来。到了院里的花架下，看着那一盆盆菊花，斋藤不禁又略驻足，赞叹道："先生好雅兴，我也喜欢菊花，我倾慕中国的陶令，我的理想是到横滨的乡下去建一所木屋，养一院菊花，采菊东篱下，悠然见南山，如先生一样悬壶济世，雅品菊花普洱，此生足矣。先生想必也喜欢过陶令那样的日子吧。"

"菊花是有气节的，'秋丛绕舍似陶家，遍绕篱边日渐斜。不是花中偏爱

221

菊，此花开尽更无花。'"五爷高声吟咏道。"

"好！贵国诗人描写菊花的诗句我也略知一二，'粲粲黄金裾，亭亭白玉肤。极知时好异，拟与岁寒俱。堕地良不忍，抱技宁自枯。''暗暗淡淡紫，融融冶冶黄。陶令篱边色，罗含宅里香。几时禁重露，实是怯残阳。愿泛金鹦鹉，升君白玉堂。'"斋藤高声吟咏道。

"中佐果然是高人，对我中华诗词也如此精通。'轻肌弱骨散幽葩，更将金蕊泛流霞。欲知却老延龄药，百草摧时始起花'。敢问斋藤阁下，既然您喜欢陶令的与世无争，理想是悬壶济世，那又为何……？"

斋藤打了一个冷战，迟疑一下。"这个，说来话长，我们后面谈吧，告辞了。"

八

"一九二九不出手，三九四九冰上走，五九六九沿河看柳，七九河开八九雁来，九九加一九，耕牛遍地走。"

冬至过后，就交九了。三九天一到，年就跟着来了。尽管日本人占领了镇子，尽管人们每天都战战兢兢，觉得活得憋屈，可是，日子总归是要过下去的，吃好吃歹，一日三餐日日都不能停，婚丧嫁娶样样都不能少。年来了，炸米果、做豆腐、炸油糕、杀年猪该做还得做。

由于日本人的入侵，仁济医馆药品的购进和运输都受到极大影响，成本价格也高了很多，这使五爷有些烦闷。好在腊月十二那天接到大儿子的电报，说三天后到家，五爷的眉头稍微舒展开了些。妻子故去几年了，四个女儿都已出嫁，大儿子守仁也去了北平念书，家里非常冷清，幸亏二赖子在家，虽然有些不着调，但在五爷眼皮底下，他还是会收敛些的，有了他的陪伴，家里总算还有些生气。后院只有他爷俩住，雇佣一个四十岁上下的妇人朱七嫂照顾他们父子俩的生活。主要是给他们父子俩做饭、洗衣和拾掇后面的屋子。朱七嫂是个干净麻利的妇女，做面食、炸米果、炖菜、炒菜都做得色香味俱全，屋子也收拾得干干净净的，来了没多久在五爷的指导下还学会了熬各种养生粥。五爷甚是高兴，给她的工钱就一涨再涨。前面医馆账房伙计学徒等一干人的饭食另有厨师打理。一接到电报，五爷就让二赖子帮着七嫂晾晒好大儿子的被褥，打扫好房间。

转眼就到了腊月二十三，"二十三，糖瓜粘。"这天是北方传统的小年，是祭祀和恭送灶王爷的日子。可桃川镇属于南方地界，二十四过小年。五爷家也是二十四过。

桃川镇每家每户的灶门口都贴着一张灶王爷的画像，一年四季供奉着。那晚，要在灶门口灶王爷神像下摆一个供桌，摆上各种供品，虔诚地叩拜一番，然后再小心翼翼地揭下灶王爷像，给灶王爷的嘴唇涂上糖瓜，为的是防止他到玉皇大帝那里说这一家人一年中所作所为，也就是防止说坏话吧。那糖瓜是自家熬制的麦芽糖，特别黏。朱七嫂把画像揭下来，用糖瓜抹了一下灶王爷的嘴巴，又去舀第二勺时，五爷立即制止了她，说："还是少抹点，让他去玉帝那里多说一些话吧，东洋人来几个月了，你看看咱桃川镇成了什么样子，死气沉沉，灶王爷想必也憋得苦，让他去玉皇大帝那里诉诉苦吧。"七嫂的手抖了一下，抬头看了一眼五爷，他已经踱着步子走了，朱七嫂没言语，照办了。

天断黑后，五爷就把儿子们叫到后头的院子里，笼起火，将用秫秸编的小马、小狗、小公鸡等六样东西连同灶王爷的画像一起投到火堆里，投灶王爷的画像前，他用秸秆把朱七嫂涂到灶王爷嘴唇上的糖瓜全部揩了下来。边烧边说："灶王爷，本姓张。骑着马，挎着枪。上天言好事，下界保安康。"然而在念第二遍时，他直接把上天言好事改成了"上天言真事"。二赖子默默地和他大哥田守仁对了一下眼神，没有言语。

二十四扫房子，自然也就推到了二十五。五爷医馆的人空前忙碌起来，除正常接诊看病调配药品外，三栋房子，前后两个院子这天都彻底清扫了一遍，忙完以后，吃饭都已到了掌灯时分了。五爷喝了一口胡萝卜炖羊肉汤说："这样吧，二十九一大早，咱们爷仁先去好汉坡，再去太平鼓山台，两处都要挑着供品去祭拜，要早，六点就出发，你们都记住了。三十不耽误家族祭奠咱先人。"桃川镇一向有过年先去祭奠先人的习俗，这跟京城习惯暗合，五爷十分重视。大哥和二赖子停住咀嚼，默默地对视一下。可五爷却夹了一大块羊肉，大嚼起来，咽下后，连声赞叹着说："好啊，好味道。"

九

腊月二十八上午，五爷正在指挥伙计和学徒们整理药品，他们二十九开始闭馆到正月十六开馆。要把医馆的卫生打扫好，药品整理好。突然学徒来禀报说斋藤中佐来访。五爷很是惊讶，但也只得出门迎客。斋藤只带了两个属下，其中一个还是翻译官明峰。两个属下手里都提着一个礼盒。五爷把他们让到医馆会客厅，落座后刚要泡茶，斋藤却制止了他，他说自己很忙，马上就得回宪兵分队。他让属下把两个礼盒放在茶几上说这是他妻子从日本寄来的特产，荞麦面条和清酒，请五爷过年时品尝一下。日本从明治维新后用新历法，已经不过农历的年了，而把公立元旦定为过大年的日子，但是，他家依然隆重地过农历的年，他们的风俗习惯是大年夜要吃荞麦面条，叫年越荞麦。清酒是日本的特色酒水。临走时，他几次欲言又止，仿佛有什么难言之事。五爷说中佐阁下有话请讲，他说，从上峰那里来了命令，从年后春季开学开始，镇上的学堂就要调派老师教日语，以后逐步要用日语教学了。因为他们过年要吃年越荞麦，这里虽是南方，可一年两熟，山地第二季适合荞麦生长，由此，宪兵队下令每个村都要抽出一定的土地种植荞麦，还有，桃江河岸边还要再建一个大型军火库，储存武器弹药，年后就动工。五爷抬起头冷冷地看了斋藤一眼，那目光中暗含疑问、责问、愤怒和无奈，像一把利剑一样，令斋藤惊怵。他没有再说话，对五爷行了一个日式点头礼后示意部下回去。五爷也向他拱拱手。跨出客厅门槛的刹那，明峰回头看了一眼五爷，五爷读懂了他的眼神：满眼的羞惭与无奈。五爷没有作声，只朝他挥了挥手。

朱七嫂垂着一双面手从后院厨房走过来告诉五爷说明儿做馒头的面和好了，今年怎么发这么多面？面多天气冷怕发不好，要给发面的缸围上缸裙，也就是旧棉被。过大年蒸馒头也是田五爷家的老传统。

"知道了，待会儿我让伙计们做。和好了面，你就回家去吧，今儿二十八了，你家也得赶紧拾掇拾掇过年。不容易啊，他七哥长年卧病干不了重活，孩子又多。今年我特地让你多和些面，为的就是给你家带出份儿来，今年面粉贵，你家里买的那点面粉还是留着隔三岔五地给他七哥和孩子们做点面条汤吃吧。"七嫂含泪点了点头。扭头刚要走，五爷又说："你等等，把工钱先给你拿上，过年了，怎么着也得红火点，你去称点糖果点心吧。今年孩子们的拜年压岁钱我先付给你，他七哥的药我已经准备好了，二十八到年三十这三天还是不能断药，初一开始就别吃了，好歹也要讨个吉利不是？另有十块大洋，算是我看望他七哥的。明天一早你要早点来，可能四点多就得来，辛苦你了，蒸好馒头就早点回去，再有，年三十我也预备下了两份年夜饭，你一并做好，我让守仁、守义哥俩帮你们端过去，对了，你那俩大孩子也得过来帮忙端，菜样数多，量多，孩子大了，过年体面点，不要让孩子对家境灰了心。孩子们的衣服我在秦记裁缝铺订好了，也没跟你说，我私下让老二叫了你们几个孩子带到裁缝铺去量的尺寸，做得大了些，为的是明年还能穿。俩大孩子的学费，过了十五我去学堂交。只可惜啊，听说学堂要教日本话了。"五爷叹气地说。七嫂根本没听清要教什么话，感激得一个劲地抽泣着施礼。五爷让老徐把准备好的一包银钱交给七嫂，七嫂哭着去厨房洗了手，千恩万谢地回家了。

第二天凌晨四点钟光景，朱七嫂就来了，她到厨房先架起火开始煮肉，那肉是前一天收拾好切好的，一大块一大块的，每块都足足有一斤，她数了数，一共三十块。这是五爷用来祭奠太平鼓山台的将士墓和南山好汉坟的，她不解，太平鼓山台将士墓二十四座，好汉坟只有一座，为何多煮好几块肉呢？她把肉下锅后，加了些大葱、姜块和花椒、八角以及盐后，就开始着手揉面。加了缸裙后的面，发得特别好。搂起一团，面都成了丝状，她又往面里加了碱，这样做出的馒头不酸，颜色也不会发黄。她又把红糖里的疙瘩用擀面杖捣碎，又往糖里加了一些干面粉，这样的糖馅黏稠，咬上去不会滴下来。五爷不喜欢素面馒头（不加糖馅的），即便是祭奠，也要红糖馅的。七嫂先用把三层大蒸锅装满了精心揉制的馒头胚子用半湿的笼布盖起来，要醒一个钟头蒸出来的馒头才松软。她又去另外一个灶坑点火。猛然间看见以前贴灶王爷像的那片没被熏黑的墙壁，又想起小年那天五爷送灶王爷上天时说的那番话，那是二赖子告诉她的。不知道灶王爷到底有没有对玉皇大帝说东洋鬼子入侵镇子的事儿呢？这时她又猛然想起，昨天五爷说给她的俩大孩子交学费时好像说以后学堂要教日语了，娘老子的，我们中国孩子学什么日本话呢？真是反了，就像你来人家串门，你却要在人家家里当家做主了，反了，什么世道，要是真这样，她就不让孩子去念书了，念好几年了，会写自己名字会打算盘了，也够用了。真不好让五爷再破费了。让我们桃川镇的孩子学日语，说日本话，这成什么事儿？就说明老爷家的小少爷吧，哇啦哇啦讲日语，背后谁不骂他背叛祖宗呢，别说，自己还真没听过明峰在镇子里人群里讲日语，说起那孩子，从小就仁义，谁有个急事，从来都慷慨解囊。兴许是被日本人逼着干的，她想。

"他七嫂啊，你早啊，肉煮上了？好香啊，馒头也在醒着了吧，辛苦你了。一会你打盆鸡蛋汤，切一块肉，咱们先吃点，暖和暖和。"

"不了，你们父子吃就行，我做完事就回去，我回家吃早饭。"

"说啥话呢，这大清早的，你也喝碗汤，吃俩馒头，然后再蒸过年的馒头。"

六点钟光景，馒头出锅了，带着一股麦面和红糖的甜香，鸡蛋汤也打好了，七嫂做的饭菜色就是好，鸡蛋汤里飘着白色的虾皮和绿油油的葱花，色香味俱全。肉也切好了，薄得像透明的纸一样，还做了一碗加了青蒜苗和红辣椒干的蘸料，香喷喷的很诱人。二赖子两兄弟揉着惺忪的睡眼从房里出来洗漱。五爷吩咐他们不要磨磨蹭蹭，一会儿饭菜都凉了，再说也不能误了时辰。一时间吃罢早饭，七嫂收拾碗筷，五爷吩咐二赖子拿了三副箩筐来，好汉坡用一副，里面装了纸钱香烛和一坛老酒，另一头装了油纸包的猪肉、馒头和苹果。三副箩筐装的是一模一样的东西。太平鼓山台还是照例装了二十五份祭品。五爷让大儿子田守仁挑着箩筐，走出家门往南山好汉坡方向去了。

天还没亮，东方天际露出一片彤云，仿佛是在一片压抑的灰黑色中凿出了一个红色的洞，格外醒目，让人感觉一丝舒爽。前一天刚下过雨，西北风裹挟着湿气凛冽地吹在爷仨的身上，二赖子打了一个寒战，嘴里骂了一句："这鬼天气，冻死老子了！"还呸地吐了一口痰。五爷转头看了他一眼，他急忙缩了一下头。

在桃川镇，唯有田五爷会在过大年的时候去祭奠好汉坟和太平鼓山台的将士墓。其他人一年之中唯有清明会去祭拜这两处。所用祭品和所去人员均采取自愿方式。

五爷到达好汉坡时天还没完全亮，他把灯笼挂在好汉坟旁边一棵板栗树上，先让大儿子去采了一把芒花，让二赖子在供桌下用铁锹铲除了一片杂草，挖了一个浅浅的坑，然后接过芒花，扎成扫帚样，亲手将青石做成的供桌扫净。吩咐两个儿子把祭品拿出来，摆好。因为用棉褥子裹着，肉块还是热的。他点上香烛，在桌下那个浅坑里焚烧起纸钱来。一切妥当后，他拉过两个儿子跪在他的两边，一起对着好汉坟磕了三个头。五爷没有言语，两个儿子也不敢作声。二赖子好生奇怪，每次清明祭拜好汉坟，父亲都要说很多话，怎么这次竟然这么沉默？五爷站起来，两个儿子也跟着起来，五爷仰望着露出一大片朝霞的天空，嘴里喃喃地说："到了一定时辰，太阳就会出来的。"风渐渐大起来，二赖子用一根粗棍子把纸钱压住，又折了一根小树枝慢慢拨弄着。纸钱完全焚化后，五爷看看香烛也灭了，就吩咐儿子们收拾好东西回家，还要去太平鼓山台呢。父子三人一路都很沉默，唯有脚步声踢踢踏踏地响着。

到家后，朱七嫂还在蒸着过年的馒头，蒸好的，堆放在两个大瓷盆里，像两座雪白的小山一样，幽幽散发着特有的甜香。"五爷，您回来了？冻坏了吧，来，你们爷仨先喝点热水吧，我估计你们也该回来了，你们的杯子我已倒好了开水，这会子应该能入口了。这锅馒头马上揭锅，要不要再吃一个暖暖身子？"

七嫂热情地说。

"不用了，他七嫂，你用笼布包二十五个吧，我们去太平鼓山台。"五爷马上就吩咐道。同时又对两个儿子："先喝口热水，然后马上去太平鼓山台。"七嫂愣了一下，马上又笑着说："好好好，我来装，你们爷仨先喝水。"说完便去揭锅。五爷并没有喝水，而是又掀开棉褥子再次检查了一下祭品，油纸包着的二十五块肉、二十五瓶酒，还有二十五份香烛纸钱。清点后，五爷才坐下来喝了几口开水。这时七嫂已经把热气腾腾的馒头用笼布包好了。"一张笼布包不下，分作两包了，一包十二个，另一包十三个。我把猪肉和馒头两个箩筐匀些放，省得偏沉。"五爷笑着点点头。

"日本宪兵分队就在桃江河岸边，太平鼓山台的不远处，我之所以等天亮了再去，就是为了避嫌，我们大担小担地暗夜里挑着这些东西，怕宪兵分队的人以为图谋不轨，生逢乱世，首先要保全自己，一切从长计议，然后才能图谋大事，你们要记住了，等会到达太平鼓山台附近，你们要从容些，不要东张西望的，给人一种鬼祟的感觉。我们是去祭奠我们民族的英雄，这是我们的大事、正事，堂堂正正。听清楚没有？"

"听清楚了。"两个儿子异口同声地说。

"那好，现在就出发，赶早。"

七点一刻，镇子在寒风中苏醒了。青石板街巷已经清扫过了。因为是寒冬腊月，这个点儿，街上行人还是稀稀拉拉的，各家小饭馆门口的炉灶都已经热气腾腾了，他们已经为吃早点的人准备好了热馒头、包子、油条、稀饭、豆浆等吃食。东方天际，早霞愈加明艳起来，那是太阳派来的先遣队，预示着太阳就要出来了。五爷穿着棉袍戴着毡帽脖项围着厚厚的围巾走在前面，两个儿子挑着两担祭品走在他的身后。大儿子守仁学生装外面是一件呢子大衣；二赖子一身青缎子棉衣棉裤外面是厚厚的棉布长袍，他的皮毛大衣没舍得穿，怕弄脏了。守仁戴着学生帽，围着毛线织的围脖，二赖子戴着毡帽，围着永隆货站二楼买的拉毛厚围巾。爷仨迤逦前行，脚步在早晨清冷的石板街上铿铿响着。一些店铺伙计或者掌柜看出是五爷父子，热情地打着招呼。五爷也一一抱拳回应。

到了太平鼓山台上，太阳已经升起来了，映射在坟墓上，让人有一种视觉上的温暖。两排暗红色的馒头坟上覆盖着一层厚厚的寒霜。把担子放下后，父子三人就开始扫墓。五爷吩咐把祭台扫净就行，香烛纸钱就地化。大哥守仁扫清一个墓冢，二赖子就摆上一份香烛纸钱和供品。五爷和儿子们花了很长时间才清扫好每一座坟墓。摆好祭品，点燃香烛纸钱。五爷带着两个儿子在每一座坟前深鞠三个躬，墓碑上的名字早已模糊不清，但是五爷却叫得出，他或称兄道弟，或称前辈在每座墓前都喃喃讲几句话，好似亲朋乡邻间见面地寒暄。二赖子弟兄俩并不说话，只是默默地祭拜，然后把香烛扶正，把纸钱用木棍翻搅着化透。二十四座坟墓悉数祭拜完后，已经日上三竿。五爷才从箩筐里拿出尚且温热的最后一份祭品，他走到墓丛的西北面，让大儿子用木棍在地上画了一个圆圈。捧了两捧黄土，插上香烛，把油纸包着的肉块打开，把馒头放在肉块上，又把酒瓶盖拧开，点燃纸钱和香烛，他面向西北双膝跪地，一连磕了三个响头。"如今外域入侵，国难当头，老朽不才，无力抗争，愿先生在天之灵佑我华夏。"说着竟老泪纵横。二赖子和大哥立在身后，不知所措。守仁从口袋里掏出一方手帕，递给父亲。五爷没有接，站起来说："你们哥俩也给文山先生磕个头吧。"兄弟俩这才明白，原来第二十五份祭品父亲是用来祭奠文山先生的。

十

南国春早，刚进二月门，柳树就发芽了。五爷在后院的庭院中踱着步，口里吟诵着陈师道的《早春》：

度腊不成雪，迎年遽得春。

冰开还旧渌，鱼喜跃修鳞。

柳及年年发，愁随日日新。

老怀吾自异，不是故违人。

自从鬼子占领了桃川镇后，五爷很少外出了，太平鼓山台他也很少去了，那面膏药旗看着锥心啊。很多应酬都被他推掉了。话又说回来，整个桃川镇除了夜夜笙歌的怡红楼，比以往沉静了好多。

那日下午，他正在医馆坐堂，怡红楼的老鸨翠姨亲自来医馆请他，说是头牌姑娘小翠仙病了，痛经痛到晕厥，吃了好多偏方都不见好，只好烦请五爷前去诊治。五爷略沉思了一下，同意了。

翠姨引着五爷走向楼上最大的那间屋子。雕花的窗棂垂着富丽堂皇的黄褐色窗帘，门上也挂着同颜色的门帘。翠姨举着手高高挑起门帘，五爷走进去，一股暖香扑鼻而来。屋内一样的富丽堂皇而又高雅别致。低低的呻吟声，把五爷引到床前。床上挂着淡紫色的幔帐。脚踏上有一双精致的高跟鞋和一双别致的棉拖鞋。"翠儿，田五爷来给你诊病来了。"翠姨说着撩起幔帐。五爷回避样地退后了一步。"姑娘，老朽冒昧进房，得罪了。"小翠仙脸色苍白，身子蜷缩着，两手捧着小腹，口里低低地呻吟着，额头上满是细密的汗珠，勉强睁眼对五爷笑笑。翠姨让小丫头移开脚踏，搬来一张凳子请五爷坐下。五爷落座后，将迎枕放在床上。并没有急于诊脉，而是先问了一下行经情况、经血颜色等，又看了舌象。然后说："请姑娘伸出手来，老朽给你把脉。"小翠仙伸出右手放在迎枕上。五爷挽起衣袖，用右手中间三指，放在她的寸关尺上，须臾又换一手，意味深长地看了小翠仙一眼，然后缓缓地站起身来，翠姨忙将迎枕拿起，将被子盖好。二人一直走到楼下的客厅坐定。翠姨又让人又斟上茶来。五爷喝了口茶开口缓缓说道："姑娘是气滞血瘀所致的痛经。"

"那该如何诊治？"

"月经的生成与释放，主要由肝肾来主宰与调节，肝司冲脉血海，肾主任脉胞宫。任脉满，冲脉动而天癸至。肝气调匀，经血才能适时适量地顺畅而下，肝气郁逆，则气滞冲任，血不顺下，不通则痛。本证病家应有情志拂郁的病史，遂见经行时或行经前小腹胀痛，按之痛剧，经行不畅，淋漓而下，经行大多色暗，或有瘀块。兼有神烦，低热，口干，乳房胀痛，头痛甚至呕吐，痛泻等全身症状。前一二日尤甚，经水畅行后或瘀块下后，腹痛大多消失。舌多暗红，苔多薄黄而腻，脉多沉郁或弦紧。我先开一方，先缓解疼痛。"说罢拿起笔墨，在处方上写了五灵脂、蒲黄（炒碳），用酽醋调二钱，熬成膏，入水一盏，煎七分，食前热服。"可先派人与我一起回医馆取药来煎熬。待止痛后，明日我再来调节郁症。"说罢五爷遂起身告辞。翠姨忙奉上红纸包着的诊金。傻豹子与五爷一起回医馆抓药。二赖子听说父亲去怡红楼给小翠仙诊病，不知她得了啥症候，正在抓心挠肝时，见五爷与大茶壶傻豹子来了，瞬间来了精神，迎上去问什么症候。五爷白了他一眼，把处方放在柜台上。"怎么，就这两味药？这是什么方剂来着，想不起来了！"他拍打着自己的后脑勺跳着脚说。

"这是失笑散。"一个伙计说道。

"小翠仙姑娘莫非是患了经痛之症？"伙计又说道。

"正是呢。"五爷答道。

又对着二赖子说："失笑散是个良方，本方所治诸症，均由瘀血内停，脉

229

道阻滞所致。瘀血内停，脉络阻滞，血行不畅，不通则痛，或为心腹刺痛，或为少腹急痛；瘀阻胞宫，则月经不调，或产后恶露不行。治宜活血祛瘀止痛。方中五灵脂苦咸甘温，入肝经血分，功擅通利血脉，散瘀止痛；蒲黄甘平，行血消瘀，炒用并能止血，二者相须为用，为化瘀散结止痛的常用组合。调以米醋，或用黄酒冲服，乃取其活血脉、行药力、化瘀血，以加强五灵脂、蒲黄活血止痛之功，且制五灵脂气味之腥臊。今日病人痛极，当先治标止痛为要，其他症状，痛止后再调理。本方是治疗瘀血所致多种疼痛的基础方，尤以肝经血瘀者为宜。临床应用以心腹刺痛，或妇人月经不调，少腹急痛等为辨证要点。若瘀血甚者，可酌加当归、赤芍、川芎、桃仁、红花、丹参等以加强活血祛瘀之力；若兼见血虚者，可合四物汤同用，以增强养血调经之功；若疼痛较剧者，可加乳香、没药、元胡等以化瘀止痛；兼气滞者，可加香附、川楝子，或配合金铃子散以行气止痛；兼寒者，加炮姜、艾叶、小茴香等以温经散寒。今日先止痛，其他待明日我再去诊治。"

"父亲，明天带上我。"

五爷又白了他一眼，说："这个方子出自《太平惠民和剂局方》你可记住了？"二赖子讪讪地点点头。

二赖子到底不放心。在傻豹子走了两个时辰后，便找借口出了医馆，直奔怡红楼。两个时辰了，药肯定熬好服用了，也该见效了，他想。他对父亲的药从不怀疑疗效的。令他做难的是，怡红楼毕竟是风月之地，自己就那次帮小翠仙送东西时进过一次，轻易怎么进呢？他是赖，但他可是清白人家的男子，家教不允许他进这里。不觉就走到了老山东姜糖铺子前。他眼睛突然一亮，拍了一下大腿道："有办法了！"他走进姜糖铺子去，掏出口袋里的几个子儿，买了一小包姜糖。"包好，包漂亮点，上面再给我加一张红纸。"他对打包的伙计说。他的钱只够买半斤姜糖，在伙计打秤时，二赖子飞快地在撮斗里拿了一块，扔到嘴里，伙计白了他一眼，也没作声，不做这样的事，他就不是二赖子了，对他这样的人，犯不着费口舌。伙计一边用纸绳包装一边露出不屑的神色。但是还是把一张小块红纸裁得更小些，用纸绳缚在六角形的糖包上面，再系了一个可以穿过手指提着的绳扣，然后递给二赖子。二赖子满意地伸出手，用手心托着纸包，像欣赏一件艺术品样的在眼前转着手看。"嗯，不错，不错，老字号的店伙计真是有点功夫。"说着就迈着少爷步子走出店门。伙计在后面假装吐痰啐了他一口，他也不在意。

右手食指穿过绳扣再和拇指汇合成一个圆圈提着这包姜糖，二赖子走在街上的步子就自信而又轻快了。其实他家医馆里每年都用上好的山东老姜还有从云南购进来的玫瑰花和黑糖熬制大量的姜糖，药效作用比较大，有养血调经暖宫作用，深受妇人和姑娘们喜欢。只是二赖子不敢在医馆里拿，更不敢说是去怡红楼看望小翠仙。嘴里的姜糖吃完了，姜糖的味道也就消散了，可他依然觉得很甜蜜。到了怡红楼门口，他探头探脑往里面看。还没看到人就先听到了声音。老鸨翠姨正在训斥一个老姑娘。"翠仙病了这几日，少了很多进项，你们一个个的留不住爷们儿，想让老娘我喝西北风去吗？还想吃热汤面，也不先撒泡尿照照自己！"那老姑娘无比憔悴，泪流满面，浑身瑟缩着不敢回声。"喝人血的臭婊子。"二赖子心里骂了一声。这是五爷经常背后说翠姨的话。"妈妈也忒狠心了，翠凤姐姐年龄大了，身体不好，月事淋漓不净的，身子骨弱得头都抬不起来，想吃碗热汤面你就说三道四，翠凤姐姐年轻时给你赚下的银钱能买多少碗热汤面啊？"二赖子一惊，抬头看见小翠仙穿着一套银粉色的棉睡衣，外面裹着绣花的大披风，趿拉棉拖鞋披散着头发正倚栏站在二楼上，一脸的愠色。"翠儿，翠仙，你怎么起来了，快回屋去，别冻着了。"翠姨顷刻间就满脸堆笑着说。小翠仙从手上退下一只戒指，从楼上扔到翠姨脚下说："这个拿去，马上去陈记京城炸酱面馆给翠凤姐姐买一碗热汤面，明天请仁济医馆田五爷给她开几服汤药来调养一下。姐姐，我这还有些玫瑰姜茶，等下我拿给你冲水喝。"翠凤听了泣不成声，勉强站起来连连给小翠作揖。翠姨拾起地上的戒指，用嘴吹着尘土，在眼前左看右看，嘴里低声咕噜着："金镶玉的呢，好在没摔坏。摔坏了就不值钱了。"二赖子趁机趾高气扬地迈步走进院里。"哟，这不是田二少爷吗？敢情你也来我们这儿啊？"

"闭上你的臭嘴，你个喝人血的玩意。一碗汤面就吃穷了你了。二爷哪天不高兴了你这院里就得鸡飞狗跳，当心点你。"

"哟，没王法了，那警察局是吃干饭的？"

"别拿那些狗杂种吓唬我，那群杂碎早就被日本人吓破胆了。我是我爹派来给翠仙姐姐送姜糖的。"二赖子扬了扬手里那个精致的小纸包说。"喷喷喷，这是五爷让送来的？就这？"翠姨轻蔑地说。二赖子瞬间就有些泄气，是啊，父亲就是送也不至于送这么点吧，再说，药店里也不可能打这样的包装。

"闭上你的臭嘴。"

"哟，真是奇了今儿，你是哪里的大侠来我这里打抱不平了？我看你是想

231

来这里占便宜吧，小兔崽子，毛还没长全吧，裆里那小玩意儿还没长硬吧，我看啊，你还是等翠凤吃了热汤面有力气了你去找她吮奶吃吧。"

"妈妈又说脏话了，二少爷还是个孩子，你竟说这些，我的气又上来了，肚子又有些痛，索性药也不用给我吃了，等我气死或者满脸黄斑变成丑八怪你就开心了，明天田五爷也不用来了。"

"哎哟，翠儿，别这样啊，千万别生气，我这不是逗二少爷玩呢吗？他都十六岁了，懂人事了。这不，都知道来给你送玫瑰姜糖了。要不人们咋都说这桃川镇，爷们的心都在翠儿你身上呢。"

"够了，还不嫌臊得慌吗？二少爷可是田五爷的孩子。"

"来，守义兄弟，你上来，我有几句话跟你说。"小翠仙招手对他说。

"我？上楼？"二赖子受宠若惊，结结巴巴地说。

"上来，你上来，我有话跟你说。"二赖子看了翠姨一眼，翠姨正斜着眼撇着嘴一脸轻蔑地看着他。"哼，嘴都撇到耳丫子去了，该不会是中风面瘫口眼歪斜了吧，二爷用毫针伺候伺候你？"二赖子不屑地挖苦她说。然后劈手夺过那包姜糖，把油光可鉴的头发一甩，撩起长袍迈开赖子步伐噔噔噔就上楼去了，把那油着紫檀色油漆的木楼梯踏得山响。

"哎哟，小祖宗，你轻着点，瞧瞧，楼都快被你震塌了。"

"你个喝人血的老妖精，这回算是说对了，二爷我就是你祖宗，楼震塌了压死你得了。"小翠仙也不吭声，只是用绣着兰花的手帕捂嘴吃吃地笑。父亲的失笑散看来是真的起作用了，神仙姐姐都笑了。二赖子欢快地想。怄着气快速蹿到二楼楼梯口后，小翠仙转过身来面对着他。二赖子突然觉得脚步沉重起来。不觉停在楼梯口有些不知所措，心里咚咚咚地打着鼓，心脏快要冲破胸腔跳出来了。他有些后悔刚才的莽撞了。"过来啊，守义兄弟。"小翠仙挥舞着手帕说。二赖子的腿跟灌了铅一样，一步一挨，磨磨蹭蹭地向她靠近。他斜眼瞥了一眼楼下的翠姨，她正昂头撇着嘴用眼睛瞪自己呢。"娘老子的，这老婊子。"二赖子心里暗暗骂了一句，腾地火又上来了，腿瞬间就好使了，他三五步蹿到小翠仙面前。正要开口，小翠仙却拉着他的胳膊"咱们进屋说话"。二赖子的心跳得更快了，仿佛浑身的血都涌到了头部，脸上就像涂了辣椒水，火辣辣地灼烧着。"二兄弟，坐这儿。"小翠仙把他推到一张精致的桌子前，挪过了一把雕花的椅子说。一股甜甜的暖暖的香气弥漫到他的鼻孔里。他一阵眩晕。"来，喝茶，吃瓜子。"小翠仙把几个盘子往他的身边推推，又倒了一杯茶说。二赖子只觉得一团粉色的影子和一双嫩白的手在他面前不停地舞动着，直晃眼睛。半晌才磕磕巴巴地说："谢谢姐姐。"他感到喉咙火辣辣地，很干。他伸出右手想拿茶杯，才发现，那包姜糖的绳扣还套在他右手的拇指和食指组成的圆环里。他赶忙把纸包放到桌子上推到小翠仙面前说："姐姐，玫瑰姜糖。"

"谢谢二兄弟。抬起头来啊，我是丑八怪是老虎吗？"

"不是，我的兄弟们都说姐姐你好看得跟神仙似的，他们说你的眉毛像月牙一样弯，眼睛像春天桃江河的水一样清澈，皮肤像冬天桃江河边芦苇上的冰霜一样晶莹剔透。"

"是吗？都是他们说的？你没说？那我就是一个冷美人，不过我可是没有吃过冷香丸的。我没有亲兄弟亲哥哥给我淘弄花儿、朵儿、霜儿、雪儿的。"

"冷香丸是什么药？没听说过，我家医馆好像没有，没见我父亲开过这个方子。"

"傻瓜，这是《红楼梦》里杜撰出来的药，薛宝钗吃的。"小翠仙用手指点了一下二赖子的额头说。二赖子的血呼地又涌到头上，瞬间出了一头的汗。"这是怎么了，二兄弟？"小翠仙连忙用手帕给他揩脸上的汗。

"没事，姐姐这里好香。"

"你还没说我的屋子漂不漂亮呢。"

二赖子这才环顾了一下四周，也不敢仔细看，就觉得富丽堂皇而又有说不出的雅致。"漂亮，大约神仙都能住得了。"

"是吗？你读过《红楼梦》？"

"没有。"

"那你怎么能说这句话？这是秦可卿对贾宝玉说的。"

"秦可卿和贾宝玉是谁？我不认识他俩啊！"

"唉，小傻瓜，看来你真的是没读过《红楼梦》，连他俩都不知道。"

"我没读过《红楼梦》，我倒是听父亲经常说，说开篇不提《红楼梦》，读遍诗书也枉然。我家就有这个书，很厚的一本呢，在我父亲屋里，我大哥应该读过。"

"你也应该多读点书才是，《红楼梦》里也有很多药方呢。"

"好姐姐，快别跟我说读书的事儿，一提读书，我脑瓜仁子就生疼。我父亲屋里的书，我不认识它们，它们倒认识我呢。那些都是父亲的宝贝，每年都让我把它们搬出去晾晒。所以它们肯定已经认识我了。"小翠仙咯咯笑起来。"你还挺逗呢。跟你说件事，明天你父亲来给我诊病时，让他务必给翠凤姐姐诊治一下，要不她会没命的，她老了，翠姨就嫌弃她，可怜的姐姐，都不知道以后会怎么样呢。"

"姐姐心肠可真好，可是你以后老了怎么办呢？"

"我？你放心，我不会有这样下场的。"

"翠姨真的太坏了，傻豹子也跟着她一起坏，迟早我会狠狠收拾他们一顿。"

"那又怎么样呢？只能泄一时之愤而已。收拾了他俩，别人也会来的，这个世道，这样的人太多了，你一个人是收拾不过来，尤其现在，翠姨又和日本人有勾搭。这世道，谁的日子都不好过啊。你家的医馆不也受影响了吗？傻豹子一个傻子，父母都死了，他得想办法活着不是？不过是谁给他饭吃他就为谁做事，他知道啥。要大家都觉醒，齐心协力，一起收拾才行。"

"都是他妈的小日本闹的，这些杂种不在他东洋猫着，来爷这里祸害人。妈的，迟早我……"

"嘘……"小翠仙忙用手帕掩住了二赖子的嘴。

那晚，午夜时分，桃江河畔突然传来一声巨响，而后火光冲天，映红了半个镇子。二赖子从睡梦中惊醒，黑暗中他赤脚跳下床，颤抖着向父亲的房间跑去。

五爷的窗口已亮起了灯光。"爸，爸。是怎么了？您没事吧。"二赖子颤声问道。

"老二，我没事，你快进来。"五爷打开房门，见二赖子赤着脚，浑身只穿了一条短裤，冻得瑟瑟发抖。心疼得不行，忙把他推到自己床上，盖好被子。嗔怪道："怎么不穿衣服？晚上这么冷，会着凉。明早我让朱七嫂给你熬一碗姜汤驱寒。"

"爸，刚才那是什么声音？好像爆炸了一样，难道是日本鬼子的……"五爷用手势制止了他。街上一片嘈杂声夹杂着摩托车的轰鸣由远而近。二赖子吓得脸色煞白，五爷赶紧坐到床沿上，搂住他的头。

天亮后，人们才发现，桃江河畔鬼子的军火库被炸了。那天，桃川镇的空气很紧张，到处都是荷枪实弹的鬼子兵。店铺都没开门，朱七嫂也没敢来。五爷亲自下厨熬了小米粥、摊了鸡蛋饼还做了凉拌菜。还让二赖子叫伙计和学徒们一起过来吃。二赖子感觉父亲那天兴致空前地高。

十一

那一日，田五爷又让二赖子去好汉坡刨好汉拔，他磨磨蹭蹭地上了坡，先在前街金锁的田里偷了几个香瓜，吃足后就懒洋洋地躺在田头的板栗树下。约莫一个时辰后，眼瞅着太阳差一竿子就到正顶了，才爬起来伸着懒腰去找他的洋镐，不刨几棵好汉拔怕是回家交不了差啊，他想。他拉着镐把儿，从一片花生田里穿过，任凭镐头砸坏了好几棵正在开花的花生苗。他来到好汉坡下，对着高高的好汉坟嘟嘟囔囔地发着牢骚："娘老子的，你在这享清闲，老子还得刨好汉拔，你算鸟好汉！也没见你显显灵，你要是有灵有圣的，那东洋小鬼子还能进咱们镇，骑在爷头上拉屎？今天是天晚了，哪天有工儿，看爷不刨了你的坟才怪！"二赖子说着对着坟头下的一棵好汉拔铿铿就是两镐。

二赖子舍不得力气，到晌午的时候，才刨了五棵好汉拔，还都只刨出了半截根儿。"还真他娘的难刨啊。"他狠狠地骂着，又抬眼看了一眼好汉坟，"唉，说起来你还真是条好汉，赤手空拳就能拔出六棵好汉拔，二爷我是不行啊。"他看看太阳已经偏了正顶了，都晌午歪了，就用镐砍了一棵藤蔓，捆住那几棵半截儿好汉拔根儿，扛起洋镐下山了。刚踏上主街不远，他就感觉不太对劲儿，怡红楼门口停着几辆插着膏药旗的摩托，还站了两排荷枪实弹的鬼子兵。"妈呀，完了，完了，夜猫子进宅，无事不来，小鬼子来了，准没好事儿，翠仙姐姐……"他不敢再想下去，两腿直打战，赶紧隐到包子铺的墙角里。不大工夫，就见几个小鬼子推搡着怡红楼的老鸨翠姨和大茶壶傻豹子走了出来。把他俩推到一辆带斗儿的摩托车上，突突突地拉走了，门前的两排小鬼子也跟着撤走了。二赖子差点尿在裆里，他哆哆嗦嗦地挪到家里，见父亲正指挥几个小徒弟在前院翻晒前几天收购的好汉拔根和石菖蒲。他撂洋镐的声音惊动了五爷。五爷转过身来，看着他一并撂在地上的那几棵半截好汉拔根，摇了摇头。"饭在后头厨房锅里热着，你先去洗手吃饭。"二赖子讪讪地答应了一声。转身的刹那，他说："父亲，你知道吗？东洋鬼子抓走了怡红楼的翠姨和傻豹子，是带了一队人马，开着摩托来抓的。"五爷的身体猛地一震。"你看清楚了？就抓了他俩，没抓别人？"

"是，看清楚了父亲。"

"小翠仙，没抓？"

"没有，父亲。"

二赖子有点摸不着头脑，父亲怎么记挂起怡红院的头牌来了？他满腹狐疑地走进后院厨房。五爷一向把最后一栋自家人居住的房屋叫后头。平常只有他和二赖子爷俩在后院吃饭，伙计们都在前院吃。

后头的院子明显比前院大。建有假山、亭榭、荷花池等，中轴线上也是一架紫藤花。荷花池旁的垂柳袅袅婷婷地在风中飘荡着。月季花、茉莉花正在盛花期，池里的荷花也含苞欲放，一阵微风吹来，荷叶的清香扑鼻而来，头顶紫藤花架上残存的几朵花，飘落下来。二赖子忽地有些感伤，真的哟，小翠仙哪去了？难道前面先抓走了？桃川镇唯一给他笑脸、对他好的就是小翠仙了，青葱岁月里，她是他胸口的那颗朱砂痣，尽管她栖身在那样的地方。尽管自己心里总是暗暗骂那样地方的女人都是婊子，但翠仙姐是清倌人，跟她们不一样，他又在心里对自己说。

心里想着怡红楼的事，惦记着小翠仙，二赖子心急如焚，胡乱地扒了一碗饭。他准备等会就去找他的一帮"弟兄"去打探一下。自从鬼子宪兵队和部队来了后，他的这帮兄弟们收敛多了。并不是他们改邪归正，更不是鬼子教化了他们，他们是怕万一冲撞了鬼子那小命就玩完了，可这次不同，为了翠仙姐姐，再危险也得去。

二赖子蹑手蹑脚从后院出来，准备出去。"老二！"走到前院的客厅时，五爷却隔窗厉声叫住了他。二赖子赶忙收住腿，站在房檐下一时间不知所措。"你进来！"

"是，父亲。"二赖子只好讪讪地走进会客厅。

"你要干什么去？兵荒马乱的，不准出去胡逛，你先到隔壁书房去临帖，晚点再跟他们一起把那些药都收了。"五爷没有睁眼，半躺在摇椅上说。

"是，父亲。"二赖子极不情愿地走到医馆的书房里，去临帖。正在这时，徐先生撩着长衫急急走进来禀报说斋藤中佐又来拜访了。"唔，那快请！"

斋藤一郎这次是一个人来的，没有穿军装而是穿着一件中式长衫，几个月没见，他清瘦了很多，而且看起来神情疲惫。一切在意料之外又在意料之中。这次，两个人没有过多的礼节。分宾主落座后，五爷又拿出那套德化窑的茶具，不过这次只拿出了两只杯子，茶依然是菊花普洱茶。一杯茶下肚后，斋藤站起身来，向五爷来了一个日式鞠躬说："鄙人今日拜访是向田先生请教一些医疗方面的问题。我的宪兵分队包括县里的大部队近一个月来大批士兵身染疾病，腹泻，并且有蔓延的趋势。鄙人认为时值仲夏，气候炎热，暑、湿、热三气交蒸，互结而侵袭机体，加之兵士图口舌一时之快，贪恋生冷食品，饮食不洁与不节，又因暑热夜多不衾，外感风寒内伤湿滞，鄙人已用藿香正气散加减治疗，服后虽有缓解，仍无痊愈，更有甚者便脓血，苦不堪言，鄙人身为汉方医家，不能解病患之疾苦，实在惭愧，故来请教先生，请先生辨证论治，以解病家之疾苦。"言罢又鞠了一躬。

五爷愣了一下，缓缓站起来，踱了几步，长长叹了一口气，又踱回茶几前重新坐下，给斋藤续了一杯茶后，捋着颌下的短须说："阁下所述症候的病机应为时邪疫毒与饮食不节共同致病引起的疫毒痢。痢疾之病，多病于夏秋之交，古法相传，皆谓炎暑大行，相火司令，酷热之毒蓄积为痢。非风、非寒、非暑、非湿也；《温疫论》曰：'疫毒乃天地间别有一种异气，此气之来，无论老少强弱，触之者即病也'即疫毒为一种具有强烈传染性的致病邪气，故称之疠气。其传播，与岁运、地区、季节有关。时邪疫毒，混杂伤人，爆发流行。由于感邪有湿热、寒湿之异，兵士体质有阴阳盛衰之不同，故症候上有差异。感邪以湿热为主，阳盛之体受邪者，邪从热化则为湿热痢；邪因疫毒太盛，则为疫毒痢；邪以寒湿为主，或阳虚之体受邪，邪从寒化则为寒湿痢。"

"先生所言极是，中国中医之精髓非吾辈外域之人所能懂。还望先生辨证论治。"斋藤又鞠了一躬说。

"热伤阴，寒伤阳，下痢脓血必耗伤正气。寒湿痢日久伤阳，若过用寒凉药物，或阳虚之体再感寒湿之邪，则病虚寒痢；湿热痢日久伤阴，或素体阴虚再感湿热之邪，则病阴虚痢；若体质素虚，或治疗不彻底，或用收涩之药过早，致正虚邪恋，虚实互见，寒热错杂，那么病情必迁延难愈，必转为为时发时止的休息痢；若影响胃失和降而不能进食，则为噤口痢。《景岳全书·痢疾》中说'痢疾最当察虚实，辨寒热。'"

斋藤听得入了迷，他说："惭愧，实不相瞒，鄙人没读过《景岳全书》，还望先生指教。"

五爷喝了口茶，接着说："祛邪导滞乃痢疾的根本治则。痢疾的基本病机是邪气壅滞肠中，只有祛除邪气之壅滞，才能恢复肠腑传导之职，避免气血之凝滞，脂膜血络之损伤；调气和血也很重要。调气和血即是顺畅肠腑凝滞之气血；护胃气。人以胃气为本，有胃气则生，无胃气则死。治痢必须重胃气。所以基本治则是热痢清之、寒痢温之、初痢则通之、久痢虚则补之。寒热交错者，

237

清温并用；虚实夹杂者，通涩兼施。下痢脓血赤多者重用血药，白多者重用气药。始终要把握祛邪与扶正的辩证关系、护胃气贯穿于治疗的全过程。老朽认为白头翁汤合芍药汤最好。此方以白头翁清热解毒凉血，配黄连、黄芩、黄柏、秦皮清热解毒化湿；当归、芍药行血；木香、槟榔、大黄行气导滞……"

斋藤听得如醉如痴，许久才鞠躬说："田先生不愧为中医世家，在下佩服，在下回去就按此则用药，悬壶济世，大医精诚，大医精诚，告辞。"

"等一等，大佐阁下，鄙人有一事相问。"五爷急急地说。"田先生请讲。"

"我听说阁下的宪兵分队操了怡红楼，抓了老鸨翠姨和大茶壶傻豹子，有这事吗？是何缘由？头牌小翠仙和其他人等，如何处置的？"斋藤一愣，满腹狐疑地打量了一眼五爷。五爷的脸上有些不自然的表情。

"田君，这个，这个恕暂时还不能奉告，这个属于我大日本宪兵队的军事机密。"斋藤有些讪讪地说。五爷笑笑，只得端茶送客，可一不小心小小的德化窑茶盅从手指间滑落下来，掉到茶几上，两个人都大惊，五爷拿起杯子，歉意地笑了笑说："不妨事不妨事，失礼了。"那杯子并未碎，只是出现了几条纵横交错的裂纹。

十二

农历六月十二那天，田五爷满六十花甲。寿宴在桃川镇最大的酒楼——醉仙楼举办。一向低调崇尚节俭的田五爷，这次排场空前地大。他浑身装束焕然一新，一身正宗的京货：马聚源的帽子、瑞蚨祥定制的长袍马褂、内联升的布鞋。真正做到了北平那句俗语："头戴马聚源、身穿瑞蚨祥、脚踏内联升"。这些都是在北平做生意的三个女婿出资与在北平读大学的大儿子一起花了近一个月时间置办停当的。虽然两个儿子还未成家，但是四个女儿都已开花结果了，花甲之年儿女成群，三代同堂也算是乐享天伦，真乃是人生的一大幸事。

席间山珍海味杂陈，肴香酒洌，气氛空前热烈。觥筹交错间，五爷兴致也空前高涨，他满脸喜气，满面红光，频频与亲朋故旧举杯畅饮。酒过三巡菜过五味后，五爷看着正堂墙上烫金的"寿"字下面那堆积如山的贺仪中，斋藤一郎送的那块"大医精诚"的匾额，五味杂陈。突然，他眼睛的余光又看到了贴在侧面墙上"莫谈国事"那方白纸黑字，他微微皱了皱眉头。日本人侵占桃川镇两年了，有侵略就有反抗，桃川镇有了地下抗日武工队和各种地下抗日组织，经常偷袭宪兵队。当然，也经常有武工队员甚至无辜百姓被鬼子残害。五爷还听说是地下党在暗中指挥武工队和民众抗日。他隐约觉得，怡红楼被操，肯定与军火库被炸有关。炸了一个，又修起来一个，这群该死的鬼子。令他百思不得其解的是，翠姨一个喝人血的老鸨、傻豹子一个傻乎乎的大茶壶不可能去抗日吧，这里一定有深刻的内幕。小翠仙哪去了呢？难道她……五爷抬起头再次看了看满座高朋，略做沉思后，突然向现场的来宾深深鞠了一个躬，正色地说道："承蒙各位亲朋厚爱，老朽不胜感激，老朽不才，如今整整虚度六十春秋，若是单单为了庆生，老朽也不敢叨扰各位，现有两样东西想趁机给各位看看。"喧闹的大厅瞬间肃静下来，大家目不转睛地看着五爷。只见五爷对着门外喊了一声："老二，呈上来！"

"是，父亲。"随着声音，他的二儿子双手端着一个蒙着一块红绸布的大红烤漆托盘走到他面前。五爷一把掀开红绸，抓起盘里的东西高高举起，人们这才看清，原来是一束干菊花和一束带着豆荚的干好汉拔。"啊？这，这？……"人们异口同声小声惊呼着，面面相觑，然后就小声地议论开来。大女儿和大女婿沉不住气了，双双走到他面前，小声地对他说："爸，您老这是干什么？"正在敬酒的大儿子也满腹狐疑地停下来扭头看着他，惊愕得一时不知所措。他却招手示意大儿子过来他身边。大儿子放下酒杯顺从地走过来，站到他身边，他又让二儿子放下托盘站得离他近点。他站在两个儿子中间，看看老大又看看老二，把两条胳膊分别搭在两个儿子的肩上，挥动着手里的好汉拔和菊花说："老朽悬壶四十余载，平生最爱这两种药材，菊花具有疏风散热、平抑肝阳、清肝明目之功效，我平时最喜饮菊花茶；好汉拔是我们镇最具传奇的药材，好汉坡的故事大家都知道，我最喜欢用好汉拔入药，这些想必列位也都是知道的。这是两种有气节的植物——'花开不并百花丛，独立疏篱趣未穷。宁可枝头抱香死，何曾吹落北风中。'这就是菊花的气节；'未必人参一例尊，尝来味苦锁眉根。可知贝母成伪寇，莫与藜芦作友昆。风热疮疡除遍体，肠红血痢住肛门。纯阴损肾休多服，兼且寒精勿浪吞。'这是好汉拔的气节和功效。"说着他又在儿子们的肩上挥了挥手。人们看到，搭在大儿子田守仁肩上的左手拿的是菊花，搭在二儿子田守义肩上右手拿的是好汉拔。"鄙人不才，但是自幼饱读诗书，也知道人生一世，义字当头，气节是一个人的灵魂，文山先生所筑的太平鼓山台老朽现在虽然不去了，但文山先生的《正气歌》老朽时刻铭记于心，一个人没了气节就是行尸走肉。如今我桃川镇为东洋人所据，而我日前为东洋人指点迷

239

津用药，我想列位嘴上不说心中一定颇有微词。这块'大医精诚'的匾额就是斋藤中佐所送。大医精诚乃我中华中医之灵魂，'若有疾厄来求救者，不得问其贵贱贫富，长幼妍媸，怨亲善友，华夷愚智，普同一等，皆如至亲之想，亦不得瞻前顾后，自虑吉凶，护惜身命。'这是大医精诚的精华，可是，要做到却何其难也。斋藤以侵略者的身份入我中华，但却以汉方医家身份来与我切磋医术，我为他指点迷津，救病家于水火，乃秉承大医精诚。然，侵略者之暴行我中华人神共戮之，医馆之外相见必将兵戎。我一年四季喜欢喝各种粥品，大家都认为我会养生，精气神是中医的根本，我养的是正气，正气存内邪不可干，我养的是如文山先生一样的浩然之气……"大厅里掌声雷动。莫谈国事的那方纸被震得只剩一个角还粘在壁上，飘摇着，仿佛在瑟瑟发抖。

寿宴过后的第二天上午，田五爷就打发三个女儿女婿回北平，并极力撺掇在镇上开唯一一家洋车行，生意风生水起的四女儿、女婿也去北平开洋车行，资金方面他来资助。还拿出毕生的积蓄，兑换成银票，让几个女儿女婿们在北平为两个儿子买一座能容下两家人居住的四合院。他说老二迟早也会去北平的。他还告诫儿女们要分散居住，有事多联系、做生意要联手。儿女们隐隐感觉到了些什么。带着对世道的忧叹和对父亲弟弟的担心，踏上了回北平的路。

十三

"小暑大暑紧相连，气温升高热炎炎"。夏至过后，桃川镇气温一天比一天高。夏至后的第三个庚日开始入伏。

桃川镇有农谚："小暑大暑淹死老鼠""六月连雨吃饱饭。"六月入伏以后，持续阴雨，桃江河易发洪水，称为"伏汛"。因此，暑伏天气既要防暑，又要防汛。桃江河两岸多滩涂、苇荡，地势低洼，原本就潮湿，兼以持续阴雨，河水暴涨，宪兵分队大院和驻防部队院内河水倒灌，院内泥泞不堪，一片狼藉，营房内也非常潮湿。雨过天晴后，士兵们争相晾晒被褥衣物，炎炎烈日曝晒下，院内积水开始蒸发，污水汽和士兵们被褥、衣物蒸腾出带着汗酸味道的气息混在一起，兼以马厩里的粪尿蒸腾之气，秽臭不堪，让人闻之作呕。

"头伏饺子二伏面，三伏烙饼摊鸡蛋。"是田五爷家从京城带来的流传已久的食俗。二伏也就是中伏，是三伏天里最热的时候，二伏天本来就酷热难耐，为什么还吃让人热汗横流的汤面呢？据田五爷说伏天吃面条的民俗早在三国时期已有，他给徒弟们讲中医典籍时顺便说讲了这个风俗。《魏式春秋》云："伏日食汤饼，取巾拭汗，面色皎然。"南朝时也有书论述曰："六月伏日食汤饼，名为辟恶。"他说因古时人们认为农历五月是恶月，到了六月就应该辟恶，而"以热制热"法一向是中医养生专家提倡的夏暑养生良方。另外他还说，二伏时正值小麦丰收之际，夏收刚结束人们素有"尝鲜儿"的习惯，用新小麦面成汤面就着姜末、酱油、醋、蒜末等作料吃上两碗，淋漓地出一身大汗，既尝鲜又驱瘟疫邪气，岂不惬意！五爷先祖带到桃川镇的这个食俗，虽没大鱼大肉，有些清淡素口，但这却也是因时宜人的节令食品，五爷极为赞同。因此，每到这个季节，五爷总是想法子托人买些新麦面粉来。

二伏的那天，五爷家做荷叶面。头一天他就知会了医馆的所有学徒和伙计们，第二天早晨都来医馆吃荷叶汤面。一大早他就去镇外荷塘里去采摘新鲜荷叶，原本可以让二赖子去摘的，可他不放心，鬼子驻防部队兵营就在附近，怕他愣头青样的惹事。就在他摘了五六片嫩荷叶准备回家时，土路上突然响起摩托车声，他赶紧蹲下来影到荷叶后面。

摩托车是向镇外县城方向开去的，一共三辆。五爷看到，中间那辆的车斗里竟然坐着五花大绑的小翠仙。五爷瞬间颜色大变，头脑一片空白。

五爷不知道自己是怎么回到家的，他把荷叶交给前院医馆厨房的伙计，回到后院的客厅里倚靠在沙发上，他叫来二赖子，让他给自己煮一壶柏子养心茶。二赖子走到五爷的卧室，从博古架上那一排精致的小白陶瓷罐里用竹勺舀出柏子仁、云茯苓、麦冬和少许甘草，放到紫砂罐里，冲上适量的清水，捅开客厅里专门煮茶用的煤炉子，只须臾，就满室柏子仁飘香了。这是五爷喜欢的一道安神养心的茶，心情有大的起落时他就会煮一壶喝。柏子养心茶的配方用药，也是他卧室唯一存放的药物，那几个纯白的陶瓷罐子，也是德化窑的精品。

二赖子怎么也弄不明白，一早还兴致勃勃给大家讲吃二伏面的掌故又争着去采荷叶的父亲此刻是怎么了。他不知道发生了什么，也不敢问。他猜测可能跟日本人有关。"妈的，这些东洋小鬼子，不在你东洋老家好好待着，你跑到爷这来干啥，害得爷快一年了都缩在家里不能随意游荡，怡红楼被你们操了据说审查了好久，花了一大笔银钱才把老鸨翠姨和傻豹子放回来，听说两个人都被折磨得够呛。小翠仙姐姐也不知去向了，爷心里天天惦记着翠仙姐姐呢，这阵了，这镇上再没有人对我微笑亲热地叫我守义兄弟了，醉仙楼也好久没去了，父亲说那里经常有鬼子兵光顾，不让去，怕惹事。确实怕啊，人家有枪呢，弄不好啪一枪就得给毙了，妈的，二爷我只好认怂。"

"老二，把药茶端过来，快好了，你在那发什么愣呢？"二赖子一惊，马上镇定下来，赔着笑脸去倒茶。

"小翠仙你这段时间有没见过？"五爷一字一顿迟疑着说。

"没有嘞，自从军火库被炸后，鬼子总是搜查怡红楼和一些店铺酒家，满巷子鬼子兵，您不是不让我出门去吗？我除了去刨好汉拔，哪都没去。"

"唔，不出去就好，小心驶得万年船。"不对劲啊，二赖子满腹狐疑，父亲究竟是怎么一回事，突然对小翠仙感兴趣了，问了几次了。

"父亲，那个斋藤一郎没再来找你吧，隔壁永隆货栈朱少掌柜朱国安问了几次这事。"

"唔，朱国安，他问这是何意？"正说着，一个徒弟匆匆走进来说荷叶面条煮好了，请五爷出去吃。

五爷把杯里的养心茶用嘴吹了吹，一饮而尽，和二赖子一起走到前院的餐厅。这间餐厅专门为徒弟和伙计们准备的，十分宽敞洁净。只见桌子上已摆了两大盆热气腾腾的浅绿色的手擀面，正幽幽散发出一股荷叶的清香。这荷叶面是把鲜荷叶洗净捣碎，滤掉粗渣，把汁水和少许细渣一起和到面粉里，擀成面条，开水煮熟，加上作料趁热吃。荷叶的清香和着新麦面的甜香，口感十分好，又有清凉解暑之功效。围着这两盆荷叶面，放着一圈盛着辣椒末、韭菜花、芥末、蒜末、酱油和醋的小碟，散发着各种辛香的味道。众人都垂手立在桌旁，见五爷来了，急忙给他移凳子盛面条。五爷招呼众人坐下，说二伏面要趁热吃才好。于是众人便开始盛面，徒弟们并不坐，而是舀了一大碗面，加了作料，端到廊檐下去吃，只有五爷和二赖子及几个年龄大的资深伙计们围桌而食。一碗热汤面下肚，顷刻间众人便都热汗横流，大家依旧不停，要的就是出这一身通透的汗。五爷今天有些心不在焉，他漫不经心地挑着碗里的面条，也不言语，满腹心事的样子，众人都很奇怪，也不敢问。二赖子看他碗里面条所剩不多了，正待给他添点。只见徐先生匆匆走进来说："五爷，日本宪兵分队自称片山队长的来访。"

"片山队长？那斋藤队长哪去了？"还没等五爷回话，二赖子抢先问道。

"这个我也不知道，二少爷。"五爷瞥了二赖子一眼，二赖子赶忙闭上了嘴。五爷放下碗，默默地站起来，众人也都放下碗，不作声地看着五爷，五爷打了个手势，示意他们坐下。"接着吃，接着吃，二伏面一定吃足来汗才能出通透。我先过去。"众人只得坐下。五爷向一个伙计要了漱口水，漱了口，慢慢走向会客厅，廊檐下有点穿堂风，五爷吃面时尚未出通透的热汗，此时被风一吹，不禁打了一个寒战。

五爷刚走到客厅，徐先生就引着几位日本人进来了。"田伯伯好，这是桃川镇新任宪兵分队队长片山中佐。"翻译官明峰说道。

"幸会，幸会！"五爷抱拳说道。

"田先生，我的片山介夫，幸会田先生。"片山中佐行了一个日式的点头礼。他的中国话实在是蹩脚。分宾主落座后，伙计上了茶。片山并不喝茶，而是哇啦了一通东洋话后拿出一个信封哈着腰交给五爷。明峰翻译道："片山中佐说近期连日阴雨，河水暴涨，天气炎热潮湿，皇军军营爆发腹泻、疥癣等传染病，前月刚入夏时爆发过一次，前任队长斋藤中佐曾请教田先生，用田先生指点的方剂，很快控制住了，这次还要烦请田先生给皇军治病。我这里有斋藤中佐的亲笔信转给田先生。"

五爷打开一看，正文只有一张纸，上面用毛笔书写着"大医精诚"四个遒劲的大字，落款是斋藤一郎顿首。

五爷愣在那，半晌才说："斋藤一郎中佐去了哪里？"片山哇啦了一通日语，明峰赶紧翻译道："去省城述职，他在桃川镇防控不利，以致军火库被炸，要受军法处置的。"五爷又一愣。片山又哇啦一通日语，明峰翻译说，皇军请五爷按照他说的症状，准备一下相关药品，去宪兵队和军营给皇军看病，下午宪兵队会派人来接先生。然后就告辞了。明峰磨蹭着走在后面，看着五爷欲言又止。片山回头对他说了句日语，他回答了一句"哈依"，就匆匆出门了。

五爷直接回到他的医馆正堂，他让二赖子把早餐前喝剩的柏子仁养心茶热一热给他端过来。然后像往常一样让二赖子去好汉坡挖好汉拔。二赖子总是觉得有些异样，没话找话跟五爷聊天，磨蹭着不走。五爷呵斥了几句他才扛着洋镐走了。

十四

二赖子满腹心事地走出家门，他隐约觉得，家里的太平日子恐怕到头了。刚走到十字街口，就看见怡红楼门口聚集着一大群人。他挤进人群，看到墙上贴着三张告示，上面贴着照片，还打着红叉。二赖子仔细看了下，顿觉晴天霹雳，他几乎傻掉了。那三个名字分别是小翠仙（关桃）、陈香椿和黄毅。名字下面还有一段文字说他们都是安插在桃川镇的共党分子，是来发动和领导当地人进行武装抗日活动的。这时他才从人们口里得知小翠仙真名关桃，是香椿的表姐。陈大锤的女儿香椿在省城师范学校读书时在她的引荐下加入了共产党。鬼子入侵桃川镇后，上级命令关桃到镇上来做地下工作，她为了隐蔽身份不惜栖身青楼，军火库就是她领导共产党武工队炸掉的，至于是谁提供的情报，宪兵队正在调查。还说如今只抓到小翠仙一人，陈香椿和黄毅在逃，还昭告镇上百姓知道线索者举报有奖，知情不报者将严厉惩罚。

二赖子唬得魂飞魄散。他僵立了好一会儿才回过神来，扛着洋镐机械地向南山走去，他的思维好似停滞了。他无法相信小翠仙和香椿两个柔弱的女子会是什么党。香椿一个大学生，他的翠仙姐一个曾被痛经折磨得死去活来的人怎么敢去炸鬼子的军火库？他觉得就像小时候听的那些神话故事一样，一切都是假的，或者他是在做梦。

离好汉坡不远的杏山台上，他突然看见一群鬼子在好汉坡脚下的一片山坳里哇哇怪叫着，发出淫邪的笑声。他赶紧隐到一片槐树林里，杏山台与好汉坡之间隔着一个山谷，谷底有小溪穿行，他在高处，山谷里的一切尽收眼底。他看见了最不堪的一幕：十几个鬼子围着一个赤身裸体的女子淫笑着，那女子大声哭骂着东窜西逃，可是怎么也逃不出去，竟是小翠仙，二赖子看清楚了。他牙关咬得咯咯响，双眼瞪得溜圆，双手把镐把握得紧紧的。可是，他的两条腿就像灌了铅一样，颤抖着，迈不动半步。"放开她，放开她，畜生、畜生！"他心里歇斯底里地大叫着，嘴巴却发不出声音。小翠仙的惨叫和怒骂声仿佛刺破了他的鼓膜，他的耳朵突然间嗡嗡作响，再也听不到声音了，他扔掉洋镐，双手抱着脑袋在槐树林里缩成一团，直到突然间传来一声鬼子的惨叫，二赖子睁眼从树丛的缝隙中看到，小翠仙和鬼子滚在一起，她死命地咬着鬼子的咽喉。那群鬼子端着枪围着他俩。两声清脆的枪响后，一切归于平静。二赖子激灵一下，就像被唤醒了一样，他下意识地拉着身旁的一株植物站起来，呼地一下，一群飞虫被惊起，铺天盖地朝他飞过来。"妈呀，不好，捅了马蜂窝了！"二赖子心想。可是，并没有马蜂蜇他，擦了擦眼睛，他看到，原来他拉的是一株好汉拔，惊动了落在上面的斑蝥虫，斑蝥是不蜇人的。他向对面山谷眺望。他看见，鬼子们拖着满身是血的小翠仙扔到了一个挖好的土坑里，开始用土填埋起来。他拉着那株好汉拔，双眼冒火，牙关再一次咬得咯咯响。此时他特别憎恨自己的无能，连一个女人都救不了，那个女人还是她朝思暮想的人。他多想自己就是多年前那个满身武功的能一口气拔出六棵好汉拔的好汉啊，如果能救下小翠仙，就算死在好汉坡他也心甘情愿，他想大喊一声，可是却天旋地转晕倒了。

不知过了多少时间，二赖子才清醒过来。他发现，对面好汉坡静悄悄的，鬼子们都撤了，只留下一堆新土。他扛起洋镐，飞快地朝好汉坡奔去。他疯狂地用洋镐撅着那堆新土，而后又改为用手扒，手指磨破了都没有知觉。小翠仙，翠仙姐。他边扒土边狂喊着。二赖子终于把她从土里扒出来，他一身泥土，累得瘫倒在坑里。遗憾的是，小翠仙是被枪击后埋进来的，早已没有了半点生机。二赖子泪流满面，抱着她声嘶力竭地哭喊了许久。他费尽力气把小翠仙抱到溪水边，他要为她清洗干净。他把小翠仙放在两块石头之间的水潭里，脱下自己的短袖褂子，在溪水里洗净污泥，细细地给她洗头、擦脸、擦遍她身上的每一寸肌肤，把她满是伤痕的胴体擦洗得干干净净。十八年来，这是他第一次看到女性胴体。小翠仙的胴体线条是优美的，尽管情窦初开的他把她当成胸口的朱砂痣，曾无数次做过与她相关的春梦，无数次想象着与她在一起的甜蜜，可此刻，他却没有一丝邪念，他似乎也没有了悲伤，只有一个念头，给她洗净身子。一个时辰后，他把擦洗得干干净净的小翠仙抱到溪边的草地上，摘了几片栎树叶盖住她的脸、双乳和私处。他起身疯狂地采摘着不远处那片栎树的树叶，串在一起，打成凉席大小的栎树叶褥子。

二赖子把那个墓坑又挖深了些，清理了浮土，把一块栎树叶褥子铺在坑里，把小翠仙抱到坑里，又把自己贴身的小褂脱下来覆盖在她脸上，采了一束野百合放在她的胸口，他用栎树叶给她串了一条裙子，围在她的下半身。接着便开始往墓坑里填土。因为没有铁锹，不好取土，他只给她堆了一个矮矮的坟头。做完这一切后，他感觉自己已是头晕眼花，无比虚弱了，他手搭凉棚，看了看日头，早就过晌多时，约莫有两三点光景了。他的手指钻心地痛，他仔细看了看，发现两只手中间三个指甲都断了，血肉模糊，肩膀和后背也火辣辣地疼痛，一准是被正午时分毒辣的日头晒脱皮了。他低头在草丛中寻觅了一会，薅了一把绿色植物，放进口里嚼了嚼，敷到手指上。他突然想起自己是奉父亲之命来刨好汉拔的，他打着赤膊，扛起洋镐，摇摇晃晃朝好汉坟走去。走了几步，他又回头看了一眼他刚给小翠仙建的坟墓。心里又一阵痛楚，他折回来，立在墓前，深深地鞠了一个躬。日头把他的身影照得无比高大，像个巨人，他不禁贪婪地自恋地反复看那巨人般的影子，心里竟有些受用。他突然发现，坟墓旁边靠近溪水的地方长着一大片山白菜，有几株开着艳丽的紫色花朵，他走过去，俯身采了一束，放在墓前。忽地，他又想起小翠仙甜甜地叫他二兄弟的情景，他的眼泪下来了，牙关又咬得咯咯响。他把目光落在那束花上，他突然想起，父亲教过他，山白菜学名藜芦，"中药十八反"中有"诸参辛芍叛藜芦"之说。他的眼里露出一道凶光。

他跌跌撞撞地来到好汉坟前，望着小山一样的坟莹，他突然扑倒在坟上失声痛哭起来，哭着哭着就睡着了。他太累了，十八岁，五爷还把他当成一个顽劣的孩童，可这一天他却经历了一个成年人所承受不了的一切。他彻底崩溃了，一天之内长大、成熟了。待到醒来时，已是日斜西山，他又渴又饿，没有一点力气。他突然想起片山中佐昨日里留给父亲的话："明天下午我派人来接你"。他牛牯般嚎叫一声，丢下洋镐，跌跌撞撞向家的方向跑去。

回到镇上时，医馆已经打烊，他从侧门摇摇晃晃地走到前跨院，五爷不在那里，几个小学徒正在哭。"我爸呢？"他大喊一声。那几个小学徒被他的又狼狈又凶狠的样子吓坏了，停止了哭泣，瞪大眼睛看着他。而此时，他瞥见了桌子上他们吃剩的半盆面条，他扑过去，也不用碗，也不使筷子，哗地把旁边半碗酱油倒进盆里，用手抓着一把一把往嘴里塞。不多会，半盆面条就见底了。没等他们缓过神来回答，二赖子又喊了一句："我爸呢？你们师傅呢？"

"师傅被日本人带去宪兵队了。"

"啊？被鬼子带去宪兵队了？"二赖子满是面糊的手僵住了。从他们的哭诉中他才知道，原来鬼子是"请"父亲去给皇军诊治皮肤病的。二赖子听了当时就傻了眼，是福不是祸，是祸躲不过，他知道他家的厄运来了。他反而平静下来。吩咐学徒烧水，先洗了个澡，又让学徒帮忙，给后背晒伤处涂了药膏，把手指用消肿止痛药包扎好，换了一身干净衣服，又吩咐伙计和学徒们不要慌神，把医馆各道门闩好，早点睡觉，五爷肯定没事的。众人睡下后，他又检查了一遍门窗火烛等，确定没有隐患后，就到后院他的房间躺下了。

没想到，第二天一大早，五爷就回来了，一队鬼子兵簇拥着他。他不慌不忙地吩咐二赖子到好汉坡刨十棵上好的好汉拔来，一定不要偷懒，要完全把根刨出来。二赖子这回总算是听话，约莫一个时辰光景就刨回了十棵根须完整的好汉拔。五爷又吩咐他洗净，切片然后用文火在大沙罐里熬成浓汤，说切不可怠慢，这可是给皇军治病用的。二赖子虽万分惊诧，还是照做了。

药熬好了，浓浓的酱黄色的汤汁，散发着一股苦苦的药香。五爷舀出一碗汤汁，对日军翻译明峰说了要等明天用这药汁儿配齐了其他的药，就可以给皇军们治病了。明翻译官哇啦哇啦说了几句后，鬼子留下两个人看守，就撤回去了。

半夜时分，五爷把二赖子叫到房中，拍拍他的肩膀，说："好儿子，你在好汉坡做的事儿爸都知道了，好样的，做得对，不愧是我田忠恕的儿子。我在宪兵队知道了一切，明峰偷偷告诉我的，小翠仙的确是共产党派来领导抗日的，黄毅也是共产党。我之所以对小翠仙印象深刻，就是因为从第一眼见到她，就觉得她是个奇女子，有着与众不同的气质，那日我去怡红楼给她诊病，一眼就看出她是装病，果然不出我所料，那晚军火库就被炸了，她装病是为了掩人耳目。你知道吗？永隆客栈是他们的联络点，少掌柜朱国安是武工队成员，这次就是他按小翠仙的安排，操水路安放的炸药，炸掉了军火库，真是太解气了。只可惜，她被叛徒告密暴露了身份，被抓了，悲壮殒命，唉……"

二赖子气得牙齿又咬得咯咯响。"这帮狗杂种，迟早我要……"未待二赖子说完，五爷就掩住了他的嘴。

"以后你不要耍脸子给明少爷，一切消息都是他提供的，他是什么人我不说你也知道，看人不能看表面，你大了，心里要有数。"五爷说。二赖子瞬间明白了一切。

"后院储药库里的大缸下有暗道，直通渡口，是当年你曾祖父在世时为防土匪挖的，现在派上用场了，你从暗道走到渡口找白荷把你摆渡到县城，然后再乘火车去北京找兄姐。医馆其他人我都安排好了，现在必须维持原状。"五爷交代二赖子说。

二赖子愣愣地站在那里，嘴里喃喃着："我要跟你在一起，我不走。"

五爷又拿出一个箱子说："家中到京城买房加之安排医馆的人后所剩的细软全在这个箱子中了，你悉数带走，到北平去找兄姐，要走正路，你的名字叫田守义，是正义的义，仁、义、礼、智、信的义，千万不能给鬼子当走狗，不能像好汉坡的好汉那样拔出好汉拔护卫镇子，也要像好汉拔那样护着母土，不能轻易让人家拔出来。虽然大医精诚里说若有疾厄来求救者，不得问其贵贱贫富，长幼妍媸，怨亲善友，华夷愚智，普同一等，皆如至亲之想，亦不得瞻前顾后，自虑吉凶，护惜身命。但我不能那样做。医学可以不分国界，互相切磋，可是我们医者是有国界的，我们是中国人，虽然斋藤一郎也是侵略者身份，可他毕竟是医者，我和他之间的交往尚且可以说还带有切磋医术的成分，现在不同了，片山不是医家，他是纯粹的侵略者。医家原本是该如大医精诚里讲的那样，可如果我这样做了，我怎么对得起桃川镇那些为反抗日本人死难的仁人志

247

士，怎么对得起小翠仙？一个女子尚有如此的气节，让我等须眉情何以堪？"

"父亲，那我们该怎么办？不如一起从刚才你说的暗道里逃跑吧，去北平找哥哥姐姐们。"

"不，我不能走，你一个人走吧，我不能离开祖传的医馆。"

"可是日本人不会放过你的，你不走，我也不走，虽然人们都叫我二赖子，看不起我，但是，我对父亲是绝对崇敬孝心的，您对我恩重如山，您的教诲我心里都记着呢。"二赖子跪在地上哭着说。五爷瞬间热泪盈眶。

"好儿子，父亲没用，没法治好你脸上的疤痕，让你受这么多年的委屈。清·赵瑾叔《本草诗》里那首吟咏好汉拔的诗你还记得吗？"二赖子摇摇头，面带羞惭色。

五爷高声吟诵道："未必人参一例尊，尝来味苦锁眉根。可知贝母成伪寇，莫与藜芦作友昆。风热疮痒除遍体，肠红血痢住肛门。纯阴损肾休多服，兼且寒精勿浪吞。用通俗的话说这好汉拔外用适量能治疥癣，内服适量能止湿痢，关键是要掌握一个量。《本草纲目》里说，煎汤，一钱五至三钱，可入丸、散，脾胃虚寒者忌服。外用可煎水涂抹或洗浴。《本草经集注》里又补充说玄参为之使，恶贝母、漏芦、菟丝子，反藜芦。你要记住。"二赖子似懂非懂地点点头。他的眼前又浮现起昨日为小翠仙清洗身体时水边的那一片开着艳丽紫色花朵的山白菜。

约莫四更天，二赖子被一阵敲门声惊醒，原来是那两个看守的鬼子兵来查夜，看见没什么动静，就回去睡觉了。他披衣来到五爷的卧房，房门大开着，床上被褥叠得整整齐齐，显然未被打开过，他吃了一惊，忙到书房和客厅里找了一遍，未见人影。他赶紧到前院的会客厅里，他看见父亲穿得整整齐齐正襟靠在八仙桌右面的太师椅上，他的心怦怦跳着，似乎觉察到了什么。他走上前去，摇了摇父亲的肩膀，父亲没有动静，他用手指试了一下父亲的鼻息，发现他早已停止了呼吸。桌子上摆着一只碗和那只五爷常用的木鱼石茶杯。碗底有一些黄黄的汤汁儿，旁边的茶杯里还残留着几朵绽放着的杭白菊。二赖子端起碗嗅了嗅，一股熟悉的苦涩的气味直冲他的喉鼻，与此同时他也发现，斋藤那张写着"大医精诚"的信笺压在碗底下。他瞬间明白了一切。原来父亲是就着菊花茶饮好汉拔汤自尽的。父亲让他去刨好汉拔，又精心地熬制，是为了稳住鬼子，赢得时间来安排后事啊。二赖子突然平静下来，他没有流泪，默默地到隔壁取下药王画像下面的香炉和供品，摆在父亲面前的八仙桌上，点燃三炷香，整理好自己的衣服，跪下来磕了三个响头。然后起身去后面盥洗间刷了牙，洗了脸，梳了梳头发，回到前厅，又跪下来，连磕了三个响头，而后，他一直跪到天亮。他咬着牙，始终没有流一滴眼泪。

二赖子和镇上的人们，当天就给五爷举行了隆重的葬礼。他没让族人惊动远在北平经商和读书的五个兄姐。他带着族人把五爷安葬在好汉坡的好汉坟旁边，不远处就是小翠仙的墓冢。人们把五爷的墓坑挖得很深，挖出来很多好汉拔根儿，二赖子悉数把它们带回家来了。

葬礼结束后，二赖子在醉仙楼设宴答谢各位街坊和亲朋。他请来了田家族长和黑水河镇的商会会长，又请来账房徐先生，给片山介夫和明峰也发了请帖，片山没有到场，明峰是后半场才来的。酒过三巡后，二赖子端起酒杯对着众人鞠了一个躬说："各位亲朋，感谢大家为我父亲的事尽心尽力，我田守义铭记在心。我还有一事相求，烦劳众位尊长为我作证，我们家医馆传承的老规矩，即便是父子，学徒也要正式行师徒之礼的，我在仁济医馆十八年，此前虽一直跟父亲学习中医，并未正式行过拜师礼，故不属于杏林中人，请众高邻为我作证。"在场的人面面相觑，不知道他葫芦里卖的什么药。就在大家交头接耳的时候，二赖子清了清嗓子，继续大声说道："医者仁心。大医精诚里说：'凡大医治病，必当安神定志，无欲无求，先发大慈恻隐之心，誓愿普救含灵之苦。若有疾厄来求救者，不得问其贵贱贫富，长幼妍媸，怨亲善友，华夷愚智，普同一等，皆如至亲之想，亦不得瞻前顾后，自虑吉凶，护惜身命。'这是父亲在世时教导那些徒弟的话，我记住了。所以，从明天起，我将到皇军宪兵队为皇军们治病，还请明翻译官把我的话带给片山中佐。至于医道嘛，近朱者赤，十多年来我受父亲熏陶，耳濡目染，兼以我是他儿子，他的秘方多由我来调配，所以我也是颇通医道，完全胜任这个任务。"大家炸了锅，家族里几个长辈拍案而起，大骂离席。明峰端着一杯酒，意味深长地看着二赖子。二赖子径直走到他面前，端起一杯酒说："全仗明翻译官周旋，从今往后这个医馆由我来经营，我是认真的，'华夷愚智，普同一等，皆如至亲之想。'这是父亲教授的，我必须做到。"明峰没说话，端起酒杯一饮而尽，抱了抱拳，对他意味深长地笑了笑，告辞走了。

明峰走出醉仙楼，长长地舒了一口气。太阳落山了，火烧云映红了整个天空。那天的火烧云很奇特，像一条鲸鱼，张着巨大的口要吞什么东西，全镇的人都走到屋外看，街头巷尾三人一群五人一伙地对着天空指指点点议论纷纷，很是恐慌愤懑。过了约莫一袋烟的工夫，再看天空时，鲸鱼背上突然多了一个仗剑的少年，举着宝剑似在砍杀鲸鱼。又过了一会，鲸鱼的头断了，后来，鲸鱼的身体又断成了几节，那少年也被暮色吞没了。整个镇子的人都看见了这奇观。大家都啧啧称奇，说太解气了，好汉坡的好汉显灵了。

第二天，二赖子并没有如愿去宪兵队给皇军治病，原因是片山大佐并没有请他去，而是请了镇上其他几个郎中。二赖子知道，片山介夫是没把他这个二流子放在眼里。第三天依然没动静。

转眼到了五爷头七。二赖子和族人提着供品去给五爷烧纸，尽管族人不待见他，尽给他白眼，他也不介意。就在他提着空篮子无精打采回到医馆时，老徐迎出来禀告说："二少爷，片山中佐在医馆的会客厅候您多时了。"二赖子马上精神大振。他拍了拍衣裤上的灰尘，整理好衣领，挺起腰杆，精神抖擞地朝会客室走去。片山把玩着五爷常用的那个木鱼石水杯，神色凝重。看见二赖子进来，他并没有起来，坐在沙发上只是微微欠了一下身。二赖子也微微躬身抱了抱拳说："片山中佐来访，我仁济医馆蓬荜生辉啊，今天是家父头七，怠慢了，怠慢了。"

"守义君，不必客套，我今天是来请你来给我的士兵治病的。医者仁心，想必你父亲教过你。"

"是的，我愿效犬马之劳。"二赖子一副正襟危坐的样子，片山和明峰忍俊不禁。

那天晚上，二赖子把箱子里的钱都拿出来，硬给老徐等人又预先开了两个月的薪水，剩下的分给了几个小学徒，并让他们连夜回了家。然后他来到后院的储药库，他按父亲说的，在那口大缸下找到了那个暗道口，果然十分隐秘，他十几年进进出出这里，居然没发现。他没有去找朱家媳妇白荷，而是默默地又把大缸移回原处。移缸的时候，他不经意间看到了墙角的一块落地式穿衣镜，那是他的大哥田守仁找人定制的，后来发现镜子质量不好，照人变形，能把人放大很多，跟哈哈镜似的，也就没有安放到卧房里，直接叫人抬到储药库来了。二赖子下意识地走到镜子旁边，远远近近地来回移动着照，因为脸上有黑斑，二赖子平常很不喜欢照镜子，今天，他看到，原本只有一米六的干瘦的自己，竟被镜子放大了数倍，脸上的大片黑斑因为光线的原因，也不明显，不知怎的，他特别喜欢镜中的自己，觉得自己的脸并不那么丑，形象也变得高大甚至伟岸起来。从镜中，他看到自己身背后有几个小瓦缸，他知道，里面装着的是炮制好的干好汉拔片，他耳畔回想起父亲最后的话语"不能像好汉坡的好汉那样拼命拔出好汉拔护卫镇子，也要像好汉拔那样护着母土，不能轻易让人家拔出来，这好汉拔外用适量能治疥癣，内服适量能止湿痢，关键是要掌握一个量。恶贝母、漏芦、菟丝子，反藜芦"。他连夜把它们全搬到熬药室里，那一晚，他彻夜都在熬制着好汉拔，汁水装满了一罐又一罐。最后他熬了在五爷墓坑中挖出来的新鲜好汉拔，熬得亮黄浓香。

第二天一早他就去了宪兵队，鬼子兵们半信半疑地让二赖子给他们浑身涂了药，内服的待二赖子亲自服下半个时辰后他们才放心地服下。第二天果然感到好了很多，拉痢疾的拉的次数减少了，生疥癣的疥癣也干燥了很多。于是二赖子又让他们依前次的用法用药。第三天，他们感到效果卓著。于是二赖子就说得放他出去，到好汉坡刨一些上好的好汉拔来再配一服药，就有望痊愈了。鬼子兵们就押着他来到好汉坡，他先给五爷和好汉各磕了三个响头，然后，就开始动手刨好汉拔，鬼子兵想帮他，但他制止了他们，他说这药得他亲自选。他足足刨了有二十多棵好汉拔，根儿全部都是完整的。然后他又走出两三百米远，到小翠仙坟墓附近找到那片开着紫色花朵的植物，二赖子刨了二十多棵这种植物。翻译官明峰看了半晌，没有言语。几个鬼子兵走过来端着刺刀，哇啦哇啦对着二赖子喊了起来，二赖子也不言语，依旧低头做他的事，明峰过来对他们哇啦了几句，他们这才提着枪走开了。"二赖子，如果我没记错的话，这、这东西学名叫藜芦吧，我们这里叫山白菜。"

"我叫田守义！正义的义，仁、义、礼、智、信的义！"二赖子吼叫着。

"对不起，我知道了，你叫田守义。"明峰诚恳地给他道歉。二赖子亲自用藤蔓捆好这些药，扛回了家。他又彻夜熬了一大缸酱黄酱黄的好汉拔汁儿，不同的是，这次他把那些山白菜的根也加了进去。天明后，让鬼子抬到宪兵队。他自己先喝下一大碗，然后让鬼子兵们一一服下一大碗，他让明翻译官翻译说这是最后一次内服，必须加量。服了药的，现在马上跟他到好汉坡，还要采新鲜的叶片儿现场捣成叶泥儿敷身上就断根儿了，行动要快。鬼子们喜出望外，让他带队，一路狂奔着来到好汉坡下。不知为何，鬼子兵们都特别亢奋，一路狂叫着，唱起了二赖子听不懂的东洋歌，二赖子也似乎特别高兴，他也在前面手舞足蹈地狂喊起来，他背的是《药性歌括四百味》。十八年来，他还是第一次能背出这么多味药物的性味归经和功效来。明峰默默地看着他，眼里满是崇敬还有一丝爱怜。他们的眼神有好多次交集和对视，但谁都没作声。

在好汉坡和杏山台之间的溪涧边，他示意他们在溪那边杏山台等他，他去好汉坡采药。鬼子们就都顺从地停下来。他蹚过溪涧，爬上好汉坡，刚走到好汉坟前，二赖子突然感到一阵心慌恶心，哇地吐出一口药汁儿，眼前一阵发黑。他用手抿了一下嘴角，忍着难受，发出一声冷笑，他得意地回头张望，鬼子们一个个都像瘟猪一样，不再言语了，东倒西歪地在地上滚来滚去，呕吐着、抽搐着，有几个已经不能动弹了，有的嘴里还骂着"八嘎，八嘎呀路"。二赖子看着他们，哈哈哈大笑了三声，高声喊道："小鬼子，我日你娘的，不好好在你东洋老家猫着，跑到爷这里来祸害人，爷的好汉拔也是你们能用的吗？爷的好汉坡也是你们能随便来的吗，统统去死吧！好汉、父亲、翠仙姐，我二赖子，不，我田守义来给你们做伴了，父亲，您一世光明磊落，您儿子田守义也不是孬种，您给我起的名字真好啊，我这个义，是正义的义，仁、义、礼、智、信的义！今天我给您报仇了！"二赖子又吐出一口药汁儿，腹内如火如荼地疼痛，他晃了几晃，差点倒下，他下意识地伸手抓住好汉坟上的一棵茁壮的好汉拔，不知怎的，那些落在好汉拔花上的斑蝥忽地飞过来，落在了二赖子头上。二赖子也没去赶他们，因为他天天熬好汉拔，又服了过量的好汉拔药汤，浑身都是好汉拔的味道，斑蝥虫们把他当成一株好汉拔了，二赖子使出浑身的力气，高声地背诵着："本草明言十八反，半蒌贝蔹及攻乌。藻戟芫遂俱战草，诸参辛芍叛黎芦。小鬼子们，听好了，二爷让你们死个明白，二爷我在好汉拔里加了藜芦，好汉拔就是苦参，和藜芦相反，我又让你们每人喝下了三倍的量，你们统统去死吧！哈哈哈……"就在这时砰的一声，身后传来一声枪响，一个垂死挣扎的鬼子朝他开了枪。二赖子胸前喷出一股红色的血花，他的身体晃了几晃，仰面向后面倒去，手里紧紧地抓着好汉坟上的那棵硕壮的好汉拔，奇迹发生了，那棵好汉拔在他倒下的刹那竟被连根拔起，那拔出的根须足有一米长，好汉坟崩塌了一角，正好掩埋了二赖子的躯体。